KB016229

지역어문학 기반 학술공동체의 성과와 지평 II

고전문학 · 현대문학

지역어와 문화가치 학술총서 11

지역어문학 기반 학술공동체의 성과와 지평 II

고전문학 · 현대문학

전남대학교 대학원 국어국문학과 BK21플러스
지역어 기반 문화가치 창출 인재 양성 사업단

보고사
BOGOSA

서문

전남대학교 대학원 국어국문학과 BK21플러스 지역어 기반 문화가치 창출 인재 양성 사업단은 2013년 9월 출범한 이래, 6년 반 동안 쉬지 않고 열심히 달려왔다. 지역어와 지역문화의 가치를 발굴하고 문화원천으로서 지역어의 위상 제고, 미래 지향형의 융복합 문화가치 창출 인재 양성이라는 목표를 가지고 다양한 활동들을 펼쳐왔다.

우리 사업단은 다양한 프로그램을 운영하며 참여대학원생이 많은 경험을 할 수 있도록 열심히 노력해 왔다. 국제학술대회, 해외석학 초청강연, 해외단기 연수, 해외공동연구 등의 국제교류에 심혈을 기울여 국제적 시야와 식견을 가질 수 있었으며, 전문가 초청강연을 통해 각 분야 전문가들의 다양한 관점을 엿볼 수 있었다. 또한, 글쓰기 특강을 통해서 다양한 영역에서의 글쓰기 방법을 모색할 수 있었으며, 콜로키움을 통해 참여대학원생들이 학문 연마에 힘쓸 수 있었고 전공분야에 대한 횡단적 시야를 가질 수 있었다.

그동안 많은 신진연구인력들의 노력으로 이러한 프로그램들을 운영할 수 있었다. 이번에 발간하는 학술총서는 바로 우리 사업단의 숨은 일꾼인 신진연구인력들의 연구물을 모아 엮은 것이다. 우리 사업단이 출범하고 지금에 이르기까지 총 19명의 신진연구인력들이 자신들의 학문적 능력을 아낌없이 나누어 주었다. 그 신진연구인력들은 전남대를 비롯하여 전국 각 대학[강원대, 고려대, 성균관대, 원광대, 전북대, 충남대, 한양대 등]의 출신으로 다양한 전공분야 연구자들이다. 서로 다른 대학 출신의 신진연구인력들이 열정을 통해 하나로 단단히 뭉칠 수 있었다. 학문적 풍토가 달랐음에도 그들은 자신들의 학문후속세대인 참여대학원생들을 위해 많은 고민을 하면서, 또한 각각의 연구방법 등을 통해 연구방향을 모색하고 그들만의 학술적 교류를 이어나갔다. 그들은 신진연구인력이라는 하나의 명칭으로 이어지는, 하나의 학술공동체였던 것이다. 본 사업단을 마무리해야 하는 시점에 이르러서 이 신진연구인력들을 한 사람 한 사람 기억할 수 있고 떠올릴 수 있도록 그들의 열정과 노고에 대한 고마운 마음을 담아 이 총서를 기획하였다. 이 총서를 통해 앞으로의 연구에서도 학술공동체의 지속적 연대가 이루어져 '융합', '통섭', '횡단'이라는 학문적 풍토가 조성되기를 바라는 마음이다.

이번 학술총서는 '지역어와 문화가치 학술총서'로는 10번째와 11번째 성과물이다. 이 총서는 우리 사업단 신진연구인력의 연구동향 등을 파악할 수 있는 책으로, 무엇보다도 사업단이 출범한 이래로부터 지금까지 그들의 발자취를 살필 수 있을 것이다. 신진연구인력들의 연구들 가운데서도 우리 사업단에 참여하면서 활동했던 시점의 연구물들을 묶었다. 국어학, 글쓰기 교육, 고전문학, 현대문학으로 나누어, 학술총서 10권은 국어학과 글쓰기 교육으로 엮었고, 학술총서 11권은 고전문학과 현대문학으로 엮었다.

학술총서의 표제는 『지역어문학 기반 학술공동체의 성과와 지평』(Ⅰ, Ⅱ)으로 한바, Ⅰ편은 국어학 분야의 논문 5편과 글쓰기 교육 분야의 4편으로 Ⅱ편은 고전문학 분야의 논문 6편과 현대문학 분야의 논문 4편으로 이루어져 있다.

국어학 분야 : 김경표, 유소연, 이숙의, 조경순, 최윤
글쓰기 교육 분야 : 김현정, 김해미, 서덕민, 전동진
고전문학 분야 : 강경호, 김경, 박수진, 박세인, 백지민, 한정훈
현대문학 분야 : 엄숙희, 정미선, 정민구, 최혜경

이번 학술총서는 자신의 자리에서 열심히 노력하며, 본인의 일에 최선을 다한 우리 사업단 신진연구인력들의 피땀 어린 결과물이다. 이 중에서 4명은 국립대학교수로 진출하였으니 축하하는 마음이 그지없다. 신진연구인력 한 사람 한 사람의 이름을 불러보며 지난 6년 6개월 동안을 회고해 본다. 사업단의 학술연구와 사업수행에서 묵묵히 그 자리를 지켜준 신진연구인력의 헌신에 고마움을 표하며 연구의 큰 발전을 기대하는 바이다. 또한 앞날에 좋은 일들만 가득하기를 기원해 마지않는다.

사업단 참여교수들의 따뜻한 관심과 격려에 깊이 감사드린다. 또한 우리 사업단을 믿고 어려운 학문의 길을 함께 걷고 있는 참여대학원생들에게도 고마움을 전한다. 더불어 사업단의 살림을 맡아준 조아름 행정간사에게도 고마운 마음을 전한다. 끝으로, 우리 사업단의 연구 성과를 돋보이는 귀한 결과물로 잘 다듬어 좋은 책으로 만들어 준 보고사 식구들께도 깊이 감사드린다.

2020년 2월 14일

전남대학교 대학원 국어국문학과 BK21플러스
지역어 기반 문화가치 창출 인재 양성 사업단
단장 신해진

차례

제2부
현대문학

제1부

—

고전문학

제주의 교방 문화와 기생 활동에 대한 문헌 검토

제주 교방·기생 문화의 문화원형 탐색을 위하여

강경호

1. 머리말

제주의 교방(敎坊)과 기생(妓生)에 관한 논의는 많지 않다. '제주 기생' 하면 떠오르는 인물은 의인(義人)이자 거상(巨商)으로 인정받는 '김만덕' 이나 〈배비장전〉에 등장하는 '애랑' 정도가 아닐까 한다. 그러나 '김만덕'은 후에 기적(妓籍)에서 나와 양민이 되는 인물이고 기생으로서의 활동이 거의 드러나지 않기에 제주 교방이나 기생 문화를 살펴보기에는 다소 거리가 있는 인물이다. '애랑' 또한 소설 속에 형상화된 인물이기에 이를 통해 관련 문화를 조명하는 데에는 역시나 부족함이 있다.

그간 제주의 전통 문화 연구에서 교방과 기생은 그리 중요하게 다뤄지지 않은 대상이다. 아니 거의 인식되지 않았던 존재였다고 할 수 있다. 상황이 이렇다보니 현재 제주에는 교방·기생 풍류와 관련된 문화 예술적 기반들이 거의 마련되어 있지 않으며, 이와 관련된 문화 공연도 찾아보기가 쉽지 않다. 민간 신앙, 풍속, 신화, 민요 등 제주만의 독특한 전통문화가 풍부하게 남아있는 상황에서 교방·기생 문화는 부차적인 것으로 여겨졌다고 생각할 수 있다.

그러나 제주 교방은 지방 관아의 부속 기관으로 오랜 기간 존재해 왔고, 관련된 교방 문화와 예술은 기생과 악공 등 그 담당층들에 의해 꾸준히 연행·전승되어 왔다. 설령 그 문화가 토속적 기반에서 발생하지 않고 외부에서 유입되었다 하더라도 이러한 문화·예술들이 조화롭게 공존하며 정착한 것이 당대 제주의 모습인 것이다.

근래에 들어 제주 교방과 기생들의 활동에 대한 논의들이 조금씩 이루어지고 있는데, 주로 『탐라순력도(耽羅巡歷圖)』에 반영된 제주 교방의 정재 공연과 그 양상에 대한 연구들이다.[1] 최근에는 '당시 제주에서 연행된 기생들의 정재 종목들이 비슷한 시기 다른 지역과 별다른 차이가 없었고 이는 중앙과 문화적 소통이 비교적 잘 이루어졌던 결과'라고 평가되기도 하였다.[2] 이러한 연구 결과는 지방 정재의 공연 양상에서 제주가 도서(島嶼) 지역으로서의 지리적 환경 때문에 중앙 및 다른 지방간의 예술적 교류가 미미했던 것이 아니라, 끊임없이 소통되며 향유되었음을 말해준다 하겠다.

그러나 이러한 평가가 내려진 것에 비해, 현재 제주에는 교방 및 기생과 관련된 문화가 거의 전승되지 않는다고 할 만큼 제대로 된 고증과 검토가 이루어지지 않고 있다. 문제는 이에 대한 연구를 하려고 하여도

1 조영배, 「『탐라순력도』에 나타나는 음악 연구」, 『탐라순력도연구논총』, 제주시·탐라순력도연구회, 2000.; 장효순, 「『탐라순력도』에 나타난 연희에 관한 연구—무용을 중심으로」, 『탐라순력도연구논총』, 제주시·탐라순력도연구회, 2000.; 채형지, 「제주도 무용문화의 소멸적 현안에 대한 인식과 극복을 위한 방안 모색」, 세종대학교 박사학위논문, 2010, 15~22쪽.; 임미선, 「≪탐라순력도≫의 정재 공연과 주악 장면」, 『장서각』 제26집, 한국학중앙연구원, 2011.

2 임미선, 위의 논문, 2011, 271쪽.

정작 교방 문화나 기생과 관련된 문헌 자료가 드물어 이 방면에 대한 정보를 얻기가 쉽지 않다는 데 있다.

이 글은 본래 제주의 교방 풍류와 기생 문화의 문화콘텐츠화 방안을 모색하기 위해 기획되었다.[3] 그러나 일차적인 문헌 자료들이 제대로 검토되지 않은 상황에서 문화콘텐츠화 방안을 논의하는 것은 문제가 있다고 판단하였다. 따라서 이번 연구에서는 제주 교방과 기생 문화 및 활동과 관련된 자료들을 수집·정리하여 이에 대한 검토를 진행하고, 이를 통해 제주 교방과 기생의 문화콘텐츠화 기반 마련을 위한 그 문화원형을 탐구하고 조명하는데 집중하고자 한다.

2. 제주 교방과 기생의 역사적 변천

조선시대의 교방은 악가무(樂歌舞)를 관장하던 기관으로, 기생들을

---

3 '풍류', '교방 문화', '교방 풍류' 등 이 글에서 쓰이는 몇 용어에 대해 그 의미를 정리할 필요가 있다. '풍류'는 자연을 가까이 하는 것, 멋이 있는 것, 음악을 아는 것, 예술에 대한 조예, 여유, 자유분방함, 즐거운 것 등 많은 뜻을 내포하고 있는 단어이다. 이 글에서는 이 중 음악 및 공연 활동과 관련된 의미로 사용할 것이다. 대풍류, 줄풍류 등 전통악기의 편성을 뜻하는 용어를 통해서도 '풍류'와 음악의 관련성이 확인되지만, 기생들의 정재 공연 및 기악을 지칭할 때에도 '풍류'라는 용어를 사용했다는 점에서, '풍류'는 음악 및 공연 활동과 밀접하게 연결된 용어임을 알 수 있다.
'교방'은 조선시대 樂歌舞를 관장하고 女樂을 양성하던 기관을 말한다. 이 글에서 '교방 문화'는 단순히 기관, 장소로서 관련된 문화를 뜻하는 것이 아니라 교방에 소속된 기생 및 악공들에 의해 행해지고 실연된, 혹은 이들과 관련되어 파생된 예술 문화를 포괄하여 지칭하는 의미이다. '교방 풍류'라는 용어 역시 교방 소속 예인들에 의해 실연된 교방악 및 연희와 이와 관련되어 행해지고 파생된 풍류 문화를 의미한다고 볼 수 있다. ('풍류'의 다양한 의미에 대해서는 『한국민족문화대백과』의 '풍류' 항목을 참고할 수 있다.)

중심으로 여악(女樂)을 양성하고 교육, 관리하던 국가 기관이었다. 장악원(掌樂院) 소속의 좌방(左坊)과 우방(右坊)을 합쳐 교방이라고 하였는데, 중앙뿐만 아니라 전국 주요 도시의 지방 관아에도 설립되어 여악과 관련된 업무와 재예를 관장하였다.

제주 교방의 연원에 대해서는 주로 『증보 탐라지』의 내용이 언급되고 있다. '장춘원(藏春院)' 항목의 설명을 보면, "좌위랑(左衛廊)에 있다. 1689년(숙종 15)에 목사 이우항(李宇恒)이 창건하였는데, 기생(妓生)과 악공(樂工)이 음악을 익히는 교방(敎坊)으로 삼았다. 악공은 관노(官奴)로 정했는데 정원이 없고, 기생은 관비(官婢) 중에서 재주와 용모 있는 자를 거두어 뽑았다. 지금은 없어졌다."[4]라고 기록되어 있다. 이 내용을 참고해 보면 제주 교방은 1689년에 만들어진 것으로 보이나 이보다 앞선 기록에서 제주 교방의 연원을 찾을 수 있다.

> 장춘원(藏春院)
>
> 신과원 서쪽에 있는데, 곧 기생이나 악공이 음악을 익히는 곳이다. 악공은 관노(官奴) 중에서 골라 정하고 정원은 없었으며, 교서(敎書)를 받거나 전문(箋文)을 올릴 때 쓰지만 그에 관계되는 예(禮)는 자세하지 않다. 기생은 관비(官婢) 중에서 재주와 용모가 뛰어난 자를 올려서 정밀하게 골랐다.[5]

---

4 『역주(譯註) 증보탐라지(增補耽羅誌)』, 제주문화원, 2005, 270쪽.
김동전은 여기에 조금 더 보충하여 "신과원(新果園) 서쪽에 있었으며, 일명 장춘원(藏春院)이라고도 한다. 숙종 15년(1689) 목사 이우항(李宇恒)이 창건하였다. 교방은 관아 기생들에게 악기를 가르치는 곳이다. 악공은 관노에서 뽑았고, 기생은 관비 중에서 재모가 있는 자를 택하였다."라고 설명하고 있다. 김동전, 「18세기 제주도의 행정과 도로」, 『탐라순력도연구논총』, 제주시·탐라순력도연구회, 2000, 54쪽.

5 이원진, 김찬흡 외 옮김, 『역주 탐라지』, 푸른역사, 2002, 93쪽.

제주 읍지(邑誌)류 중 이른 시기의 기록인 이원진(李元鎭, 1594~?)의 『탐라지(耽羅志)』에서도 교방에 대한 기록을 찾을 수 있다. 이원진은 1651년(효종7) 7월부터 1653년 10월까지 약 2년 간 제주목사로 있었는데, 이 시기에도 교방이 존재했음이 확인된다. 이때는 '교방'이라는 용어가 사용되지 않고, '장춘원'이라는 명칭으로 불렸던 것 같다. 그런데 이후 1704년에 편찬된 이형상(李衡祥, 1653~1733)의 『남환박물(南宦博物)』에는 '장춘원'과 '교방'이라는 기록이 동시에 나타난다.[6]

따라서 제주 교방의 역사와 명칭의 변화는 다음과 같이 정리할 수 있다. 17세기 중반에 이미 교방의 역할을 하고 있던 '장춘원'이 있었던 것으로 보아 제주 교방은 17세기 이전부터 설치되어 지방 관아의 행사에서 교방악 및 관련 연희를 관장하였을 것이다. 또한 제주 교방은 '장춘원'이라는 명칭으로 통용되다가, 18세기를 전후한 시기에 장춘원과 교방이 동시에 존재하였고, 이후 두 용어가 함께 사용되거나 아니면 '교방'으로 불리며 지금까지 전해지고 있는 것으로 파악할 수 있다.

이렇게 교방을 지칭하는 용어가 다르게 나타나는 것이 제주 교방에서만 나타나는 현상은 아니었다. 평안도 함흥부의 '백화원(百花院)', 갑산부의 '어화원(語花院)', 경상도 경주부의 '악부(樂府)' 등 교방을 가리키는 다른 명칭들이 확인된다.[7] 다만 교방의 역할을 하고 있는 '장춘원'이 이미 존재하였는데, 17세기 후반에 별도로 '교방'이 만들어졌다는 것은 두 기관의 역할이 조금은 달랐음을 뜻한다. 이에 대해서는 차후 보완된

---

6 이형상, 이상규·오창명 역주, 『남환박물』, 푸른역사, 2009, 179쪽. "장춘원-4칸이다." 라는 기록과 "교방"이라는 기록이 동시에 남아있다.

7 황미연, 「조선후기 전라도 교방의 현황과 특징」, 『한국음악사학보』40, 한국음악사학회, 2008, 627~629쪽 참조.

논의가 더 진행되어야 할 것으로 보인다.

제주 교방의 기생 규모는, 현재 명확한 기록이 남아 있지 않아 가늠하기가 쉽지 않다. 관련 기록들을 살펴본 결과 17~19세기 제주 교방의 기생은 시기에 따라 적게는 40여 명에서 많게는 80여명 수준이었을 것으로 짐작된다. 1680년 어사로 제주를 다녀간 이증(李增, 1628~1686)의 『남사일록(南槎日錄)』에는 화북포구로 제주에 들어온 후 처음으로 판관들을 보는 자리에 교생(敎生) 50여 명과 기생(妓生) 30여 명이 관덕정 앞에서 도열하여 맞이해 주었다는 기록이 있고,[8] 비슷한 시기에 제주목사를 지낸 이익태(李益泰, 1633~1704)[9]의 『지영록(知瀛錄)』「증감십사(增減十事)」에서는 관에 노비가 많은데, 비(婢)는 모두 기안(妓案)에 들어가고 바느질하는 기(妓) 10여 명을 제외하고는 그 나머지는 모두 교방기(敎坊妓)라고 적고 있다.[10] 구체적인 인원이 명시되어 있지는 않지만 일반적 비(婢)에 비해 그 수가 많고 폐단이 있어 기적(妓籍)을 혁파하려는 것을 볼 때 상당수의 기생이 존재했던 것으로 추정할 수 있다.

18세기 후반에 편찬된 것으로 알려진 『탐라방영총람(耽羅防營總攬)』에는 교방의 기생이 43명이라고 밝히고 있다.[11] 이후 시기적으로 비교적 늦기는 하지만, 19세기 말 『독립신문』[12]에 당시 제주 기생의 규모가

8 이증, 김익수 역, 『남사일록(南槎日錄)』, 제주문화원, 2001, 41쪽 참조.

9 이익태는 1694년 5월부터 21개월간 제주 목사를 지냈다.

10 이익태, 김익수 역, 『지영록』, 1997, 86쪽 참조.

11 오성찬, 「제주 역사 관련 고문서에 대한 소고」, 『향토사연구』 제5집, 한국향토사연구전국협의회, 1993, 170~171쪽 참조.

12 『독립신문』, 1896.12.3. "제쥬 ᄇᆡᆨ셩의 편지가 신문샤에 왓ᄂᆞᆫᄃᆡ 제쥬 목ᄉᆞ 리병휘가 졍부 명령을 좃지 안코 탐학을 일 삼을ᄉᆡᆨ … 병정 슈ᄇᆡᆨ명과 나졸 슈십명을 셜시ᄒᆞ고 위엄을 셔리 ᄀᆞᆺ치 ᄒᆞ며 술이 취ᄒᆞ면 무죄ᄒᆞᆫ 리민을 치도곤으로 마조 쳐셔 사경 된 사ᄅᆞᆷ이 만코

확인되는 기사가 실려 있어 눈에 띈다. 1896년 12월 3일 『독립신문』에는 제주 목사 이병휘의 악정(惡政)을 고발하는 기사가 수록되어 있는데, 이 기사에는 당시 기생이 80명이라고 기록되어 있다.

1871년경 평양 교방의 기생이 180명으로 전국에서 가장 많았고, 평양 교방과 더불어 유명했던 진주 교방의 기생 규모가 그 당시 100여 명이었다는 보고를 참고해 보면, 조선후기 제주 기생 규모 역시 적지 않았음을 알게 해 주고 있다. 19세기 말 전국 교방의 기생 수는 함경도 영흥 44명, 황해도 해주 10명, 강원도 원주 20명, 충청도 공주 29명, 전라도 전주 34명, 경상도 대구 66명 등으로 파악된다.[13]

마지막으로, 몇 문헌에는 제주 기생들의 복식과 관련된 기록들이 남아있어 참고적으로 정리해 둔다. 18세기 초 제주로 유배된 김춘택(金春澤)은 "기생은 아주 가난하여 항상 비단 옷감을 걸칠 수가 없다."[14]라고 하였고, 제주 목사를 지낸 이형상(李衡祥)은 "기생과 창녀들 가운데 조금 넉넉한 사람은 화려한 비단옷을 입고 있어 관서 지방을 방불케 한다."[15]라고 하여 서로 상반된 의견을 적어두고 있다. 기생 복식에 대한 단편적

기ᄉᆡᆼ 팔십명을 설시 ᄒᆞ고 ᄆᆡ일 풍악과 ᄉᆞᆯ 노리 ᄒᆞ고 어ᄃᆡ던지 츌닙 ᄒᆞ면 좌우에 기악과 병졍과 나졸이 나렬 ᄒᆞ야 가진 취ᄃᆡ를 불으고 그외 협잡ᄒᆞᆫ 일은 다긔록 홀슈 업다고 ᄒᆞ엿스니 우리ᄂᆞᆫ 이런 일을 자셰히 모로거니와 ᄂᆡ부에셔ᄂᆞᆫ 별노히 사실 ᄒᆞ여 보아야 ᄇᆡᆨ셩 ᄉᆞ랑 ᄒᆞᄂᆞᆫ ᄆᆞᄋᆞᆷ이 될듯 ᄒᆞ더라."

13 황미연은 19세기 말 '읍지'류의 검토를 통해 각 지역 감영의 기생 수를 파악하였다.(황미연, 앞의 논문, 2008, 631~634쪽 참조) 진주 기생에 대해서는, 양지선·강인숙, 「문헌자료를 통해 본 진주기생의 활동양상」(『대한무용학회논문집』제71권 3호, 대한무용학회, 2013, 48쪽)을 참고하였다.

14 김익수 역, 『북헌집(北軒集)-제주기록(濟州記錄)-』, 전국문화원연합회 제주도지회, 2005, 114쪽.

15 이형상, 이상규·오창명 역주, 앞의 책, 푸른역사, 2009, 108쪽.

인 기록들이어서 이를 통해 제주 기생들의 생활상을 단정할 수는 없지만, 도서 지역의 기생으로서 경제적으로 일정하고 넉넉한 수준이었던 것 같지는 않다. "조금 넉넉한 사람"은 예외적이었던 것으로 파악되고 대체적으로는 가난한 생활이었을 것으로 생각된다. 기생이라는 존재의 겉모습과는 다르게 화려하지만은 않았던 제주 기생의 삶을 엿볼 수 있게 하는 것 같다.

3. 제주의 교방 풍류와 기생의 활동

1) 『탐라순력도』에 반영된 제주 교방의 공연 양상

제주의 교방 풍류와 기생의 활동상을 구체적으로 담아낸 기록은 그리 많다고 할 수 없다. 그러나 부족하나마 조선후기 제주 교방과 기생의 모습을 조금이나마 엿볼 수 있는 기록들이 여러 인물들의 기록에 부분적으로 남아 있다. 그 중 널리 알려진 자료가 바로 『탐라순력도』이다.

이미 잘 알려져 있듯이, 『탐라순력도』는 병와(瓶窩) 이형상(李衡祥, 1653~1753)이 1702년(숙종 28)에 제주목사 겸 병마수군절제사에 부임한 후 제주의 고을들을 순력(巡歷)하면서 거행한 여러 행사와 더불어 방어의 실태, 군민(軍民)의 풍속, 자연 풍광 및 산물 등을 기록한 화첩이다.[16] 이 그림은 단순히 순력 및 행사 장면만을 담아낸 것만이 아니라 18세기 초 제주의 모습을 다채롭게 재현하고 있다는 점에서 당대 시대상을 보여주는 중요한 자료로 평가 받고 있다.

16 「탐라순력도 서」 참조.(『탐라순력도』, 서문해설 고창석, 제주시, 1994, 26쪽.)

공연예술사, 음악사적 측면에서도 18세기 전후한 시기에 제주 교방 및 기생들의 공연 양상을 살펴볼 수 있는 의미 있는 장면들이 기록되어 있다. 순력 및 행사 마흔 장면 중 기생 및 악공들의 공연 장면이 담겨있는 것은 〈귤림풍악(橘林風樂)〉, 〈정의양로(旌義養老)〉, 〈정방탐승(正方探勝)〉, 〈고원방고(羔園訪古)〉, 〈대정양로(大靜養老)〉, 〈제주양로(濟州養老)〉, 〈병담범주(屛潭泛舟)〉 등이다. 최근 국악, 무용학 등 여러 방면의 연구자들에 의해서 『탐라순력도』에 담긴 공연 양상에 대해 심도 있는 연구들이 진행된 바가 있어 이를 이해하는 데 좋은 참고가 된다.[17]

먼저 살펴볼 장면은 〈제주양로〉, 〈정의양로〉, 〈대정양로〉 등 각 현에서 치러진 양로연 즉, 노인잔치의 모습들이다. 양로연은 효(孝)와 경(敬), 예(禮)를 중시하는 조선 유교 사회에서는 중요한 의례이자 행사였다. 1432년(세종 14)에 양로연 의주(儀註)가 제정된 이후, 양로연은 왕실과 지방 관아에서 정례적으로 행해졌다.[18] 이형상도 제주도를 순력하면서 각 지역에서 양로연을 설행하였는데, 여기에서는 그 중 기생들의 연희 장면들이 비교적 자세히 나온 〈정의양로〉와 〈제주양로〉를 살펴보도록 하겠다.

17 각주 1번의 논문들 참조. 본 논의에서 기생 공연의 장면에 대한 설명들은 이러한 선행 연구들의 성과들을 참고하여 정리·분석하였음 밝힌다.

18 임미선, 앞의 논문, 2011, 265쪽 참조.

〈정의양로〉 부분도

〈제주양로〉 부분도

〈정의양로〉는 1702년 11월 초3일에 정의현성에서 설행되었고, 〈제주양로〉는 11월 19일에 망경루(望京樓) 앞 동헌(東軒) 실시되었다. 〈정의양로〉에는 가설무대 위에서 기생과 악공들이 공연하는 모습이 그려져 있는데, 기생 중 앞줄 3인은 가야금을 연주하고 있는 것으로 보이고, 그 오른쪽 옆 4인은 악기를 소지 않고 앉아 있는 것으로 보아 노래를 부르는 가기(歌妓)로 볼 수 있다. 이들이 부른 노래의 구체적 곡목은 확인할 수 없지만, 아마도 가곡(歌曲)과 같은 성악곡일 것으로 추정된다.[19] 바로 밑에는 교방고(敎坊鼓)를 치는 기생 1인, 장구를 치는 기생 1인, 그 외 대금을 부는 악공 2인과 피리를 부는 악공 1인이 등장하고 있음을 확인할 수 있다. 또한 그 바로 밑에는 무인(舞人) 2인이 추는 정재(呈才) 장면이 그려져 있다. 이 무인들의 경우 연구자에 따라서는 남기(男技)로 보기도 하고 무동(舞童)으로 파악하기도 한다.[20] 이에 대해서는 보다 세밀한

19 임미선(앞의 논문, 2011, 260쪽)은 『탐라순력도』에서는 보이는 가기들이 불렀을 악곡에 대해 "18세기 초 정악의 발전과정을 참작할 때 가곡계통의 노래"였을 것이라고 추정한 바 있다.

고찰이 필요하겠지만, 당시 제주 교방 정재(呈才)를 연행하는 데 남악(男樂)이 소용되었음을 알 수 있다.

〈제주양로〉의 경우는 양로연 풍류의 현장이 더 풍성하게 묘사되어 있다. 우선 복식에서부터 다른 그림에서는 보이지 않는 화려함을 볼 수 있는데, 머리는 얹은머리에 화관(花冠)을 쓰고 긴 비녀를 여러 개 꽂고, 옷은 홍상(紅裳)에 황색 원삼을 입었다. 특히 가야금 타는 2인은 가장 크고 화려하게 묘사되었다.[21] 총 기생 15인과 악사 4인, 기생을 보조하고 있는 것으로 보이는 동기(童妓) 3인이 거문고, 가야금, 교방고(敎坊鼓), 장고, 비파 등을 연주하며 연희를 하고 있는 모습이다. 이 중 기생 5인은 악기가 들려있지 않은 것으로 파악되는데 이들은 역시 노래를 부르는 가기(歌妓)로 볼 수 있을 것이다. 또한 〈정의양로〉에서도 보였던 것처럼 무인 2인이 등장하고 있다.

〈제주양로〉에서 보이는 특징적인 장면은 정재 〈포구락(抛毬樂)〉에서 소용되는 '포구문(抛毬門)'과 정재 〈선유락(船遊樂)〉에서 쓰이는 '채선(彩船)'과 같은 무구(舞具)가 확인된다는 점이다. 〈포구락〉은 고려시대부터 연행된 당악정재(唐樂呈才)의 하나로 그 역사와 전통이 상당히 오래된 정재이다. 『탐라순력도』에서 다른 정재 종목을 확인하기 쉽지 않는데, '포구문'이 보인다는 점은 〈포구락〉 정재가 제주 교방의 대표 정재로서 자리 잡고 있었음을 말해준다 하겠다.

그런데 〈선유락〉의 경우 조금 주의 깊게 살펴볼 필요가 있다. 〈선유

---

20 장효순(앞의 논문, 2000)의 경우는 남기(男技)로 보고 있으며, 임미선(앞의 논문, 2011)은 모두 무동(舞童)으로 파악하고 있다.

21 고부자, 「『탐라순력도』에 나타난 복식」, 『탐라순력도연구논총』, 제주시·탐라순력도연구회, 2000, 327쪽.

락〉은 〈배따라기〉, 〈이선악(離船樂)〉, 〈발도무(發棹舞)〉 등으로 불리던 연희로, 본래 지방—특히 평안도—에서 행해지던 것이 조선후기 궁중으로 유입되면서 향악정재로 자리매김한 궁중정재로 알려져 있다. 〈선유락〉이 궁중정재로서 공연된 최초의 기록은 정조(正祖) 때 『원행을묘정리의궤(園幸乙卯整理儀軌)』(1795)이다.[22] 만약 〈제주양로〉에서 〈선유락〉이 연희되었다면 무려 100년 정도를 앞서 제주 지방에서 먼저 공연되었다는 것이 된다. 〈선유락〉은 본래 해로(海路)를 이용한 조천(朝天), 즉 명·청 대립기간이었던 16~17세기 초 당시 청에 의해 점령된 요동의 육로를 피해 사행을 가던 정황과 결부되어 안주·선천 등 사행 출발지였던 평안도 지방의 교방 정재로 형성된 것이다.[23]

좀 더 면밀한 검토가 필요하겠지만, 〈제주양로〉에서 보이는 '채선'은 평안도 지방에서 연희되던 〈배따라기〉나 궁중정재 소용되었던 〈선유락〉과는 다소 다른 형태의 정재에서 사용된 것이 아닌가 생각된다. 자세한 기록을 찾아볼 수 없어서 어떤 형태였는지 명확히 말하기는 힘들지만, 섬이라는 특성상 '배따라기'류와 같은 '배'를 이용한 연희는 충분히 존재했을 가능성이 높다. 따라서 〈제주양로〉의 채선 장면은 제주만의 특색 있는 교방 정재가 설행되었음을 방증하는 자료라 하겠다.

다음으로 살펴볼 그림은 제주 뱃놀이의 실제적인 연희 양상을 담아낸, 〈정방탐승〉과 〈병담범주〉이다.

---

22 〈선유락〉에 대한 설명은 사진실, 「〈배따라기곡〉에서 〈선유락〉까지」(『공연문화의 전통 樂·戲·劇』, 태학사, 2002, 255~257쪽)와 성무경, 「해제 : 『교방가요』의 문화도상 읽기—조선후기 지방 교방의 관변풍류와 악가무」(정현석, 성무경 역, 『교방가요』, 보고사, 2002, 45~46쪽)에서 참고할 수 있다.

23 성무경, 위의 논문, 2002, 45~46쪽.

〈정방탐승〉 부분도

〈병담범주〉 부분도

〈정방탐승〉은 11월 초5일, 배를 타고 정방폭포를 탐승하는 모습을 그린 것이고, 〈병담범주〉는 취병담(翠屏潭) 즉, 용연(龍淵)에서의 뱃놀이 풍류를 그린 것이다. 두 곳 모두 영주십경(瀛州十景) 중 하나로 꼽힐 만큼 이름난 장소들인데, 이형상은 『남환박물』에서도 이 두 곳을 최고의 경승지로 꼽고 있다. 제주의 풍광이 기이하고 장엄하여 경승이 아닌 데가 없다면서도 그 중 가장 볼 만한 곳으로 맨 먼저 '취병담'을 꼽으며 "뱃놀이하기 매우 적합하다"고 언급하였고, '정모소'[정방연]에 대해서는 "서쪽 바위에서 80여 자나 되는 긴 폭포가 있어 바다로 쏟아지는데, 진실로 제1의 명승지"라고 극찬하였다.[24]

먼저 〈정방탐승〉의 그림을 살펴보면, 배 두 척에 기생들과 악공 등이 타고 있는데, 오른쪽 배에는 무인 2인과 교방고(教坊鼓)를 치는 기생 1인, 대금을 부는 악공 1인, 가기(歌妓)로 보이는 기생 4인이 타고 있으며,

24 이형상, 이상규·오창명 역주, 앞의 책, 푸른역사, 2009, 74쪽, 80쪽 참조.

왼쪽 배에는 기생 7인과 관원으로 보이는 3인이 타고 있는 것으로 파악된다. 〈병담범주〉의 선상 공연은 그 규모가 더 커 보인다. 배 세 척을 띄우고 있는데, 중앙의 큰 배를 중심으로 보면 대금을 부는 악공 2인, 교방고를 치는 1인과 보조 동기 1인, 가기(歌妓) 3인이 공연을 하고 있는 모습이다.

〈정방탐승〉이 무인들의 정재 공연을 중심으로 이루어지고 있다면, 〈병담범주〉는 가기들에 의한 성악(聲樂) 공연이 주를 이루고 있다는 점이 다르다. 이는 아마도 뱃놀이 풍류를 즐기는 장소의 영향이 큰 것으로 생각되는데, 정방폭포의 경우 폭포의 물 떨어지는 소리와 인접한 바다의 영향으로 인해 성악 중심의 풍류를 즐기기에는 적합하지 않고 시각적인 정재 공연이 어울렸을 것으로 생각되는 반면, 용연의 경우 지형적 특징 상 바다 등 외부 환경의 영향이 적고, 높고 깊은 기암절벽 사이에서 소리의 울림이 자연스럽게 퍼지는 곳이다 보니 성악 공연이 보다 더 적합했던 것으로 생각된다. 이는 좌상객(座上客)이라 할 수 있는 제주 목사의 감상 위치만 봐도 알 수 있다. 〈정방탐승〉의 경우는 제주 목사가 정방연 밖, 소나무가 우거진 상석에서 정방폭포와 정재 공연을 감상하고 있다면, 〈병담범주〉의 경우는 중앙의 큰 배에 타서 바로 기생들의 성악 공연을 들으며 뱃놀이를 즐기고 있는 것을 확인하게 된다.

『탐라순력도』의 기생 공연 장면 중에서 가장 특색 있는 모습은 바로 감귤 과수원 속에서의 풍류라고 말할 수 있을 것 같다. 『탐라순력도』에는 이러한 장면이 두 번이나 그려지는데, 바로 〈귤림풍악〉과 〈고원방고〉이다.

〈귤림풍악〉 부분도

〈고원방고〉 부분도

〈귤림풍악〉은 망경루 후원(後園) 귤림(橘林)에서의 풍악 장면을 그린 것으로, '감귤 봉진'을 마무리하고 감귤 농사의 풍작을 기념하여 벌인 연회일 것으로 추정된다. 당시 제주읍성 안에는 동·서·남·북·중과원(中果園) 5개와 별과원(別果園) 등 6개의 과원이 있었는데, 이 과원은 북과원(北果園)인 것으로 볼 수 있다.[25] 〈고원방고〉는 1702년(숙종 28년) 11월 초6일 고둔과원(羔屯果園)에서 왕자구지(王子舊地)를 탐방하고는 그곳에서 기생 풍류를 즐기는 모습을 그린 그림이다. 고둔과원은 대정현성에서 동쪽으로 55리에 위치해 있었는데, '왕자구지'는 탐라국 시절 왕자가 살던 곳을 뜻한다.[26]

두 그림에서 보이는 기생들의 모습이나 사용되는 악기들은 다른 그림에서 보이는 교방 풍류의 모습과 크게 다르지 않지만, 그 장소가 '귤림'이라는 점에서 이채로운 장면을 연출한다. 두 그림 중에서는 〈귤림풍

25 〈귤림풍악〉 해제, 『탐라순력도』(그림해설 김동전, 제주시, 1994, 26쪽), 28쪽 및 임미선(앞의 논문, 2011), 261~262쪽 참조.

26 이익태, 김익수 역, 『지영록』, 제주문화원, 1997, 25쪽.

악〉이 규모나 분위기 면에서 더 풍성한 모습을 보인다. 〈귤림풍악〉에는 30여 명의 기생이 등장하는데, 이는 『탐라순력도』에서 보이는 교방 풍류 중 가장 많은 인원이 동원된 공연 현장이다. 무인이나 다른 무구가 보이지 않는 것으로 보아 과원에서의 풍류는 성악 공연이 주를 이루었다고 할 수 있다.

1936년에 간행된 『제주도실기』에는 〈영주십경가〉가 기록되어 있다. 그 중 '제3경 귤림추색'을 노래한 부분 중에는 "牧師는 微醉하고 藝妓는 歌舞할세"[27]라는 노랫말이 있다. 바로 〈귤림풍악〉의 장면을 묘사하고 있는 부분이다. '가무'라는 표현을 볼 때, 성악과 춤 공연이 함께 어우러진 연희였을 가능성도 있어 보인다. 이러한 노래가 언제부터 만들어져 불렸는지는 확인되지 않지만, 귤림에서의 풍악이 20세기 초까지 전승되고 있었음을 말해준다. 다른 지역에서도 과원 안에서의 풍류악이 설행되었는지는 모르겠으나 감귤 과원 안에서의 풍류악 공연은 제주가 유일하다. 제주 교방만의 특색 있는 풍류의 현장으로 이에 대한 좀 더 심도 있는 연구와 고증이 필요할 것이다.

2) 여러 문헌에 기록된 제주 기생의 활동상

제주와 관련된 대표적인 문헌 기록에는 『세종실록지리지』, 『동국여지승람』을 비롯한 관찬지(官撰誌)와, 이원진의 『탐라지』, 이형상의 『남환박

---

27 "橘林秋色 조흔 경치 江陵千樹 완연하다 / 黃金色 누른 橘은 成熟을 자랑하야 향취를 진동하며 / 牧師는 微醉하고 藝妓는 歌舞할세 / 少年 閑長들온 橘을 더저 밧고주니 / 杜牧之가 지나간 듯 가을경치 더욱 조타", 김두봉, 『제주도실기(濟州道實記)』, 제주도실적연구사(濟州道實蹟硏究社), 1936, 62쪽.(『제주도실기』, 오문복 역, 제주시 우당도서관, 2003 참조)

물』, 정조 및 고종대의 『제주읍지』 등과 같은 '탐라지', '읍지'류와 같은 문헌들이 있고, 기행·일기류의 기록으로는 김정의 『제주풍토록』, 임제의 『남명소승』, 김상헌의 『남사록』 등 개인적으로 편찬된 문헌들도 지금까지 전해진다. 그런데 이러한 자료들에서는 대부분 제주의 풍토, 행정, 풍속, 지리, 역사 등에 주목하거나, 명승지 탐방 및 개인적인 정취를 적어내는 것이 주를 이루고 있어서, 이를 통해 제주 교방의 풍류 현장이나 기생들의 활동상을 살펴보는 데에는 여러모로 어려움이 있다. 남아있다고 하더라도 부수적으로 적으로 조망하는 데에는기록되는 경우가 많아, 제주 교방 및 기생들의 문화상을 입체 부족함이 있다. 여기에서는 거칠게나마 여러 문헌에 흩어져 있는 단편적인 기록들을 모아서 제주 기생들의 모습과 풍류의 현장들을 재구성하여 정리해 보도록 하겠다.[28]

먼저 살펴볼 내용은 제주 기생이 말을 타고 달리는 모습에 대한 기록들이다. 제주 기생이 말을 잘 탄다는 사실은 오래전부터 널리 알려져 있었다. 이능화는 『조선해어화사』(1927)에서 기생의 연원과 내력을 기술하면서 각 지방 기생의 특색들을 적어두었는데, 제주 기생의 특기를 '말 달리는 재주'라고 기록하고 있다.

> 제주 기생은 예로부터 말 달리는 재주가 있었다. 제주도는 몽고(蒙古) 때부터 목장을 두어서 많은 말을 산출하였다. 그렇기 때문에 주(州)의 기

---

28 이 글에서 검토하는 내용 외에도 더 많은 기록들이 남아있을 것으로 생각된다. 제주의 교방 풍류와 기생 문화는 단순히 특정한 계층, 문화에 한정된 문화예술이 아니다. 현재 제대로 고증, 전승되고 있지 않은 제주의 국악, 전통무용과 상당히 밀접한 관련을 맺는 분야이다. 이에 대한 고증과 현대적 재현을 위해서는 앞으로 이러한 기록들을 수집, 정리하는 체계적인 사업이 진행되어야 할 것이다.

생이 이 같은 재주를 가지고 있는 것이다. 이것 또한 풍토(風土)가 이처럼 만든 것이다.[29]

이렇게 언급하면서 이어서 『석북집』에 실린 신광수의 한시를 소개하였다.

제주 기생의 말 달리는 것을 보다　　　　濟州城觀妓走馬

남장(男裝)하고 말 달리는 제주 아가씨　　　　男裝走馬濟州娘
연(燕)·조(趙)의 풍류가 교방을 차지했네.　　　　燕趙風流滿教坊
한 번 금 채찍 들어 푸른 물결 가리키고　　　　一擧金鞭滄海上
봄풀 자라난 석성(石城) 곁을 세 바퀴 도네.　　　　三回春草石城傍
다투어 집집의 귤나무 바라보며　　　　爭朝橘柚家家巷
곳곳마다 준마(駿馬)를 달리네.　　　　獨步驊騮處處場
기녀를 훈련시켜 북방으로 보내　　　　教著蛾眉北方去
진작 무부(武夫)에게로 시집가게 하리.　　　　千金早嫁羽林郎[30]

신광수(申光洙, 1712~1775)는 의금부도사의 임무로 제주에 왔다가 40여 일을 머물며 많은 시문(詩文)을 남겼다. 그 중 기생들과 관련된 시도 여러 편 있는데, 위 인용한 시는 제주 기생이 말 달리는 모습을 보고 감탄하며 지은 작품이다. 신광수가 본, 이러한 제주 기생의 말 타는 재

29 이능화, 『조선해어화사』, 동양서원·한남서림, 1927.10.(이재곤 옮김, 동문선, 1992, 316쪽)

30 이능화, 같은 책. 신광수의 이 한시는 신광수의 『탐라록』에서도 찾아볼 수 있는데, 〈성상관기주마(城上觀妓走馬)〉라는 제목으로 실려 있다. 『역주(譯註) 제주고기문집(濟州古記文集)』, 제주문화원, 2007, 224쪽 참조.

주는 단순히 일회성에 그친 행사는 아니었던 것 같다. 이능화가 밝히고 있듯 그 기원은 고려 때까지 끌어올릴 수 있을 것으로 보이는데, 비교적 이른 시기의 기록인 임제(林悌, 1549~1587)의 『남명소승(南溟小乘)』에서도 제주 기생의 말 타는 모습이 보다 상세히 묘사되어 있다.

> 11월 23일. 흐림. 아침에 별방성(別防城)을 나서는데 여수(旅帥)가 나를 호위하도록 기병 열 명을 동원하였다. 내가 사양하여 그만두도록 했으니, 여수가 말하기를 "이곳은 왜국과 단지 물 하나를 사이에 둘 뿐이니, 대비를 하지 않으면 안 됩니다."라고 해서 부득이 기병을 앞세워 떠났다. 전면에 포구가 있었는데, 마침 썰물 때여서 십리의 모래사장이 펼쳐져 한없이 드넓었다. 기병을 좌우익으로 나누어 종횡으로 달리게 하니, 그들의 말 모는 솜씨가 매우 능숙하였다.
>
> 나는 유정걸(柳廷傑)과 함께 채찍을 늘어뜨리고 말을 세우고는 구경했다. 이때 홀연 세 필의 날랜 말이 백사장 너머로부터 질주하며 달려왔다. 그들은 모두 고라말[駁馬]을 타고 갓[驄笠]을 썼으며 붉은 가죽옷[紫皮裘]을 입고 전후로 내닫는 것이 실로 원숭이처럼 날렵했다. 처음에는 놀라고 의아해 하였는데 자세히 보니 모두 여자들이다. 목관(牧官)이 일부러 관기(官妓)를 보내 그런 장난을 벌인 것이었다.[31]

임제는 과거에 급제한 1577년, 그 해 11월에 제주목사로 있던 부친 임진(林晉)을 뵈러 제주에 갔다가 4개월 간 머물며 제주를 돌아보게 된다. 11월 23일 별방성에서 하룻밤을 묵고 나서는데, 그곳 여수(旅帥)의 배려로 기병의 호위를 받으며 나가게 된다. 이 같은 호위는 왜국과의

---

31 임제, 『남명소승(南溟小乘)』. (홍기표 역, 『역주(譯註) 제주고기문집(濟州古記文集)』, 제주문화원, 2007)

경계 지역이어서 대비가 필요하다는 구실이었지만 실제로는 기병들의 기마술을 보여주기 위한 것이었다.

이 일화에서 중요한 부분은 바로 남장(男裝) 기생들이 기마술을 펼지는 장면이다. 백사장 저편에서 다른 기병들이 달려오게 한 것은, 일부러 왜국 침입에 미리 대비해야 한다는 말을 해서 주의하게 한 다음 실제 왜국의 기병들이 달려오는 것처럼 보이게 꾸민, 나름의 극적 장치였다. 임제는 그들의 말 타는 솜씨에 한 번 놀라고, 그들이 모두 관기(官妓)라는 점에 또 한 번 놀라게 된다. 일반 기병들과 다를 바 없고 상당히 날렵했다고 묘사한 점으로 보아, 제주 기생들의 말 타는 재주가 상당했음을 알 수 있다.

모든 기생들이 이 같은 능력을 갖고 있었다고 보기는 힘들지만, 제주 기생들은 가무악(歌舞樂)과 더불어 말 타는 재예를 익혔던 것으로 볼 수 있다. 『조선해어화사』를 쓴 이능화는 제주도에 말이 많다 보니 이 같은 재주를 갖게 된 것이라고 언급하고 있지만, 실상은 조금 달랐을 수도 있다.

남장하고 말 타는 재예는 최북방의 의주(義州) 기생들도 갖고 있는 특기이기도 하다. 이능화는 "의주 기생은 말을 달리고 검무(劍舞)를 추는 재주가 있다. 국경의 수비를 맡은 중지(重地)이기 때문이다."[32]라고 밝히고 있다. 그러나 실제 기생들이 국경방어의 임무를 맡지는 않았을 것이고 변방 국경이라는 지역적 풍토성과 궁마(弓馬) 및 무예를 숭상한 분위기가 합쳐져 이 같은 재예가 갖춰졌다고 보는 것이 합당한 해석일 듯하다.

---

32 이능화, 이재곤 옮김, 앞의 책, 동문선, 1992, 317쪽.

조선후기 여러 연행록(燕行錄) 및 문헌 기록들을 참고해 보면, 의주 기생의 말 타는 재주 곧, '치마(馳馬)'는 공식적인 사신연(使臣宴)이나 전별연(餞別宴)뿐 아니라 사연(私宴)에서도 행해지는 연희였다.

> 정·부ᄉᆞ와 부윤으로 더브러 강무당(講武堂)에 모히여 본부 쟝교와 기ᄉᆡᆼ을 모도와 ᄆᆞᆯ을 ᄃᆞᆯ니이며 칼 쓰이기ᄅᆞᆯ 시험ᄒᆞ니 강무당은 ᄯᅩᄒᆞᆫ ᄇᆡᆨ일원(白日園)이라 일ᄏᆞᄅᆞ니 …(중략)… 혹 마샹ᄌᆡ ᄒᆞᄂᆞᆫ 재 이셔 월도(月刀)와 쌍검(雙劍)이 다 족히 일등이라 ᄒᆞᆯ거시오 기ᄉᆡᆼ이 ᄯᅩᄒᆞᆫ 젼립과 군복을 ᄀᆞᆺ초와시니 다 져의 ᄌᆞ비(自費)ᄒᆞᄂᆞᆫ 배오 님시ᄒᆞ여 ᄂᆞᆷ의게 비ᄂᆞᆫ 배 업다ᄒᆞ며 ᄯᅩᄒᆞᆫ 빵검을 쓰ᄂᆞᆫ 계집이 이시니 궁마ᄅᆞᆯ 슝샹ᄒᆞᄂᆞᆫ 풍속을 가히 알너라 은안ᄇᆡᆨ마(銀鞍白馬)의 샹모와 쥬락(珠絡)을 ᄃᆞ라시며 거믄 깁으로 머리ᄅᆞᆯ 동히고 녹의홍샹(綠衣紅裳)을 ᄌᆡᆼ션(爭先)ᄒᆞ여 젹셜이 만산ᄒᆞᆫᄃᆡ 너른 ᄯᅳᆯ 가온대 ᄂᆞᄃᆞᆫᄃᆞ시 횡치ᄒᆞ니 진실노 긔관이라[33]

> 관아(官衙)로 돌아 기녀(妓女)의 말 달리는 법을 구경하였다. 백일원(百一院)은 압록강 동쪽에 있으며 평야는 광활하였다. 말 달리는 길의 폭이 백보(百步)가 넘었다. 기생들이 모두 군복을 착용하고 성장(盛裝)한 뒤 대열을 지어 섰다. 한 번 뿔피리를 불고 세 번 북 소리가 끝나자, 차례로 말에 올라타고 고삐를 잡아서 나는 듯이 달려서 궤도(軌道) 안으로 들어섰다. 동작이 털끝만한 착오도 없었다. 그 중에 경혜(瓊惠)라는 자가 있어 손으로 쌍검(雙劍)을 쥐고 춤추는데 민첩하기 마치 나는 제비 같았으니 진실로 장관(壯觀)을 이루었다.[34]

---

33 서유문, 조규익 외 주해, 『무오연행록』, 박이정, 2002, 387쪽.

34 이능화, 앞의 책, 1992, 319쪽에서 재인용.

위 첫 번째 예문은 18세기 말 서유문의 『무오연행록』(1789)의 기록을 옮긴 것이며, 두 번째는 예문은 19세기 초 여류시인 김금원(金錦園)이 의주 통군정(統軍亭)에서 기생들의 연희를 본 기록을 옮긴 것이다. 기생들의 '치마(馳馬)'에 대한 기록은 18세기 초반 연행록에서 보이기 시작하는데,[35] 이러한 연희가 모두 의주 지방에서만 행해진 것으로 볼 때 이는 평안도, 함경도 지역의 기생 중 의주 기생들만의 특장이었던 것으로 파악된다.

위 기록들을 참고해 보면 '치마'는 단순하게 말 타고 달리는 것이 아니라 복식에서부터 연행까지 상당히 체계적으로 구성된 공연임을 알 수 있게 한다. 화려한 복식을 갖춰 입고, 대열을 지어 군무를 이루는 모습은 이 연희가 오랜 기간 수련을 통해 쌓을 수 있는 전문적인 재예임을 말해 준다.

임제가 제주에서 본 기생들의 '치마' 기록이 이처럼 상세하지는 않지만, 남장에 군복을 입고 치러지는 형태는 의주 기생들의 모습과 상당히 유사함을 알 수 있다. 실제로 제주에서 의주 지역처럼 공식적인 연희로 행해졌는지는 확인하기 힘들지만, 임제나 신광수의 기록들을 참고해 본다면, 이 같은 재예가 단순한 수준을 넘어서 오랜 시간의 연습을 거쳐 쌓아온 것이며 제주 기생만의 특색 있는 재예로 자리 잡고 있었음을 알게 해준다. 무엇보다도 임제의 기록이 의주 지방과 관련된 기록보다는 100여 년 앞선 16세기 후반의 기록이라는 점은 '말 타기 재예'에 대한 제주 교방의 전통이 일찍부터 전해 내려왔음을 방증한다.

35 '말 달리기[馳馬]'가 행해진 것에 대한 정리는 김은자, 「조선시대 사행을 통해 본 한·중·일 음악문화」, 한국학중앙연구원 박사학위논문, 2011, 64쪽 참조.

다음으로 살펴볼 내용은, 제주 기생들의 성악(聲樂)과 음률에 관련된 기록들이다. 앞서 『탐라순력도』의 기록들을 통해, 교방악의 풍류 속에서 가곡(歌曲)과 같은 성악 공연이 연행되었을 것을 추정한 바 있다. 그러나 실제로 어떤 곡목을 불렀다는 기록이 남아있지는 않아서 그 구체적인 공연 양상을 가늠하기가 쉽지 않다.

그런데 문헌 자료들 중에는 제주 기생들이 가사(歌詞)를 불렀다는 기록들이 남아있어 흥미를 끈다. 노래 부른 가사의 제목도 확인되는데, 〈별사미인곡(別思美人曲)〉, 〈사미인곡(思美人曲)〉, 〈상사별곡(相思別曲)〉 등 미인곡류, 상사곡류의 가사로 잘 알려진 작품들이다.

이러한 기생들의 가사창 연행과 관련된 기록 중 중요한 인물이 바로 김춘택(金春澤, 1670~1717)이다. 그의 문집 『북헌집(北軒集)』에는 그가 지은 〈별사미인곡〉에 대한 여러 기록들이 남아있다.[36]

> 옛날에 소경에게 시를 외우게 하였는데, 왜 소경을 취했는가 하면 소리를 잘 가려냈기 때문이다. 기생 역시 소리에 익숙한 사람들이다. 또 군신지의(君臣之義)를 그들이 아는 바는 아니겠지만, 남녀의 정에 대해서는 상세하게 알고 있는 자들이다. 정(情)은 진실로 느껴지는 것이니 그렇다면 그것을 소리로 펴낸다면 더욱 더 사람을 감동시킬만 할 것이다. 지금 이 사(詞)[〈별사미인곡〉]를 **제주 기생 중 노래 잘하는 자에게 남겨 전하여,** 훗날 이것을 듣는 사람들로 하여금 그 가사로 인하여 그 뜻을 헤아리게 하려 한다. 이것을 통해 나를 알아주는 자를 만날 수 있을 것이다.[37]

---

36 김춘택의 〈별사미인곡〉과 관련 문헌 기록들에 대해서는 졸고, 「김춘택의 작자의식과 〈별사미인곡〉의 창작·향유 양상에 대한 일고찰」, 『한국시가연구』 35, 한국시가학회, 2013. 에서 상세히 다룬 바 있다. 김춘택과 관련된 구체적 논의와 설명은 이 글에서 참고했다.

37 김춘택, 「논시문(論詩文)」, 『북헌집』권16.(김익수 역, 『북헌집(北軒集)-제주기록(濟州

김춘택은 17세기말~18세기 초 노론의 대표적 정객으로 활동한 인물이었다. 여러 번의 옥고(獄苦)와 유배를 거쳤고 계속된 당쟁 속에서 1706년에는 제주도에 유배되었다. 그의 대표작 〈별사미인곡〉은 제주 유배 시기에 지어진 가사이다. 그는 이 작품과 관련된 창작 배경 및 의도, 자신의 심회 등을 직접 기록하여 남기고 있는데, 위 인용한 내용은 그 중 한 부분이다.

김춘택은 송강의 '전후사미인사(前後思美人詞)'를 추화(追和)화며 〈별사미인곡〉을 썼다고 언급하면서, '그 가사가 송강의 것에 비하면 더 곡진(曲盡)하고 그 곡조는 더욱 쓰라리다'라고 밝혔다. 그러면서 이 가사를 남녀 간의 정(情)을 잘 아는 기생에게 남겨 훗날 자신의 뜻을 잘 전하게 하려 한다고 하고 있다.

실제로 김춘택이 〈별사미인곡〉을 기생에게 전하여 노래로 부르게 했는지에 대해서는 『북헌집』에 남아있지 않아 그 연행 양상을 알 수는 없었다. 그런데 뜻밖에도 다른 문헌 기록을 통해서 그가 세상을 떠난 후 이 〈별사미인곡〉이 제주에서 불려 전하고 있었음을 확인할 수 있게 된다.

> 어떤 늙은 기녀가 방문했는데 이름이 석례(石禮)라고 하였다. 그녀가 찾아온 까닭을 물어보니 아마 백우(伯雨, 김춘택의 字)가 유배 와서 살고 있을 때 정을 두었던 사람이었던 것 같다. 나는 바야흐로 국화를 마주하여 홀로 술잔을 들고 있었는데 한 곡조를 부르게 했더니, 실로 백우(伯雨)가 남긴 사미인곡(思美人曲)이었다. 느끼는 대로 시를 지었다.[38]

記錄)-』, 전국문화원연합회 제주도지회, 2005, 395쪽 참조)

38 임징하, 김익수 역, 『서재집(西齋集)』, 전국문화원연합회 제주도지회, 2004, 58~59쪽 참조.

이 기록은 임징하(任徵夏, 1687~1730)가 1727년 제주도 대정현으로 유배 갔을 때 지었던 한시의 부기이다. 임징하는 김춘택의 매부(妹夫)이다. 그가 이 시를 지은 때는 김춘택이 제주도를 떠난 지 20년이 넘은 시기이고, 또한 그가 세상을 떠난 지는 이미 10년이나 지난 시기이다.[39]

임징하는 유배지에서 노기(老妓) 석례(石禮)를 만나게 된다. 석례는 과거 김춘택이 유배지에서 만난 정인이었던 듯한데, 김춘택이 제주도를 떠난 지 20년 만에 그의 인척이 와 있다는 소식을 듣고 찾아온 것임을 알 수 있다. 그때 그녀가 한 곡조 부른 노래가 바로 〈별사미인곡〉이다. 이 기록은 가사의 창작과 향유의 실제적 연행 상황을 알 수 있게 하는 중요한 기록이다. 〈별사미인곡〉이 작자 개인의 차원의 향유에서 머문 것이 아니라 제주 기생에게 전해져 전승·향유되었음을 알게 해준다. 김춘택 개인의 '연군의 노래'를 넘어서 보편적 '상사(相思)의 노래'로 전승되었던 것이다.

현재 전하는 〈별사미인곡〉은 18세기 후반 필사본 가사집인 『해동가곡』(1792년 추정)[40]에 수록되어 있다. 이 가사집에는 송강의 가사, 시조 작품들, 그리고 〈별사미인곡〉, 〈갑민가〉가 실려 전한다. 학계에서는 이를 통해 〈별사미인곡〉이 송강의 가사, 시조와 더불어 조선후기 널리 전승되었을 것으로 파악한다. 그러나 〈별사미인곡〉은 이미 18세기 초 제주 기생들에 의해 초연(初演) 되었으며 그 이후로 계속적으로 제주의 상사가사(相思歌詞)로 전창(傳唱)되고 있었다. 제주에서 만들어지고 제

39 졸고, 앞의 논문, 2013, 140쪽.

40 『해동가곡』의 편찬 연대 추정은 김형태, 「〈갑민가〉의 이본 및 대화체 형식 연구」, 『열상고전연구』 제18집, 열상고전연구회, 2003, 258~263쪽 참조.

주에서 처음으로 불린 가사 작품으로 그 의미를 다시 한 번 새겨볼 필요가 있다.

제주 기생들의 가사창 연행과 관련해서는 몇몇 문헌 기록들이 더 남아있다. 김춘택의 『북헌집』에는 〈별사미인곡〉 이외에도 당시 도사(都事)와 판관(判官)이 망양대(望洋臺)의 주석(酒席)에서 기생들로 하여금 송강의 〈사미인곡〉 부르게 하였다는 기록[41]이 있고, 신광수는 기생 월섬이 부른 〈상사별곡〉을 듣고 한시를 지어 남기기도 했다.

녹벽(綠璧) 제자 월섬(月蟾)에게 주다	贈綠璧弟子月蟾
소소가에서 춤을 배운 아가씨	蘇小家中學舞娘
어미 따라 나그네를 보내려 횡당에 도착했구나	隨孃送客到橫塘
나루 정자 해떨어지는데 상사곡 소리	津亭落日相思曲
내일 아침 기다리지 않아도 이미 창자를 에이네	不待明朝已斷腸
- 섬기(蟾妓)는 그때 〈상사별곡〉을 불렀다.[42]	

이상 제주 기생들의 가사창 연행 양상에 대해 살펴보았다. 현재 남아있는 문헌에서 기생들의 가창(歌唱)과 관련된 기록은 찾기가 쉽지는 않지만, 그래도 다양한 양상의 가창 활동 모습을 확인할 수 있다. 그중 몇 내용들을 살펴보면, 임제(林悌)가 제주도를 유람할 때 우도로 들어가는 배에서 관노(官奴)에게는 피리를, 기생 덕금(德今)에게는 노래를 부르

41 김익수 역, 『북헌집(北軒集)-제주기록(濟州記錄)-』, 전국문화원연합회 제주도지회, 2005, 315쪽 참조.

42 신광수, 『탐라록』.(『역주(譯註) 제주고기문집(濟州古記文集)』, 제주문화원, 2007, 276쪽)

게 했다는 내용[43], 1659년 제주목사로 있던 이괴(李襘)가 관아 업무가 끝나면 소행정(素行亭)에서 아이에게 거문고를 타게 하고 가기(歌妓)에게 창을 하도록 하면서 풍류를 즐겼다는 내용[44], 1680년 제주 어사였던 이증(李增)이 판관들과 함께 한 작은 주석(酒席)에서 기생들의 거문고 연주와 노래를 듣는데 음조(音調)가 잘 맞지 않고 전습(傳習)이 잘 되지 않는다는 평가[45] 등 기생들의 가창과 관련된 다양한 기록들이 단편적으로 남아 전하고 있다.

앞서 『탐라순력도』에서 볼 수 있었던 교방 풍류의 차원에서 설행된 가창 활동은 찾아보기가 힘들었지만, 여러 기생들의 가사창 향유와 관련된 기록들을 참고해 볼 때 활발한 가창 활동이 이루어지고 있었음을 짐작할 수 있다. 현재 남아있는 기록으로는 상사곡류의 가사 작품들을 주로 불렀음을 알 수 있는데, 섬 지역의 특성상 만나고 헤어지는 상황에 대한 애절한 정서가 향유하는 노래에도 은연중에 반영된 것이 아닌가 생각해 본다. 차후 많은 문헌자료들의 보충을 통해 당대 제주 기생들이 향유, 전승했던 가창 장르와 연행 상황에 대한 활발한 논의가 이루어져야 할 것이다.

43 임제, 『남명소승』.(앞의 책, 2007, 59쪽)
44 이익태, 김익수 역, 앞의 책, 1997, 74쪽.
45 이증, 김익수 역, 앞의 책, 2001, 90쪽.

4. 결론을 대신하여
: 제주 교방과 기생의 문화콘텐츠화 방안 모색

지금까지 제주 교방과 기생에 대하여 여러 문헌 기록들을 통해 검토해 보았다. 기존 연구에서 제주의 교방 풍류 및 기생의 공연 활동에 대한 논의는 『탐라순력도』에 반영된 정재 공연 장면을 주 대상으로 다뤄졌는데, 본 연구는 그 대상 영역을 여러 문헌 자료로 확대했다는 점에 그 의의를 둘 수 있을 것이다.

앞서 밝힌 바 있듯이, 이 글은 본래 제주의 교방 풍류와 기생 활동의 문화콘텐츠화 방안과 그 가능성을 모색하기 위해 기획되었다. 그러나 기존 연구 성과가 많지 않은 실정으로 인해, 관련 자료와 문헌들에 대한 수집과 검토가 일차적으로 진행되어야 할 필요성이 요구되었다. 따라서 이번 논의는 제주 교방과 기생의 문화콘텐츠화 기반 마련을 위한 그 문화원형을 탐구하는데 초점을 맞추고자 하였다. 본 연구의 성과를 토대로 한 '제주의 교방 풍류와 기생 문화의 문화콘텐츠화 방안'은 차후 새로운 지면을 통해 본격적으로 논의하기로 하고, 여기에서는 본 논의를 정리하며 그 문화콘텐츠화 방향에 대해 간략히 언급하는 것으로 결론을 대신하기로 한다.

첫째, 제주 교방 정재의 공연 문화를 활성화 시킬 필요가 있다. 조선후기 제주 교방에서는 기본적으로 조선시대의 당대성을 반영한 보편적 정재 공연이 실연(實演) 되고 있었다. 많은 정재들이 확인된 것은 아니지만, 궁중과 여러 지방에서 행해졌던 〈포구락〉과 같은 정재가 제주에서도 설행되고 있었다는 점에 주목할 필요가 있다. 『탐라순력도』의 여러 그림에서 보였던 2인무 등에 대한 검토 등 당대 제주 교방에서 연행되었던 정재 종목에 대한 고증이 함께 이루어져야 할 것이다.

또한 제주 목관아지 등지에서 이루어지는 지방 연향의 공연, 전통 양로연의 공연 등의 재현이 가능할 것으로 보이는데, 이러한 공연이 실현 가능하기 위해서는 '국립 제주국악원' 같은 전문적인 기관의 설립을 통해 장기적인 제주 지방정재의 복원과 전습을 계획할 필요가 있다.[46]

둘째, 제주 교방·기생만의 특색 있는 공연 및 연희를 기획하여 문화 콘텐츠화 할 필요성이 요구된다. 앞서의 검토를 통해 확인하였듯이 제주 교방 및 기생들만의 독특한 공연과 연희가 존재했음을 알 수 있었다. 그 중 하나가 바로 '귤림풍악'이다. '귤'은 제주 제일의 농산물이자 문화 상품이기도 하다. '귤 콘텐츠'와 '교방 풍류 콘텐츠'의 접목은 제주만의 특색을 가장 잘 살린 문화상품이 될 가능성이 크다. 최근 〈귤꽃아트콘서트〉가 개최된 것으로 알고 있다. 오랜 전통을 기반으로 한 "귤림풍악 콘서트"에 대한 논의도 진행되길 기대해 본다.

제주 기생들의 말 달리는 재예를 복원한 '치마(馳馬)' 공연도 가능하다. 현재 제주에서 행해지는 '마상쇼'들은 대부분 몽고인 등 외국인들에 의해 주도되는 공연이다. 제주의 말 문화는 오랜 역사와 전통을 기반으로 만들어진 것이다. 제주 기생들의 전통적인 치마 재예가 제주 마상 공연들의 새로운 방향성을 제시할 수 있을 것으로 생각된다.

셋째, 제주 기생들의 가창(歌唱) 문화를 현대적으로 재해석하여 문화 콘텐츠화 할 수 있다. 우선은 제주 교방 풍류의 가곡창(歌曲唱) 공연을

46 현재 제주도의 무용 관련 행정 및 제도 등 총체적 어려움에 대해서는 채형지의 「제주도 무용문화의 소멸적 현안에 대한 인식과 극복을 위한 방안 모색」, 세종대학교 박사학위논문, 2010에서 많은 논의가 이루어져 참고할 만하다.

재현할 필요가 있다. 가곡창은 최근 세계문화유산에 등재된 소중한 우리 문화유산이다. 제주의 전통음악은 민요나 무가가 주를 이루고 있는데, 가곡창 전습 및 공연을 통해 제주 전통음악의 저변을 더욱 넓힐 수 있을 것이다. 전통 가곡창에서 최고의 고조(古調)로 인정받는 '오나리' 시조는 제주 무가와도 관련성이 깊다는 점을 상기해야 한다.

〈별사미인곡〉과 같은 작품들을 노래로 불러 가사창 공연을 기획할 수 있다. 그러나 일반적인 가사창 공연보다는 당대의 문화적 상황을 반영하여 다양한 문화콘텐츠로의 적용 가능성을 고려해 볼 필요가 있다. 제주 유배 문화와의 관련 속에서 문화 공연이 가능할 것으로 보이고, 〈별사미인곡〉의 작가 김춘택과 그 전승자인 기생 석례 이야기를 스토리텔링화 하여 가사 문학과 유배 문화를 보다 현대적으로 재현하여 보여줄 수도 있을 것이다.

지금까지 제주도에 교방이나 기생에 대한 문화원형이 잘 전승되지 않은 것은 역사적으로 그 문화 전승의 단절과 굴곡의 계기가 많았음을 시사한다. 본 논의가 이러한 어려움을 극복하고 새로운 문화적 대안을 고민해 보는 학술적 시도가 되었길 바라며, 앞으로 제주 교방·기생 고유의 색깔이 담긴 악가무(樂歌舞)에 대한 심도 있는 연구가 활발히 진행되기를 기대해 본다.

『반교어문연구』 제40집(반교어문학회, 2015.8.)에
게재한 원고를 재수록한 것임.

참고문헌

1. 자료

김춘택, 김익수 역, 『北軒集-濟州記錄-』, 전국문화원연합회 제주도지회, 2005.

김두봉, 『濟州道實記』, 濟州道實蹟硏究社, 1936.(오문복 역, 제주시 우당도서관, 2003.)

서유문, 조규익 외 주해, 『무오연행록』, 박이정, 2002.

『譯註 增補耽羅誌』, 제주문화원, 2005.

『譯註 濟州古記文集』, 제주문화원, 2007.

이원진, 김찬흡 외 옮김, 『역주 탐라지』, 푸른역사, 2002.

이익태, 김익수 역, 『지영록』, 1997.

이증, 김익수 역, 『南槎日錄』, 제주문화원, 2001.

이형상, 이상규, 오창명 역주, 『남환박물』, 푸른역사, 2009.

임제, 『南溟小乘』.(홍기표 역, 『譯註 濟州古記文集』, 제주문화원, 2007)

임징하, 김익수 역, 『西齋集』, 전국문화원연합회 제주도지회, 2004.

『탐라순력도』(영인본, 그림해설 김동전, 서문해설 고창석), 제주시, 1994.

2. 논문 및 저서

강경호, 「김춘택의 작자의식과 〈별사미인곡〉의 창작·향유 양상에 대한 일고찰」, 『한국시가연구』 35, 한국시가학회, 2013.

고부자, 「『탐라순력도』에 나타난 복식」, 『탐라순력도연구논총』, 제주시·탐라순력도연구회, 2000.

김동전, 「18세기 제주도의 행정과 도로」, 『탐라순력도 연구논총』, 제주시 탐라순력도연구회, 2000.

김은자, 「조선시대 사행을 통해 본 한·중·일 음악문화」, 한국학중앙연구원 박사학위논문, 2011.

김형태, 「〈갑민가〉의 이본 및 대화체 형식 연구」, 『열상고전연구』 제18집, 열상고전연구회, 2003.

사진실, 「〈배따라기곡〉에서 〈선유락〉까지」, 『공연문화의 전통 樂·戱·劇』, 태학사, 2002.

성무경, 「해제 : 『교방가요』의 문화도상 읽기—조선후기 지방 교방의 관변풍류와 악가무」, 『교방가요』(정현석 저, 성무경 역), 보고사, 2002.

양지선·강인숙, 「문헌자료를 통해 본 진주기생의 활동 양상」, 『대한무용학회논문집』 제71권 3호, 대한무용학회, 2013.

오성찬, 「제주 역사 관련 고문서에 대한 소고」, 『향토사연구』 제5집, 한국향토사연구전국협의회, 1993.

이능화, 『조선해어화사』, 동양서원·한남서림, 1927.10.(이재곤 옮김, 동문선, 1992)

임미선, 「≪탐라순력도≫의 정재 공연과 주악 장면」, 『장서각』 제26집, 한국학중앙연구원, 2011.

장효순, 「『탐라순력도』에 나타난 연희에 관한 연구—무용을 중심으로」, 『탐라순력도연구논총』, 제주시·탐라순력도연구회, 2000.

조영배, 「『탐라순력도』에 나타나는 음악 연구」, 『탐라순력도연구논총』, 제주시·탐라순력도연구회, 2000.

채형지, 「제주도 무용문화의 소멸적 현안에 대한 인식과 극복을 위한 방안 모색」, 세종대학교 박사학위논문, 2010.

황미연, 「조선후기 전라도 교방의 현황과 특징」, 『한국음악사학보』 40, 한국음악사학회, 2008.

노긍(盧兢) 산문(散文)에 나타난 공간(空間)의 구현양상과 그 의미

김 경

1. 문제 제기

공간은 물리적으로 고정된 것임에도 인간에 의해 다양한 장소감을 지니게 된다.[1] 때문에 같은 공간에서도 인간이 느끼는 장소감은 자신의 체험과 경험에 따라 다양하다.

문학에서 공간은 작품의 배경으로 등장하는데, 이때 공간에서 작가가 지니는 장소감은 작가의 의지가 반영된 것이다. 한문산문에서의 공간은 주로 관념적인 것이었다. 특히 유기(遊記), 누정기(樓亭記) 등에서 등장하는 공간은 주제의식이 자기 수양과 관련되기 때문에 실제적 공간이기보다는 이념이 내재된 이상적이고 추상적인 공간이었다. 그러나

---

1 이푸투안은 '공간이 우리에게 완전하게 익숙해졌다고 느낄 때 장소가 된다(124면)'고 하였고, 에드워드 렐프는 '장소는 의도적으로 정의된 사물 또는 사물이나 사건들의 집합에 대한 맥락이나 배경이다(103쪽)'고 하였다. 때문에 공간은 장소보다 추상적이고 공간에 가치를 부여함에 따라 공간은 장소가 된다. 본고에서는 두 논의를 참고하여 공간에서 개인이 터득한 의미를 장소감(sense of place)이라 지칭한다. 이하 공간과 장소에 대한 논의는 이푸투안(구동회·심승희 옮김, 『공간과 장소』, 대윤, 1995)과 에드워드 렐프(김덕현·김현주·심승희 옮김, 『장소와 장소상실』, 논형, 2005)의 저서를 참고하였다.

조선후기에는 산문의 성격이 공(公)에서 사(私)로 변모함에 따라 소재나 내용에 있어서도 개인의 감정을 과감하게 수록하였다. 이에 따라 공간에 대해서도 다양한 주제의식을 표출하며 작가 개인의 의지를 적극 반영하여 전대의 추상적 의미보다 구체적이고 체험적인 의미를 입의(立意)한 작품들이 포착된다.

노긍(盧兢, 1738~1790)은 조선 후기의 문인으로서 그의 산문에는 다양한 공간이 등장한다. 이들 공간을 크게 유형화하면 유배지와 해배(解配) 공간으로 나눌 수 있다. 특히 유배시절에 지어진 작품들은 유배지라는 공간을 활용하여 노긍의 개성적인 면모를 유감없이 드러내며 작가적 위치를 점하였다. 해배 이후에도 공간을 활용한 주제의식의 구현은 지속된다. 그만큼 노긍 산문에서의 공간은 노긍의 삶과 문학을 이해하는데 있어서 중요 요소라 하겠다. 따라서 본고에서는 노긍 산문에 나타난 공간의 구현양상을 밝히고 이를 통해 공간의 갖는 의미를 밝히고자 한다.

2. 노긍(盧兢) 산문에서의 공간 구현양상

1) 유배지(流配地) : 상상을 통한 탈피의 공간

노긍은 정조 1년(1777) 과거에서 대리시험을 쳤다는 죄명으로 평안도 위원(渭原)으로 유배되었다. 이는 실제 죄명보다 그가 사숙했던 홍봉한(洪鳳漢, 1713~1778) 가문과의 인연[2] 때문에 당쟁의 희생양이 된 것이다.

---

2 홍봉환 가문과의 인연은 노긍의 아버지인 노명흠(盧命欽)을 따라 홍봉한가(洪鳳漢家)에 기숙하면서 시작되었다. 「가장(家狀)」에 의하면 노긍의 나이 15세인 1751년에 홍봉한

유배기간은 6년으로 그의 나이 46세 때 해배되지만, 유배 직전 부친과 아내가 사망하였고, 유배시절에는 큰 아들이 울진으로 유배당했으며, 해배된 해에는 큰 아들과 며느리가 사망하였다.[3]

유배지는 안정성이 상실된 공간이며 경계가 제한되어 있는 곳이다. 또한 스스로가 조직한 공간이 아닌 타인에 의해 조직된 공간이다. 유배지라는 공간에서 노긍은 자유롭지 못하다. 움직이지 못한 사람은 한정된 공간에 산다. 따라서 그에게 유배지라는 공간은 닫힌 것처럼 보인다. 아울러 공간의 광활함은 움직임의 자유라는 측면에서 긍정적 의미이나 노긍의 경우 이를 고향과의 물리적 거리로 인식하였기 때문에, 그 거리는 가족이나 친구와의 이별을 의미한다.

> 나는 변방에서 죗값을 치르느라 온갖 고초를 겪지 않은 것이 없었다. 밤에 누워 몸을 웅크리면 이런저런 생각들이 일어나고 꼬리를 무는 상상으로 번져서 별별 일이 다 떠오르곤 한다. 상념은 번졌다. 어찌해야 사면을 받아서 돌아갈까? 어떻게 고향을 찾아가지? 가는 도중에는 어찌할까? 집 문을 들어설 때는 어찌할까? 부모님과 죽은 마누라 무덤을 찾아가선 어찌할까? 친척들과 친구들이 빙 둘러앉아 있을 때 어찌할까? 채소는 어떻게 심을까? 농사는 어떻게 할까? 상념은 세세하게 이런 생각까지 하였다. 어린 자식들의 서캐와 이는 내가 손수 빗질해서 잡아내고, 곰팡이 피고 물에 젖은 서책은 뜰에서 볕에 말려야지. 모두 세상 사람들이 해야

집안에 기숙하였음을 밝히고 있고, 홍용한(洪龍漢)의 기록에 의하면 노긍이 10살 때 상경했다는 기술이 보인다. 홍용한(洪龍漢), 「노여림전(盧如臨傳)」, 『장주집(長洲集)』, "盧如臨名兢, 拙翁子也. 十歲時隨拙翁, 來館于我伯氏翼齋公宅."

3 유호진, 「노긍(盧兢) 시(詩)의 파격적(破格的) 형식(形式)과 진정(眞情)의 유로(流露)」, 『한국한문학연구』 第58집, 한국한문학회, 2015, 131쪽.

할 일들인데 마음을 다 에워싸는 것이었다. 이렇게 뒤척이다 창이 훤해지면, 도무지 이루어진 일이라곤 전혀 없이 여전히 위원군에서 귀양살이하며 걸식하는 사내일 뿐이었다. 밤사이에 떠올랐던 상상들은 다 어디로 갔을까? 나는 도대체 누구란 말인가? 나도 모르게 실소가 나와서 다음과 같이 말하였다. 오늘 밤 새벽녘에도 허름한 초가집에 다시 몇 천만 명의 사람이 다시 몇 천만 가지의 상상을 일으켜 이 세계를 가득 채우겠지. 속으로는 이익을 챙길 생각을 하면서 겉으로는 명예에 집착할 상상을 하겠지. 귀한 몸이 되어 한 몸에 장군과 재상을 겸할 상상을 하고, 부자가 되어 재산이 왕공(王公)에 비슷할 거라는 상상을 하겠지. 또한 첩들로 뒷방을 채울 상상을 할 것이고, 아들 손자가 집안에 넘쳐날 상상도 할 것이며, 자기를 내세워 남을 이기는 상상도 할 것이며, 남을 밀쳐내 원한을 갚으려는 상상도 할 것이다. 원래 사람이란 누구나 한 가지 상상이 없는 자가 없는 법이지. 갑자기 창이 훤해지면, 도무지 이루어진 일이라곤 전혀 없이 예전처럼 가난한 자는 그대로 가난하고, 천한 자는 그대로 천하며, 이씨는 그대로 저 이씨이고, 장씨는 그대로 저 장씨이다. 전생에 쌓은 근기(根基)를 현세에 받아쓴다고 한다. 조화옹은 뻣뻣한 목으로 조금도 인정을 봐주지 않는다. 운명을 한번 결정지으면 다음에는 재차 기회를 주어 고쳐주는 법은 없다. 설령 네가 이런 생각과 저런 궁리, 이런 잔꾀와 저런 교묘히 수단을 부려서 신통하게 10만 8천리를 근두운을 타고 날아다니는 재주를 발휘한다고 해보자. 아무리 날뛰어도 부처님 손아귀를 벗어나지 못하고, 아무리 뚫고 나가도 분수 밖으로 나가지 못한다. 하릴없이 오늘도 또 제 본분에 맞는 밥을 먹고, 제 본색에 맞는 옷을 입는다. 그러다가 염라대왕의 사령이 명부를 가지고 이르면 즉각 길에 올라 감히 주저할 수 없다. 지금까지의 수천만의 상념들을 뒤에다 버려두고, 단지 머리만 수그리고 그 뒤를 따라갈 수밖에 없다. 결국 '제게는 수 많은 숙원들이 있는데 생각만 하고 이루지 못했으니 제발 기한을 늦춰주시기 바랍니다'라고 끝내 말하지도 못한다. 아! 이러한 행로가 바로 결국에는 떨어질

곳이다. 삶이 이러함을 인정하고 받아들이는 것이 바로 뭉뚱그려 일을 줄이는 방법이다.[4]

인용문은 「상해(想解)」로 제목에서 보듯이 유배지에서 해배(解配) 이후의 삶을 상상하며 지은 작품이다. 이 작품에서 상상의 시초는 유배지라는 공간에서 기인한다. 노긍의 공간은 자신의 선택이 아닌 타인에 의해 기인된 것이기에, 삶의 질서가 파괴되고 공간의 일시성로 인해 불안정성 등이 가중되었을 것이다. 이에 불안과 결핍에 대한 해소를 상상에서 찾아내고 있다.[5] 따라서 자신의 현재 처지를 다른 공간의 장소감과 연계하여 유배지에서의 현재 공간과 과거의 공간, 나아가 해배 이후 공간에 대해 상상을 통해 구현하고 있다. 이는 공간에 대한 장소감이 창작의식에서 작동기제로 작용하고 있음을 보여준다.

해배에 대한 갈망과 그 이후의 삶에 대한 상상은 나열식으로 서술하

4 노긍(盧兢), 「상해(想解)」, 『한원문집(漢源文集)』 권4, "余負罪塞上, 千辛百苦, 無不備焉. 夜或弓臥, 緣妄起情, 依因轉想, 曲穿旁出. 念到如何被赦去, 如何覓鄕回, 如何在道時, 如何入門時, 如何展省父母亡妻邱壠, 如何團聚親戚故人言笑, 如何種菜, 如何課農? 細至童穉蟣虱, 將手櫛之, 書册黴漏, 將庭曝之. 一切世人應有事, 悉周於心. 如是展輾, 囪白起來, 都不濟事, 依然是渭原郡編管人乞食漢子. 不知想歸何處, 我都是誰? 遂自失笑道. 今夜五更, 中破窩裏, 更有幾千萬人, 更起幾千萬想, 充滿世界. 陰而有射利想, 陽而有噉名想. 貴而有身兼將相想, 富而有貲擬王公想. 亦有姬妾塡房想, 亦有子孫衍宇[1]想, 亦有衒己好勝想, 亦有擠人修隙想. 元無一人初無一想. 渠亦囪白起來, 都不濟事, 依然是貧也還貧, 賤也還賤, 李還他李, 張還他張. 蓋宿世根基, 今生受用. 造翁强項, 不着些兒人情. 一次註定, 更無第二次改標. 縱饒伱左思右量, 這般狡恁般獪, 使出神通, 十萬八千里觔斗雲伎倆. 跳不出圈子, 內侵不過界分外. 沒奈何, 今日又喫本分飯, 着本色衣. 及至閻王早隸, 持批帖到來, 登時就道, 不敢躊躇. 向來千想萬想, 抛撇在後, 只管低着頭隨去. 終不成道, '我有多多宿願, 想頭未了, 乞緩程期.' 咄! 如此行徑, 政是究竟下落處. 如此認取, 方爲打疊省事法.", 『한원고』에는 '宗'으로 되어있다.

5 김경, 「18세기 漢文散文의 尙奇 논의와 作品樣相」, 고려대학교 박사학위논문, 2015, 128쪽.

고 있다. 상상은 고향에 대한 그리움 때문에 야기된 것이다. 사면을 받는다는 가정 하에 고향을 찾아가는 과정과 집에 도착했을 때에 그리운 사람들과의 만남, 이후 고향에서 자신했었던 일상생활을 떠올리고 있다. 이렇게 노긍의 상상은 자신이 경험했었던 기억에 바탕을 둔 것이기에 상상으로 구현된 공간은 관념적이고 추상적이지 않다. 오히려 구체적이고 현실적이다.

노긍에게 있어서 유배지는 부재(不在)의 공간이다. 가족, 친척, 친구들이 있지 않는 공간은 노긍 자신에게 있어 안식처가 될 수 없었을 것이다. 게다가 유배지는 영속성이 결여된 공간이다. 인간은 생물학적으로 지속적으로 기댈 수 있는 존재와 사물이 필요하다. 친밀한 장소는 기억의 심연 속에 새겨져 있으며 각각의 기억들이 떠오를 때마다 진한 만족감을 준다.[6] 즉 노긍은 현재 공간의 낯설음으로 인해 낯익음을, 불편함으로 인해 편안함을 환기한 것이다.

이러한 반대적 이미지로의 치환은 부재와 결여로 인해 시작된다. 친밀한 경험은 반성을 통해서만 그 가치를 인식하게 된다. 일례로 고향에 대한 친밀한 이미지는 고향집 건물에 의해서가 아니라 구체적으로 만질 수 있고 냄새 맡을 수 있는 구성요소에 의해 환기된다. 인용문에서의 "채소는 어떻게 심을까? 농사는 어떻게 할까?"와 "어린 자식들의 서캐와 이는 내가 손수 빗질해서 잡아내고, 곰팡이 피고 물에 젖은 서책은 뜰에서 볕에 말려야지"라는 부분은 그 공간에서 일상적 체험들을 통해 고향의 이미지를 구체적으로 환기하고 있다. 여기에서 고향이라는 공간과 그 곳에 머물렀던 주변인들에 대한 그리움은 직접적으로 서술하지

---

6 이푸투안, 앞의 책, 226쪽.

않고 체험적 기술들로만 구성하고 있다.

또한, 주목할 점으로는 현재 자신이 처한 공간에 대한 언급이 거의 전무하다는 것이다. 노긍은 유배지라는 공간 대신, 상상으로 그려진 삶들만 서술하고 있다. 노긍의 이러한 서술기법은 다분히 의도적이다. 유배지에서의 고통은 문두(文頭)에 "千辛百苦, 無不備焉"으로 4자(字) 2구(句)에 불과하다. 온갖 고통을 당했다는 것도 구체적이기보다는 추상적인 기술이다. 그러나 상상으로 구현된 공간은 오히려 구체적이고 체험적 요소들로 기술되어 있다. 이러한 서술방식은 자신이 희구하는 공간을 구현하는 데에만 머물지 않고 동시에 읽는 이들에게 노긍의 처한 상황을 상상하게 하는 역할로까지 확대되고 있다. 즉 유배지의 고통 대신 희구하는 공간과 그 이미지만을 기술함으로써 자신의 고통을 대변하고 있다.

또한 상상으로 기술된 부분은 순차적으로 진행되기보다는 변화무쌍하게 그 영역을 확장하고 있다. 노긍은 나열식의 서술을 통해 상상의 흐름이 빠르게 진행된다는 것과 시공간을 초월하고 있음을 보여주고 있다. 상상을 통한 시공간의 확장은 현재 공간에서의 고난과 아픔을 극대화하는 효과를 발휘한다. 이는 현실에 대한 부정이자 유배지라는 공간을 탈피하고 싶은 작가의 심리를 시사하는 것이다. 나아가 이 작품에서는 백화체(白話體)와 소설에서나 사용되는 전고를 차용하고 있는데, 이러한 서술기법도 작가의 심상인 좌절과 체념을 드러내기 위함이다. 노긍은 현실의 공간인 유배지를 떠날 수 없다는 절망을 상상으로 표현하고자 하였고, 이러한 절망감을 표면적으로 서술하기보다는 고향에서의 체험으로 형상된 장소감을 통해서만 우회적으로 기술하고 있다.

지난날 심령공(沈令公)이 찾아와 이르길 '중국에서는 죄인을 유배 보낼 때 대부분 남방으로만 보내고 동·서·북으로 보내는 것이 드문 건 어째서인가?'라고 묻자 나는 밤에 누워 생각해보니 그 지세(地勢) 때문에 그러하였다. …… 우리나라의 경우 이른바 수천 리라는 것도 방문과 방문 사이 드나드는 것과 같고, 하늘의 사면령은 또한 다달이 기대해 볼만하다. 게다가 나 같은 자는 얼굴에 유배 죄인의 흔적이 있는 것도 아니고, 의관을 한 채로 느긋하게 유배지의 마당을 거닐어 고향에서의 옛 걸음걸이를 잃지 않는다. 만약 하루아침에 사면의 은택을 입어 예전의 몸으로 돌아간다면 소와 돼지를 이끌고 몸소 김매고 밭 갈며 닭을 키우고 과실을 가꿀 것이고, 사시사철 절기마다 선인을 흠향하고 그 남은 술과 음식을 먹고 누워있으면 친구들이 찾아와 문을 두드릴 것이며, 그들을 붙잡아 앉히고는 취한 김에 멋대로 지껄이는데 평생에 겪은 바를 쏟아놓다가 유배지의 풍토·초목·음식의 다름과 알아들을 수 없었던 사투리들을 쭉 늘어놓다보면 서로 배를 움켜쥐고 웃다가 모임이 끝날 것이니, 어찌 한때의 고생스런 일이 죽을 때까지 이야깃거리로 되지 않겠는가? 그렇다면 나는 진실로 유배에 처해진 행복한 백성이요, 중국에 태어나지 않고 동국(東國)에 태어난 것을 스스로 축하한다.[7]

이 글에서도 「상해」에서 보여주었던 공간의 의미를 자신의 심상을 구현하는 데 활용하고 있다. 또한 「상해」처럼 상상을 통해 해배 후 상황을 나열식으로 서술하고 있다. 여기에서도 저술의 배경이 되는 공간은

7 노긍(盧兢), 「적죄인설(謫罪人說)」, 『한원문집(漢源文集)』 권4, "昨日沈令公見謂曰, '中國行遣罪人, 多於南方, 而罕于東西北者, 何也?' 余夜臥思之, 其勢然矣. …… 所謂數千里者, 由之乎戶闥之間, 而爲天霈之降, 又時月而可冀也. 況如余者, 面無瘢痕, 明着衣冠, 詑詑塞垣, 不失鄕里故步. 倘蒙一朝之幸, 返其恒幹, 則當率其豚犢, 躬自耘植, 養鷄蒔果, 四時俗節, 享厥先人, 飲餕頹臥, 張三李二, 扣門相訪, 挽之使坐, 乘醉放言, 傾倒其平生所經歷, 迤及塞上風土之殊, 草木之形, 飮食之具, 言語傖儜而不可曉者, 仍爲捧腹而罷兹, 豈非一時辛苦之事, 終身談噱之資耶? 然則余固爲謫籍中幸民, 而竊自賀不生於中國而生於東國也."

유배지이나, 유배지에서의 고난과 분기(憤氣)는 찾아볼 수가 없다.[8] 오히려 고향에서 누렸던 일상생활만을 상상을 통해 기술하고 있으며 이 부분은 다분히 해학적이다. 이러한 서술기법은 분기를 직접 드러내기보다는 반어를 통한 간접적인 방법을 택하여 유배지에서의 번뇌를 일소하려는 시도이다.

노긍은 유배지가 갖는 공간적 의미를 직접 드러내지 않고 자신의 희구하는 공간이나 일생생활만을 기술함으로써 자신이 이전에 생활했던 공간에 대한 중요함을 환기하고 있다. 즉 이 작품에서도 공간을 자신의 심상을 표현하는 데 활용하고 있다. 문면에는 해학, 자조 등의 정서를 표출하고 있지만, 그 이면에서는 공간의 장소감을 통해 좌절, 체념, 회한을 담아내고 있다. 이를 통해 유배지라는 공간의 단절적 이미지를 대변하고 있으며 동시에 상상으로 구현된 공간의 현실감을 높이고 있다.

공간은 개인의 체험을 통해 장소감을 지닌다. 노긍은 유배지에서 과거 고향에서의 장소감을 통해 해배 이후의 상황을 상상하며 그 공간을 구현하고 있다. 노긍은 「상해」나 「적죄인설」과 같은 작품에서 상상을 통해 시공간을 초월하고 공간과 움직임의 자유를 경험함으로써 현재의 공간을 탈피하여 희구의 공간으로 구현할 수 있었다. 또한 희구의 공간을 체험적 공간으로 재구성함으로써 유배지를 벗어나고 싶은 노긍의 욕망을 효과적으로 구현하고 있다. 이러한 서술기법은 현실부정을 통해 절망의 공간을 희구의 공간으로 변모시키고 있으며 이는 유배지에서의

8 「여신장철서(與申丈澈書)」, 「답희수서(答熙叟書)」, 「여한사일서(與韓士一書)」 등과 같은 편지글에서는 유배지에서의 고난과 이에 대한 분기 및 좌절을 표면적으로 드러내고 있다.

고난을 이겨내려는 작가의 치열한 내적 심상의 반영이다.

2) 시회(詩會) : 심리적 경계로 인한 내적(內的) 공간

18세기에는 시회(詩會)가 전국적으로 성행하였다. 시회는 지적 유희의 공간으로 문인들은 이곳에서 시서화(詩書畵)를 통해 친교와 교감을 영위하였다. 또한 상공업과 도시발달로 인해 여항인도 시회를 조직하며 활동하였다.[9] 노긍 또한 시회에 참여한 기록이 문집에 남아 있다.[10]

아래 작품에서 노긍은 향락의 공간인 시회에서 상반되는 불우한 정서를 표출하고 있다. 즉 군중 속의 고독감과 뒤틀린 심사를 표출하였다. 시회와 같은 공간에서 자신을 주변인으로 설정하며 시회에 참여한 사람들과 거리감을 유지하였다. 노긍의 이러한 행동은 그에게 사회적 제약이 많았기 때문이다. 사회적 영역에서 결핍은 노긍이 처한 자신의 공간을 고립되거나 좁고 한정된 것으로 인식하게 하였다. 이러한 사회적 지위는 심리적 경계로 인해 타인과의 접촉이 격해질수록 접촉을 피하게 만들었다.

> 이날은 무릇 세 번 바뀌었다. 의관을 갖춘 옛 귀족들과 호탕한 초야의 기인이 절간의 다락을 빌어 꽃잎이 떠 있는 물가에서 생각을 부친다. 다정하게 만났는데 성난 듯도 하고 서운한 감이 있는 듯도 하여 말도 적고 웃지도 않은 채 밤을 새울 모양이다. 이렇게 얼굴빛을 근엄하게 하려고

---

9 강명관, 『조선시대 문학 예술의 생성 공간』, 소명, 1999; 김동준, 「18세기 문인(文人) 야연(夜宴)의 현장과 예술적 아우라」, 『한국실학연구』 제28집, 한국실학학회, 2014.

10 산문에는 시회의 발문인 「남사시회발(南寺詩會跋)」과 서문인 「화계사시회서(華溪寺詩會序)」가 수록되어 있다. 「재첩(再疊)」과 같은 시(詩)에서도 확인된다.

모인 것인가? 이윽고 눈이 움직여 마주치고 가까운 사람에게 눈짓을 하며 미묘한 말이 현묘한 지경에 들어가고 우아한 해학에 시운(詩韻)을 넣는다. 맑은 물가에서 저승을 말하고, 부처 앞에서 세속의 인연을 징험한다. 먼저 울고 나중에는 웃으니 그대는 어디에 처하고 싶은가? 또 이윽고 술병이 찰랑거리고, 숲속의 새가 저녁을 알리니 비녀도 떨어지고 노리개도 떨어트리며 예법도 아랑곳하지 않으며, 술기운이 얼굴에 가득하다. 불그레하여 다른 모습을 보이는 것은 술이 아니면 무엇이겠는가? 배꽃을 보고서 푸른빛이 생기고 동산에 오른 달을 잡으려 시늉을 한다. 그대들의 날개는 향내가 있는듯하지만 병든 이 몸 뼈마디는 삐그덕 삐그덕 소리가 난다. 정미년 늦봄에 도협귀객 쓰다.[11]

인용문은 「남사시회발(南寺詩會跋)」이다. 이 작품은 발문(跋文)에 해당한다. 따라서 시회의 성격, 장소, 참여 인원, 시평 등을 기술하는 것이 일반적 경향이다. 그러나 이 작품에서는 이에 대한 자세한 기술은 찾아볼 수가 없다. 노긍은 시회(詩會)에 대한 발문에서 시를 짓는 분위기만을 서술하고 있다.

이 작품에서 노긍의 저술태도는 철저히 경계인이다. 시회에 참석하고 있지만, 시회에 참여한 이들과 거리를 유지하며 조롱과 비난을 우회적으로 기술하고 있다. 이 작품의 문두에서 삼변(三變)이라 하였듯이, 내용상 시간의 흐름에 따라 3부분으로 구성되어 있다. 첫 부분은 시회

11 노긍(盧兢), 「남사시회발(南寺詩會跋)」, 『한원문집(漢源文集)』 권3, "是日凡三變. 衣冠舊族, 湖海畸人, 借榻禪樓, 寄想花水. 穆然相逢, 如惱似憾, 稀言罕笑, 若將終夕. 爲是色莊者乎? 已而目動爲成, 眉送其襯, 微言入玄, 雅謔投韻. 話窮塵於淸水, 證俗緣於佛前. 先啼後笑, 子欲何居? 又已而壺浪生潮, 林鳥報夕, 遺簪墮珮, 越禮踰法, 発氣滿容. 赫然殊觀者, 匪伊何? 見梨花而生碧, 擬捉月於東峯. 諸子羽翼, 似有馨香, 病夫骨節, 珊珊作聲矣. 丁未暮春, 桃峽歸客書."

(詩會)에 참여하는 사람들과 장소를 대략적으로만 서술하고 있다. 반면 시회 분위기는 구체적으로 서술하고 있다. "다정하게 만났는데 성난 듯도 하고 서운한 감이 있는 듯도 하여 말도 적고 웃지도 않은 채 밤을 새울 모양이다. 이렇게 얼굴빛을 근엄하게 하려고 모인 것인가?"라 하여 색장(色莊)이란 단어에서 보듯이 서두부터 조롱에 가까운 표현이 등장한다. 두 번째 부분은 운(韻)을 띄우며 시작(詩作)하는 모습이다. 노긍은 이 부분을 "微言入玄, 雅謔投韻"으로 서술하고 있다. 이 부분 또한 조롱에 가깝다. 입현(入玄)과 아학(雅謔)의 결과를 "맑은 물가에서 저승을 말하고, 부처 앞에서 세속의 인연을 징험한다."고 표현하고 있는 부분에서 확인할 수 있다. 세 번째 부분도 역시 시회 참석한 선비들에 대한 조롱이 내포되어있다. 표면적으로는 시작(詩作)이 끝나고 술자리가 이어지는 시회의 모습이다. 앞서 첫 단락의 어색한 분위기와 상반되는 모습이다. "遺簪墮珮, 越禮踰法"에서 보듯이 시회 참석한 선비들의 방자한 모습을 기술하고 있다. 앞서 색장(色莊)하던 속유(俗儒)들이 술기운에 의지해 의관이나 예법을 무시하는 모습들이다. 또 이들은 어쭙잖게 시선(詩仙)인 이백(李白)의 모습을 따라 하고 있다. 노긍은 "불그레하여 다른 모습을 보이는 것은 술이 아니면 무엇이겠는가?"라고 기술하여 술에서 원인을 찾았지만, 이들의 풍류적인 면모에 대한 찬미라기보다는 그들에 대한 반감을 해학적으로 표현하고 있다. 특히 문말(文末)의 "諸子羽翼, 似有馨香"에서 형향(馨香)은 조롱적 표현이 집약된 곳이다. 위선적이고 겉치레적인 속유들에 대해 글 전편에 걸쳐 분기(憤氣)와 격정적인 어조로 표현하기보다는 현(玄), 아(雅), 형(馨)등 상반되는 한자어들을 통해 해학적으로 풀어내고 있다. 또한 "病夫骨節, 珊珊作聲矣"는 자신의 늙은 모습을 자조(自嘲)적인 표현으로 기술하고 있다. 이는 뒤틀린

심사를 우회적으로 표현한 것이다.

시회는 시문을 통해 교감하며 참석한 이들과 교유하는 장소이다. 이에 반해 인용문에서 노긍이 인식한 시회라는 공간은 불쾌하고, 따분하고, 식상한 곳이다. 노긍은 향락의 공간에서 역설적으로 고독감을 표출하고 있다. 또한, 의론보다는 서사만을 통해 뚜렷한 주제의식 없이 갑작스러운 결말로 글이 끝난다. 이로 인해 쓸쓸한 정감은 작품 전체를 지배하고 있다. 이는 시회라는 공간에 대한 부정이기보다는 참여한 인물들 때문이다. 이들은 노긍에게 있어서 친근한 교유의 대상이 아닌 세속적인 무리로 조롱과 지탄의 대상일 뿐이다. 때문에 시회라는 장소는 노긍에게 있어서 고독의 공간이자, 불우함의 공간이 되는 것이다. 즉 노긍은 심리적 경계로 인해 공간이 갖는 이미지를 역설적으로 차용하면서 자신의 불우한 심상을 표현하는 데 활용하고 있다.

> [1] 화계사는 본래 별다른 볼 것이 없으나 3일에 만나기로 약속했다. 1일에 중량포(中梁浦)에서 저녁을 먹었는데 장천(長川)이 벌써 절에 도착했다는 말을 들었다. 번천(樊川)도 오고 있다고 하여 서둘러서 말을 타고 나서는데 도중에 날이 저물어 어두워졌다. 화촌(華村)에 이르러 두 사람을 만나 함께 걸어 올라갔다. 두 횃불이 앞장서니 숲속이 환히 밝아졌으나 길가를 살필 수는 없었다. 장실(丈室)에 들어가 술을 마시며 서로의 노고를 풀고 조금 이야기하니 졸음이 몰려왔다. 산행의 멋은 이 정도로 약하게 끝났다. [2] 아침에 일어나 창문을 여니 비로소 노송과 여러 단풍나무들이 보였다. 흐르는 물이 돌을 싸고 떨어진 잎들이 다리를 덮고 있었다. 수락산과 불암산 여러 봉우리들 중에 높은 봉우리는 상투와 눈썹 같기도 하고 낮은 봉우리는 책상을 펼쳐 띠를 풀어놓은 듯하였다. 내려다보니 번동 입구에 짙은 노을과 엷은 안개가 껴 단장하고 칠한 듯 자태가 보였다.

> 눈에 보이는 것마다 다리품이 아깝지 않았다. 이 땅도 이 경관도 밤이나 아침이나 여전하다. 그러나 즐길 것은 모두 밤에 없고 아침에만 존재하니 이는 전에 숨겼다가 나중에 드러내는 것이 아니다. ③ 내 눈은 밝고 어두움에 구애되어 있다. 그러나 취하고 버리는 것은 눈에 달려 있지 않지만 숨고 드러남은 실제로 때[時]에 달려 있는 것이다. 사군자가 정조를 품고 은밀한 곳에 거하니 혼세에는 밤과 같고 난세에는 잠자는 것과 같아 소리를 찾고 빛을 더듬어도 보이는 것이 없다. 그러나 동해의 물결이 거듭 얕아지면 진근(眞根)이 드러나고, 사람에 대한 평가가 밝혀져 거듭 새로워지면 정론이 나오게 된다. 우뚝 솟은 옥이어야 열 성(城)의 땅과 바꿀 수 있고 골짜기를 덮는 나무라야 백 척의 누관(樓觀)을 지탱할 수 있다. 그런 뒤에야 사람은 망연자실하여 놀라 깨닫지 않는 것이 없다. 단상의 장군은 가랑이 밑으로 지나갔던 사나이이니 인끈을 맨 수령은 어찌 미천한 나그네가 아니었겠는가! 사람을 바꾸지 않고 사람이 스스로 모습을 고치게 하는 것은 오로지 때일 뿐이리라![12]

「화계사시회서(華溪寺詩會序)」라는 제목에서 보듯이 이 글은 화계사 시회에 대한 서문이다. 그러나 이 작품에서도 시회에 대한 내력은 전무하다. 오히려 화계사를 찾아가는 여정과 경관에 대한 감상 및 이에 대한

---

12 노긍(盧兢), 「화계사시회서(華溪寺詩會序)」, 『한원문집(漢源文集)』 권3, "華溪寺, 本無殊觀, 而約以三日會. 一日在中梁浦夕飯, 聞長川遽已到寺. 樊川亦從, 遂促騎出, 在道昏黑. 至華村, 還兩川, 偕步而上. 二炬導前而熠熠林中, 不省傍邊. 入丈室, 解酒相勞, 少語多睡. 山行風味, 淺鮮止此. 朝起拓窓, 始見老松雜楓. 淙流被石, 零葉覆橋. 水落·佛岩諸峯, 高者竦髻浮眉, 低者鋪案拖帶. 縱視樊口, 濃霞薄烟, 粧抹有態. 眼中所領, 足償襪費. 玆地玆觀, 夜夫朝也. 而卽所供悅者, 皆夜無而朝有, 則非前廋而後衒也. 吾目有拘於明闇也, 然取舍非在乎目, 隱顯實繫于時. 士君子懷貞處密, 昏世如宵, 亂世如寐, 尋聲按光, 不可得以見也. 及夫東海之波, 再淺而眞根, 現月朝之評, 重新而定論. 莊礫之玉, 能易十城之地, 蔽壑之杞, 可梁百尺之觀. 然後人莫不恍然而失, 憬然而悟. 壇上之將, 卽是袴下之夫, 見綬之守, 豈非負薪之客! 不易其人, 而人自改觀者, 惟時也夫!"

깨달음만으로 작품을 구성하고 있다.

문두에서 화계사의 경관은 특별하지 않다고 말한다. 다만 장천(長川)과 번천(樊川)을 이곳에서 만나기로 한 약속 때문에 화계사로 가고 있음을 밝히고 있다. 따라서 산행에 대한 멋이나 경관에 대한 설명은 전무하다. 그러나 다음 단락에서는 시간의 흐름이 밤에서 낮으로 바뀜에 따라 눈에 드러난 자연 풍광을 서술하고 있다. 산사(山寺)의 모습과, 산사 너머에 있는 높고 낮은 산봉우리와 안개 낀 마을을 산수화처럼 풀어내고 있다. 즉 1 단락에서의 특별하지 않다던 경관을 2 단락에서 들어서는 눈에 보이는 것마다 다리품이 아깝지 않다고 고백할 만큼 상세히 서술하고 있다. 이러한 이유를 2 단락 말미에서 경관 유무의 문제가 아니라 밤과 낮이라는 시간에 달려있기에, 즐길 만한 것은 밤에 없고 아침에만 존재한다고 말하고 있다. 이 과정에서 얻게 된 깨달음과 감회를 3단락에서 서술하고 있다. 1 단락에서 화계사 경치에 대해 기대하지 않았던 것에 반해, 2 단락에서 화계사 경치의 진면목을 확인하게 된다. 이전까지 노긍 자신은 눈이 밝고 어두움에 구애되긴 하지만 취하고 버리는 것은 눈에 달려 있지 않다고 믿어왔다. 그러나 실제 그것이 때[時]에 달려 있다는 사실을 터득하게 된 것이다. 이러한 깨달음은 한신(韓信)의 고사를 인용하면서 인물의 진면목은 적절한 때를 만나야 한다는 주장으로 이어지며 작품을 끝맺고 있다.[13]

이 작품을 읽고 나면 다음과 같은 의문점이 발생한다. 노긍은 시회의 서문에서 때[時]를 만나야 한다는 것을 주장하고 있는가? 시회에 대한 내용보다는 자연경관과 이를 통한 깨달음만을 기술하고 있는가? 라는

13 김경, 앞의 논문, 147~148쪽; 홍기창 外, 『영·정조시대 풍산홍씨가 유물기증전』, 2009.

점이다. 이러한 의문을 해결할 단서는 일차적으로 시회에 함께 참여한 장천과 번천에게서 찾을 수 있다. 장천은 장주(長洲) 홍용한(洪龍漢, 1734~1809)이고, 번천은 홍봉한 아들인 홍낙임(洪樂任, 1741~1801)이다. 특히 홍낙임은 번천시사(樊川詩社)를 주도한 인물로 노긍과 친밀한 교유관계를 유지하였다.[14] 번천시사에는 여항인들이 다수 참여하였는데, 이 시회(詩會)에도 그들이 다수 참여했을 것이라 짐작된다. 노긍도 신분적으로 미약하지만, 시재(詩才)를 인정받아 시인의 자격으로 시회에 참여하였다. 그럼에도 경우에 따라서는 양반들에 의해 시기의 대상이 되었을 것이다.[15] 따라서 노긍의 심드렁한 서술 태도는 겉으로는 예의를 강조하면서도 속으로는 재능을 시기하는 속유(俗儒)들에 대한 반감에서 시작되었다고 볼 수 있다.

이러한 시각에서 작품을 환기해 보자면, 심드렁한 노긍의 심상을 서두에서부터 확인할 수 있다. 시회가 열리는 화계사는 별다른 경관이 없다고 말한다. 그럼에도 약속 때문에 어쩔 수 없이 참석하는 형상이다. 화계사까지 이르렀던 날은 시간상으로 밤이기에 장천·번천과 짧은 일화만을 기술하고 있다. 시회인 다음날이 되자, 전날 눈에 들어오지 못했던 경관들만이 노긍에게 주목의 대상이 된다. 이날은 시회가 열리는 날인데, 시회에 참석한 사람들이나 시회에 전경에 관한 서술은 찾을

---

14 번천시사에 참여 했던 여항시인은 이덕남(李德南, ?~1773), 남옥(南玉, 1722~1770), 이봉환(李鳳煥, 1710~1770), 이명오(李明伍, 1750~1836) 등이다. 김영진, 「조선후기 사대부의 야담 창작과 향유의 일상: 노명흠(盧命欽)·노긍(盧兢) 부자(父子)와 풍산홍봉한가(豐産洪鳳漢家)와의 관계를 중심으로」, 『어문논집』 37, 민족어문학회, 1998, 28쪽.

15 실제 노긍은 시회에서의 시기의 대상이 되기도 하였다. 이 때문에 시회에 자주 참석하지 않으려는 태도를 보였다. 「재첩(再疊)」 6수: "逢人拜揖苦酸腰, 黃葉塡門懶□橋. 只數淸幽梅寺約, 猶辭鄭重社筵招. 醉能辭口從他罵, 飢不低眉謂我驕.……"

수 없다. 의도적으로 철저히 배제하고 있다. 이러한 서술은 통속적인 시회에 대한 거부감이라 하겠다. 「남사시회발」에서 상반되는 어휘들을 사용하여 속유들에 대한 반감을 우회적으로 표현하였다면, 이 작품에서는 야유와 조롱을 넘어 무시의 혐의가 짙다. 표면적으로는 입의 대상에서 배제하였기 때문에 속유에 대한 분기나 자신의 처지에 대한 한숨, 체념과 같은 심상을 느낄 수 없다. 그러나 [3] 단락에서 언젠가는 진근(眞根)이 드러나고 정론이 나오게 되면 한신(韓信)과 같이 자신을 알아주는 세상이 올 것이라 말하고 있다. 작품의 마무리도 자신의 의지와 태도는 그러한 때가 오면 고치겠다는 다짐으로 갈음하고 있다. 따라서 시회나 시회에 참석한 사람들에 대한 불만은 서술에서 배제되어 있지만, 그 이면에는 현실세계에서의 억압구조에 대한 반감이 담겨있는 것이다.

이는 시회에 대한 내용보다는 자연경관과 이를 통한 깨달음만을 기술하고 있는 점과도 연계된다. 이 글은 서발문(序跋文)에 해당한다. 서발문은 한문산문의 형식에서도 시대적 유구성을 지니며 정격에 해당하는 양식이다. 노긍은 무엇보다 전범을 중시하는 양식에서 기존의 형식을 활용하면서도 반드시 수반해야 할 내용을 배제하는 변주(變奏)를 통해 기존 전범에 대한 부정적 의식을 표출하고 있다. 즉 현실에 대한 불만과 억압구조에서 느낀 무기력함을 표면적으로 드러내기보다는 문학을 통해서 현실 세계의 질서와 사회의 체제에 도전하려는 자세를 견지하는 것이다. 따라서 이 작품은 시회에 참석하였던 여항시인 및 노긍 자신이 느꼈던 불우한 정서의 표출이자, 그들과 자신에 대한 위로이다.

이 지점에서 공간의 의미는 깨달음과 관계된다. 시회라는 목적으로 구현된 공간 속에서 노긍은 시회가 갖는 의미보다는 화계사와 주변 경관을 이해와 성찰의 대상으로 인식하고 있다. 한문학에서 자연은 주로 이상적 공간이었다.[16] 즉 보편적이고 초월적이며 추상적인 공간인 것이다. 노긍 또한 자연을 이상적 공간으로 인식한다는 측면은 이전시기 및 동시대의 인식과 연속성을 지닌다. 다만 보편적 자연의 법칙을 통해 얻어진 진리를 자기 수양에 반영하기보다는 사람들 속에서 느낀 심리적 경계로 인해 자신의 신념을 확인하고 있다. 나아가 공간이 갖는 고유감을 거부하며 오히려 고유감과 상반되는 의미를 부여하며 당대의 부조리함과 자신의 불우한 처지를 대변하고 있다. 즉 공간에서 '우리'보다는 '나'를 중시하며 외적 공간을 내적 공간으로 탈바꿈하였다.[17] 내적 공간은 탈속 지향적이다. 그럼에도 허무주의로 경도되기보다는 자신의 존립 기반인 현실세계를 직시하고 있다. 이는 불합리한 현실세계의 고통과 이를 극복하려는 작가의 치열한 정신세계를 반영하고 있다.

3) 무덤 : 진정(眞情)의 투영을 통한 심리적 공간

죽음을 대하는 인간의 태도는 죽음을 비극으로 간주하여 도피하려는 입장과, 죽음을 삶의 일부로 간주하여 그것을 직시하여야만 삶의 의미를 찾을 수 있다는 입장으로 나눌 수 있다. 즉 죽음을 도피의 대상 혹은, 다가서야 할 대상으로 받아들이는가의 차이인 것이다. 그럼에도 죽음을 벗어날 수 없는 대상으로 인식한 것은 공통적인 양상이었다. 따라서 누구에게나 벗어날 수 없는 죽음은 영원한 이별을 뜻한다. 이별이란

16 고연희, 「조선시대 진환론의 전개」, 『한국한문학과 미학』, 태학사, 2003, 109쪽.

17 로뜨만은 모든 문화 공간을 1인칭 대명사를 내포하는 나 자신만의 공간인 내적 공간과 이와 대조적인 개념으로 그들의 공간인 외적 공간으로 구분하였다. Yuri M. Lotman, 유재천 옮김, 『문화기호학』, 문예출판사, 1998, 197쪽.

소통의 단절이기에, 살아 있는 자들의 지상과 죽은 자들의 지하는 경계로 인해 서로 독립된 공간으로 분리된다.

> 노긍이 아우를 잃고 가난하여 장사 지낼 곳이 없어 집 모퉁이에 묻고 넉자의 무덤을 만들었다. 그 남쪽 근처에 류씨의 집이 있었는데 가로지른 언덕이 가리고 있어 두 집의 등성이는 서로 볼 수 없었다. 류씨 집은 남쪽으로 향해 있고, 무덤은 동쪽으로 나 있어서 형국이 다르고 방향도 달랐다. 그런데 류씨는 집이 백 걸음 내라고 하여 관아에 송사를 걸었다. 노긍이 말했다. "저 사람은 저 마을에 있으니, 이 무덤과는 어찌 서로 바라보겠습니까?" 관아에서는 이렇게 말했다. "나라 법에 단지 백 걸음이라고 했지, 서로 보이지 않는다는 말은 없다." 노긍이 "내가 내 집에 장사 지내는데, 저쪽 마을과는 무슨 상관이 있습니까?"라고 하자, 관아에서는 "나라 법에는 단지 백 걸음 이내에는 장사 지내지 못한다고만 되어있지 우리 집에 묻어도 된다는 말은 없다. 그런 말이 없는 것은 이의를 제기할 수 없다."라고 하였다. 이에 노긍은 굴복하여 마침내 그 무덤을 파헤쳤다.[18]

산 자와 죽은 자의 공간은 구별되기에, 무덤은 사람들이 일상적인 생활을 영위하는 공간으로부터 벗어난 곳에 정해진다. 집을 양택(陽宅)이라 하고 무덤을 음택(陰宅)이라 할 만큼 무덤의 위치가 갖는 독거성(獨居性)을 중시한다. 그러나 양택과 음택은 물리적으로 구별된 공간이면서도 심리적으로는 연계된 공간이다. 이 당시 사람들은 음택이 편해야

18 노긍(盧兢), 「금장설(禁葬說)」, 『한원문집(漢源文集)』 권4, "盧兢喪其弟, 貧無葬地, 坎其屋角, 而爲塚四尺. 而近其南, 有柳氏之居, 橫岡翳之, 兩家屋脊, 不得相望. 彼村南向, 此塚東向, 形局旣殊, 面勢又別. 而柳氏以爲家在百步之內, 訟于之官. 兢曰, "彼在彼村, 與此塚有何相見耶?" 官曰, "國法只有百步, 無不相見之文." 兢曰, "吾葬吾家, 與彼村有何相關耶?" 官曰, "國法只有百步, 無葬吾家之文. 無其文者 不可義起也." 於是, 兢屈而遂發其瘞.

만 양택이 편해진다는 생각을 지니고 있다. 또한 무덤은 조상의 음덕과 관련되기에 명당자리를 차지하기 위한 다툼이 치열하였다.[19] 이를 산송(山訟)이라 하는데, 18~19세기에 집중적으로 나타났다.[20] 실제 산송은 일률적인 법안이 정해지지 못해 백성들의 송사가 많았다.[21]

인용문은 이러한 당시의 시대상을 반영하고 있다. 일반적으로 무덤을 자신의 집으로 정하는 경우는 흔치 않다. 무덤을 거소(居所)에서 멀리 떨어진 곳으로 정하는 이유는 사자(死者)가 경제적 욕구가 없는 존재라는 인식에서 기인된 것이다. 따라서 주로 생산이 전무한 곳인 야산(野山)이 무덤의 위치로 정해진다. 그러나 노긍은 동생의 무덤을 자신의 집으로 선택하였다. 이는 가난 때문에 별도의 장지를 마련할 수 없었다는 점과, 다른 사람들의 눈에 띄지 않았기 때문이라 말하고 있다. 그러나 당시 무덤은 인가(人家)로부터 백 보 밖에 있어야 한다는 규정이 있었다. 관아에서는 이러한 규정만을 내세워 노긍의 선택을 불허한다. 결국 노긍은 굴복하며 동생의 무덤을 파헤치는 것으로 글을 마무리하고 있다. 이에 나타난 노긍의 서술태도는 자신의 심상을 구체적으로 드러내지 않고 있지만, 국가기관이 백성의 실정을 고려하지 않는 경직된 일처리에 대한 반감을 우회적으로 표출하고 있다.

19 이는 사대부에서부터 일반 백성에 이르기까지 비슷한 인식을 보였다. 조선시대의 묘지풍수에 대한 신앙이 당시 유교의 추효사상(追孝思想)과 일치함으로써 깊은 뿌리를 내리게 되었다. 김도용(金到勇), 「조선후기(朝鮮後期) 산송연구(山訟研究): 광산김씨(光山金氏)·부안김씨가문(扶安金氏家門)의 산송(山訟) 소지(所志)를 중심(中心)으로」, 『고고역사학지(考古歷史學志)』 5~합집, 동아대학교 박물관, 1990, 322쪽.

20 송기호, 「죽음과 무덤」, 『대한토목학회지』 54권, 대한토목학회, 2006, 112쪽 참조.

21 정약용(丁若鏞), 「형전육조○청송(刑典六條○聽訟)」하(下), 『목민심서(牧民心書)』 권9, 한국문집총간 285, 519쪽. "國典所載, 亦無一截之法, 可左可右, 惟官所欲, 民志不定, 爭訟以繁."

> …… 노긍이 말하였다. "그렇다면 문제는 보이는데 있는 것이지 거리에 있는 것이 아니네. 이제 보이기만 하면 비록 백보를 넘더라도 오히려 또 이를 금하면서, 지금은 보이지 않는데도 백보가 차지 않으면 허가할 수 없다는 것인가? 모두 나라 법전에 실려 있지 않기는 마찬가지인데, 어찌 유독 저 경우에는 이렇고 저렇고를 따지면서 이 경우에는 따지지 않는가? 저 경우에는 옳으니 그르니 하면서 이 경우에는 그러지를 않는가?" 노긍이 또 말하였다. "성인 아래로는 모두들 자신의 견해에 따라 먼저 주장을 세우네. 무덤이 보이지 않으니 장사 지내도 괜찮겠지 했던 것은 나의 견해고, 보이지 않아도 장사 지낼 수 없다고 여긴 것은 관아의 견해라네. 때문에 서로 먹혀들지 않는 것일세." 말하는 이가 다시 따지지 않고서 떠나갔다.[22]

이 글에서는 앞서 동생의 묘지를 자신의 집을 정한 이유를 보다 상세히 기술하고 있다. 노긍은 가난 때문에 동생의 무덤을 자신의 집으로 정했다고 하지만, 그보다 더 가난했던 일반 백성들이라 하더라도 자신의 집에다 무덤을 안치하는 경우는 흔치 않다. 그러나 노긍은 백보(百步)라는 물리적 거리보다는 견(見)을 중시하며 무덤을 자신의 집으로 택하였다. 즉 노긍은 나라의 규정에서 백 보라는 거리가 설정된 근원을 가시성(可視性)에서 찾았다. 이 점은 무덤의 독거성(獨居性)을 배제하는 것으로 당대 보편적 인식과는 상이한 점이다. 그렇다면 무덤의 독거성보다 가시성을 우선한 이유는 무엇인가? 이러한 행위에 대한 의미를 자세히

---

22 노긍(盧兢), 「후금장설(後禁葬說)」, 『한원문집(漢源文集)』 권4, "…… 曰, 然則果在見, 非在步也. 今也爲其見也, 則雖過百步, 猶且禁之 今也爲其不見也 則雖不滿百步, 顧不可許也? 均爲國典所不載, 則何獨有左右於彼, 而無左右於此也? 有低昂於彼, 而無低昂於此耶?" 余又曰, "聖人以下, 皆不免我見隨而先立. 以爲不見而可葬者, 卽我之我見也, 以爲不見而不可葬者, 卽官之我見也. 是以不能相入也." 或者, 不復辨而去."

파악하기 위해서는 노긍의 죽음에 대한 인식을 살펴볼 필요가 있다.

노긍 산문에는 죽음과 관계된 제문(祭文), 축문(祝文), 묘지명(墓誌銘) 등이 문집에 수록되어 있다. 전술하다시피, 유배는 노긍의 삶에서 지대한 영향을 끼친다. 특히 유배기간 전에는 부친과 아내가 죽었고 해배 직후 큰 아들과 며느리가 죽었으며, 이후 동생과 노비의 죽음을 목도하였다. 이들 망자에 대한 그리움과 애정을 작품에서 眞情을 토로하였다.

> 네가 이제 지하로 가면 네 아비, 어미와 형, 그리고 네 안주인과 작은 주인이 네가 온 것을 보고 놀라 눈이 번쩍 떠서 다투어 내 형편을 물을 것이다. 근년 이래로 사지가 불편하고 이가 빠지고 머리가 듬성듬성하여 늙은이가 다 되었다고 너는 고하겠지. 서로들 얼굴을 쳐다보고 탄식하고 낯빛을 바꾸며 나를 불쌍히 여기리라. 아![23]

인용문은 노비 막돌이에 대한 제문으로 마지막 부분에 해당한다. 제문의 일차적 목적은 망자의 행적에 대한 추앙과 죽음에 대한 슬픔을 표현하는 것이다. 그러나 이 글에서 서술의 초점은 자신을 향해 있으며 그것마저 대부분 상상에 의해 기술되고 있다. 상상에 의해 기술된 부분에서는 물리적 공간이 지상에서 지하로 변동되었음에도 현실적 공간의 이미지들이 지속되고 있다.

죽은 막돌이는 먼저 지하 세계에 이른 자신의 부모와 형, 노긍의 아내와 며느리를 만날 것이다. 그들은 막돌이에게 노긍의 안부를 물을 것이

23 노긍(盧兢), 「제망노막석문(祭亡奴莫石文)」, 『한원문집(漢源文集)』 권4, "汝今入地中, 汝父汝母與汝兄, 若汝內主與小主人, 當驚開汝來, 競問我何狀. 汝告以比年以來, 五體不利, 牙髮滄浪, 甚老翁爲也. 其將相顧, 齎嗟動色, 而閔我矣. 嗚呼!"

고, 막돌이는 자신의 주인인 노긍의 모습을 알려줄 것이다. 노긍은 이러한 상황을 상상을 통해 그려내고 있다. 상상으로 구현된 지하세계는 현실세계에도 있음직한 것들로 구성되어 있고 생생한 묘사로 현실감을 높이고 있다. 상상으로 구현된 공간인 지하세계는 지상과 물리적으로 단절되어 있으나, 인간이 가질 수 있는 보편적 정서를 공유하고 있다. 게다가 보편적 정서를 통해 추상적인 공간인 지하세계를 연상할 수 있었다. 따라서 노긍은 죽음에 대한 공간을 추상적으로 구현하기보다는 현실적이고 구체적인 공간으로 구현하고 있다. 이러한 공간에 대한 인식과 그 구현의 방식은 망자에 대한 애정과 자신의 진실한 감정을 전달하는 데 있어 효과적으로 사용된다. 즉 삶과 죽음의 경계로 인해 자신과 망자는 이질적 공간에 처하게 되는데, 이러한 물리적 공간의 거리를 초월할 수 있는 방식을 이치보다는 진정(眞情)에서 모색하고 있다는 점이다.[24]

또한 망자의 죽음에 대한 슬픔의 원인을 생사의 경계로 구현된 이질적 공간보다는 소통의 단절에서 찾고 있다. 막돌이 제문에서도 자신의 소식을 전할 수 없었던 망자들에게 이제 망자가 된 막돌이를 통해서 소식을 전할 수 있는 모습을 상상하고 있다. 물론 망자와의 소통 단절은 생사에 따른 이질적 공간에서 비롯되었다. 그럼에도 서술에서의 상당 부분을 그들과의 소통 단절에 할애하고 있다는 점은 주된 슬픔의 원인

24 그는 죽은 병아리에 대한 제문에서도 "새가 죽고 사람이 곡하는 것은 이치에 맞지 않으나, 네가 나로 인하여 죽었기에 내가 이렇게 곡하노라"라고 기술하고 있다. 죽은 새에게 제문을 남기는 것은 이치상 맞지 않다. 그럼에도 제문을 남기는 것은 노긍과 병아리의 관계에서 파생된 정 때문임을 유추할 수 있다. 노긍(盧兢), 「제조추문(祭鳥雛文)」, 『한원문집(漢源文集)』 권4, "公年四歲, 與群兒遊戱, 見鳥死. 收而埋之, 題曰, 鳳雛先生之墓, 又操文祭之. 鳥死人哭, 理所不當, 然汝由我而死, 故吾是以哭之."

이 망자와의 분리된 공간에 처한 현실보다 죽음으로 인해 망자와 소통할 수 없다는 슬픔이 노긍에게 있어서 더 참아내기 어려운 아픔으로 자리했기 때문이다. 노긍의 이와 같은 심리적 상태는 혼자 남은 자의 아픔을 극복하기 위한 방어기제의 일종이다.

이를 통해 본다면 앞서 동생의 무덤을 자신의 집으로 정한 행위는 물리적 거리 못지않게 심리적 거리도 중시한 데서 나왔다는 것을 알 수 있다. 즉 무덤이 갖는 공간의 의미를 물리적으로만 국한하지 않았다는 것이다.[25] 망자와의 이별을 통해 느낀 아픔 속에는 다시 만날 수 없다는 공간적 이별에 대한 인식 이상으로 그들과 소통이 단절된 심리적 이별을 두려워한 감정이 드러난다. 아울러 동생의 무덤을 자신의 집으로 선택한 행위에는 당시 규정 및 현실에 대한 비판의식이 내재되어 있다. 실정을 고려하지 않고 규정만을 내세우는 국가기관에 대한 비판, 진실한 정감보다도 도덕적 준칙만을 강요하는 지배층에 대한 반감이 담겨있다.

정리하자면, 노긍은 죽음을 도피의 대상으로 인식보다는 그것에 대한 직시를 통해 삶의 의미를 찾고자 하였다. 게다가 죽음은 망자와의 이별이 불가피하기 때문에 슬픔을 위로하는 방식을 이치보다 진정을 통해 극복하고자 하였다. 따라서 무덤이라는 공간에 대해서도 물리적 공간으로 인식하기보다는 심리적 공간으로 인식하였고, 생사의 경계로

25 이와 같은 인식은 아들 면경에게 보낸 편지에서 확인할 수 있다. 삶과 죽음이 정해져 있다는 숙명론을 받아들이면서 무덤의 장소보다는 자신이 죽은 후 아들의 아픔과 실정만을 고려하고 있다. 노긍(盧兢), 「기가아면경서(寄家兒勉敬書)」, 『한원문집(漢源文集)』 권3, “吾乞食寄宿, 心志浮孤, 肥肉消脫. 不待鬼符之來, 而已覺自厭其生矣. 死生有定, 淸州亦死, 渭原亦死, 固不足恤. 而但死於此, 則使汝將抱無涯之痛, 而家力如此, 何以返骸於千里之外哉!”

분리된 공간보다는 망자와의 소통 단절을 주된 아픔으로 인식하였다. 이에 죽음이라는 추상적인 공간을 진정의 투영을 통해 구체적이고 현실적인 공간으로 구현하였다.

3. 노긍(盧兢) 산문에서의 공간이 갖는 의미

노긍은 산문에서 주제의식이나 심상을 직접적으로 드러내기보다는 우회적인 방법을 통해 구현하는 것을 선호하였다. 이러한 서술방식에 있어서 공간은 중요한 요소로 작용한다. 본고에서는 유배지, 시회, 무덤을 통해 노긍의 공간에 대한 인식과 구현의 양상을 살펴보았다. 이 장에서는 2장에서 나타난 공간구현에 있어 공통적인 양상을 통해 노긍의 산문에서 공간이 갖는 의미를 파악하고자 한다.

첫째, 노긍은 공간이 갖는 고유감에 한정되기보다는 사람들과의 관계 속에서 자신만의 장소감을 형성하였다. 즉 노긍의 장소감은 사람들과의 유대감을 통해 경험화한 것이기 때문에 공간이 갖는 외관이나 경관, 배경보다 공간 내에서 사람들과의 친소(親疎)에 주목하였다. 이와 같은 인식은 공간 및 사람들로부터의 상실, 소외, 단절에서 기인한 것이다.

조선시대 유배지에서 나타난 작품 양상은 주로 자기 수양과 가족에 대한 그리움 등이다.[26] 노긍의 경우는 유배지에서 저술한 작품에서 자기 수양과 관계된 내용은 찾아볼 수가 없으며 오직 고향과 가족에 대한

26 신규수, 「조선시대 유배형벌의 성격」, 『한국문화연구』 23집, 이화여대 한국문화연구원, 2012.

그리움만을 엿볼 수 있다. 유배지는 노긍에게 있어서 공간의 변화로 인해 예전의 공간인 고향에 대한 연대감이나 애착을 강화시키는 역할을 한다. 이는 계속성의 부재로 인해 감정이 단절되면서 애착이 커지게 되는 것이다. 고향에 대한 애착은 주로 개인이 그곳의 물리적 환경과 맺는 관계보다는 다른 사람들과 맺는 상호 작용과 관련이 있다. 따라서 노긍 또한 고향의 외관이나 경관을 기억하기보다는 고향에 함께 사는 사람들에 대한 기억을 통해 유배지에서 희구하는 이상적 공간을 구체적이고 경험적인 공간으로 구현하고 있다.

시회에서도 시회가 열리는 장소나 경관보다는 시회에 참석한 사람들과 관계 속에서 장소감을 형성하고 있다. 「남사시회발」이나 「화계사시회서」에서의 노긍의 태도는 시회 자체를 부정적으로 인식하기보다는 참여한 인물들과의 심리적 경계로 인해 그 공간에서 고독감을 표출하였다. 이 때문에 시회의 공간에서 벗어나 자연에 주목하였고 이를 성찰의 대상으로 인식하게 된 것이다. 성찰로 터득한 깨달음은 탈속적이면서도 현실을 직시하고 있으며, 이를 통해 당시 부조리한 측면과 자신의 불우한 처지를 대변하였다. 즉 공간의 의미를 무엇보다 함께 참여하는 사람들과의 연대감에서 찾았지만, 심리적 경계로 인해 고독감을 피력하였고 시회의 공간에서 우리보다는 나를 중시하며 외적공간을 내적 공간으로 탈바꿈시킨 것이다.

무덤에 대한 인식에서도 망자들과의 관계 속에서 진정을 토로하며 자신의 아픔을 위로하고자 하였다. 무덤은 망자가 거처하는 곳으로, 산 자들과 구별된 공간이다. 노긍은 무덤이라는 추상적 공간을 자신과의 관계성을 통해 현실적 공간으로 구현하였다. 아울러 무덤의 독거성보다 가시성을 우선시하는 것도 망자에 대한 돈독한 정에서 비롯된 것이다.

이에 이치와 규범보다는 망자들과의 관계성에서 비롯된 진정을 우선시하며 이를 통해 무덤을 물리적 거리가 있는 공간을 초월한 심리적 공간으로 구현한 것이다.

둘째, 노긍은 주제의식을 구현하기 위해 공간의 고유감을 파괴하였다. 먼저 유배지는 부재와 결여의 공간이다. 이 공간에서 노긍의 작품은 고난과 아픔의 정서가 지배적이다. 그러나 노긍은 표면적으로 그 정서를 표출하기보다 유배지와 상반되는 고향이라는 공간과 장소의 이미지를 차용하여 화락과 여유들로 가득한 일상적인 삶의 모습만을 서술하고 있다. 지리적 위치에 따른 이별의 느낌을 더 극명하게 나타내기 위해 대조적인 고향의 이미지만을 사용한 것이다. 나아가 현실적 공간에서의 삶의 문제를 상상의 공간에서 자유로운 삶을 희구하는 것으로 해소하는 방식을 채택하고 있다. 그러나 상상의 공간은 추상적인 공간이라기보다는 장소의 일시성과 불안정성으로 인해 오히려 구체적이고 경험적인 공간으로 구현하였다. 이러한 점에서 유배지에서의 희구를 통한 공간구현은 고향의 장소애(場所愛)를 통한 자기위로이며 정서의 고수를 위한 도피처로 마음속에서 만들어진 공간이다. 따라서 유배지의 고난과 세상에 대한 불만을 표면적으로 드러내지 않고 고향이 갖는 안온함이라 이미지를 통해 이상적 공간으로 서술함으로써 유배지의 고난과 세상에 대한 분기를 역설적으로 전달하고 있다.

시회(詩會)에서의 공간의 구현은 향락의 공간에서 흥겨운 이미지와는 전혀 다른 불우한 정서를 표출하였다. 노긍은 시회의 과밀한 분위기에서 자신을 경계인으로 설정한다. 이는 사회적 제약이 많았기 때문에 노긍은 심리적 경계로 인해 시회의 공간을 좁고 한정된 것으로 인식하였다. 따라서 군중 속의 고독감을 자처한 것이다. 아울러 주제의식은 자연경관을 통한 깨달음에 한정되어 있다. 그럼에도 탈속 지향적 내용으로 경도되지 않고 오히려 현실에서의 고통과 이를 극복하고자 하는 심리를 반영하고 있다. 이와 같은 서술방식은 시회에서 향락과 상반되는 고독의 이미지를 사용함으로써 공간의 고유감을 파괴하고 당시 속유(俗儒)들의 가식과 허례에 대한 조롱과 야유를 우회적 표출하는 데 효과적으로 사용되었다.

망자의 공간인 무덤에서도 무덤이 갖는 어둡고 추상적인 이미지 대신 구체적이고 현실적 이미지로 구현하고 있다. 지하세계인 무덤을 지상세계의 이미지로 치환한 것이다. 이는 망자와의 관계, 자신의 경험을 바탕으로 장소감을 형성한 것이다. 게다가 물리적 공간보다는 심리적 공간으로의 변화는 이치보다 진정을 통해 이질적 공간을 연계함으로써 남은 자의 슬픔을 역설적으로 표현하였다. 이를 통해 공간의 고유감을 파격하고 자신만의 장소로 탈바꿈한 것이다.

셋째, 추상적 공간을 현실적 공간으로 구현하였다. 한문학에서 공간은 관념적이고 추상적이었다. 아울러 공간을 자기수양과 연계하여 인식하였기 때문에 그 의미는 다양하지 못했다. 그러나 노긍의 경우는 희구하는 공간들은 모두 자신의 체험을 바탕으로 한 실제적이고 구체적인 공간이다. 유배지에서의 희구의 공간은 고향이었다. 시회에서의 희구의 공간은 탈속적이기보다는 현실세계에 기반을 두고 있다. 무덤이라는 공간에 대해서도 진정을 통해 추상적인 공간을 현실적인 공간으로 구현하였다.

노긍이 구현한 이상적 공간이 현실적 공간이 되는 이유는 현실세계의 결핍에서 찾을 수 있다. 고향과 사회적 지위, 인간관계에 대한 상실과 결핍은 노긍의 고난을 대변하고 있고, 이는 이상적 공간을 구체적이고 체험적인 공간으로 구현하는 데 중요한 요소로 작용하였다. 이와 같은 공간의 구현 방식은 현실비판과 자기 위로가 주된 목적이었다. 현실세계에서의 고난을 문학을 통해 완화하였고 세상의 불합리를 표출하자고 한 것이다. 따라서 이상적 공간을 현실적 공간으로 구현한 것은 노긍의 처한 현실세계에서의 치열한 고뇌를 우회적으로 표현한 것이다.

4. 나아가며

본고에서 분석의 대상으로 삼은 노긍 작품들의 주제의식은 주로 우회적이고 역설적인 방식으로 구현되고 있다. 이러한 표현방식은 상실, 소외, 단절에 기인한 것이다. 노긍의 작품에는 고향, 사회적 지위, 가족의 상실에 대한 아픔이 핍진하게 반영되어 있는데, 이러한 면모가 집약된 지점을 본고에서는 공간에서 찾았다. 이는 노긍 산문의 주제의식과 표현기법을 공간이라는 개념어를 통해 살펴보고자 한 것이다.

노긍은 공간에서 혼자였다. 홀로 처함은 공간에서 노긍의 사유를 자유롭게 떠돌게 하였다. 아울러 노긍에게 있어서 공간은 끝없는 절망을 의미한다. 특히 영속성의 부재로 인해 노긍의 사유는 선행적 시간 개념에서 탈피하여 과거로 회기하려 하였다. 이때 노긍의 사유는 물리적 거리감을 좁히는 동시에 현실 세계의 공간을 초월하였다. 그러나 이는 장소감이 갖는 과거의 영속성을 현실 세계에서 지속하려는 의도였다. 따라서 노긍이 구현한 공간은 희구적 공간에 가깝기에 추상적이고 관념인적 공간이 되어야 하지만, 오히려 자신의 경험을 통해 얻어진 체험적이고 구체적인 공간이었다.

이러한 양상의 주된 원인은 자의가 배제되었기 때문이다. 노긍의 공간 선택은 타인에 의한 부탁과 강요에서 비롯되었다. 유배지는 강요된 공간이고 시회는 청탁에 의한 것이며, 죽음은 불감당의 영역이다. 때문에 노긍 산문의 주된 내용은 욕망에 대한 절제와 현실세계에서의 고난이다. 그러나 노긍은 이를 작품에 구현하는 데 있어서 직접적으로 표출하기보다는 우회적 방법을 택하였다. 이러한 특징은 노긍 산문의 문예미를 형성하는 주요 틀이다. 즉 현실의 고난과 이를 극복하고자 하는 작가의 치열한 정신력을 문예미로 발산한 것이다. 이는 고통의 완화를 위한 자기위로의 방법이자 당시 지배층과 사회구조에 대한 냉소와 반감이라 하겠다.

『대동한문학』 47집(대동한문학회, 2016.6.)에
게재한 원고를 재수록한 것임.

참고문헌

1. 자료

盧　兢 著, 盧載榮 編, 『漢源文集』, 1976.

盧　兢, 『漢源稿』 사본, 안대회 소장본.

丁若鏞, 『與猶堂全書』, 한국문집총간 281, 민족문화추진회, 2002.

2. 논저

강명관, 『조선시대 문학 예술의 생성 공간』, 소명, 1999.

고연희, 「조선시대 진환론의 전개」, 『한국한문학과 미학』, 태학사, 2003.
김 경, 「18세기 漢文散文의 尙奇 논의와 作品樣相」, 고려대 박사학위논문, 2015.
김도용, 「朝鮮後期 山訟硏究: 光山金氏·扶安金氏家門의 山訟 所志를 中心으로」, 『考古歷史學志』 5-6합집, 동아대학교 박물관, 1990.
김동준, 「18세기 文人 夜宴의 현장과 예술적 아우라」, 『한국실학연구』 제28집, 한국실학학회, 2014.
김영진, 「조선후기 사대부의 야담 창작과 향유의 일상: 盧命欽·盧兢 父子와 豐産洪鳳漢家와의 관계를 중심으로」, 『어문논집』 37, 민족어문학회, 1998.
송기호, 「죽음과 무덤」, 『대한토목학회지』 54권, 대한토목학회, 2006.
신규수, 「조선시대 유배형벌의 성격」, 『한국문화연구』 23집, 이화여대 한국문화연구원, 2012.
유호진, 「盧兢 詩의 破格的 形式과 眞情의 流露」, 『한국한문학연구』 제58집, 한국한문학회, 2015.
홍기창 外, 『영·정조시대 풍산홍씨가 유물기증전』, 2009.
Yuri M. Lotman, 유재천 옮김, 『문화기호학』, 문예출판사, 1998.
에드워드 렐프 지음, 김덕현·김현주·심승희 옮김, 『장소와 장소상실』, 논형, 2005.
이푸투안 지음, 구동회·심승희 옮김, 『공간과 장소』, 대윤, 1995.

『염요(艶謠)』를 통해 본, 풍류 공간의 사회문화적 의미

박수진

1. 머리말

본고에서는 19세기 창작된 『염요(艶謠)』의 작품들 가운데서도 기생 소재 가사와 시조들을 토대로 풍류 공간의 사회문화적 의미를 살펴보고자 한다. 작품은 양반 남성과 공주 기생들의 잔치현장을 엿볼 수 있는 작품들로 본고에서는 작품집 뒷부분에 제시된 치제문(致祭文)을 제외하고, 시조와 가사 모두 4편을 텍스트로 삼을 것이다.

『염요』는 미국 버클리대학 아사미문고에 있는 책으로, 총 29장으로 되어 있다. 앞의 6장에는 국한문혼용의 시조, 가사들이 실려 있고, 뒤의 23장에는 한문으로 정조(正祖), 효종(孝宗)에 대한 치제문(致祭文)이 수록되어 있다. 치제문들은 베낀 것에 불과하지만, 앞에 실린 두 편의 가사와 두 편의 시조[1]는 모두 공주의 아전들과 기생들이 잔치를 벌이며 지은

1 정병설, 「기생 잔치의 노래: 〈염요〉」, 『국문학연구』 13호, 국문학회, 2005, 159쪽에서 원래 "다섯 편의 작품"이라 하였다. 이유는 〈단가〉의 작품이 3수, 〈추칠월기망범주서호가〉의 작품이 2수로 모두 총 다섯 편의 작품이 있기 때문이다. 그러나 논자는 작품의 편수로 생각하고자 두 편의 시조로 정정하여 언급하고자 한다.

것으로 알려져 있다. 그리고 이 작품들을 통해서 실제 양반과 기생들의 잔치 모습을 엿볼 수 있어서 매우 흥미롭다고 여겼다. 기생들이 창작한 앞의 두 작품– 〈금강석별낙양낭군곡〉과 〈단가〉–에는 과거 시험에서 등수를 매기는 것처럼 작가의 이름과 함께 '二上', '三上'이라는 등급이 매겨져 있다. 이는 아마도 아전배들이 기생들에게 시조(時調), 가사(歌辭)를 짓게 하고 등수를 매겨 상을 주는 놀이인 듯하다.[2] 그 당시 이러한 놀이 형태가 존재했음을 의미하고, 이는 19세기 놀이 문화를 언급하기에 매우 훌륭한 작품집이라 생각한다. 작품에는 아전 김병방(金兵房), 서풍헌(徐風憲), 박별장, 기고관, 박승방, 노형방 등과 기생 형산옥, 조운, 선아, 준예 등이 등장한다. 놀이에서의 상황이 매우 구체적으로 드러나 현장의 생동감을 느낄 수 있게 해준다. 더불어 노래에 나오는 갑술년은 1874년으로 추정된다[3]고 하였다. 시대적 배경에서 다시 논하겠지만, 〈화산교가〉의 상황을 고려해본다면 1874년의 작품이라 추정할 수 있을 것으로 보인다.

『염요』에 대한 선행 연구는 정병설이 유일하다. 정병설은 『염요』의 서지사항을 소개하고, 각 작품들의 특징에 대해 간단히 논하고 있다. 작품에 대한 구체적인 부분을 논하고 있지 않기 때문에 이를 토대로

2 기생들을 모아 백일장을 열어 시조, 가사를 짓게 하고 등수를 매긴 것이다. 기생들을 모아 백일장을 벌인 일은 명청 중국에서도 꽤 성행한 일이다. 그 성적을 적은 것을 화안이라 하며, 또 등수를 정해 장원을 뽑고 결과를 발표하는 것을 과거시험을 흉내 내어 화방이라 한다. 이는 『판교잡기』, 『연대선회품』 등에 잘 나타나 있으며, 이 책들은 조선에서도 꽤 읽혔다. .... 이 가사는 일종의 기생 백일장에 제출된 작품이다. 그래서 그런지 작품에 상투어가 많고 상사가로서의 진정성은 약하다. 정병설, 『나는 기생이다 – 소수록 읽기』, 문학동네, 2007, 147쪽.

3 정병설, 앞의 논문, 『국문학연구』 13호, 국문학회, 2005, 159쪽.

작품을 분석한다면 사회문화적 의미를 접목시킨 19세기의 놀이 문화를 설명하는 데 큰 의의가 있을 것이다.

본고는 『염요』에 실린 2편의 가사와 2편의 시조를 텍스트로 삼고자 한다. 그 이유는 책에 수록된 다른 작품들의 내용은 공주 지역의 문화사회적 의미를 다루거나 기생들의 풍류 양상들을 논하기에는 적합하지 않기 때문이다. 또한, 작품의 창작자에 대해 2편의 작품은 기생인 '인애'와 '형산옥'이라는 이름이 분명히 드러나 있는 반면, 다른 두 작품은 작자는 미상으로 되어 있다. 〈화산교가〉는 제목 밑에 '기생 4~5명을 데리고 화산교에서 모여 술을 먹다가 영문(營門) 안으로 들어가 흥(興)이 다하지 못하여 흩어졌는데, 갑자기 크게 겁이 나고 풍비박산하여 기절할 경색이 펼쳐지니 그를 기록하노라'[4]라고 제시되어 있다. 『조선왕조실록』의 기록을 토대로 하여 작품의 시대적 상황을 살펴보면, 작품 창작 당시의 공주는 기근(飢饉)으로 매우 힘든 상황이었음을 알 수 있다. 이를 감안한다면, 기생들과 함께 잔치를 벌인 것만으로도 나라에서는 규제할 만큼의 큰 사안이었을 것이다. 그러나 양반들은 금지령을 어기면서까지 잔치를 열었고, 이에 발각되어 혼비백산 달아나는 광경을 묘사하고 있는 상황을 재미있게 작품으로 창작해냈다. 하지만, 이 작품의 작가는 어떤 인물인지 정확히 알 수 없다. 억울하게 붙잡힌 기생일 수도 있고, 구경하던 양반일 수도 있을 뿐만 아니라, 그 잔치의 향유자일지도 모른다. 그렇지만, 정확한 내용이나 구체적인 상황들을 면밀하게 알고 있다는 것만으로도 직접 참여한 양반 사대부이거나 향유자였을 가능성이

4 『염요』, 국립중앙도서관, 〈화산교가(花山橋歌)〉, 七月三十日夜 公山吏校輩 扶四五妓 會飮花山橋矣 入於營廬中 未盡而散大生恐㤼 風飛雹散 景色絕倒 故識之.

가장 높다. 그러므로 이름을 전할 수 없는 까닭에 작가 미상의 작품으로 남게 되었다고 여겨진다.

『염요』는 기생들의 작품집이 아니다. 물론 기생들의 생활을 직접적으로 녹여낸 작품들이 존재하지만, 기생들끼리만 작품을 창작한 것이 아니기 때문에 『염요』를 기생들의 작품집이라고만 볼 수 없는 것이다. 그러므로 이 작품집은 기생과 양반들의 풍류(風流)를 엿볼 수 있는 중요한 자료라고 할 수 있는 것이다.

본고에서는 『염요』를 통해 기생과 양반 남성이 만들어낸 일상의 한 부분을 공간이라는 측면에서 살펴보고, 이를 풍류 공간이라고 엿볼 수 있는 사회문화적 의미를 고찰해 보고자 한다. 그러기 위해 작품의 시대적 상황뿐만 아니라 그 시대와 맞물려 드러나는 공간들의 특징을 살펴 문화적인 측면에 대해 논해야 할 것이다.

2. 작품의 시대적 배경

조선시대는 유교 사상에 기반을 둔 봉건사회로 신분제도, 남존여비 사상 등의 영향을 받았다. 그렇기 때문에 기생은 천민 신분을 가진 계층이면서도, 젠더로서 여성이라는 면에서는 조선시대에 매우 불리한 조건을 갖추었다. 이에 두 조건을 모두 포괄하는 기생들에게 조선시대는 말할 나위도 없이 부조리하고도 불평등하며, 남성 편향적인 사회로 인식되어 왔다.

조선시대에 기생들은 천민 계층의 신분을 유지하고 있었지만, 대체로 양반들과 교류하여 양반층의 문화를 흡수, 전파할 수 있는 계기를 마련할 수 있었다. 특별한 경우지만 임금과의 교류도 이루어졌다고 전해진다. 그러고 보면, 기생들의 문화에서 권력을 가진 양반 남성들이나 왕족들과의 관계는 서로 상부상조하는 관계로까지 연결되었음을 알 수 있었다. 그래서 봉건 사회에서 기생들은 천한 신분이면서도 양반의 문화를 향유하는 매우 특수한 신분 계층에 속해 있었다고 말하는 것이다. 그러므로 기생들은 양반과의 문화 교류를 위해 전문적인 기예(技藝)를 교육받았고, 시대마다 유행하는 춤[무용], 노래[음악], 문학[시], 미술[서예나 서화] 등에 이르기까지 양반 남성들이 향유하는 문화를 서로 공유하기 위해 그들 나름대로 전달, 계승하고자 노력하였던 것으로 전해진다.

17,18세기에 이르면서 기생들은 의녀와 침선비로 동일시되는 현상이 일어났고, 지방에서는 진연(進宴)을 위한 기생으로 선발되기도 하였다. 때로는 기생들의 수가 모자라서 다른 기생들을 선발하기도 했다고 전한다. 그 후에는 그들을 돌려보내라는 명령에 의해 장악원에서 그들을 풀어 보냈으나 상의원의 침선비로 소속시켰다고 한다. 이는 이들을 기생들로 잡아놓기 위한 조처로 보인다[5]고 했다. 17, 18세기의 제도가 19세기에도 비슷하게 계승되기는 하였지만, 서울에서는 의녀와 침선비로 서로 존재하는 기생들은 궁중의 잔치나 양반 사대부들의 연회에까지 동원되었고, 그렇지 못한 기생들은 기방(妓房)을 열어 따로 영업행위를 하기도 했다고 전해진다.

『염요』의 작품들은 19세기에 창작된 것으로 보인다. 19세기라는 시

5 강명관, 「조선후기 기녀제도의 변화와 경기(京妓)」, 『한국고전여성문학연구』 18권, 한국고전여성문학회, 2009, 18~19쪽.

점은 '고전과 근대의 교차점'이 발생하는 시기며, 봉건 사회의 과도기에 해당하는 시기다. 그러나 이 시기[1874년]의 공주 지역은 가뭄과 홍수가 빈번하게 일어났다고 전해진다. 『조선왕조실록』 공주목의 기사 내용 가운데서 1874년 4월부터 7월까지의 기록을 살펴보면 다음과 같다.

공주목이 **수재를 당해 사람들에게 휼전을 베풀었다.**[6]

충청감사(忠淸監司) 성이호(成彝鎬)가, '**공주(公州) 등 고을의 사람들이 물에 빠져 죽고 집이 떠내려가고 무너졌습니다.**'라고 아뢰니, 전교하기를, "요즘 호남(湖南)에서 수재(水災)가 일어난 일 때문에 근심이 가득 차서 밤잠을 제대로 못자고 있는데, 지금 금백(錦伯)의 장계(狀啓)를 보건대 거기서도 물에 빠져 죽은 사람과 표호(漂戶)가 이렇게 많으니, 그 정상을 생각하면 얼마나 놀랍고 참혹한 일인가? 이미 죽은 사람에 대해서는 어찌 할 수 없지만 지금 한창 농사철이 되었는데 불쌍한 그들이 집도 먹을 것도 없이 울고불고 떠돌고 있으니 어떻게 그들의 생명을 보전할 수 있겠는가? 원래의 휼전(恤典) 외에 도신(道臣)이 도와주는 것이 있다고 하더라도 마치 내 마음이 아픈 것과 같으니 고락을 함께하는 조치가 없어서는 안 될 것이다. 내탕전(內帑錢) 5,000냥(兩)을 특별히 획하(劃下)하니 도신은 알맞게 헤아려 재해를 입은 집에 나누어줄 것이며 이 뜻을 효유(曉諭)하도록 하라. 또 반드시 더 도와주어서 며칠 안으로 거처를 마련하도록 함으로써 한 명의 백성도 거처를 잃는 한탄이 없게 할 것이며, 물에 빠져 죽은 사람들의 환곡(還穀)과 군포(軍布)는 모두 탕감(蕩減)해 주도록 하라. 구제하여 준 사람들로 말하면 죽느냐 사느냐 하는 판에 앞장서서 생명을 살려주었으니 그 뜻과 의리를 알 수 있다. 모두 특별히 상을 주고 목

6 고종 11년(1874) 4월 9일 신유: 初九日。 給公州牧渰死人恤典. 한국고전번역원 사이트[http://sillok.history.go.kr/id/kza_11104009_001]

(木)·포(布)·공곡(公穀) 가운데 후하게 제급(題給)해 주도록 하라. 이에 백성들을 위유(慰諭)하는 윤음(綸音)을 지어 내려 보내니, 각각 그 고을의 수령(守令)들로 하여금 동네를 돌아다니며 재해를 당한 백성들을 하나하나 면유(面諭)하여 보호해 주고 불쌍히 여기는 나의 지극한 뜻을 알게 하라."하였다.[7]

공주(公州) 등 고을에서 표호(漂戶)와 퇴호(頹戶), **수재를 당해 죽은 사람들에게 휼전**(恤典)**을 베풀었다.**[8]

『조선왕조실록』에서 작품과 관련된 공주목의 재해(災害)는 1874년 4월의 기록에서 처음 등장하였다. 기록에는 "공주목에 물난리가 나서 그곳 사람들에게 휼전을 베풀었다"고 되어 있다. 휼전은 나라의 재앙이 있을 때 이례적으로 나라에서 이재민을 구하기 위해 내리는 특전이다.

이는 이례적으로 일어난 큰 재앙이었기 때문에, 나라에서는 이재민들을 구제하기 위한 방편을 마련하였던 것으로 전해진다. 이러한 수재(水災)에 관련된 기록들은 4월부터 7월까지 계속 이어졌고, 그 가운데서도 6월 29일의 기록이 가장 상세하다. 특히, 6월 29일의 기록은 공주

7 고종 11년(1874) 6월 29일: 忠淸監司成彝鎬, 以"公州等邑人命渰死民家漂頹"啓。 敎曰: "近以湖南水災事, 滿心憂憫, 丙枕不寧, 即見錦伯狀啓, 則渰命漂戶, 又如是夥多。 念其情狀, 驚慘何極? 死者已無及矣, 當此方農, 哀彼無戶無食, 棲遑呼號者, 何以得保其生乎? 元恤典外, 道臣雖有助給, 予心之若恫在己, 不能無河醪之投, 以內帑錢五千兩, 特爲劃下。 道臣須量宜俵給於災戶, 而曉諭此意, 亦須更加助給。 不日奠居, 俾無一民失所之歎。 渰死人身還布, 竝爲蕩減。 至若拯救諸人, 當此死生之際, 挺身活命, 可見其志義。 竝特爲賞加, 木、布、公穀中, 從厚題給。 慰諭綸音, 玆以撰下, 令各其邑守, 遍行坊曲, 一一面諭於災民, 咸使知懷保惻怛之至意。"
한국고전번역원 사이트[http://sillok.history.go.kr/id/kza_11106029_005]

8 고종 11년(1874) 7월 22일: "給公州等邑漂頹戶及渰死人恤典"。
한국고전번역원 사이트[http://sillrok.go.kr/id/kza_11107022_002]

지역뿐만 아니라 호남에 이르기까지 놀랍고도 참혹한 수재가 일어나 모든 사람들이 걱정하고 근심하는 모습이 끊이지 않고 있다. 특히 집도 없고, 먹을 것도 없으니 수재민들은 생명의 위협까지 느끼는 아주 절박한 상황임을 제시하고 있다.

『염요』의 작품들의 창작 시기는 4편의 작품이 서로 비슷한 시점이다. 그 가운데서도 〈금강석별낙양낭군곡〉과 〈단가〉에서는 '갑술년 6월 22일 공주 기생 형산옥의 가사를 최우등으로 판정하다(甲戌六月卄二日 二上 錦城花榜 荊山玉魁)'는 소제목이 있고, 〈화산교가〉의 경우는 '7월 13일 밤'이라는 시간적 요소를 작품 제목에서 설명하고 있으며, 〈추칠월기망범주서호가〉도 제목을 통해서 '음력 7월 16일'이라는 것을 드러내고 있다. 창작 시기를 19세기라고 보는 이유는 『염요』의 〈화산교가〉의 내용과 1874년의 『조선왕조실록』의 〈공주목〉 기록이 사회적 상황과 매우 비슷하기 때문이다. 그러므로 『염요』는 1874년에 지어진 작품이라는 것이 유력하다고 말할 수 있다.

『염요』는 기생놀이를 통해 창작된 작품들과 작가 미상으로 알려진 작품 두 편이 있다. 이 모두가 '잔치'를 매개로 하고 있다는 것에서 사회적 배경을 따져본다면, 그 창작된 작품들은 모두 '놀이 혹은 잔치'를 바탕으로 창작되었다는 것을 생각해 볼 수 있다. 이는 곧 현실을 고려한 작품이라는 것이고, 이를 통해 알 수 있는 것은 공주 지역 기생들의 놀음 현장이라는 것이다. 이를 잘 보여주는 자료가 바로 『염요』인 것이다.

『염요』에는 두 편의 가사와 두 편의 시조 외에 표제와 내용과는 아무 관련 없는 한문[표제문]이 포함되어 있다. 가사와 시조는 모두 충청도 공주의 아전들이 벌인 기생 잔치에서 나온 것들이다.[9] 기생들을 모아

시문을 짓게 하고, 이를 통해 등수를 매긴 것이다.[10] 지방에서 양반들과 기생들의 놀음 현장을 작품의 소재로 삼고 있는 것으로도 매우 특이하다. 하지만, 이 작품이 한 권의 책으로 전해지고 있고, 양반들이 기생들의 글에 점수를 주었다는 것 역시 여느 작품들과는 다른 면모를 찾을 수 있을 듯하다.

19세기는 조선시대의 시조와 가사를 향유했던 공간으로 기방(妓房)을 꼽을 수 있다. 우리가 알고 있는 기방에서 양반들은 기생들과 어울려 술을 마시고, 노래를 부르며, 시를 지었다고 전해진다. 시조의 가창 공간은 대부분 술과 안주가 마련된 주연석이나 풍류방이 대부분이었고, 그곳에서 노래를 부르고 춤추고 글 짓는 것까지 함께 했다. 이는 곧 양반들만 향유한 것이 아니라 기생들도 함께 향유했다고 할 만하다. 이러한 기방 혹은 풍류방에서 함께 놀던 양반들은 잔치를 벌여 그들의 향유를 공간만 바꿔 그대로 이어나가는 경향도 드러났다. 즉, 이 작품들 가운데서는 〈금강석별낙양낭군곡〉과 〈단가〉는 기생인 형산옥과 인애가 지은 작품이라고 하였고, 다른 두 작품인 〈화산교가〉, 〈추칠월기망범주서호가〉과 잔치에 참여한 남성이 지은 작품[11]이라고 전한다. 작품의 창작 배경을 살펴보면, 기생이 창작한 두 작품은 백일장을 기반으로 하여 창작되었다고 전해지는 것으로 보아 기방이나 풍류방을 대신하여

9 정병설, 앞의 책, 문학동네, 2007, 147쪽.

10 기생들을 모아 백일장을 벌인 일은 명청 중국에서도 꽤 성행한 일이다. 그 성적을 적을 것을 화안이라 하며, 또 등수를 정해 장원을 뽑고 결과를 발표하는 것을 과거시험을 흉내 내어 화방이라 한다. 이는 판교잡기, 연대선회품 등에 잘 나타나 있으며, 이 책들은 조선에서도 꽤 읽혔다. 정병설, 위의 책, 문학동네, 2007, 147쪽.

11 정병설, 앞의 논문, 『국문학연구』 13호, 국문학회, 2005, 160쪽.

잔치 역시 기방과 풍류방의 역할을 대신하는 풍류의 공간으로서의 의미를 가진다고 볼 수 있는 것이다.

3. 작품에 드러난 공간

『염요』는 '고운 노래'라는 의미로, 이 같은 제목이 붙은 이유는 아마도 기생들이 지은 작품들이 포함되어 있기 때문일 것이다. 『염요』에는 두 기생 작가인 형산옥과 인애가 등장하며, 그녀들이 지은 〈금강석별낙양낭군곡〉과 〈단가〉가 있다. 또한, 작가를 알 수 없는 양반 남성들에 의해 쓰여진 〈화산교가〉와 〈추칠월기망범주서호가〉도 있다. 『염요』의 순서는 〈금강석별낙양낭군곡〉, 〈단가〉, 〈화산교가〉, 〈추칠월기망범주서호가〉으로 되어 있다. 즉, 앞의 두 작품은 창작자가 명확하게 밝혀진 기생들의 작품이고, 뒤의 두 작품은 작가 미상의 양반 남성의 작품이다. 장르상으로 〈금강석별낙양낭군곡〉와 〈화산교가〉는 가사 형식이며, 〈단가〉와 〈추칠월기망범주서호가〉는 시조 형식이다.

『염요』는 지정된 어떤 한 사람의 문집이 아니라 여러 사람들에 의해 창작되어 만들어진 창작집임을 감안한다면, 시간상의 차이는 그리 큰 것은 아니다. 그러므로 어떤 이유에서 4편의 작품이 한 작품집에 수록되어 있는지는 정확한 이유는 알 수 없지만, 이 4편의 작품이 서로 연관성이 있다는 것은 분명하다. 따라서, 본고에서는 작품에 드러난 공간을 토대로 하여 '풍류'와 연관 지어 살펴보고, 그 풍류 공간에 대한 사회문화적인 의미를 분석해 보고자 한다.

1) 금강 : 그리움, 이별의 공간

『염요』에서 기생들이 창작한 작품 두 편의 공간은 공통적으로 드러난다. 즉, 두 작품에서 뚜렷하게 드러나는 공간은 바로 '금강'이다. 『신증동국여지승람』에서 금강[12]은 여러 명칭으로 표현되었으며, 공주 일대에 흐르는 물길로 '웅진강'이라고도 불렸다. 금강은 중류의 남안에 위치한 공주 고을의 성장 기반을 제공하였다. 공주 일원의 석장리 유적과 백제 무령왕릉이 이를 잘 보여준다.[13] 이처럼 금강은 오랜 역사를 간직하고 있는 공간이다. 우리나라의 6대 하천의 하나로, 남한에서는 낙동강, 한강 다음으로 긴 강이라 한다. 이 강은 전라북도 북동부 경계지역과 충청북도 남서부에서 충청남도의 부강에 이르러 남서 방향으로 물길을 바꾸면서 공주, 부여 등 백제의 고도를 지나 강경에 이르러서는 충청남도와 전라북도의 도계를 이루어 황해로 흘러가며, 금강 유역은 대체로 백제의

---

12 금강은 주 동쪽 5리, 즉 적등진 하류에 있다. 옥천군 편에 자세히 나와 있다. 고려 정지가 읊은 시에 "수 나라의 하약필과 진나라의 조장군은 칼을 짚고 강물을 건너면서 해를 가리운 구름을 쓸고서야 돌아오리라 맹세했네."하였다. 『신증동국여지승람』 17권, 공주목, 민족문화추진회, 1985, 8쪽. 적등진은 고을 남쪽 40리에 있다. 그 근원은 셋이 있는데, 하나는 전라도 덕유산에서 나오고, 하나는 경상도 중모현에서 나오고, 또 하나는 본도 보은현리 속리산에서 나온다. 고을 동쪽을 지나서 차탄이 되고, 동북쪽으로는 화인진이 되며, 회인현을 지나서 말흘탄이 되고, 문의현에서는 형각진이 된다. 공주에 이르러서는 금강이 되고 곰나루가 되며, 부여에 이르러서는 백마강이 되며, 임천, 석성 두 고을 경계에 다달아서는 고성진이 되고, 서천군에 이르러 바다로 들어간다. 『신증동국여지승람』 15권, 〈옥천군〉, 민족문화추진회, 1985, 522쪽.

13 시의 서쪽으로 흐르면서 시를 남북으로 구분하는 하천이다. 전라북도 장수군에서 발원하여 충청남도 연기군 일대에서 유입하며 남서류하면서 부여로 흘러 나간다. 시로 유입된 이후 남안으로 왕촌천, 검성천, 용성천, 북안에서는 내교천, 정안천, 사곡천 등의 지류가 유입한다. 장기면과 반포면을 지나 서류하면서 웅진동을 지나 탄천면에서 부여로 나가기까지 거의 직선화된 유로를 보인다. 『한국지명유래집-충청편』, 국토해양부 국토지리정보원, 2010, 399쪽.

심장부에 해당하며, 충청남도의 공주, 부여와 전라북도의 익산을 중심으로 백제 문화의 복원사업이 활발히 추진되어 왔다[14]고 전한다. 그 가운데서도 공주는 금강의 문화권 속에 있으며 금강의 중하류에 속한 곳이다. 이러한 금강은 역사적으로도 깊은 유래가 남겨진 곳이지만, 『염요』에서는 이별의 공간으로 제시되어 있다.

첫 번째로 제시된 〈금강석별낙양낭군곡〉을 살펴보자. 제목은 "금강에서 낙양 낭군과의 슬프고 안타까운 이별 노래"라고 한다. 이는 공주 기생 형산옥이 낙양 낭군을 떠나보내야 하는 심정을 그린 작품이며, 제목 밑에는 "甲戌六月卄二日二上, 錦城花榜荊山玉魁"라 하여 갑술년 6월 22일 2급상, 금성화방 형산옥이 으뜸가다[15]라는 설명을 덧붙이고 있다. 이 작품은 공주 기생인 형산옥이 서울로 떠나가는 낭군과의 이별을 아쉬워하며 자신의 신세를 한탄하는 상사가(想思歌)라 한다. 제목의 설명에서 '二上'이라는 등급이 설정되어 있으며, 이는 내기를 했거나 시험에 참여했음을 의미한다. 즉, 이 작품은 공주 기생 형산옥이 양반들과 함께 시회(詩會)에서 지은 작품으로, 2등 상(上)이라는 높은 등급의 합격 노래라는 것을 알 수 있다.

〈금강석별낙양낭군곡〉의 첫 부분을 살펴보자. 작품에서는 비록 금강

---

14 한국민족문화대백과, 한국학중앙연구원 [https://terms.naver.com/entry.nhn?docId=550654&cid=46617&categoryId=46617]

15 〈금강석별낙양낭군곡(錦江惜別洛陽郎君曲)〉과 〈단가(短歌)〉는 이상(二上), 삼상(三上) 등으로 등수가 기록되어 있다. 기생들을 모아 백일장을 열어 시조, 가사를 짓게 하고 그 잔치에 참여한 양반들은 작품에 등수를 매긴 것이다. 기생들을 모아 백일장을 벌인 일은 명청 중국에서도 꽤 성행한 일이라고 한다. 그 성적을 적은 것을 화안(花案)이라 하며, 또 등수를 정해 장원을 뽑고 결과를 발표하는 것을 과거시험을 흉내 내어 화방(花房)이라 한다. 이는 『판교잡기』, 『연대선회품』 등에 잘 나타나 있으며, 이 책들은 조선에서도 꽤 읽혔다. 정병설, 앞의 책, 문학동네, 2007, 147쪽.

의 공간적 배경이 실질적으로 드러나지 않지만, 금강이 왜 이별의 공간으로 인식되었는지 드러내고 있으므로 이에 서술하고자 한다.

> 고이ᄒᆞ다 고이ᄒᆞ다 나의 八字 고이ᄒᆞ다 去年 離別 今年 離別 離別마다 洛陽郎君 緣分도 덧 업고 離別도 ᄌᆞ즐시고 洛陽郎君 離別 後에 다시 마ᄌᆞ 盟誓로다 洛陽 郎君 날 버리니 二八靑春 獨老ᄒᆞᆯ가 公山 人物 도라보니 豪傑蕩子 누구누구 아젼 將校 通引 官奴 豪放ᄒᆞᆫ 쳬 보기 실고 말이 말숨 아니솝다 다시곰 헤아리니 아마도 우리 님은 錦江之西 漢江北의 洛陽 人物 ᄲᅮᆫ이로다 슬푸고 또 슬푸다 우리 낭군 어ᄃᆡ 가고 이ᄂᆡ 진정 모로ᄂᆞᆫ고

이 글의 화자는 공주 기생 형산옥이고, 청자는 낙양 낭군이다. 첫 부분에서부터 형산옥이 자신의 팔자가 괴이하다고 언급한다. 그 이유는 낭군과의 잦은 이별 때문이다. 물론 한 사람을 만나서 그 사람과의 이별이 잦다는 것을 말하는 것은 아니다. 기생이라는 것이 여러 사람들을 만나다보니 정을 나누게 되고, 그 과정에서 이별을 하기 때문에 잦은 이별이라는 것이 괴이하다는 것이다. 형산옥은 과거에도 현재에도 이별하는 자신의 신세 한탄을 극대화한 현상이라 볼 수 있다. 즉, 기생이 되어 한 지아비와의 사랑을 이루지 못한 상황에 대한 괴이하고도 안타까운 마음을 언급한 것이다.

조선시대에서 기생과 양반 남성과의 만남은 대부분 양반 남성의 유배 혹은 부임으로 이루어졌고, 그 결과 양반 남성의 해임 혹은 복귀로 다시 이별해야 하는 반복적인 결과가 이루어진다. 이 작품 역시 그러하다. 작품에 드러난 이별의 안타까움은 오랫동안 만날 수 없는 상황에 대한 아쉬움을 드러내기보다는 매번 찾아오는 이별의 아쉬움이 더욱 크다고

볼 수 있다. 이는 기생의 입장에서 낭군과 이별해야 한다는 '숙명적인 관계'임을 제시하고 있는 것이다. 작품에 처음 등장하는 금강은 "아마도 우리 님은 錦江之西 漢江北의 洛陽人物 쑨이로다"라는 부분이지만, 작품에서는 별다른 의미가 없다. 다만, 낙양의 낭군이 공주에 거처하였던 곳이 금강의 서쪽이었고, 한강의 북쪽에 사는 인물임을 제시하고 있다.

다음 구절은 낙양 낭군이 형산옥을 떠나 낙양으로 가는 과정을 그리고 있다. 금강의 서쪽에서 동쪽으로, 금강에 이르기까지의 여정을 설명하고 있는 부분이다.

> 갈 긔약을 완정ᄒᆞ니 남은 날이 머지 안타 날은 어이 슈이 오며 ᄃᆞᆰ은 어이 ᄌᆡ촉ᄒᆞ노 보기 슬타 馬夫 거동 듯기 슬타 후ᄇᆡ 소ᄅᆡ 布政門 밧 ᄂᆡ다르니 大通橋가 여긔로다 雙樹城 도라가니 錦江 구뷔 져긔로다 지국총 소ᄅᆡ에 一村肝腸 다ᄉᆞᄂᆞᆫ 듯 긴 ᄒᆞᆫ숨 져른 ᄒᆞᆫ 숨 臨別ᄒᆞ여 말이 업다 靑山은 疊疊ᄒᆞ고 綠水ᄂᆞᆫ 悠悠ᄒᆞᆫᄃᆡ 斜陽은 무ᄉᆞᆷ 일노 이ᄂᆡ 가슴 타이ᄂᆞᆫ고 말ᄎᆡ 소ᄅᆡ 귀예 얼는 城南官道 아득ᄒᆞ다 羅衫을 뷔여줍고 江風의 빗기셔니 무정(無情)ᄒᆞᆯ손 져 郎君아 紅顔薄命 어이ᄒᆞ리 속졀업다 離別이야 남은 간쟝 다 녹ᄂᆞᆫ다 언제나 우리郎君 다시 만나 이ᄉᆡᆼ 因緣 니어볼가

이 부분에서는 명확하게 '금강'의 공간적 의미가 드러난다. 낭군이 떠나가야 할 날은 이미 정해져 있었고, 그 날이 얼마 남지 않음에 안타까워하는 심정을 그리고 있다. 형산옥은 빨리 지나가는 시간의 아쉬움을 닭의 울음으로 대신하고 있으며, 닭의 울음이 낭군과의 이별을 빨리 재촉한다며 이별의 슬픔을 닭에 대한 원망으로 감정의 변화를 드러냈다. 형산옥은 이러한 낭군과의 이별에 대한 아쉬움을 간절히 드러낸 이후, 낙양 낭군이 떠나야 하는 공간의 이동을 제시하고 있다.

형산옥은 낭군을 모시고 가는 마부의 거동도 보기 싫고, 행차하는 소리도 듣기 싫다고 말한다. 이는 도치법을 이용하여 그 의미를 더욱 강조하고 있다. 낙양으로 돌아가야 하는 낭군의 행차 소리는 포정문–대통교– 쌍수정– 금강의 순서로 진행된다. 육로로의 이동뿐만 아니라 수로의 이동으로 멀리 떠나가는 상황을 제시하고 있는 것이다. 그러므로 이별의 공간은 가장 나중에 이루어지는 '금강'이 되는 것이다. 금강을 건너면, 형산옥과 낭군은 서로 다시 만날 수 없는 이별을 하기 때문이다. '지국총'은 배에서 노를 젓고 닻을 감는 소리이다. 금강을 건너야 함을 언급하는 부분이기도 하다. 그 이후 등장하는 '일촌간장 다 스는 듯'이라는 표현에서는 형산옥이 이별의 애달픈 마음이 최고조에 있음을 나타내고 있다. 즉, 다시 만나지 못한다는 안타까움을 표현한 것이다. 그러면서 낭군과 형산옥은 서로 길고 짧은 한숨을 내쉬며 영원한 이별에 대한 안타까움만 전할 뿐이다.

그러면서 자연 풍경으로 시선을 이동시켜 분위기를 전환한다. 산수(山水)는 '청'(靑)과 '녹(綠)'의 푸른빛을 빗대어 평안한 자연 풍경을 드러내고 있다. 하지만, 양(陽)은 비스듬히 비치는 아련한 붉은 빛으로 형산옥의 마음을 비유하여 애달프고 쓸쓸한 마음을 담아내고 있다. '저고리 부여잡고 강바람에 비껴서 있는 모습'으로는 낭군과의 이별에 대한 아쉬움을 드러내 님의 모습을 조금이라도 더 보고자 하는 마음을 묘사하고 있다. 마지막 부분에서는 언제 다시 만날 수 있을지 모르는 낭군을 기약 없이 기다려야 하는, 곧 낭군과의 영원한 이별임을 간장이 다 녹을 지경이라 언급하고 있다. '다시 만나 이생 인연 이어볼까'라는 부분에서는 죽은 이후에라도 다시 만나 인연을 이어 나갔으면 하는 님에 대한 형산옥의 영원한 사랑을 담고 있다.

다음은 기생 인애가 지은 〈단가〉이다. 〈단가〉는 3연으로 된 시조로 이 작품 역시 〈금강석별낙양낭군곡〉의 내용과 마찬가지로 이별의 공간이 금강임을 제시하고 있다.

> ᄋᆡ다롤 손 洛陽才子 고이ᄒᆞᆯ 손 錦江水라 洛陽才子 一渡ᄒᆞ면 어인 離別 잣단 말고 어즙어 錦江水ᄂᆞᆫ 구뷔구뷔

기생 인애가 지은 〈단가〉 1연의 내용이다. 1행은 낙양 낭군과 금강의 물을 견주어 설명하고 있다. 인애는 낙양 낭군의 심정을 애처롭고 쓸쓸하다고 말하며, 금강수는 괴이하다고 서술한다. 그 이유는 이별 때문이다. 인애와 헤어져야 하는 낙양 낭군은 애처롭고 쓸쓸하게 느껴질 수밖에 없고, 이별의 공간인 금강수는 둘 사이를 갈라놓고 있기 때문에 괴이하다고 말할 수밖에 없다. 2행은 낙양 낭군이 금강을 건널 때마다 이별을 했기 때문에 이별이 잦다고 표현한 것이다. 그러면서 마지막 행에서는 "금강 물이 굽이굽이"라 하며 한 번에 쉽게 건널 수 없는 것처럼 이별 또한 쉽게 끊을 수 없는 상황을 언급하고 있다. 이는 강물이 여러 번 휘어져 쉽게 건널 수 없는 험한 모습을 드러낸 것이며, 곧 한번 가기 힘든 것처럼 다시 돌아오기도 어려운 상황임을 제시하며 이별의 어려움을 대신한 것이다. 그러므로 금강은 이별의 공간이 되고, 그 공간은 원망의 공간으로 전환되어 이별의 안타까움과 아픔을 동시에 드러내고 있음을 알 수 있다. 뿐만 아니라 금강은 작가 인애의 님에 대한 사랑 역시 느낄 수 있는 공간으로도 볼 수 있다.

> 洛陽은 어듸미며 錦江은 어듸런고 年年歲歲 此江頭에 離別 ᄌᆞᄌᆞ 늘거세라 슬푸다 이 江곳 아닐너면 이 離別 없슬는가

2연은 1연에 비해 금강이 이별의 공간임을 명확하게 드러낸다. 1행은 화자가 청자에게 낙양과 금강이 어디인지 묻고 있다. 이 물음은 질문에 대해 답을 구하는 물음이 아니라 헤어져야만 하는 상황에 대한 안타까움을 드러낸 물음이라고 볼 수 있다. 즉, 낙양과 금강의 거리가 가깝지 않음을 의미하고, 곧 님과 헤어져야 하는 애절함을 드러낸 것으로 파악할 수 있다. 2행은 해마다 연인들이 금강의 강 머리에서 이별을 하고, 그 잦은 이별들은 근심과 걱정이 쌓여 늙어버린 모습으로 묘사된다. 이는 자신의 이별뿐 아니라 일반적인 모든 이별이 금강에서 일어나고 있음을 알 수 있는 제시한 것이다. 3행은 화자의 심정을 드러내고 있다. 금강에서 이별이 이루어짐은 강이 있기 때문이고, 강이 아니면 이별이 없을 것이라는 역설적인 표현으로 이별에 대한 안타까운 심정을 극대화한 구문이다.

이 작품집에서의 '금강'은 단순한 공간으로써의 의미가 아닌 '이별'을 함축하고 있다. 강은 이쪽과 저쪽의 단절을 의미하고, 이승과 저승이라는 경계를 드러내며, 저 너머의 갈 수 없는 곳에 대한 동경을 뜻하기도 한다. 그렇기 때문에 강은 다시 돌아올 수 없음을 의미하기 때문에 이별에 비유되는 것이다. 기생 형산옥은 님과의 헤어지기 싫은 상황이지만, 어쩔 수 없이 돌아가야 하는 님을 보내야 하는 안타까운 심정을 강이라는 매개체를 사용하여, 그 사이의 거리를 이별로 언급하며 다시 만날 날에 대한 기약을 제시한다. 그렇기 때문에 낭군과의 이별이 더욱 애절하고 안타깝게 느껴진다고 볼 수 있다.

2) 화산교

『염요』에서의 두 번째 공간은 '화산교(花山橋)'다. 『염요』의 4개 작품 가운데서도 〈화산교가〉는 '화산교'라는 정확한 장소가 드러나 있다. 그에 반해, 다른 작품들은 일정한 장소가 등장하지 않고, 어떤 '공간'만을 제시하고 있다. 그러나 문제는 작품에 등장한 '화산교'가 옛 지도 어디에도 드러나지 않는다는 것이다. 기존의 논의에는 『호구총수』에 공주 남부면 화산교리가 보인다[16]고 되어 그곳이라 짐작하고 있다. 하지만, 이 또한 정확한 근거를 드러내는 것은 아니다. 다만, 공주 남부에 위치한 화산교리가 관아와 가까운 위치에 있기 때문에 여러 사람들이 모여 잔치를 벌일 수 있는 공간으로 언급하여 공주 남부면의 화산교리로 추정하고 있는 것이다. 그 이외 다른 논의들을 찾을 수 없다.

> 七月十三日夜, 公山吏校輩, 扶四五妓, 會飮花山橋矣. 入於營廬中, 未盡而散, 大生恐㤼, 風飛雹散, 景色絕倒, 故識之.

〈화산교가〉의 제목에 부연된 설명 부분이다. 시간은 7월 13일 밤이고, 장소는 '화산교'이다. 밤에 잔치를 벌이는 것부터 정상적으로 이루어지지 않았음을 설명하고 있다. 장소 역시 여러 아전들이 참석한 잔치라면 관아에서 하는 것이 마땅하다. 하지만, 이 잔치는 관아가 아닌 '화산교'에서 벌어진다. 그렇다면 이 '화산교'는 여러 사람들이 참여할 수 있는 공간으로 인식하기보다는 숨어서 몰래 이루어져야 하는 은밀한 장소라는 것을 알 수 있다. 또한, 잔치라는 것은 통상적으로 낮에 열린

16 현재 곰나루 국민관광지 부근이라고 한다. 정병설, 앞의 책, 문학동네, 2007, 151쪽.

다. 하지만, '화산교'의 잔치는 밤에 이루어지고 있다. 또한, 7월 13일은 보름이 가까워 달빛에 잔치를 벌이기 마냥 좋은 시기다. 그러나 밤에 잔치가 이루어진다는 것은 매우 찜찜하다. 즉, 밤에 이루어지는 잔치는 바르지 못한 행동으로 누군가에게는 숨겨야 하는 상황이 연출되기 때문이다. 그곳에는 공주목의 아전들이 4~5명의 기생을 곁에 두고 영문 안으로 들어갔다가 잔치가 이루어진 사실을 들켜 도망가는 장면을 서술하고 있다. '入於營廬中'에서 살펴보면, '화산교'는 감영(監營)과 가까운 곳에 위치하고 있음을 알 수 있다.

옛 서적에서 찾아본 '화산'이라는 명칭은 충청지역에만도 4개가 존재한다.[17] 제천, 계룡, 보령, 청양에 '화산'이라는 지명들이 있지만, 어디

---

17 화산동은 제천시 중앙 남쪽에 위치한 동이다. 본래 제천군 현우면에 속했던 지역이다. 법정동인 화산, 강제, 명지, 산곡동을 관할한다. 지명은 호산 아래에 있는 마을이라는 뜻에서 유래하였다고 한다. 『여지도서』에 의하면 제천현 현우면에 화산리가 수록되어 있고, "거리가 관문에서 7리이다."라고 기록되어 있으며, 화산리라는 지명이 처음 나타난다. 『1872년 지방지도』의 현우면에 화산리가 표기되어 있다. 『한국지명유래집』, 〈충청편〉, 국토해양부 국토지리정보원, 2010, 175쪽.
화산은 공주시의 계룡면 화은리에 위치하고 있는 산이다. 산기슭에 화산영당(화산영당, 도 문화재 자료 제 69호)이 있는데, 이 영당은 정규한 선생의 영정을 모시기 위하여 제자들과 유생들이 1832년(순조 32)에 창건하였다. 1962년에 후손들이 영당을 모체로 하여 화산사를 건립하였다. 『신증동국여지승람』(천안)에 "풍세현에 있으며, 고을에서 43리의 거리에 있다."고 기록되어 있다. 위의 책, 국토해양부 국토지리정보원, 2010, 389쪽.
화산은 보령시 웅천읍 평리에서 주산면 화평리에 걸쳐 이어지는 산이다. 양각산에서 뻗어 나온 산줄기가 동막산과 화산으로 이어진다. 이 때문에 『한국지명총람』에서는 화산을 동막산과 같이 표기하였다. 이 산줄기로 인해 보령호에서 흘러 내려가는 웅천이 남쪽으로 심하게 굽이를 형성한 후 웅천읍으로 향한다. 주산면의 화평리 쪽에는 화산이라는 마을이 형성되어 있다. 동막산이라는 이름은 옛날에 나무토막으로 집을 짓고 사람들이 살았다고 해서 붙여진 이름이다. 위의 책, 국토해양부 국토지리정보원, 2010, 421쪽.
화산천은 청양군 장평면 화산리 칠갑산 자락에서 발원하여 서남쪽으로 흘러 지천(枝川)에 합류하는 하천이다. 지천은 동남쪽으로 흘러 금강으로 흘러간다. 화산천이라는 이름은 이 일대의 지명인 화산리에서 유래한 것이다. 화산은 산이 꽃으로 물들었다는 데에서

에도 '화산교'라는 장소는 발견할 수 없다. 이에 논자는 '화산교'를 지정된 공간으로서의 의미보다는 '화산교'라 이름 지어 불렀던 다리[橋]의 이름으로 장소라는 의미를 부여해 보고자 한다. 그 이유는 '화산교에 모여 술을 먹다'라는 제목과 더불어 본문에 '다리 밑'이라는 장소가 등장하기 때문이다. 그러므로 '화산' 지역에 있는 어떤 다리 이름이라 미루어 짐작해 볼 수 있을 것이다. 그렇다면, 4곳에서 어떤 곳으로 추측할 수 있는지 살펴보면, 공주 아전들이 모여 기생 잔치를 한 곳이기 때문에 공주 아전들이 드나들 수 있는 관아와 가까운 곳이어야 한다. 즉, 어느 지정된 장소가 아니라면 한 곳에 모여 술을 마시고 놀기 어려웠을 것이라 추측해 볼 수 있다. 그러나 제목 설명 부분을 보면 "公山吏校輩, 扶四五妓, 會飮花山橋矣. 入於營廬中, 未盡而散."라는 구절로 "공주 관리들이 4~5명의 기생들을 끼고 화산교에 모여 술을 마시다. 영문 안으로 들어갔다가 흥이 다하지 못하고 흩어졌다"는 것으로 보아 화산교가 공주 관아와는 그리 멀지 않은 곳에 있었음을 알 수 있을 것이다. 그렇다면, 위에서 언급한 '화산'은 모두 이에 해당되지 않는다. 하지만 공주에는 이미 홍수로 재해를 입은 상황이기 때문에 공주지역에서 모여 잔치를 베풀었다는 것보다는 그보다 조금 떨어진 곳에서 모여 잔치를 행했다고 보는 편이 더 타당할 지도 모르겠다.

(1) 즐거움의 공간

'잔치'는 행복하고 즐거운 날에 축하를 받거나 혹은 축하를 하기 위해

새겨난 지명으로 '꽃뫼'라고도 불린다. 이로부터 화산천이라는 지명이 생겨났다. 위의 책, 국토해양부 국토지리정보원, 2010, 605쪽.

사람들이 모여 함께 맛있는 음식과 술을 먹고 마시며, 흥겹게 노래하고 춤추는 것을 말한다. 이러한 잔치에는 반드시 목적이 있고, 그 목적에 맞게 사람들을 초대하기 마련이다. 그러나 이 작품에 등장하는 잔치에는 목적이나 의미는 드러나지 않는다. 다만, 많은 사람들이 만나서 먹고 마시기 위한 놀음만 제시되어 있을 뿐이다. 그러면서 그들만의 '풍류'를 즐기고자 한 것이다.

> 人物도 죠흘시고 金兵房 風身도 動蕩ᄒᆞᆯ사 朴別將 旗鼓官은 어이 오며 徐風憲은 무ᄉᆞᆷ 일고 ᄀᆡᄌᆞᄒᆞ다 朴承撥 ᄆᆡᆸ시 잇다 노刑房 촉촉 名將 버러시니 아마도 湖中人物 져 ᄲᅮᆫ일다 綺羅花叢 둘너보니 絕代佳人 다 모닷다

이 부분은 잔치에 등장한 인물을 제시한 것이다. 가장 먼저 등장하는 인물은 '김병방'과 '박별장'이다. 두 인물 모두 관직을 맡고 있는 상황이고, 그들의 외모로는 얼굴이 잘 생기고, 풍채도 뛰어나다고 설명한다. 다음 등장하는 '박승발'과 '노형방' 역시 관직이 있고, 준수하고 맵시 있는 얼굴이라며 잘 생긴 외모에 대해 언급한다. 그러면서 마지막 부분에서는 인물 좋은 4명의 명장들이라 말하며, 호중(湖中)의 인물이 더 있다고 설명한다. 즉, 인물이 뛰어난 사람이 많음을 제시하는 부분이다. 하지만, 작품 중간에 보이는 '기고관'과 '서풍헌'은 초대하지 않은 인물이다. 어떠한 이유로 잔치에 초대되지 않았는지는 알 수 없지만, 작가는 잔치에 오지 않아도 되지만, 잔치가 벌어지는지 어찌 알고 찾아왔다고 언급하고 있다. 미루어 짐작해 본다면, 이 내용에서는 잔치에 초대하지 않은 사람들까지 잔치에 왔으니 잔치의 규모도 추측해 볼 수 있을 듯하다.

> 雲鬓紅顔 窈窕宴의 歌舞嬌態 엇더튼고 조촐ᄒᆞᆫ 손 荊山玉과 아리ᄯᆞ온 俊乂로다 巫山의 朝雲이며 蓬島의 仙娥런가 物色도 奇妙ᄒᆞ고 態度도 그지업다 회양횟독 桂娘子ᄂᆞᆫ 허리ᄆᆡ도 ᄆᆡᆸ시 잇다 纖纖初月 蛾黃粉白 百萬嬌態 어릐엿다 工巧ᄒᆞᆫ 손 造化翁은 네의 人物 비져ᄂᆡ여 뉘 肝腸을 셕이려고 져리 묘이 生겨ᄂᆞᆫ고

잔치에서 빠질 수 없는 인물은 기생이다. 기생들의 용모에 대해서는 단장한 절대가인들이라고 설명한다. 그러면서 기생들의 인물평을 제시한다. 그러나 그녀들의 인물뿐 아니라 춤과 교태까지 으뜸이라며, 기생들의 이름들도 나열하고 있다. '형산옥', '준예', '조운', '선아', '계낭자'로 그 자리에 모인 기생들은 모두 5명이다. 경제적으로 곤란한 시기에 공주의 이름난 아전들이 모여 기생들과 함께 잔치를 벌이고 있는 것만으로도 큰일이다. 그렇기 때문에, 낮에는 소문이 날까 저녁에 촛불을 비춰놓고 몰래 그들만의 놀이를 진행한다. 그러나 그 인원이 만만치 않다. 그런 와중에도 작가는 기생들의 아름다움을 극찬하며 그들의 태도를 설명하고 있다.

이는 잔치에 모인 기생들의 용모와 성격에 대해 묘사하고 있다. 기생들은 비단으로 수놓은 옷을 곱게 차려 입고 있다. 귀밑머리가 탐스럽고 아름다운 어린 기생들은 가무에 능한 아리따운 모습으로 묘사된다. 또한, '요조'는 정숙하고 얌전하다는 의미로 기생들의 성격도 언급하고 있고, 노래와 춤사위, 교태 등 기생들에 대한 평가도 함께 제시하고 있다. 외모가 출중한 형산옥, 준예, 조운, 선아를 예로 들어 잔치에 참여한 모든 기생들의 용모가 매우 아름다움을 묘사한다. 더불어 계낭자의 허리 맵시, 초승달 같은 눈썹, 흰 얼굴까지 기생들마다 저마다 아름다운

용모가 빼어나다고 하며, 용모의 아름다움은 서로 겹치는 부분 하나 없이 매우 구체적으로 언급하고 있다. 이렇듯 잔치에 참여한 기생들의 아름다운 외모 묘사는 잔치에서 흥을 돋우는데 큰 역할을 하는 듯하다. 그 이유는 잔치의 내용에 대한 언급도 물론 중요하지만, 기생의 외모를 묘사하는 부분이 상당한 분량을 차지하고 있기 때문이다. 그러나 마지막 부분에서도 제시하였듯이, "네의 人物 비져ᄂᆡ여 뉘 肝腸을 셕이려고 져리 묘이 生겨ᄂᆞᆫ고"라 하여 조화옹이 만든 기생들의 아름다운 외모는 잔치의 흥을 위해 꼭 필요한 요소임을 다시 한번 강조하고 있는 부분이라 할 수 있다.

> 긔벽 됴은 蘇城妓ᄂᆞᆫ 華宴參與 어인 일고 밉시도 씀직ᄒᆞ고 말이 말ᄉᆞᆷ 아리ᄯᆞᆸ다 綠柳戱弄 黃鶯이며 山樓 물찬 제비런가 너의 態度 말ᄒᆞ랴면 이로 形容 어렵도다 一春花柳 無顔色ᄒᆞ니 蘇城人物 判쥬거다

잔치에 참여한 기생들의 이력을 소개하고, 그 이외의 나머지 기생들에 대해서도 언급하고 있다. 소성은 지역 이름이다.[18] 소성의 기생은 원래부터 자부심이 높아 남에게 지거나 굽히지 않은 성격으로 유명했던 모양이다. 그런 자부심 센 소성 기생들은 원래 멀리 나와 잔치에 참여하지는 않았던 모양이다. 그러나 화산교에까지 원정을 나와 잔치에 참여하고 있다. 이렇듯 유명한 기생들까지 초대한 것을 보면, 이 잔치의 규모가 작은 것은 아니었을 듯하다.

---

18 소성은 충남 보령시 오천면 소성리로, 여기에 충청 수영이 있다고 전한다. 정병설, 앞의 책, 문학동네, 2007, 152쪽.

소성 기생의 태도와 외모는 형용할 수 없다고 한다. 즉, "一春花柳無顔色ᄒᆞ니 蘇城人物 判쥬거다"라 하여 "봄날의 꽃과 버들은 쑥스럽고 부끄러워 얼굴을 바로 들기 어려운 형색이니 소성 기생이 구별해 주겠다"는 의미로 그 자리에 모인 기생들의 외모는 봄날의 꽃과 버들처럼 아름답지만, 소성 기생을 따라올 자가 없다는 뜻이다. 즉, 기생 중의 최고라는 소성 기생도 잔치에 참여해 잔치의 흥을 높이고 있으며, 화산교는 잔치와 놀음을 위한 공간으로 즐거움을 드러낼 수 있는 요소들을 갖추었음을 의미한다.

⑵ 쾌락과 부정(不正)의 공간

쾌락은 욕망의 충족에서 오는 유쾌하고 즐거운 감정이라 한다. 쾌락하면 대부분이 부정적인 의미로 사용하고 있다. 또한, 이는 인간의 윤리와 연관되어 설명하기도 한다. 인간의 윤리에서 벗어난 개념으로 사용된다. 바르지 못한 행위를 설명할 때 '부정하다'고 말한다. 흥하고 즐거워야 하는 잔치는 쾌락과 부정으로 전환되어 버린다.

> 어와 豪傑님ᄂᆡ들아 이ᄂᆡ 말ᄉᆞᆷ 드러보소 이 ᄯᅴᄂᆞᆫ 어ᄂᆞ ᄯᅵᆫ고 秋七月之幾望에 江天의 雨霽ᄒᆞ고 錦城의 月明ᄒᆞᆫ 제 二三 豪傑 四五 粉黛 豪蕩ᄒᆞᆫ 興을 계워 花橋夜宴 秉燭ᄒᆞ니 座上 風流 迭宕ᄒᆞ다 扶娼會飮 豪傑 蕩子 누구누구 되엿던고

〈화산교가〉의 첫 부분은 작품의 배경을 개괄적으로 묘사하고 있다. 첫 구절은 가사 장르의 특징인 관용구가 등장한다. 가사의 관용구는 흥미와 관심을 부르는 감탄사와 호칭으로 이루어져 있으며, 이는 주의

를 환기시키는 역할을 한다. 작가는 이 글을 읽게 될 사람들을 '호걸님네들아'라 부르며, '화산교'에서 있었던 일을 상세히 언급하고자 한다. 이는 보고(報告)의 형식이라 할 수 있다. 작자 미상으로 알려진 이 작품은 호걸님들에게 보고하는 형식으로, 벼슬하는 사람들의 잘못된 행동을 바로 잡기 위한 비판적 성향이 강하다고 볼 수 있다. 가을 7월 보름경이라 시간적 배경을 설명한다. 7월 보름은 백중으로 많은 음식들이 있어 잔치를 벌이기에는 한창 좋을 때다. 그러나 문제는 홍수다. 작품이 창작된 1874년에는 많은 비가 내려 죽은 사람에게 휼전을 베풀었다는 기록[19]이 전해지고 있다. 따라서 이때에는 민심 수습을 위해 힘을 쏟아야 하는 시기였지만, 호걸들은 기생들을 불러놓고 잔치를 벌이고 있다. 그러면서도 "강위에는 비가 개고 공주 금성 달 밝을 때"라 하여 아무 일도 일어나지 않은 맑은 날임을 강조하고 있다. 2~3명의 호걸과 4~5명의 기생들이 호탕한 흥을 밤까지 이어가며, 화산교에서 촛불을 밝히고 밤에 연회를 벌인다. 그러면서 그 잔치가 질탕하다며, 누가 모여 있는지 나열하고 있다.

> 座中豪傑 모든 듕에 剛腸 남자 멧멧치리 絲竹之聲 迭宕ᄒᆞᆫᄃᆡ 秋波送情 暗暗ᄒᆞ다 楚臺의 因緣이며 洛浦의 邂逅런가 風情도 그지업고 懷抱도 慇懃ᄒᆞᆯᄉᆞ 羣山의 夜靜ᄒᆞ고 短橋의 月沈ᄒᆞᆫᄃᆡ 이 노롬 이 排鋪ᄅᆞᆯ 어ᄂᆡ 뉘가 아올손가

19 『고종실록』 12권, 고종 11년 6월 29일 경자 5번째 기사, 『고종실록』 11권, 고종 11년 7월 22일 임술 2번째 기사에서 모두 수재를 당해 죽은 사람들에게 휼전을 베풀라는 기록이 있다.

잔치의 풍경을 묘사한 부분이다. 풍악소리가 질탕하게 들리는 가운데 남성들은 기생들에게 남이 알아채지 못하게 은밀한 추파를 보낸다. '풍악소리가 질탕하다'와 '은밀한 추파'를 통해 이미 잔치의 의도가 바르지 못함을 언급하고 있다. "楚臺의 因緣이며 洛浦의 邂逅런가"라는 고사를 인용하여 남녀의 정을 드러냈고, 그 남녀의 정은 아름다운 상황에서 풍경과 회포로 은근하게 제시되었음을 말해준다. 그러면서 산에는 밤이 깊어 오고, '다리 아래'에는 달이 잠기는 잔치의 절정에 다다랐음을 시사해주고 있다. 여기서는 '다리'라는 공간을 집중해서 보아야 할 것이다. 그 이유는 작품 제목에서 언급한 '화산교'라는 아마도 이곳이 아닐까 하는 추측 때문이다. 즉, 이렇게 밤 깊은 시간까지 잔치를 벌이고, 그곳의 풍정을 언급하여 잔치가 최고조에 이르렀음을 드러낸다. 그러면서 잔치가 은밀하게 이루어졌음을 단정하며, 쾌락의 공간으로서의 의미를 확정 짓는다.

> ᄋᆡ다롤 손 戲劇이야 世上事가 圓滿 적어 風流 興致 다 못ᄒᆞ여 밤듕만 夜三更의 軍牢 使令 느러셔셔 平地風波 어인 일고 至嚴ᄒᆞᆯ손 禁令이야 扶娼會飮 들니엿다 衣裳顚倒 殺風景의 魂飛魄散 ᄒᆞ거고나 金兵房의 거동 보소 顚之倒之 不知去處 徐風憲의 거동 보소 遑遑失色 털슈셸다 긔슈 잘친 李行民은 누구ᄒᆞ고 ᄡᅦ단 말가 可憐ᄒᆞ다 可憐ᄒᆞ다 娘子거동 가련ᄒᆞ다

잔치를 들키고 난 후, 잔치에 참여했던 사람들이 도망치는 모습을 서술하고 있다. 그 광경을 애처롭고 쓸쓸하다고 한다. 이는 세상 일이 순탄치 않음을 밤 몰래 벌어지는 잔치를 들켜버린 심정으로 대체하고 있다. 잔치를 숨기기 위해 몰래 산중에서 밤에 이루어졌지만, 군뢰 사령

들까지 출동하여 잡아들이기에 이른다. 잔치라는 것은 원래 소란스러운 것이 제 맛이지만, 목적이 다른 시끌벅적한 잔치를 반어적으로 설명하고 있다. 여기서는 '몰래'라는 단어에 초점을 맞춰야 할 것이다. '몰래' 이루어진 잔치의 공간에서 양반과 기생이 뒤섞여 서로 도망치고 있다. 하지만, 잔치의 주체자라고 할 수 있는 김병방과 서풍헌은 정신없이 도망쳤고, 눈치 빠른 이행민 역시 사라져 그 자리에 없다. 이에 가장 손해를 보는 입장은 기생들이다. 기생들은 빨리 뛰어 도망갈 수도 없는 상황이다니 보니, 양반들에 비해 많은 피해를 입는 것은 당연한 것이다. 그러니 가엾고 불쌍할 수밖에 없다.

> 自古花叢 風雨多ᄒᆞ니 蜂蝶春光 덧업도다/ 杯酒興趣 姑捨ᄒᆞ고 心頭經營 虛事로다 언제나 이 ᄯᆡ의 다시 모다 이 노롬 다시 ᄒᆞ여볼가

〈화산교가〉의 마지막 부분이다. '꽃들'은 기생들을, '벌나비'는 양반 남성들을 비유하고 있다. 기생들이 많은 곳에는 으레 양반 남성들이 많은 법이고, 사건과 사고도 많이 일어나게 된다. 여기서 비바람은 양반과 기생을 갈라놓는 방해물로 볼 수 있고, 그 비바람 때문에 양반들이 기생들을 찾아오지 않음을 의미한다. 위의 상황과 연결시켜 본다면, 잔치에 걸려 군사들이 잡으러 온 상황이 바로 비바람이라면 양반 남성들은 다시 기생들을 만나는 것은 헛되고 부질 없음을 나타내고 있다. 음주의 흥취는 말할 나위 없고, 정신 수양이 먼저 되어야 함을 언급한 것이다. 그럼에도 불구하고 다시 이 공간에 모여 놀음을 할 수 있을지에 대한 안타깝고 아쉬운 심정을 드러내고 있다.

위의 내용들에서 알 수 있듯이, 지극히 엄한 금지령에도 불구하고,

기생들과 함께 명장들이 모여 잔치를 벌이고 있다. 그 잔치의 장소는 공개된 공적인 공간이 아닌 몰래 숨어야 하는 은밀하면서도 사적인 공간이라고 볼 수 있다. '화산교'가 곧 그런 공간으로 인식되어 드러났고, 이는 곧 잔치의 공간이고, 흥의 공간이면서도 쾌락의 공간이자 부정(不正)의 공간이라고도 말할 수 있다.

3) 서호 위의 배 : 흥취의 공간

『염요』의 마지막 작품은 〈추칠월기망범주서호가〉로, '음력 칠월 보름에 서호에 배를 띄우다'는 제목으로 되어 있다. 이 작품은 2연으로 된 짧은 시조다. 작품에는 드러나지 않지만, 제목에서 공간이 등장한다. 바로 서호 위의 배이다. 시간은 음력 칠월 보름이고, 장소는 서호다. 여기 등장하는 서호는 곧 금강이고, 즉, 금강에서 뱃놀이를 하며 부르는 노래라고 할 수 있다. 금강을 서호라 부른 이유는 작품에 등장하는 '소동파' 때문이다. 이 작품은 소동파의 〈적벽부〉를 비유하고 있기 때문에 '금강= 서호'라고 언급하였음을 알 수 있다. 그렇다면 작품에 등장하는 서호 위의 배라는 공간은 어떤 의미를 갖게 하는지 작품을 통해서 살펴보도록 하자.

> 壬之戌 甲之戌에 秋七月旣望은 一也로다 蘇子瞻 가온 후에 藥山山人 오단 말가 두어라 赤壁의 남은 흥언 나 쁜인가

1연의 전문이다. 화자는 스스로를 '소동파'에 비유하고 있다. 이 작품은 소동파의 〈적벽부〉에 비유하여 자신이 곧 소동파임을 서술하고 있다.[20] 1행에서 화자는 임술년이건, 갑술년이건 아무 상관이 없다고 말한

다. 어느 해에나 음력 칠월 보름만 되면 뱃놀이를 즐기고 있음을 언급한다. 그만큼 뱃놀이는 매년 즐길 수 있는 놀이의 한 유형임을 알 수 있다. 음력 칠월 보름만 되면 뱃놀이를 즐기는 이유는 아마도 가장 아름다운 자연을 만날 수 있는 때인 까닭이다. 뱃놀이는 남녀가 할 것 없이 모든 사람이 즐길 수 있는 풍속 중의 하나다. 따라서 마을 주변에 강이나 호수가 있으면 뱃놀이를 즐겼고, 공주에도 황포돛배를 타는 뱃놀이가 있었던 것이다. 그만큼 뱃놀이는 유명한 민속놀이임을 드러내고 있다. 2행과 3행은 '소동파가 곧 작가'임을 드러낸 부분이다. 2행에서는 소동파가 간 다음, 그 자리를 대신할 약산산인이 올 것이라고 하는데, 이 약산산인이 바로 작가 자신임을 나타낸다. 이는 소동파가 적벽에 배를 띄워 노닐었던 것처럼 작가 역시 뱃놀이를 즐기는 행동을 토대로 하여 자신도 소동파처럼 살고 싶다는 염원을 토로한 작품이라 볼 수 있다. 3행에서도 소동파가 적벽에서 그랬던 것처럼 작가 역시 그 흥을 느껴보고 싶다면, 소동파와 작가 자신이 서로 하나됨을 언급한 부분이라 할 수 있다.

秋江消息 비긴 후에 旣望月色 더옥됴타 赤壁江 無限ᄒᆞᆫ 興을 子瞻이 네 홀노 누리단말가 우리도 太平聖代의 風月主張ᄒᆞ여

20 壬戌之秋, 七月旣望, 蘇子與客, 泛舟遊於赤壁之下. 淸風徐來, 水波不興. 擧酒屬客 誦明月之詩 歌窈窕之章. 少焉, 月出於東山之上 徘徊於斗牛之間, 白露橫江, 水光接天. 임술년 가을 7월 16일에 소동파는 찾아온 손님과 배를 띄워 적벽 아래서 노닐었다. 맑은 바람은 천천히 오고, 물결은 흥하지 않았다. 술을 들어 손님에게 권하며 시경 〈동풍〉의 달 밝은 시를 읊조리고, 나는 시경 〈관저〉의 사랑 노래를 부르니, 이윽고 조금 있다 동산에 달이 솟아 올라 북두 견우간에 서성일 때, 흰 이슬 물안개는 강에 비끼고, 물빛은 하늘에 닿았다. 소동파, 〈적벽부〉

1연과 마찬가지로 2연 역시 소동파를 비유하고 있다. 2연의 내용은 가을날의 정취에 대한 것이다. 강과 달을 소재 삼아 가을날의 풍경을 〈적벽부〉에 비유하며, 자연을 누리며 살고 싶다는 염원을 서술하고 있다. 1행은 가을 강의 비 갠 후라는 시간적 배경을 나타내며 가을에 찾아온 날씨의 변화를 달빛으로 드러내 자연의 정취를 돋보이게 한다. 2행은 소동파와 자신을 비유한 부분이다. '적벽강'은 금강의 다른 이름이라 부른다. 따라서 소동파의 〈적벽부〉에서 소동파가 뱃놀이를 한 것처럼 작가 역시 금강에서 무한하게 느낄 수 있는 흥을 제시한다. 그러면서 마지막으로 3행에서는 시간적 배경에 작가 자신을 대입한 물아일체의 정서를 "우리도 太平聖代의 風月主張ᄒᆞ여"라 하며 설명한다. 즉, 우리도 평안하게 누릴 수 있는 풍월주인으로 여유롭고 태평한 세대에 살아보고자 하는 염원을 제시하고 있다.

어느 때건 상관없는 태평한 시대라면, 지역적 특성을 고려하여 강과 호수가 존재한다면, 여유롭게 뱃놀이를 즐길 수 있는 양반 남성이라면, 기생들과 더불어 풍류를 즐겼을 것이라 생각한다. 이러한 풍류는 운치 있고 멋스러운 일이었을 것이다. 배위에서 자연과 하나되는 아름다움과 더불어 성현(聖賢)과의 일치된 삶은 풍류 공간을 더욱 운치 있게 만드는 것이라 할 수 있다.

4. 풍류 공간의 사회문화적 의미

'풍류'[21]는 사전에서는 "풍치가 있고 멋스럽게 노는 일", "운치가 있는 일", "아담한 정취 또는 취미가 있는 것", "속된 것을 버리고 고상한 유희를 하는 것" 등으로 풀이되고 있다.[22] 이런 풍류는 조선시대에 유자(儒者)의 교양을 대표하는 시,(詩) 서(書), 화(畵) 삼절(三絕)의 실현을 추구하는 문화적 행위로 보편화 된다. 또한 풍류는 악을 동반한 주연의 집단적 향유 속에서 방탕, 관능, 호색과 같은 쾌락의 발현을 지칭하는 기호로 자리하기도 한다.[23] 즉, 풍류는 시대적으로 매우 다양하게 전개되었다.[24] 이 논의에서 주목해야 할 것은 조선 후기와 조선 말기에 나타난 풍류의 의미들이다. 무너져가는 혹은 무너져버린 봉건 사회에 저항하는 주체들이 등장하게 되었고, 이로 인해 신분제는 붕괴되었다. 그렇기 때문에 목적, 배경, 양상, 관념, 집단 등에 따라 풍류 공간의 풍취나 정취 등도 변화되다보니 풍류 자체의 변화까지 발생하게 되었던 것이다.

조선 후기의 풍류 공간은 기방(妓房), 풍류방(風流房), 시사(詩社)들이

21 풍류는 고정되거나 경직된 것을 의미하지 않음을 알 수 있다. 풍치가 있고 멋스럽게 노는 일, 운치가 있는 일, 아취가 있는 일, 속된 것을 버리고 고상하게 즐기는 일 등이 모두 풍류로 일컬어지는 개념들이다. 이는 다시 풍속의 흐름으로 이해되어 일련의 문화로 보기도 하고, 음풍농월의 시가와 관련지어 이해하기도 한다. 풍류는 단일한 개념으로 파악될 수 없다. 풍류는 자연과 예술이 만나고, 각박한 현실을 뛰어넘는 멋의 총체적 의미로 파악된다. 이 풍류는 시대별로 나눠 그 의미가 달라진다. 조선시대의 풍류는 선비들이 추구하는 성리학적 세계와 밀착되어 나타났다. 고려시대에 시문 창작이 풍류와 결합되던 부분을 계승하면서도, 그 내용적 측면은 새로워졌다. 즉 성리학적 자연관 내지 인간관과 결부되어 나타났던 것이다. 정우락, 「조선시대 선비들의 풍류방식과 문화공간 만들기」, 『퇴계학논집』 15호, 영남퇴계학연구원, 2014, 182~188쪽.

22 신정근, 「한국 풍류와 미학의 연관성」, 『동양철학』 43집, 한국동양철학회, 2015, 205쪽.

23 서지영, 「조선후기 중인층 풍류 공간의 문화사적 의미」, 『진단학보』 95호, 진단학회, 2003, 286쪽.

24 정병훈은 한국 풍류의 모든 것을 하나로 보여주는 표로 작성하였다. 이는 삼국 이전부터 지금에 이르기까지 매우 다양하게 풍류의 의미를 설명하고 있다. 본고에서는 작품의 시대가 조선시대이기 때문에 조선시대로 한정하여 서술하고자 한다. 신정근, 앞의 논문, 『동양철학』 43집, 한국동양철학회, 2015, 210~212쪽.

대부분이었다. 관료사회의 공식적인 모임인 계회의 발달과 더불어, 전통시대 상층 문화에서 아름다운 산수풍경으로 한 누대(樓臺)나 별장에서 풍악과 음주를 동반한 시회(詩會)를 베푸는 일이 하나의 관습으로 자리하는데, 이를 후대에 전하기 위해 그림이나 친필로 남긴 화축(花軸)이나, 시축(詩軸), 시권(詩卷), 병풍(屛風) 등은 당대의 연희 문화 속의 풍류의 윤곽을 드러낸다.[25] 특히, 사대부 문인들의 사사로운 시회(詩會)의 경우,

시기	조선 초기, 중기	조선 후기	조선조 말-일제강점기
풍류의 유형	윤리 풍류	미적 풍류/ 풍자 풍류	유흥 풍류/ 종교 풍류
풍류의 목적	풍아(風雅), 절조(節操)	아취(雅趣), 풍자(諷刺)	방일(放逸), 접신(接神)
풍류의 개념	탈속문아(脫俗文雅), 문학적(文學的) 산수풍류(山水風流), 교양, 여기(餘技) 자연천리, 궁구, 도덕지표, 확립, 중화질서, 치심, 심미체험, 풍아	산수풍류의 생활적 향유, 회화적 산수풍류 문학예술의 향유 성애 유흥 성적향유, 근대형 풍류 풍자	향락 풍류, 취락적 경향, 정서방일, 신인합일 인내천, 신비체험
사상적 배경	유학, 예악사상	유학, 실학	동학, 신학문, 대중문화
풍류의 양상	계회(契會), 시회(詩會)	시사활동, 가단활동, 서화활동, 골동서화, 감상비평	잡가, 민요, 판소리, 탑놀이, 신극, 무용, 동학신앙
향유주체	유자, 사대부	여항인, 중인계층, 사대부	전문예인, 향인 광대, 풍류객, 동학교도
변화의 계기	유교이데올로기 정착	신분제 동요	일제 강점, 외세
미적 체험 원천(향유 대상)	자연, 인간	인간, 사회	자연, 인간
미적 범주	자연, 한, 멋	자연, 한, 멋 해학	자연, 한, 해학
미적 관념	도학적 전아의 미	미적, 풍아, 풍자, 고졸의 미	방일적, 풍자적, 방종의 미, 종교적
향유 방식	한시창작, 시와 악, 청담	시작, 시각적 향유, 정악, 화전놀이	시각적, 청각적 감상, 기도와 주문
풍류 매체	시, 서, 화	시, 서, 화, 악	연행예술, 수도
풍류 집단	계회	시사, 가단	다원화, 동학
풍류 공간	자연, 누대, 별장	풍류방, 기방(妓房), 인공적 문화공간	기방(妓房), 서양식 극장, 산악
문화적 영향	유교적 관념의 실천, 유교적 세계관의 확장, 음미, 재생산, 실현	풍류의 세속화, 일상화 예술의 전문화, 직업화 기층 문화의 민속화 연계, 예술장르의 분화	예술의 직업화, 상업화 민족예술의 상업화, 삼신오계 사상 부활, 원시풍류의 부활
아이컨	사림파 강호시조	직업예인 기와 벽	유랑예인 최수운
관계망	강호시조	풍류방	신무용 인내천

25 서지영, 앞의 논문, 『진단학보』 95호, 진단학회, 2003, 288쪽, 이종묵, 「16세기 한강에서

문학을 위주로 하면서 친목과 유흥을 동반하는 사교 모임이자 지식과 교양을 갖춘 엘리트 집단의 자발적 연희라는 점에서 서구 유럽의 살롱 문화와 비교될 만하다.[26]

『염요』 역시 위에서 언급한 풍류방[27]이라고 볼 수 있는 공간에서 창작된 작품이라 할 수 있다. 다만, 그 풍류방이 작품에서는 기생들과 함께 이루어졌고, 시회의 성격을 가지고 있다고 볼 수 있지만,[28] 본고에서 살펴보는 것은 작품 안에 등장하는 공간은 '풍류방'이라는 개념이라기보다는 풍류의 공간으로서의 의미가 더 강하다고 볼 수 있을 것이다.

'풍류'는 시대적으로 변화 양상이 드러나지만, 예전이나 지금이나 사람들이 즐기고자 염원하는 것이다. 그러므로 풍류는 모든 사람들이 가질 수 있는 것이라 생각한다. 기생과 양반 남성이 함께 만날 수 있는 공간은 기방이나 풍류방이 일반적이다. 그러나 여기서 언급하고자 하는 풍류 공간은 기방이나 풍류방이 아니다. 작품 안에서 기생과 낙양낭군

의 연희와 시회」, 『시가사와 예술사의 관련 양상Ⅱ』, 한국시가학회, 보고사, 2002, 9쪽에서 재인용.

26 서지영, 앞의 논문, 『진단학보』 95호, 진단학회, 2003, 288쪽.

27 조선 후기 풍류방에는 신분적 위계보다는 사대부 계층과 여항의 중인층 문인, 그리고 연주자인 장악원 악공, 악생, 기타 직업 예인들이 신분적 경계를 넘어 음악 연행자 또는 향유자라는 자격으로 함께 자리했던 모습을 보이고 있어 흥미롭다. 18세기 연암 그룹의 음악적 취향 및 모임에 대한 한 기록은 바로 줄풍류가 향유되었던 당대 사적인 악회(樂會) 현장을 반영하고 있다. 서지영, 위의 논문, 『진단학보』 95호, 진단학회, 2003, 300쪽.

28 중인층 풍류 문화는 시사 활동과 맞물리면서도 이와는 다른, 보다 독립적인 음악 활동을 암시하는 가단을 통해서 새롭게 설명된다. 조선 후기 중인층 시사가 시, 서, 화, 악이 함께 어우러지는 종합적 예술 공간이기 때문에 시사와 가단을 엄밀히 구분하기 힘든 상황이지만, 서리층이 중심이 된 가객들이 모여 음악을 연주하며 연회를 즐기던 풍류 집단으로서의 '가단'은 당대 풍류 공간의 성격을 드러내는 또 다른 지표가 된다. 서지영, 위의 논문, 95호, 진단학회, 2003, 299쪽.

이 서로 만나 사랑을 하고 이별의 과정에서 겪는 안타까움을 논하고 있기 때문에 음악 연행자 또는 향유자로 보기에는 다소 문제가 있는 듯하여, 기생과 양반 남성으로 한정지어 설명하고자 하는 것이다. 기생 놀음은 실제로 어느 곳에서 이루어졌는지 알 수 없다. 하지만, 작품의 배경이 되는 곳을 짐작해 본다면 '잔치'가 일어난 곳이어야 한다. 그 이유는 넓게는 4편의 작품이 모두 '잔치'로 연결되기 때문이다.

본고는 『염요』에 수록된 4편의 작품에 드러난 공간을 바탕으로 풍류 공간의 사회문화적 의미를 고찰하고자 하였다. 작품을 통해 본 공간은 '금강', '화산교', '서호 위의 배'로 나눠 볼 수 있었다. 그 공간들 가운데서도 '화산교'는 풍류방으로 대신할 수 있을 만한 공간이었고, 하나의 일정한 장소에 얽매이지 않고, 어디서나 '풍류'를 즐기고자 하는 양반 남성들의 자유로움을 엿볼 수 있는 공간으로도 생각해 볼 수 있을 것이다.

풍류 공간은 여러 의미가 있지만, 본고에서는 풍류의 의미에 부합하는 공간적 의미를 찾고자 했다. 다른 무엇보다도 〈금강석별낙양낭군곡〉과 〈단가〉의 작가는 기생들이었다. 이 작품들은 이별에 대한 슬픔과 안타까움을 소재로 한 것으로, 창작 배경은 기생들과 양반 남성들이 함께 어울리는 잔치라는 것을 감안한다면, 놀이의 형태로 백일장이 치러졌고, 이에 양반들은 그 작품에 점수를 주는 형식으로 놀이문화가 형성[29]되었음을 알 수 있다.

잔치라는 것은 놀이의 한 형태로, 어떤 일에 대해 누군가를 축하하고, 누군가에게 축하 받기 위해 시끌벅적하게 벌이는 행위이다. 그러므로 일반적으로는 낮에, 공개된 공간에서 많은 사람들과 함께 한다. 본고에

---

29 정병설, 앞의 책, 문학동네, 2007, 145~146쪽.

서 언급한 4개의 작품 역시 잔치를 기반으로 하고 있다. 작품들에 드러난 공간이 공통적으로 드러나지는 않았지만, 세 부분의 공간으로 나눠 볼 수 있다. 그 첫째는 금강이고, 둘째는 화산교이며, 셋째는 배 위이다.

금강은 충청지역 사람들에게 삶의 터전이자 근원이다. 이 금강에서 기생과 양반 남성은 서로 이별을 하게 되니 그리움의 공간으로 작용할 수밖에 없었을 것이다. 화산교는 정확한 장소를 논하기가 모호하여 '어떤 특별한 곳'이라는 의미를 부여하기는 어려울 수 있다. 하지만, 외부의 '특별한 곳'이라는 점을 고려해 본다면, 공간적 성격을 언급해 볼 수 있을 것이다. 즉, 즐거움의 공간으로도 언급되었다가 은밀한 쾌락의 공간으로 전환되고, 마지막에는 정의(正義)의 공간이 되는 다양한 관점의 변화가 매우 흥미로웠다. 배 위는 뱃놀이를 하는 문화적 풍습과 연관시켜 본다면, 자연과 내가 하나되는 물아일체의 경지와 중국 시인에 대한 동경을 드러낸 흥취의 공간으로 표출되었다.

즉, 조선 후기 이루어졌던 풍류 공간이라는 것이 기방(妓房), 풍류방(風流房), 시사(詩社)가 대부분이었지만, 꼭 이것만이 있었던 것은 아니었던 것이다. 자연을 벗삼아 노닐었던 풍류 공간은 조선시대 기생들과 양반의 교류로 빚어낸 하나의 문화현상으로, 긴밀한 교류는 새로운 풍류 공간을 드러냈던 것이다. 위에서 제시한 금강, 화산교, 배 위 등이 구체적인 풍류 공간의 한 부분이었고, 이곳에서 이루어진 다양한 활동들을 통해 양반과 기생의 긴밀한 교류가 생성되었을 듯하다. 이렇듯 『염요』는 19세기의 놀이문화를 언급하면서 기생과 양반 남성이 서로 연결될 수 있는 중요한 역할을 했다고 볼 수 있는 작품집인 것이다.

2016년 대한민국 교육부와 한국연구재단의 지원을 받아 수행된
연구(NRF-2016S1A5B5A07920969)로,『한국시가연구』 46집
(한국시가학회, 2019.1.)에 게재한 원고를 재수록한 것임.

참고문헌

『염요(鹽謠)』, 국립중앙도서관

한국고전번역원 사이트, [http://sillok.history.go.kr/id/kza_11104009_001]

『신증동국여지승람』 15권, 옥천군, 민족문화추진회, 1985.

『한국지명유래집』, 충청편, 국토해양부 국토지리정보원, 2010.

강명관, 「조선후기 기녀제도의 변화와 京妓」, 『한국고전여성문학연구』 18권, 한국고전여성문학회, 2009.

박애경, 「조선후기 유흥공간과 일탈의 문학- 기방의 구성과 성격을 중심으로」, 『여성문학연구』 14권, 한국여성문학학회, 2005.

서지영, 「조선후기 중인층 풍류공간의 문화사적 의미」, 『진단학보』 95호, 2003.

신정근, 「한국 풍류와 미학의 연관성」, 『동양철학』 43집, 2015.

정병설, 「기생 잔치의 노래: 〈염요〉」, 『국문학연구』 13호, 국문학회, 2005.

______, 『나는 기생이다 - 소수록 읽기』, 문학동네, 2007.

정우락, 「조선시대 선비들의 풍류방식과 문화공간 만들기」, 『퇴계학논집』 15호, 영남퇴계학연구원, 2014.

노사(蘆沙) 기정진(奇正鎭) 시에 나타난 애고(哀苦)의 시정(詩情)

박세인

1. 머리말

노사(蘆沙) 기정진(奇正鎭: 1798, 정조 22~1879, 고종 16)은 조선 유학계에 큰 자취를 남긴 한말(韓末)의 대표적인 주리(主理) 성리학자이다. 기정진은 리(理) 중심의 학문 체계를 통해 일상의 가치와 지향을 리(理)로 수렴시키고, 리(理)를 통해 현실세계의 목표와 변화를 이끌어냈다고 평가받고 있다. 이와 같은 학문적 성취는 호남 전역은 물론 경남의 산청(山淸)·삼가(三嘉)에까지 학맥을 형성하여 600여 명의 직전(直傳) 제자, 4,000여 명의 재전(再傳)·삼전(三傳)·사전(四傳) 문인들을 배출함으로써[1] 이른바 '노사학파(蘆沙學派)'라는 문파를 이루고, 한말 호남 유학의 흥기를 견인하였다. 이러한 학문적 업적과 사상적 위상으로 인해 기정진은 이항로(李恒老), 이진상(李震相)과 더불어 근세 유학을 대표하는 3대 유학자로, 혹은 서경덕(徐敬德), 이황(李滉), 이이(李珥), 이진상, 임성

---

1 최대우 외, 『19세기 호남유학의 재구성-노사학파의 형성과 발전』, 전남대학교출판부, 2015, 26~27쪽.

주(任聖周) 등과 함께 조선 성리학의 6대가로[2] 종종 거론되곤 한다. 따라서 지금까지 기정진에 대한 연구 또한 대체로 그의 철학자 혹은 사상가로서의 면모와 그 학문적 특질을 규명하는 데 집중되었다.[3]

이에 비해 기정진의 문학 활동과 그 저작에 대한 연구는 매우 영성하다. 기정진의 문학에 대한 본격적인 탐색은 박현옥에 의해서 이루어졌다.[4] 박현옥은 기정진의 성리학적 관점에 기반하여 그의 문학론을 체계화하고, 노사시(蘆沙詩)에 대해 도(道)의 추구, 자연시의 이상적 삶, 만시(挽詩)의 무상과 초월이라는 시적 특성을 규명하였다.[5] 그러나 이후 기정진 문학에 대한 이렇다 할 후속 연구가 지속되지 못했는데, 최근 박명희가 기정진의 시를 완역함으로써 노사시 연구의 중요한 기틀을 마련하였다.[6] 이어 박명희는 기정진과 문생 간의 교유를 중심으로 시를 통한 우도(友道)의 실현 양상을 고찰하였다. 그는 『사상문인록(沙上門人錄)』에 근거해 기정진 시에 등장한 제자들을 32명으로 간추린 후, 이들 문생과 기정진의 시적 교유가 사제 간의 정의(情誼) 표출, 시국 문제의 실천성 강조, 학문의 독려와 방향 제시의 측면에서 이루어졌음을 밝혔다.[7]

2 현상윤, 『조선유학사』, 현음사, 1986, 368쪽.

3 '노사학(蘆沙學)'과 '노사학파(蘆沙學派)'에 관한 철학적 연구 성과와 동향은 박학래의 「노사학 연구의 현황과 과제-한국 철학계의 연구를 중심으로」(『동양고전연구』 70집, 동양고전학회, 2018) 논문을 참조하기 바람.

4 박현옥, 「노사 기정진 시 연구」, 단국대학교 박사학위논문, 2001.

5 기정진의 철학적 제반 양상과 시문학과의 관계에 대한 박현옥의 후속 연구로는 「노사 한시에 나타난 윤리적 특성의 한 국면」(『동양한문학연구』 16집, 동양한문학회, 2002)이 있음.

6 기정진, 박명희 역, 『노사집 1』, 경인문화사, 2015.(본 역서는 한국고전번역원의 권역별 거점연구소 협동번역사업의 일환으로 이루어진 것임.)

7 박명희, 「노사 기정진의 시를 통한 우도의 실현」, 『동방한문학』 69집, 동방한문학회,

본고는 이러한 연구 성과의 특장점을 기반으로 하여 노사시에 드러난 감성적[8] 발현에 주목하고자 한다. 시가 필요한 지점은 문(文)으로 기술하고 설명해도 다하지 못한 정회(情懷)가 있기 때문이며, 이를 토로하기 위해 시작(詩作)이 이루어지는 것이다. 경험과 감정의 객관적 진술만이 목적이라면 시는 창작되지 않았을 것이다. 즉, 시적 정취는 다양한 감성의 결을 통해 표출된다고 할 수 있다. 따라서 도학자 혹은 사상가로서의 기정진이 아닌, 시인 기정진의 면모와 그의 시 세계에 보다 적실히 다가가기 위해서는 노사시의 다양한 감성적 변주에 대한 탐색이 중요하다.

본고에서는 우선 노사시에 드러난 '슬픔과 고통[애고(哀苦)]'의 내면과 그 감성의 양상을 살펴보고자 한다. 기정진은 그의 시에서 병증과 노쇠함, 절친한 벗의 죽음과 이별, 그리고 혼란한 시국 등을 빈번하게 언급하고 있다. 이 때문에 노사시에서는 '희락(喜樂)'보다는 '애고(哀苦)'의 감성이 먼저 다가온다. 따라서 '애고(哀苦)'의 감성적 결이 어떻게 형성되고, 어떠한 방식으로 드러나는지를 천착해 간다면 시인 기정진의 내면과 노사시의 시정(詩情)을 한층 더 깊이 이해할 수 있을 것이다.

2016.

8 본고에서는 '감성(感性, emotion)'에 대해 보다 '사회화된 감정(感情)'의 의미로 사용하고자 한다. '감정'은 대체로 사적인 체험에 한정되어 본능적이면서 주관성이 강한 느낌으로 인식되곤 한다. 개인적이고 사적인 속성의 감정은 다채로운 관계의 상호 작용에 따라 감정의 사회화가 이루어지는데, 이렇게 사회화가 진전된 감정을 '감성'으로 보고자 한다.(전남대학교 감성인문학연구단, 『공감장이란 무엇인가』, 도서출판 길, 2017, 11~16쪽 참조.) 노사시에 드러난 기정진의 '애고(哀苦)'는 그의 사회적 관계망 속에서 촉발되거나 심화되고 있기 때문에 충분히 '감성적'이라고 할 수 있다.

2. 병증과 쇠락의 비애(悲哀)

기정진이 4세 때 부친에게 학문을 청하자 병 때문에 만류한 데서 알 수 있듯이 그는 어렸을 적부터 여러 병을 앓았다. 6세 때는 천연두 때문에 왼쪽 눈을 잃었고,[9] 장성해서도 다양한 병증 때문에 산사(山寺) 등지에서 요양을 하는 등 기정진의 삶은 병마와 함께 한 삶이었다고 해도 과언이 아니다. 이 때문에 기정진의 시에는 병증을 소재로 하거나 병을 앓으면서 가졌던 심사를 토로한 내용들이 많이 보인다.

다음은 〈차운하여 동리 문장의 책상 아래에 드리다〉라는 시이다.

병중이라 인사도 드물어서	病中罕人事
깊은 밤 강가 누각에 앉았네	遙夜坐江樓
하늘 땅에 나그네 오래 되어	乾坤羈旅久
꽃과 새도 매년 수심이로다	花鳥每年愁[10]

'동리(東里)'는 기정진과 사돈 간인 김조(金照)의 호이다. 기정진은 김조와 관련된 많은 시를 남기고 있어 두 사람이 절친한 사이였음을 알 수 있다. 두 사람이 친밀한 관계이다 보니 쓸쓸한 속마음을 은근히 털어

---

9 先生四歲 請學 才學語 已能識文字 至是請學 參判公以淸癯多疾不許.
先生六歲六月 經痘疾 證甚危劇 至病左眼.(『노사집(蘆沙集)』, 「부록(附錄)」 권1, 〈연보(年譜)〉. -이하 인용한 『노사집(蘆沙集)』 소재 원문은 한국고전번역원의 〈한국고전종합DB〉를 활용함.)

10 奇正鎭, 『노사집(蘆沙集)』 권1, 〈次呈東里文丈案下〉 五首 중 2수.
(이하 인용한 한시 번역은 한국고전번역원의 〈한국고전종합DB〉를 활용하며, 시의 흐름에 따라 일부 시구를 수정한 부분도 있음을 밝힘. 아울러 이후 한시의 출처는 저자를 생략하고 시가 소재한 권수와 작품명만 표기함.)

놓은 듯하다. 꽃이 피고 새가 날아드는 좋은 절기지만 기정진은 마냥 즐기지 못하고 마음속에 근심이 가득하다. 아마도 기구에서 말한 병 때문인 듯하다. 깊은 밤에도 잠들지 못하고 어두운 강가에서 우두커니 앉아 있는 기정진의 모습이 외롭고 쓸쓸해 보인다.

다음 〈회정이 홑옷을 보내주어 사례하다〉 시에서는 더욱 쇠잔해지고 지친 기정진의 모습이 보여진다.

추위도 겁나고 더위에도 숨 가쁘니	怯寒兼喘暑
야윈 몸 갈수록 지탱하기 어렵네	瘦骨去難支
대나무 지팡이를 숲속에서 끌고	竹杖依林曳
부들방석은 달을 보려고 옮기네	蒲團得月移
벽라 옷을 합당히 입어야 하는데	薜蘿分合著
갈활을 보내준 마음 어찌 하리요	葛越情奚爲
더위에 병 얻은 지가 얼마이던가	病暍知多少
물끄러미 구름 낀 바다 바라보네	凝瞻雲海湄[11]

아프고 야윈 몸은 더위도 고역이고 추위도 나기 어렵다. 나아질 기미가 보이지 않는 오랜 병증에 마음과 몸이 지쳐간다. 구름 낀 바다를 물끄러미 바라보는 미련의 모습은 앞선 시의 승구에서 깊은 밤에 누각에 홀로 앉아 있는 쓸쓸하고 애닯은 모습과 상통한다.

이 외에도 기정진은 지병 때문에 정신이 혼미해져서 벗들과 산을 오르지 못하거나,[12] 친한 벗이 새로운 거처를 마련한 동네에 좋은 누대가

11 『노사집(蘆沙集)』 권1, 〈謝晦亭袗衣之寄〉.

12 『노사집(蘆沙集)』 권1, 〈孝一旣勸之登山 其得詩而來也 不可以病昏闕賡和之事〉.

있어도 요양하느라 방문하지 못하고 아쉬운 마음을 달래는 등[13] 거동에 많은 제약을 받았다. 43세 때는 오랜 병 때문에 지리산 문수사(文殊寺)에서 약을 먹으며 치료하기도 했다. 다음은 그때 지어진 시이다.

담장 지고 붉고 하얗게 펼쳐	負墻列紅白
지난 가을 꽃이 차례로 피었네	次第前秋花
그런데 나는 홀로 무슨 일로	伊我獨何事
창안이 다시 붉어지지 않을까	蒼顔不復酡[14]

지난 가을 피었던 붉고 하얀 꽃이 올해도 어김없이 피었다. 자연의 시간은 이렇게 중단됨이 없이 끊어지지 않고 흘러서 만물을 생장시키는데 그곳에서 '나만 홀로' 병색이 완연하고 창백한 얼굴을 하고 있다. 영속과 순환이 반복되는 자연의 시간과 이에 반해 점점 쇠잔해 가는 인간의 시간적 대비가 잘 드러난다. 무한한 시간과 유한한 삶의 대비를 인식하는 순간 인간은 한없이 유약하고 외로운 존재임을 고백하지 않을 수 없다. 승구의 '나만 홀로[我獨]'에서 특히 이러한 인식이 엿보인다. 그러나 조물주 앞에서 유한한 삶을 살아가는 인간이 할 수 있는 일이라곤 거의 없다.

다음 〈박사문 종연에게 받들어 올리다〉 시에서도 흘러가는 시간 앞에 속수무책일 수밖에 없는 인간적인 모습이 그려지고 있다.

---

13 自憐病久隨僧粥 那得濫吹涴高樓.(『노사집(蘆沙集)』 권1, 〈東里翁新居 有樓曰樂堯 詩成蓋久 承聽恨不早 感屬意之厚 率爾奉賡 時正鎭抱痾 在觀佛山房〉.)

14 『노사집(蘆沙集)』 권1, 〈癸卯歲 以久病入山服藥 夏就文殊納凉 旣而火流 將還向山南 晨夕茶薺倏爾陳迹 有薄述以紀 與山下知我共之〉 8首 중 5수.

난초 국화는 무정하게 세월을 재촉하니	蘭菊無情歲色催
세찬 바람에 싸락눈이 빈 누대에 드네	飄風飛霰入空臺
촌 술을 홀로 따르니 취하지도 않아	村醪孤酌不成醉
한밤중 호리병 들고 스스로 슬퍼하네	中夜玉壺謾自哀

만사를 헛되이 습기로 그르쳤으니	萬事徒歸氣習誤
백 년의 병과 근심 풀어지기 어렵네	百年難得病憂寬
한가로이 평생의 일을 점검해보나니	閒來點檢平生業
탄환같은 세월 근심스레 바라보네	愁看羲娥若跳丸[15]

첫 번째 시에서는 기구와 승구의 '난초→국화→눈'의 전환을 통해 계절을 훌쩍훌쩍 뛰어넘는 빠른 시간의 흐름을 느낄 수 있다. 이러한 시간은 두 번째 시 결구의 표현처럼 한 번 쏘면 잡을 수도 돌이킬 수도 없는 '날아가는 탄환[跳丸]' 같은 '세월[羲娥]'이다. 몸이 쇠잔해지거나 나이가 들수록, 이 같은 시간의 흐름은 더욱 빠르게 느껴질 것이다. 이럴 때 할 수 있는 일이라고는 그저 흐르는 시간을 원망하며 한밤중에 홀로 술로 마음을 달래거나, 근심하며 수심에 잠기거나, 혹은 스스로를 자조하는 정도이다.

다음 시에서 기정진은 병과 노쇠함에 무력해진 자신에 대한 답답한 마음을 토로하고 있다.

쉬고 쉬며 말고 마니 이 무슨 백성인가	休休莫莫是何民
이 생애는 가난하고 이 몸 병들었네	貧是生涯病是身

15 『노사집(蘆沙集)』 권1, 〈奉簡朴斯文 宗淵〉 五首 중 3·5수.

친구가 마음이 같다면 백세를 논하고	友若同心論百世
나보다 어진 스승은 삼인 중에 있네	師多賢己見三人
젊어서의 유람 강호의 큰 것 다 못했고	小遊不盡江湖大
초췌한 자질은 우로의 봄 되지 못하네	瘁質難爲雨露春
자신을 구할 재주도 오히려 부족하니	康濟自家猶欠拙
천리마 수레로 새 길 나선다 말할까	驥車敢說取道新[16]

시제는 〈삼가 오야 통중의 시에 차운하다〉이다. 병에 지치다보니 매사를 하는 것도 아니고 그렇다고 마는 것도 아니라 한다. 이도저도 제대로 해내지 못한 자신에 대한 자조감이 드러난다. 경련의 고백에서 보듯이 젊었을 적에는 원대한 계획을 세우기도 하고 큰 뜻을 도모하기도 했을 것이다. 그러나 병약한 몸 때문에 자신을 돌보는 데 급급하다 나이가 드니, 천리마가 끄는 수레를 탈 수 있는 벼슬길 같은 '새 길[道新]'은 이미 멀어진 꿈이 되어버린 듯하다. 이렇게 쇠락해진 자신에 대해 기정진은 가끔 '노쇠하고 추레한 인간에 세월이 깊으니, 머리 희고 눈 어른어른 침음한 지 오래'[17]되었다는 회환과 비애를 내비치기도 한다.

그러나 이러한 자조와 비애의 심정으로 무력하게 늙어갈 수만은 없었을 것이다. 82세로 생을 마친 데서 알 수 있듯이 기정진은 오랜 병증에도 불구하고 당시로서는 상당히 장수한 나이로 생을 마쳤다. 아마도 삶의 무력감을 이겨내는 방법을 자득(自得)한 듯하다.

다음 시는 문수사에서 요양했던 기억을 되살려 지은 시이다.

---

16 『노사집(蘆沙集)』 권1, 〈謹次鰲野筒中韻〉 五首 중 2수.

17 潦倒人間歲月深 眼花頭雪久浸淫.(『노사집(蘆沙集)』 권2, 〈寄李圭生〉.)

산을 오르면 흰 구름 나오고 上山白雲出
산 내려오면 깊은 시내 우네 下山幽澗鳴
병을 앓아 날마다 일 없으니 抱痾日無事
자못 옛사람의 심정 터득했네 頗得古人情[18]

병은 기정진의 몸을 괴롭히기는 했으나 그에게 뜻밖의 여유로운 시간을 허락했다. 이렇게 얻은 한가로운 시간을 통해 기정진은 조금씩 자신을 일으켜 세우고 있다. 그 방법은 바로 산을 오르내리는 일이다. 요란하게 정복하듯이 산을 대하는 것이 아니라, 흰 구름의 자유로움과 깊은 골짜기의 맑은 물소리를 들으며 자신을 성찰하는 오르내림이다. 이 속에서 불현듯 '옛사람의 심정[古人情]', 곧 현철한 성인의 가르침을 깨닫고 자신의 마음을 부단히 다스린 듯하다.

다음 시를 보면 기정진이 병마와 노쇠함을 대하는 태도가 전환되고 있음을 읽을 수 있다.

① 누가 와병을 괴롭다 말하는고 誰言病臥苦
병들어 누운 맛이 더욱 많거늘 病臥味更長
…〈中略〉…
주제 넘게 제방 쌓으려 했었네 妄意生隄防
기액으로 단부를 단련도 해보고 氣液鍊丹府
약방도 청낭에서 꺼내 보았지만 藥方抽靑囊
한 자 회초리로 천 개 창과 싸우는 격 尺箠戰千戈
종횡으로 당해낼 수 없었네 縱橫不可當

18 『노사집(蘆沙集)』 권1, 〈癸卯歲 以久病入山服藥 夏就文殊納凉 旣而火流 將還向山南 晨夕茶薺倏爾陳迹 有薄述以紀 與山下知我共之〉 8首 중 3수.

몸 편히 할 꾀 있음을 알았으니 安身知有術
삼키고 뱉음을 강유 없이 하였네 茹吐渾柔剛
배 속에 온갖 괴물이 맘대로 놀고 腸胞恣百怪
피부에 많은 상처를 내버려 두며 肌膚任千瘡
입 안에 가시가 돋아도 口中生荊刺
달관하여 엿 사탕처럼 머금었네 達觀含飴糖

② 귓전에서는 하늘 북이 울리지만 耳畔鳴天鼓
소장소리 남을 속으론 기뻐했네 暗喜發韶章
더러움 머금고 병도 간직함이 含垢與藏疾
늦게야 좋다는 것을 깨달았네 晩覺乃允臧
사람이 천지 사이에 태어남에 人生天地間
큰 조화에겐 팽상이 동일하여 大化齊彭殤
현달한 이도 다 황천으로 갔나니 賢達皆黃埃
나라고 어찌 병상에 오래 있을까 我何長在牀
멀리 가려면 수레를 타야하고 致遠須車輪
깊은 곳 건너려면 배를 타야하리 渡深憑舟航

③ 훗날에 관 뚜껑 덮을 일을 他年蓋棺業
네 덕에 일찍 준비하게 되었구나 賴汝夙嚴裝
너를 제일 공신으로 책정하노니 策汝第一功
오래 두고 서로 잊지를 말자 永置無相忘[19]

〈병중에 짓다〉라는 5언고시의 일부이다. 앞에서 인용한 시들에서는

19 『노사집(蘆沙集)』 권1, 〈病中作〉.(시에 표기된 번호는 설명의 편의를 위해 필자가 임의로 붙인 것임.)

병으로 인한 괴로움을 말하더니 여기서는 첫 구에서부터 '누가 와병을 괴롭다 말하는고'라는 일갈로 시작한다. 우선 ①에서 기정진은 자신의 병에 대적하고 원망하기보다는 병증을 인정하고 '고통' 자체를 수용하는 태도를 보인다. 기(氣)를 다스려보기도 하고, 약을 써보기도 했지만 몸을 괴롭히는 병증 앞에서는 '천 개의 창에 한 자밖에 되지 않는 나뭇가지[尺箠戰千戈]'로 싸우는 격이다. 인간의 방법으로 이겨낼 수 없다는 완벽한 패배를 인정한 셈이다. 그런데 모든 것을 포기한 패배가 아니라 '곤궁이통(困窮而通)', 즉 지극히 곤궁함에 빠져 모든 것을 내려놓고 '사는[通]' 방법을 찾기 위한 승복이라 할 수 있다. 여기서 기정진이 터득한 방법은 '달관(達觀)'이다. 심한 배앓이와 피부병 때문에 고통스러워도, 입안에 가시가 돋아도 병과 싸우기보다는 그대로 내버려두고 있다. 흘러가는 시간에 맡기는 것이다.

②에서는 오랜 시간 병을 앓으면서 비로소 깨닫게 된 뒤늦은 삶의 성찰이 드러난다. 현명한 사람은 좋은 것만 취하는 것이 아니라, 그 선악에 관계없이 세상 만물에서 배울 줄 아는 사람이다. 즉 『논어(論語)』, 〈술이(述而)〉편의 경구처럼 선한 것은 본받고, 선하지 않은 것은 그것으로 자신을 살펴서 고치듯이[20] 병증에서 삶의 지혜를 얻고 있다. 장수한 팽조(彭祖)나 요절한 상자(殤子)나 조물주의 조화일 뿐이니[大化齊彭殤], 기정진 자신도 그 조화에 몸을 맡기면 언제든지 병상을 떨칠 수 있음을 깨닫게 된 것이다.

여기서 나아가 ③에서는 병증 때문에 죽음을 미리 준비할 수 있음도

---

20 三人行必有我師焉 擇其善者而從之 其不善者而改之.(『논어(論語)』, 〈술이(述而)〉, 제21장.)

다행이라고 말한다. 창졸간에 죽는 것보다 제 삶의 마무리를 스스로 할 수 있다면 그도 큰 복이라는 것이다. 해서 마지막 시구에서 기정진은 지난한 고통이었던 병을 향해 '오래 두고 서로 잊지 말자[永置無相忘]'며 화해를 청한다. 인간적인 쇠락을 가속화하고, 삶의 외로움과 슬픔을 야기한 병증의 '불선(不善)'함이 '선(善)'한 것으로 변모하고 있음을 알 수 있다.

이상과 같이 기정진의 오랜 병증과 쇠락이 그의 시에 어떠한 감성적 감응을 이끌어내는지 살펴보았다. 기정진은 어렸을 적부터 사망할 때까지 다양한 병증으로 육체적 고통을 당하거나 거동에 제약이 생기는 등 병과 매우 밀접한 삶을 살았다. 이러한 경험은 시 창작의 중요한 소재로 활용되었다. 기정진은 이들 시에서 투병 과정의 외로움과 쓸쓸함, 병증으로 쇠락하는 유약한 존재로서의 인식과 무력감 등의 감성을 드러내고 있다. 그런데 그는 이와 같은 비애적 감성으로 삶을 일관한 것이 아니라, 병증에 대한 달관과 수용의 태도를 터득함으로써 삶의 의지를 다시 세우는 생의 전환을 이루어 내고 있다. 많은 병증에도 불구하고 그가 장수할 수 있었던 데는 이러한 감성적 전환과 극복이 주요한 영향을 끼쳤을 것으로 여겨진다.

3. 이별과 죽음의 애상(哀傷)

기정진의 삶을 살펴보면 죽음의 경험과 꽤 가까이 있었음이 발견된다. 2장에서도 언급했듯이 어렸을 적부터 홍역, 천연두 등을 앓았고, 장성해서도 다양한 병증과 치열한 투쟁을 해야 했다. 그런데 이뿐만 아니라 18세 때는 양 부모가 연달아 사망하였으며, 54세 때는 부인 울산 김씨를, 79세 때는 아들 만연을 잃었다.[21] 노사의 심중에 부모부터 자식까지 혈육을 잃은 깊은 상처가 자리했을 것임을 짐작해 볼 수 있다. 한편, 노사시에는 죽음과 이별로 인해 많은 문우(文友) 혹은 친우(親友)를 떠나보내는 기정진의 모습이 자주 보인다. 마음을 나눈 벗과의 헤어짐도 가족을 잃은 슬픔과 매한가지였을 것이다.

다음 시는 제자와 헤어지는 아쉬움이 진하게 배어나는 작품이다.

한 사람은 이사 가고 한 사람은 죽으니	一人徙宅一人逝
구름바다 동쪽에 그대만이 남았도다	雲海東頭獨有君
이 이별의 쓸쓸함을 어떻게 그리리요	此別蕭條那可畫
산 중턱 황엽 지고 승문에 앓고 있네	半山黃葉病僧門[22]

〈박익정에게 주다〉라는 시인데, '익정(益貞)'은 제자 박계만(朴契晚)의 자(字)이다.[23] 이 시에는 '절구시를 기록하여 멀리서 서로 생각할 자료로 삼았다'는[24] 부기가 붙어 있다. 기정진이 박계만을 얼마나 애틋하게 여겼는지 알 수 있다. 아마도 '한 사람은 이사 가고 한 사람은 죽어' 홀로 남게 되었기 때문에 박계만에 대한 애틋한 정이 더욱 증폭되었을 것이다. 이렇게 가까운 사람을 만났을 때는 더없이 반갑지만 헤어질 때의

21 先生十八歲 五月己亥 十五日 丁參判公憂 辛丑 十七日 丁貞夫人權氏憂.
先生五十四歲 八月 夫人金氏卒.
先生七十九歲 正月 子晩衍卒.(이상 『노사집(蘆沙集)』, 「부록(附錄)」 권1, 〈연보(年譜)〉.)

22 『노사집(蘆沙集)』 권2, 〈贈朴君益貞〉.

23 박명희, 앞의 논문, 196쪽.

24 以卽事記絕句 以爲天涯相思之資.(『노사집(蘆沙集)』 권2, 〈贈朴君益貞〉.)

서운함은 이루 말할 수 없다. 결구에서 산길에 이리저리 뒹구는 '누렇게 시든 잎[黃葉]'은 제자와 헤어지고 난 후 활기를 잃은 기정진의 심정을 반영한 것이라 할 수 있다.

모든 만남에는 헤어짐이 있어 만날 때마다 아쉽기 그지없지만, 그럼에도 불구하고 다음 만남을 기약하게 된다. 다음 시에서는 하루하루 날을 세며 만남을 고대한 기정진의 그리움이 잘 드러나 있다.

…〈前略〉…
분명히 떠나갈 때에 약속하기를 分明去時諾
초겨울 초승달 뒤에 온다 했는데 初冬月朏後
동짓달 동지가 지난 다음에야 潛雷暗已動
어찌하여 전언을 지키지 않는가 云胡前言負
막에서 잤다면 아침에 올 것이요 幕宿宜朝煙
집에서 출발한다면 저녁에 오리라 家發好夕臼
하루에 두 번도 당도할 수 있어서 一日兩時到
문을 두드리는가 여겨지도다 剝啄是也否[25]
…〈省略〉…

이 시는 〈고억〉이라는 제목을 가진 5언고시의 일부이다. 헤어졌던 친우는 초겨울 초승달이 뜰 때쯤 오마고 약속했던 모양이다. 그런데 약속한 벗은 동짓달이 지나도 오지 않는다. 무슨 사연이 있었겠으나 약속을 지키지 않은 벗이 자못 원망스럽다. 어디서 출발했을까 가늠해서 도착할 때를 짐작해 보기도 하고, 진작 도착해서 문을 두드렸는데

25 『노사집(蘆沙集)』 권2, 〈苦憶〉.

행여 못 들었을까 문 앞을 살펴보기도 한다. 이런 기세라면 '약속을 했는데 어찌 늦을까?'하며 문을 열고 나가 기다리거나, 벗의 발자국에 혹여 '길가의 이슬이 마르지는 않았는지'[26] 살피고도 남았을 것이다. 기정진의 기다림과 그리움의 깊이를 가늠해 볼 수 있다.

노사시에서는 이름을 확인할 수 없는 많은 인물들과의 만남과 이별이 등장한다. 이들은 기정진과 족인(族人), 사돈, 선·후배, 친우, 제자 등[27] 다양한 관계를 맺고 있으며, 신분 구성도 양반이나 관료들뿐 아니라 평민에 이르기까지 다채롭다. 이는 기정진이 학문 고하를 막론하고 학문 능력에 따라 문생들을 받아들였고, 이에 따라 학문의 성취를 위해 한미한 집안의 출신도 많이 그를 찾아 왔기 때문이다.[28] 이렇게 다양한 사람들이 기정진을 찾은 주요한 이유가 성리학자로서 기정진의 명성에 있겠으나, 그것만으로 그토록 많은 사람들이 기정진과 교유를 하지 않았을 것이다. 위의 시에서 본 것처럼 작은 만남에도 정성을 다하는 기정진의 인품도 인적 유대를 확장하는 데 크게 기여했을 것이다. 기정진의 높은 인품은 지위와 신분에 상관없이 진솔하게 표출되는 한결같은 정의(情誼)에서 더욱 깊이 느껴진다.

다음 시는 〈오담자에 대한 만사〉 4수 중 첫 번째 시이다.

문을 나서면 기로가 동서로 있으나	出門歧路有西東
태어난 해는 같기 쉽고 뜻도 한가지	生甲易齊志可同

---

26 有約人何晩 頻看行露晞.(『노사집(蘆沙集)』 권1, 〈有約〉.)

27 박명희, 앞의 논문, 194쪽.

28 김봉곤, 「호남지역의 기정진 문인집단의 분석」, 『호남문화연구』 44집, 호남문화연구원, 2009, 247~248쪽.

머리 흰 것이 사람에게 무슨 죄인가 頭白於人何罪案
사귄 시절 다 지나면 소식 끊기는가 交期去盡信無通[29]

오담자(梧潭子)가 누군인지 『노사집』에도 딱히 기록된 바가 없다. 시구의 내용으로 보자면 아마도 기정진의 많은 벗들이 그러하듯 향촌에서 경전과 시묵으로 일생을 보낸 인물인 듯하다. 세상 밖에는 여러 길이 있지만 오담자와 기정진은 뜻을 같이하며 의기를 투합한 동지(同志)였다. 오랜 시간 같이 했지만 죽음에의 길은 달라서 벗은 영면에 들고 자신만 홀로 남았다. 승구의 '머리 흰 것이 죄냐'는 반문은 홀로 남겨져 벗을 잃은 슬픔을 곱씹는 중에 자신도 모르게 터져나온 깊은 탄식이라 할 수 있다.

다음은 평생 우정을 나눈 문재실(文載實)의 장례일이 정해지자 기정진이 지은 시이다.

내 몸 절반이 침몰된 날에 身爲半沈日
애도함이 벌거벗음 욕하는 듯해 悼亡似譏裎
그대는 어찌 절명하려 쓴 글로 君胡垂絕筆
토목같은 내 마음 흔들었는가 攪我土木情
무릎 대고 마을 닭소리 들었는데 促膝村雞細
손 놓고 헤어질 때는 비가 왔었지 分手山雨傾
까막까막 마음속으로만 알 뿐 耿耿心自知
유유하게 말로는 밝히기 어렵네 悠悠語難明
만고가 다 이와 같은 것이니 萬古皆若斯

29 『노사집(蘆沙集)』 권2, 〈挽梧潭子〉 四首 중 1수.

내가 또 무엇을 놀라겠는가　　吾又何嗟驚[30]
…〈생략〉…

문재실도 자(字)가 '질중(質中)'이라는 것만 알 수 있을 뿐 그와 관련된 자세한 사항은 알 수 없다. 이 시는 첫 구에서부터 벗을 잃은 기정진의 진한 아픔과 슬픔이 느껴진다. 문재실의 죽음에 대해 '몸의 반이 무너진[身爲半沈日]' 것 같다고 했다. 이토록 절친한 벗이다 보니 문재실과 나눈 시간과 기억은 말로는 다 형언할 수 없어서 기정진의 마음속에 자리할 뿐이다.

오래도록 마음을 의지한 이의 죽음은 때로 인정하기 싫은 현실이기도 하다. 다음 〈구옹을 추억하며〉에서 기정진의 이러한 심정이 절절하게 토로되고 있다.

흔들흔들 억지로 지팡이로 노닐다가　　搖搖強策遊
잘못하여 구옹의 집으로 향했네　　錯向臞翁宅
다섯 걸음 걷다 홀연히 돌아보니　　五步忽反顧
두 줄기 눈물이 가슴에 흐르네　　雙淚交橫臆
내 마음은 옹이 죽은 줄 알지만　　我心知翁亡
내 발은 아직 모르는 것이리라　　我足應未識
꿈과 생시 그 무엇이 진실이런가　　夢覺竟誰是
변화가 무상하여 헤아릴 길 없어라　　輾轉不可測[31]

30 『노사집(蘆沙集)』 권2, 〈質中卽幽有日 平生故人 不可無一訣〉.
31 『노사집(蘆沙集)』 권1, 〈憶臞翁〉 二首 중 1수.

기정진은 구옹(臞翁)의 종질(從姪)이다.[32] 아버지를 일찍 여의었기 때문에 아마도 집안 어른으로서 따르는 정이 돈독했던 듯하다. 구옹이 이미 죽었다는 것을 알고 있음에도 자신도 모르게 발길이 구옹의 집으로 향하고 말았다. 황망한 마음으로 돌아섰지만 발길이 떨어지지 않는다. 마음의 기억은 이성의 작용이지만, 몸의 기억은 본능적이다. 이성은 억제할 수 있지만 본능은 강제하기 쉽지 않다. 경련에서 기정진은 구옹의 죽음을 이성적으로는 인지하고 있으나 현실에서는 아직 인정하지 못하고 있다. 구옹의 죽음이 아직도 꿈만 같은 것이다. 죽음의 이별로 인한 슬픔이 아직 끝나지 않았음을 알 수 있다.

두터운 신의를 나누었던 이들의 죽음 앞에 느끼는 심정은 그들이 '바삐 떠난 게 아니라 자신이 더디게 가는[子逝非忙我自遲]'[33] 것만 같을 것이다. '바삐 떠난 이'와 '더디게 가는 이' 사이에는 함께 할 수 없는 시간과 공간의 간격이 존재한다. 이로 인해 기정진은 세상에 홀로 남겨진 듯한 서운함과 외로움을 느낄 수밖에 없다. 그런데 이 간격은 시간이 흐를수록, 즉 기정진이 쇠잔해질수록 점점 좁혀진다.

다음 시는 〈죽은 벗 이우서의 가장을 돌려주려 하면서 서운함과 슬픔을 이기지 못하여 끝에 한 수 절구를 붙이다〉라는 긴 제목이 붙여진 시이다.

마음 통하는 사람 나 같은 이 없다 했었으니	通心曾謂莫吾如
아직도 푸른 등 앞에 대화하던 때 생각나네	猶憶靑燈對話初

32 한국학자료포털(kostma.aks.ac.kr), 한국학DB, 〈고문서-서간·통고류〉.

33 『노사집(蘆沙集)』 권2, 〈挽梧潭子〉 四首 중 4수.

붓을 잡은 내가 노쇠해졌으니 어찌하리요　　操筆吾衰其可柰
구원 황천길에서도 혹시 아는지 모르겠네　　九原泉路儻知無[34]

'우서(羽瑞)'는 이봉섭(李鳳燮)의 자(字)이다. 이봉섭과 의기투합해 밤새 기나긴 이야기를 나누었던 따스한 추억을 소환하는 것으로 시가 시작되고 있다. 그러나 이렇게 절친했던 벗은 이제 망우(亡友)가 되어 기정진에게 큰 슬픔이 되었다. 전구를 보니 기정진의 건강도 썩 좋아 보이지 않는다. 그런데 기정진은 자신의 노쇠함이 그리 싫지는 않은 듯하다. 결구에서 '구원 황천길에서도 혹시 아는지 모르겠네'라며 망우에게 묻고 있는데, 이는 '내가 쇠잔해져 자네가 있는 저승길에 곧 갈 것 같은데 그곳에서 자네도 이 사실을 알고 있는가?'라는 뜻으로 볼 수 있다. 즉, 몸은 노쇠해졌지만 이는 죽은 벗들과 한층 가까워지고 있음을 의미하는 것이다.

지금까지 기정진의 가족이나 절친한 우인(友人)의 죽음 혹은 이별이 어떠한 감성적 양상으로 드러나고 있는지 살펴보았다. 특히 여기서는 기정진의 광범위한 교유 관계를 주목해서 고찰하였다. 평소 신분과 지위를 구분하지 않고 그 학문적 능력과 성취를 중시한 소신에 따라 기정진의 주변에는 양반이나 관료뿐 아니라 평민에 이르기까지 다양한 인적 네트워크가 이루어졌다. 이렇게 다양한 인사들과 나눈 시들에서 기정진은 기다림으로 인한 그리움, 헤어짐으로 인한 아쉬운 감성을 여실히 드러내고 있다. 또한 절친한 벗들의 죽음 앞에서는 깊은 상처와 슬픔을 숨김없이 진솔하게 토로하였다. 이를 통해 다양한 인사들과의 만남과

---

34 『노사집(蘆沙集)』 권2, 〈亡友李羽瑞家狀將還 不勝悵缺 尾附一絕〉.

이별, 그들의 죽음이 기정진 시의 감성을 발현하는 데 주요한 동인이었음을 확인할 수 있었다.

4. 훼도(毁道)와 혼세(混世)의 애탄(哀歎)

기정진이 활동했던 19세기는 대내적으로 특정 가문과 벌열 등 소수 가문에게 정국 주도권이 집중되면서 체제 모순이 심화되고, 대외적으로 일본을 비롯한 서양 제국들의 무력시위와 통상 요구가 노골화 되는[35] 격변과 혼란의 시기였다. 특히 관리들의 부정부패와 이에 따른 국가 살림의 기본인 전정(田政)·군정(軍政)·환곡(還穀) 등 이른바 삼정(三政)의 문란이 극에 달하였다. 이는 백성들의 삶과 농촌 사회의 피폐화를 심화시켰다.[36] 기정진도 이러한 정치·사회적 현실에 깊은 관심을 가졌을 뿐 아니라, 이를 해결하기 위한 방도를 제시한 〈임술의책(壬戌擬策)〉을 작성하는[37] 등 적극적인 의견을 표명하였다.

다음은 〈남령 봉지에 써서 입재에게 올리다〉라는 제목의 시이다.

남령 이백 뿌리를 심었으니	種得南靈二百根
한 뿌리에 다섯 잎 모두 일천이네	一根五葉共一千
오늘날 가물어 태반이 말랐고	今日旱乾太半槁

35 박학래, 『기정진-한말 성리학의 거유』, 성균관대학교출판부, 2008, 16~21쪽.

36 황의동 외, 『한국유학사상대계III-철학사상편下』, 예문서원, 2005, 652쪽.

37 先生六十五歲…〈中略〉…是歲三南有民擾 自上有求言策 問以田軍糴三政 先生慨然草封事. (『노사집(蘆沙集)』, 「부록(附錄)」 권1, 〈연보(年譜)〉.)

남은 것도 시들어 참으로 가련하네 存者萎黃絕可憐
이 물건도 우로의 은혜 입었으니 此物亦是雨露恩
다만 한탄할 뿐 하늘을 원망하리요 只堪咨嗟敢怨天
듣건대, 하남의 감자를 심은 밭도 聞說河南種藷田
넝쿨만 한 발일 터인데 소식이 없네 蔓長丈餘尙未傳[38]

'남령(南靈)'은 '남령초(南靈草)'라고도 하는데 흔히 담배를 말한다. 날씨가 가물어서 담배 농사를 망친 모양이다. 당시 담배는 농가의 주요한 부가 수입원이었는데 그런 농사를 망쳤으니 여간 낭패가 아닐 수 없다. 그런데 미련을 보니 감자 농사도 잘 되지 않은 듯하다. 감자는 쌀을 대신할 수 있는 대표적인 구황작물로서, 감자의 흉작은 백성들에게 큰 근심거리가 될 수 있다. 당시 농촌의 어려운 경제 상황을 짐작해 볼 수 있다.

농촌과 서민들의 어려운 생활은 다음 〈저자〉 시에서 여실히 드러나고 있다.

지난해엔 도포가 해어지더니 綿襖去年弊
올해 시장엔 술집이 드무네 酒壚今市稀
쌀은 장마 끝난 후라 귀하고 米從霖後貴
연꽃은 다 서리 전에 날아갔네 荷盡霜前飛
태수에겐 은혜와 원망이 있고 太守或恩怨
서원에겐 옳음과 그름이 있네 書員有是非
들사람들 지혜와 생각 짧으니 野人知慮短
헛되이 눈물로 옷 적시지 마라 不用浪霑衣[39]

---

38 『노사집(蘆沙集)』 권1, 〈題南靈衰上立齋〉.

저자에 가게들이 점점 줄어들고 있다. 저자의 가게가 줄어든다는 것은 백성들의 생활이 물건을 살만한 경제적 여유가 없다는 것을 의미한다. 함련을 보면 앞에 든 시보다 더욱 자세한 농가의 사정이 그려지고 있다. 장마 끝이라 밥 지을 쌀이 부족하고, 부족한 곡식을 대신해 연근(蓮根) 따위라도 먹어 볼까 했는데 그마저도 연꽃이 제대로 피지 않아 먹을 수 없다고 한다. 서민들의 피폐한 삶을 짐작할 수 있는 대목이다. 향촌의 행정 관료와 지도층에 대한 향민의 원망이 생길 만한 상황이다. 미련에서 기정진은 이러한 백성들의 눈물과 호소를 외면하지 말라고 한다. 백성들의 고단한 삶에 귀 기울이지 않는 관료와 지도층에 대한 비판과 탄식이 느껴진다.

앞에서 언급한 〈임술의책〉은 기정진의 성리학적 이론을 바탕으로 현실 문제를 진단한 일종의 경세사상이라고 할 수 있다. 여기서 나타난 기정진의 주장을 요약하자면 '사람의 이치'가 멸망하면 백성도 국가도 없다는 것이다. 그가 보기에 삼정의 문란도 결국 '사람의 이치'가 멸망한 것 외에 별다른 것이 아니었다.[40] 기정진에게 당시 조선은 이러한 '사람의 이치'가 제대로 지켜지지 않은 혼돈의 시대로 보였던 것이다.

다음 〈동계의 침병 팔첩〉 시에서 '사람의 이치'에 대한 기정진의 생각을 읽을 수 있다.

인간의 일을 모두 세워도	植盡人間物
어려운 일은 천리를 세우는 것	所難植天理

39 『노사집(蘆沙集)』 권1, 〈市〉.

40 황의동 외, 앞의 책, 654쪽.

아홉 번 죽어도 후회 않는다면 若無九死悔
그대에게 『송자대전』 보라 하겠네 許君見宋子[41]

이 시는 총 8수로 이루어져 있는데 인용한 부분은 그 중 6수이다. 인간의 도리를 온전히 바르게 세우자고 할 때 가장 어려운 일이 '천리(天理)'를 세우는 것이라고 한다. 이는 인간이 살아가는 삶의 기준이 바로 천리가 되어야 한다는 말로, 천리의 절대성과 중요성을 강조하는 말이다. 승구와 결구에서는 천리에 대한 송시열의 강한 의지가 천명된 『송자대전』과 같이, 천리를 확고히 이해하고 실천한다면 죽어도 후회가 없을 것이라고[42] 단언하고 있다. 따라서 사람이 마땅히 지켜야 할 이치를 지키는 것이 천리의 실천과 다름 아니다.

같은 시제의 두 번째 작품인 다음 시에서 이러한 사람의 이치, 곧 천리가 어그러진 세태에 대한 비판 의식이 드러나 있다.

오초가 쉽사리 일어나고 吳楚容易興
자와가 정통을 어지럽히네 紫䵷亂正統
요경의 빛 드디어 가려지고 瑤鏡遂掩光
연기와 안개만 날로 자욱하네 煙霧日澒洞[43]

이 시는 중국의 역사적 사건과 성리학적 사유를 소재로 하고 있지만, 기정진은 이를 통해 당시 현실 세태에 대한 의견을 피력하고 싶었을

41 『노사집(蘆沙集)』 권1, 〈東溪枕屛八疊 尤翁筆夙興夜寐無忝所生八字〉 八首 중 6수.
42 박현옥, 앞의 논문, 111쪽.
43 『노사집(蘆沙集)』 권1, 〈東溪枕屛八疊 尤翁筆夙興夜寐無忝所生八字〉 八首 중 2수.

것이다. 기구의 '오초(吳楚)'는 오(吳)와 초(楚) 등 7개의 제후국이 반란을 일으킨 '오초칠국(吳楚七國)'의 난을, '자와(紫鼃)'는 사이비(似而非)를 말한다. 따라서 기구와 승구를 통해 사특한 무리들이 횡행하는 당시 사회 현실을 떠올려 볼 수 있다. 바로 '사람의 이치'를 지키지 못한 무리들이 국정을 농단하니, 나라의 앞날이 '연무(煙霧)'가 낀 것 마냥 한 치 앞을 내다볼 수 없을 정도로 어둡기만 한 것이다.

그런데 조선의 국운을 암울하게 하는 것은 국내에 국한된 것만은 아니었다. 기정진이 고희를 앞둔 1866년에 조선의 천주교 탄압에 항의하기 위해 프랑스군이 강화도를 침략하는 병인양요(丙寅洋擾)가 발생하였다. 발전된 군사 기술을 앞세운 서양 제국주의의 국토 침탈을 목도한 기정진은 '위정척사론(衛正斥邪論)'을 내세워 강력한 저항 의지를 피력하였다. '위정척사'는 '바른 것을 지키고 그릇된 것을 물리친다'는 뜻이다. '바른 것'은 조선의 '도의(道義) 질서'를 말하며, '그릇된 것'은 조선의 인륜 도덕을 무시한 서구의 종교와 침탈을 말한다.[44] 기정진은 병인양요가 일어난 직후 서구 제국주의에 맞서는 6조목의 대책을 제시한 〈병인소(丙寅疏)〉를 작성하여 위정척사 의지를 강력하게 표명하였다. 기정진의 상소문은 이항로의 척사론과 함께 당대 여론을 주도하였고, 이후 위정척사 운동의 사상적 기반이 되었다.[45]

다음 두 편의 시는 병인양요가 발생한 후 기정진의 제자인 고중범(高仲範)과 이최선(李最善)이 의병을 일으켜 서울로 향하자 이를 격려하기 위해 지은 시이다.

44 황의동 외, 앞의 책, 542~543쪽.

45 황의동 외, 앞의 책, 656쪽.

신경을 어찌 봉천과 같은 때라 할까마는　　神京豈日奉天時
근기에서 어쩌다 출새시 듣게 되었나　　近甸那聞出塞詩
칼 짚고 그대 감에 늙은 간담 격동시키니　　杖劍君行激老膽
제봉에게 후손 있음을 믿을 수가 있네　　霽峯方信有孫枝[46]

금성의 가을빛에 이별 노래에 드는데　　金城秋色入離歌
긴 말채찍 주자니 늙어서 어찌하리요　　持贈長鞭柰老何
종성이 마땅히 평민의 앞장을 서야지　　宗姓宜爲編戶倡
경서 지님이 어찌 창칼 든 것만 하랴　　橫經孰與揮戈多
다만 일월이 황도에 있음을 볼지니　　但看日月麗黃道
남아가 어찌 녹사 입고 누워 있겠나　　焉有男兒臥綠簑
객 중에서 만일 나그네 기러기 보거든　　客裏若逢賓鴈翮
한강수 조용하여 물결 없다고 전해다오　　爲傳漢水靜無波[47]

첫 번째 작품은 〈고씨 출신 중범이 의거에 나아감을 보내며〉라는 제목의 시이다. 고중범은 제봉(霽峰) 고경명(高敬命)의 후손이다. 고경명은 임진왜란이 발발하자 의병장이 되어 충청도 금산에서 왜군에 맞서 싸우다가 아들 고인후(高因厚)와 함께 전사하였고, 다른 아들 고종후(高從厚)도 의병으로 나가 진주성 싸움에서 목숨을 잃었다. 결구에서 이러한 집안의 내력과 충절을 칭송하며 고중범을 격려한 것이다. 기구의 '신경(神京)'은 임금이 계시는 서울을 뜻하며, '봉천(奉天)'은 당나라 덕종(德宗)이 피란한 곳이다. 기정진은 당시를 임금이 피란을 갈 만큼 위급한 때는 아닌 것으로 인식하고 있었던 듯하다. 그럼에도 전쟁에 참전을 알리는

46 『노사집(蘆沙集)』 권1, 〈送高出身仲範赴義〉.

47 『노사집(蘆沙集)』 권1, 〈送李上舍最善赴義〉.

출새시를 들어야 하는 시국이 자못 염려스러우면서도, 나라를 위해 나서는 제자가 대견하여 그 의기를 북돋우고 있다.

두 번째 시의 제목은 〈상사 이최선이 의거에 나아감에 보내며〉이다. 고중범에게 주는 시보다 시국을 바라보는 기정진의 속마음이 보다 잘 표출되고 있다. 수련은 국가 수호라는 대의명분을 위해서라지만 목숨을 걸고 길을 나서는 제자에 대한 염려, 노쇠해서 거병에 도움이 되지 못하는 자신의 처지에 대한 탄식이 드러난다. 함련은 종성(宗姓)이 평민보다 먼저 나서야 하며 위급한 때는 경서보다도 창과 칼을 들고 싸워야 함을 말하고 있다. 여기서 '종성'이라 한 것은 이최선의 관향이 전주이기 때문이다. 경련에서는 일월(日月)도 바르게 운행하고 있는데 대장부로서 위태로운 시국을 외면하고 편안히 지낼 수 없다 하고, 미련에서는 한성에서 나그네를 만나면 한강이 물결도 일렁이지 않고 평온하다 전해주라고 하였다. 한강에 물결이 일지 않는다는 것은 풍파를 일이키는 소요가 가라앉고 나라가 안정되기를 바라는 마음의 표현일 것이다.

기정진은 수차에 걸쳐 제수된 벼슬을 사양하고 향촌에서 학문 탐구에 매진했다. 그러나 지금까지 살펴본 시편들은 그의 사상이 한갓 향촌에만 머문 것이 아니라, 거국적 관점에서 당대 현실을 직시하고 날카로운 비판 의식을 겸비하고 있음을 보여준다. 아울러 기정진이 서책과 이론에 갇힌 관념적인 사상가가 아닌, 사회적 부조리와 위기를 타개하기 위해 강한 실천력을 구비한 현실주의적 문인이었음을 알 수 있다. 이렇게 시대 문제에 감응하는 실천적 지식인으로서의 면모가 민중들에 대한 연민과 관심, 공적인 분노와 도에 대한 엄정성이라는 시적 감성을 형성하게 된 것이다.

5. 맺음말

본고는 기정진의 시문학에 드러난 감성적 발현에 주목하고, '슬픔과 고통[애고(哀苦)]'의 내면과 그 감성의 양상을 살펴보았다. 이를 통해 병증과 쇠락의 비애(悲哀), 이별과 죽음의 애상(哀傷), 훼도(毁道)와 혼세(混世)의 애탄(哀歎)으로 드러나는 감성적 특징을 포착하였다. 이러한 특질을 중심으로 전개한 내용을 요약하는 것으로 본고를 마무리하고자 한다.

기정진은 어렸을 적 천연두로 왼쪽 눈을 실명하고, 장성해서도 다양한 병증으로 고생하는 등 병과 밀접한 삶을 살았다. 이 때문에 기정진의 시에는 병증을 소재로 하거나 병을 앓으면서 가졌던 심사를 토로한 내용들이 많이 보인다. 이러한 시들에서 홀로 병과 싸워야 하는 외로움과 쓸쓸함, 병증으로 쇠락하는 유약한 존재로서의 무력감 등을 발견할 수 있었다. 그런데 기정진은 이와 같은 비애적 감성으로 삶을 일관한 것이 아니라, 병증에 대한 달관과 수용의 태도를 터득함으로써 삶의 의지를 다시 세우는 생의 전환을 이루어 내었다.

다음으로 기정진의 삶에서 가족이나 절친한 우인(友人)의 죽음, 혹은 이별의 경험이 크게 부각되고 있으며, 많은 시편들이 이를 소재로 창작되고 있다. 특히 이 부분에서는 기정진의 다채로운 교유 관계를 주목하였다. 평소 신분과 지위를 구분하지 않고 그 학문적 능력과 성취를 중시한 소신에 따라 기정진의 주변에는 양반이나 관료뿐 아니라 평민에 이르기까지 다양한 인적 네트워크가 형성되었다. 이러한 시들에서 기정진은 기다림으로 인한 그리움, 헤어짐으로 인한 아쉬운 감성을 여실히 드러내고 있다. 또한 절친한 벗들의 죽음 앞에서는 깊은 상처와 슬픔을 진솔하게 토로하였다.

기정진이 주로 활약하던 19세기는 조선의 체제가 대내·외적으로 도전을 받는 격변의 시기였다. 따라서 쇠락해가는 조선의 현실 또한 기정진에게 애고(哀苦)의 감성을 유발하는 중요한 요인이었다. 이러한 사회적 현실에 감응한 시편에서 기정진은 백성의 곤궁한 삶에 대한 염려, 이를 야기한 바르지 못한 세력과 훼손되는 도학(道學)에 대한 비판적 감정을 드러내고 있다. 특히 프랑스가 무력을 앞세워 조선의 국토를 침탈한 병인양요가 일어나자, 이에 맞서 거병한 제자들을 격려하는 시에서는 서구 제국주의에 대한 분기와 항거의 정당성을 강하게 보여주었다.

『국학연구론총』 21권(택민국학연구원, 2018.6.)에
게재한 원고를 재수록한 것임.

참고문헌

『노사집(蘆沙集)』.
『논어(論語)』.

기정진, 박명희 역, 『노사집 1』, 경인문화사, 2015.
박학래, 『기정진-한말 성리학의 거유』, 성균관대학교출판부, 2008.
전남대학교 감성인문학연구단, 『공감장이란 무엇인가』, 도서출판 길, 2017.
최대우 외, 『19세기 호남유학의 재구성-노사학파의 형성과 발전』, 전남대학교출판부, 2015.
현상윤, 『조선유학사』, 현음사, 1986.
황의동 외, 『한국유학사상대계III-철학사상편下』, 예문서원, 2005.

김봉곤, 「호남지역의 기정진 문인집단의 분석」, 『호남문화연구』 44집, 호남문화연구원, 2009.

박명희, 「노사 기정진의 시를 통한 우도의 실현」, 『동방한문학』 69집, 동방한문학회, 2016.

박학래, 「노사학 연구의 현황과 과제-한국 철학계의 연구를 중심으로」, 『동양고전연구』 70집, 동양고전학회, 2018.

박현옥, 「노사 한시에 나타난 윤리적 특성의 한 국면」, 『동양한문학연구』 16집, 동양한문학회, 2002.

______, 「노사 기정진 시 연구」, 단국대학교 박사학위논문, 2001.

한국고전번역원, 한국종합DB, http://db.itkc.or.kr.

한국학자료연구센터, 한국학자료포털, 한국학DB, http://kostma.aks.ac.kr.

17세기 전계소설(傳系小說)의 창작 동인과 서사 전략

「유연전」과 「강로전」을 대상으로

백지민

1. 서론

17세기 전반, 전(傳)과 소설의 양식적 특성을 모두 아우른 새로운 경향의 작품군이 등장하였다. 이 새로운 경향의 작품들이 "역사적 실존 인물에 대한 관심을 갖는 열전의 전통이 상대적으로 강하게 잔존한, 나름대로 근거 있는 역사적 사실에 바탕한 허구로서의 실기소설의 성격을 가진"[1] 전계소설(傳系小說)의 유형에 속하는 작품이다. 전과 소설은 각각 교술장르와 서사장르에 해당하는 양식이며, 그 지향점이 사실성과 허구성으로 상반된다. 일견 전혀 다른 성격으로 섞이기 어려워 보이는 이 두 양식의 혼효는 전의 요체였던 경험적 진실성이 부분적으로 약화되는 대신 허구적 진실성이 새롭게 확보되는 선상에서 고소설사의 주요한 한 영역으로 자리잡았다.[2] 전계소설은 전통적 산문 양식인 전의 형식

1 윤재민, 「한국 한문소설의 유형론」, 『동아시아문학 속에서의 한국한문소설연구』, 고려대 민족문화연구원, 2002, 80쪽; 신해진, 『조선조 전계소설』, 월인, 2003, 14쪽. 재인용.

2 신해진, 위의 책, 37쪽.

으로 지어졌지만 작자의 창작 동인에 따라 주제를 효과적으로 전달하고자 전략적으로 서술하는 과정에서 소설적 허구성을 띄게 되었다. 따라서 창작 동인과 서사 전략을 살피는 연구를 통해 전계소설의 태동과 그 전개 양상이 보다 구체적으로 밝혀져 17세기 소설사에서 전계소설이 담당했던 역할을 가늠해 볼 수 있을 것이다. 17세기에 고소설사의 지형이 급변하게 된 주요 흐름 중 한 축을 담당하고 있는 전계소설의 출현과 전개는, 비록 작품의 수가 많지 않지만 초기소설사의 주류를 이루던 전기소설의 급격한 변모와 함께 한문소설의 양적·질적 변화를 가져왔고, 고소설사에서 사실주의 전개의 단초가 되었으며, 바야흐로 문학사는 본격적으로 소설의 시대에 접어들게 되었다.

본고에서 전계소설의 창작 동인과 서사 전략을 살피기 위한 직접적인 논의 대상은 17세기 전계소설 중 이항복의 「유연전」과 권칙의 「강로전」이며,[3] 이후로 18세기 전계소설의 실상과 가능성을 살피기 위해 홍세태의 「김영철전」을 보조적으로 살펴보도록 하겠다.[4] 이 세 작품은 각각 17세기 전반과 18세기 전반에 창작된 작품으로, 실존 인물과 실제 사건을 대상으로 그려진 작품이다. 이 세 작품에 대한 작자, 창작시기, 주제, 인물, 갈래 등 개별적 논의들[5]이 다양하게 이루어져 많은 성과가 축적되

3 17세기 전계소설 작품으로는 「유연전」과 「강로전」 외에도 허균의 5전 중 「남궁선생전」이 논의의 대상이 될 수 있다. 다만 「남궁선생전」은 전기적 면모도 지니고 있는 바, 굳이 전계소설의 틀 속에서 해석하기 보다는 다각적인 논의가 필요하다는 박희병의 견해에 동의하여, 본고의 논의에서 제외하도록 한다.(박희병, 「한국한문소설사의 전개와 전기소설」, 『한국전기소설의 미학』, 돌베개, 1997, 101쪽)

4 「유연전」과 「김영철전」은 각각 『백사집』과 『유하집』에 실린 원문을 번역한 신해진의 『조선조 전계소설』(앞의 책, 53~68쪽/137~151쪽)의 번역을, 「강로전」은 『동사잡록』에 실린 원문을 번역한 신해진의 『권칙과 한문소설』(보고사, 2008, 109~158쪽)의 번역을 따르고, 작품을 인용할 경우 해당 쪽수만 밝히기로 한다.

었으나, 17세기 소설사적 맥락에서 전계소설 양식으로 한정하여 이들 작품을 함께 다룬 논의는 미비하다. 따라서 본고에서는 그간 집적된 논의를 토대로 17세기 전계소설의 창작 동인과 서사 전략을 살펴봄으로써 그 의의를 찾고, 17세기 전계소설 양식이 이 후에도 유의미한 양식으로 꾸준히 창작·향유되었음을 논의하도록 하겠다.

2. 17세기 전계소설의 창작 동인 :정치적 담론의 우위 확보를 위한 도덕성 강조

조선 중기 임병양란을 위시한 크고 작은 전란의 충격은 상하관계의 질서를 뒤집어 보게 하고, 현실인식의 새로운 표현 방식을 개척하게 하는 변화를 문학에서 일으켰다.[6] '불안의 세기'[7]라 일컬어질 만큼 내우외환(內憂外患)이 잦았던 16세기의 국가적 위기는 17세기에 들어와 더욱 심화된다. 대외적으로는 명·청 교체기였던 이 시기에 조선은 양국의 사이에서 갈팡질팡하였다. 재조지은(再造之恩)을 입은 명나라에 대한 의리를 저버릴 수는 없었지만, 맹렬한 기세로 신흥 강국으로 부상하는 청나라를 적대할 수도 없는 실정이었다. 대내적으로는 사화를 거치면서 중앙 정계로의 진출이 좌절되었던 사림파가 선조대에 이르러 집권층이 되었고, 그들 내부에서 분열이 일어났다. 급기야 반정을 통해 임금이

5 각 작품별 주요한 연구 성과는 지면 관계상 본문의 각주 참고.

6 조동일, 『한국문학통사』 3(제4판), 지식산업사, 2005, 49쪽.

7 김현양, 「16세기 소설사의 지형과 위상」, 『묻혀진 문학사의 복원-16세기 소설사』, 소명출판, 2007, 14쪽.

바뀌는 데에 이르렀다.

전계소설의 작자는 '있는 세계'의 부조리와 모순을 사실적으로 그리는 동시에 '있어야 할 세계'를 작품 말미의 논찬을 통해 직접적으로 제시한다. 이는 전 양식의 미학적 구성 원리에 따른 일반적 특성이다. 그러나 '있어야 할 세계'에 대한 작자의 생각은 논찬부에만 국한되기보다는 입전 인물과 사건의 선정, 다양한 서사적 장치를 통해 작품 전반에 걸쳐 나타난다. 전계소설에서 형상화 된 '있는 세계'의 부조리와 모순이 '있어야 할 세계'에 대한 당위성을 지시하는 셈이다. 작자가 제시하는 '있어야 할 세계'는 작자의 개인사적 입장을 비롯하여 정치적·당파적 계층의 입장을 대변한다. 전계소설의 창작과 향유층이 일정 수준 이상의 한문학 소양을 갖춘 식자층임을 고려할 때, 이들은 정치에 직·간접적으로 관여할 수 있는 계층에 속한 인물들이었을 것이다. '있는 사실'을 누가 왜 기억하고자 하는가에 대해 살펴보는 과정에서 작자가 속한 정치적·당파적 계층의 입장을 옹호하고 반대편의 입장을 비판하려는 의도로 작품을 창작하였음을 확인할 수 있다.

1) 훈구파에 대한 사림파의 도덕적 우위 강조

「유연전」은 유연의 옥사 사건과 신원에 이르는 실제 사건을 그린 작품으로, 사건으로부터 44년이 지난 후인 1607년에 이항복이 지었다. 유연은 형 유유의 실종 후 가장인 아버지가 돌아가시자 재산 분배에 불만을 품은 매부 이지와 종매부 심륭, 형수인 백씨 등의 음모로 형을 죽였다는 누명을 쓰고 사형을 당하고 말았는데, 유연의 처 이씨의 부단하고 끈질긴 노력으로 혐의를 벗고 해원하게 된다. 유연의 억울한 누명이 신원되기까지는 16년이 걸렸고, 신원이 된 후에 「유연전」으로 작품화되기까지는 28년이 걸렸다. 유연의 옥사를 다룬 기록으로는 『조선왕조실록』과 이항복의 「유연전」, 그리고 「이생송원록」 등이 있다. 『조선왕조실록』은 사관에 의해 기술된 객관적인 기록이고, 「이생송원록」은 이지의 아들이 아버지의 죽음에 대한 억울함을 피력하기 위해 권득기에게 부탁하여 지은 것이다. 이 때문에 「이생송원록」은 무리한 설정과 꾸며낸 내용으로 당대 독자들에게 외면당했던 기록이다.[8] 「유연전」은 사실을 중심으로 서술했으나, 단순한 사실 보고식의 전이 아닌 이항복의 관점에서 유연의 사연을 재구성한 작품이다. 「유연전」을 짓도록 한 왕의 의도는 분명 유연의 억울한 죽음에 대한 설원 및 관의 기강 확립을 위한 훈계에 있다. 작자 이항복은 선조의 의도에서 크게 벗어나지 않으면서도 이러한 의도를 현실 사건을 통해 구체적으로 형상화하는 과정에서 일련의 현실적 문제들 중 특정한 문제에 시선을 집중시키고 이를 중심으로 서술해 나갔을 것이다.[9] 작품에서는 유연과 첨예한 갈등을 맺고 있는 이지와 심통원 등을 악인 형상으로 그리고, 그들의 계략에 빠져 결국에는 사형을 당한 유연을 동정의 대상으로 형상화하였다. 유연을 '억울하게 죽게' 만든 왕실 종친 이지와 외척 심통원은 모두 훈구파로, 횡포와 전횡을 일삼던 인물들이다. 이지와 함께 유연에게 억울한 누명을 씌운 형수 백씨의 징치에 대해서는 언급하고 있지 않은 것으로 보아

8 「유연전」과 「이생송원록」에 대한 당대인들의 태도에 대해서는 송하준(「관련 기록을 통해 본 유연전의 입전의도와 그 수용태도」, 『한국문학논총』 제29집, 한국문학회, 2001, 92~98쪽)의 논의를 참고.

9 이헌홍, 「실사의 소설화-유연전을 중심으로」, 『한국 고소설의 조명』, 아세아문화사, 1992, 365쪽.

이항복이 주목했던 악인 형상은 이지와 심통원이라 할 수 있다. 유연이 옥사를 당했던 16세기 중엽은 4대 사화가 끝난 직후로 사림에 대한 훈구파의 탄압이 정점에 달했던 시기였음을 고려할 때, 유연의 억울한 사연을 작품화한 데는 사림파였던 이항복의 훈구파에 대한 고발과 비판이 작용했음을 추측할 수 있다. 작품의 말미에 다음과 같은 내용이 서술되어 있다.

> 나는 연의 원통함을 마음속으로 슬퍼하고, 형수 백씨로 하여금 먼저 증명하게 하지 않고 급히 관아로 묶어 보낸 것을 애석히 여기며, 지가 끝내 정도를 따르지 않다가 왕족에 합당하지 못한 죽음을 당한 것이 거듭 한스럽다.
>
> 다행이로다! 당시의 법망이 주밀(周密)치 못해 심륭만이 홀로 벗어날 수 있었으나, 비록 그렇더라도 불행 중 다행인 일이 있으니, 윤선각(尹先覺)과 이원익(李元翼) 등이 연을 위해 전후좌우에서 도와주어 연의 사건이 알려지는 행운이 있지 않았다면 어찌 사건의 전모가 당시에 드러나서 후세에 전해질 수 있었으리오?(67~68쪽)

위 부분에서는 이항복의 입장에서 연에 대한 동정심과 안타까움을 간결하게 이야기한 뒤, 지가 '정도를 따르지 않아 왕족에 합당하지 못한 죽음을 당한 것이 거듭 한스럽다'고 서술하고 있다. 연의 사연에 대한 이항복의 이 간결한 감상은 작품 창작의 가장 큰 동기가 연의 억울한 죽음을 널리 알리고자 한 것이라고 보기에는 매우 소략하다. 오히려 지의 죄와 죽음에 대한 감상을 '거듭 한스럽다'는 표현을 통해 더 강조하고 있다. 게다가 지와 함께 유연을 죽음으로 몰아간 형수 백씨의 처벌에 대한 의견은 전혀 드러나 있지 않다. 「유연전」에서 갈등을 촉발하고 심화시키는 주도적 인물인 달성령 이지는 을사사화의 공신으로 훈구파에 속하는 인물이다. 재물을 탐하여 처조카를 죽이려는 음모를 꾸미고, 그 과정에서 재판관에게 청탁을 하는 등 이지의 악덕을 세밀하게 그려냄으로써 이항복은 자연스럽게 훈구파에 속한 인물의 비도덕적 행위를 드러낸다. 뿐만 아니라 지는 종실로서 궁가(宮家)에 해당하는 인물이다. 이 시기에 궁가의 횡포가 매우 심각했음을 『선조실록』의 여러 기사를 통해 알 수 있다. 1606년에 고위관리였던 유희서의 살인교사 혐의를 받은 임해군(臨海君)을 심하게 다스렸다는 이유로, 이 사건의 포도대장이 오히려 유배된 '유희서(柳熙緖)의 사건'(37년 3월)이 있었다. 고위 관리가 살해당했는데도 선조가 앞장서서 죄인을 비호하여 이덕형이 문제를 제기했다가 체직당한 사건이다. 이에 대해 사관조차 "선조의 총명으로도 오히려 사애(私愛)에 빠져 그(임해군)의 악을 모르고 죄주지 않았을 뿐 아니라, 고신(拷訊)의 형벌이 도리어 도적을 잡는 책임을 맡은 중재(重宰)에게 미치게 했다"고 문제 삼고 있다. 이밖에도 순화군(順和君)이 민가의 재산을 뺏고 살인을 일삼은 일(40년 3월), 순녕군(順寧君)이 오촌(五寸)의 재산을 빼앗으려다가 파직된 사건(40년 윤 6월) 등의 기록으로 보아, 궁가(宮家)에서 백성을 수탈하고 해친 사건이 비일비재했으나 선조는 오히려 "미열한 왕자를 각박하게 책한다"거나 "아들의 일로 아비를 번거롭게 한다"고 하여 이항복은 궁가의 폐해에 대한 문제의식을 가지고 있었을 것으로 보인다.[10] 이항복은 사림파에 속하는 인물이고, 이 시기는 사화 후에 그 입지가 약해졌던 사림이 명분론을 내세워 정치적 영향력을 펴려던 시기로, 부패한 훈구파에 대한 강력한 비판을 통해

10 송하준, 앞의 논문, 83쪽.

그들의 도덕적 우위를 강조할 필요가 있었다. 성리학적 이론으로 무장한 사림파에게 있어 도덕성은 정치적 담론에서 우위를 점할 수 있는 큰 원동력이었고, 부패한 훈구파의 모습은 높은 도덕성을 앞세운 사림파에게 더욱 힘을 실어주는 결과를 가져올 수 있었을 것이다. 특히 유교의 근간을 이루는 강상(綱常)의 도리는 반드시 지켜져야 하는 것으로, 이를 어겼을 경우 '강상죄'로 따로 국법으로 치죄할 만큼 심각한 것으로 여겨졌다.

> 세간에서 간혹 유가 어질지 못하게도 부모로부터 달아난 것을 두고 말들을 한다. 자식이 되어서 부모로부터 달아난다면 인간의 도리가 사라지는 것이다. 달아난들 어디로 갈 것이며, 세상 어느 곳에 아비 없는 나라가 있겠는가? 옛날에 어진 아들 신생(申生)이 아버지 진(晉) 헌공(獻公)의 명으로 억울하게 죽은 일이 있었거늘, 주자(朱子)가 이에 대해 "옳은 것으로는 마땅히 달아나야겠지만, 죽은 것이 예(禮)에 맞다"고 논했다. 설령 유(游)가 만부득이 아버지를 피하여 멀리 도망가야 했다 해도, 아버지인 진 헌공이 형인 신생을 무고하게 죽이자 진공자(晉公子) 중이(重耳)가 진(秦)으로 피신해 있을 때 천하에 알지 못하는 자가 없었거늘, 어찌 종적을 완전히 감추어 아우를 억울히 죽는 지경에 이르게 한단 말인가?(68쪽)

위와 같이 이항복은 유의 불효에 대해 세간의 말과 '진 헌공-신생 부자의 이야기'를 인용하여 인간의 도리에 대해 상당부분 지면을 할애해 서술하고 있다. 이 시기(1607년) 『선조실록』에 따르면 형제 사이에 재산 다툼을 벌이다가 칼부림을 한 경우(40년 1월)나 아들이 아버지를 죽이려 한 사건(40년 1월), 아내가 남편을 살해한 사건(40년 윤6월) 등 강상의 죄에 해당하는 사건이 다소 빈번하게 일어났는데, 이 때문에 실추된 도덕성을

재차 강조하여 재정비해야할 필요가 있었을 것으로 볼 수 있다.[11]

2) 광해군 정권에 대한 인조 정권의 도덕적 우위 강조 및 실절의 변호

권칙의 「강로전」은 17세기 전반 동아시아의 질서 재편을 위한 명·청·조선의 치열했던 전쟁을 배경으로 한 작품이다. 「강로전」은 1618년 심하전투에 도원수로 출정했으나 제대로 된 전투도 치르지 않고 후금군에게 항복해 호위호식 하며 지내다 정묘호란의 선봉으로 조선에 돌아와서 비참한 최후를 맞기까지, 강홍립의 일대기를 그리고 있다. 「강로전」에서 '강로(羌虜)'는 주인공 강홍립을 가리킨다. 성이 강씨인 오랑캐라는 뜻으로, 강홍립이 후금에 항복하고 조선을 배신한 것을 노골적으로 비판하고자 붙인 제목이다. 10년 사이에 정묘호란과 병자호란의 참혹함을 직접 경험한 당시의 사람들에게 오랑캐라는 존재는 극단적 경멸과 혐오감을 가진 존재로 받아들여졌을 것이다. 작품의 제목에서 주인공을 오랑캐라 명명한 것부터 작가가 강홍립을 부정적 인물로 형상화할 것임을 쉽게 예측할 수 있다. 작품이 창작된 1630년은 인조반정으로 정권을 장악한 서인세력들에게 있어 광해군의 실리외교정책에 대한 부정적 인식과 정묘호란을 겪으면서 형성된 청에 대한 적개심이 고조되던 시기이다. 재조지은을 배신하고 후금에 화친 정책을 폈던 광해군조의 외교적 실정을 반정의 주요 명분으로 삼았지만, 현실적으로 후금-청과의 관계를 단절할 수 없었던 서인 세력은 자신들이 내세웠던 명분과 현실의 괴리를 메우기 위해 관심과 책임을 다른 곳으로 돌릴 필요가 있었다.[12]

11 송하준, 앞의 논문, 82~83쪽.

12 송하준, 『조선후기 역사소설의 변모양상과 주제의식』, 고려대 박사학위논문, 2004,

즉, 강홍립에 대한 부정적 형상화는 곧 광해군 정권에 대한 도덕적 우위를 재확인하고자 하는 의도로 이루어졌다고 볼 수 있다.

특히 심하전투는 명청 교체기의 전환점으로 꼽히는 사건으로, 중국 중심의 중세적 국제 질서에 대한 이념적 옹호와 신흥 강자로 부상하고 있던 동북아의 강자 후금에 대한 현실적 대처 사이에서의 갈등이 한데 얽혀있는 역사적 사건이다. 권칙은 강홍립 휘하에서 이문학관으로 직접 전쟁에 참여한 바 있다. 심하전투에서 강홍립이 후금에 투항한 후 탈출하여 돌아온 권칙은 내내 실절(失節)에 대한 책임 문제에서 벗어날 수 없었다. 이에 작자는 스스로를 변호하기 위해 강홍립이라는 한 개인에게 심하전투 파병을 둘러싼 갈등 상황의 모든 책임을 떠넘겨 버린다. 권칙은 뛰어난 재능을 가지고 일찍부터 문명을 떨쳤으나, 서얼이라는 신분과 심하전투에서 살아 돌아온 것 때문에 높은 벼슬에 오르지 못했으며, 말단 관직마저도 부침을 겪었다. 「강로전」은 강홍립이 죽고 3년 후에 지어졌는데, 이 시기 권칙은 이인거의 난을 진압하고 공신으로 녹훈되어 진사시에 응시, 진사가 되었고 서부참봉을 지내다가 사간원의 탄핵을 받아 벼슬에서 물러난다. 사간원은 대각의 간관으로 그 자품(資品)은 높지 않다 하더라도 권력의 핵심을 이루는 요직으로서 한미한 집안 출신이 차지하는 것은 현실적으로 어려웠으며, 대개 문벌세족이 차지하는 관직이다. 「강로전」의 작가적 창작 동인에 대한 그간의 논의 중 당시 사간원의 간관에게 밉보여 '우망(愚妄)한 서얼'로 지목되어 탄핵되었던 바, 이 일로 권칙이 자신의 신분적 처지에 더욱 분만(忿懣)을 품게 되었으며, 자신을 탄핵한 간관에 대해서도 극히 비판적 태도를

42~46쪽.

취하게 되었을 것이라는 논의[13]는 주목할 만 하다. 이와 함께 실절에 대한 혐의 때문에 말단 관직에서 탄핵되었다고 보고, 자의에 의한 실절이 아니라 운명의 횡포에 어쩔 수 없이 당한 것이라는 피해자로서의 입장을 내세우며 모든 책임을 강홍립에게 돌리고자 했다는 논의[14]도 있다. 이 두 논의를 종합해서 생각해보면, 간관이 권칙을 탄핵한 본래의 뜻은 실절의 혐의에 있으나, 의론이 분분하여 뜻을 이루지 못할 것을 고려해 서얼이라는 신분을 꼬투리 잡아 관직에서 물러나게 한 것으로 볼 수 있다. 서얼은 양반의 자손이면서도 양반의 지위에서 도태되어 중인층으로 굳어진 계층으로, 봉건적 위기를 맞은 국가의 현실이 서얼의 참여와 타협을 필요로 하면서 17세기 이후부터는 점차 서얼의 지위가 향상되는 방향으로 나아가고 있었다. 물론 적서차별 타파의 차원에서 이루어진 것은 아니지만, 당시 집권층에서는 정책적으로 능력 있는 서얼의 허통을 통해 국가의 기반을 다지고자 한 것이다.[15] 이러한 정황에도 불구하고 역모사건을 수습하는 일에 공을 세운 인물이며 벼슬이 서부참봉으로 미관말직에 지나지 않는 권칙을 굳이 지목하여 파직을 간언한 것은 드러나지 않은 정치적 이유, 즉 실절에 대한 책임을 묻고자 함이라고 볼 수 있다. 그런데 결국 권칙의 파직을 요청하는 직접적 이유는 뜻밖에도 '우망한 서얼'이라는 신분적 제약이다. 뛰어난 능력을 갖췄

13 박희병, 「17세기 초의 숭명배호론과 부정적 소설주인공의 등장」, 『한국 고전소설과 서사문학』(상), 집문당, 1998, 63~64쪽.

14 조현우, 「강로전에 나타난 전쟁의 기억과 욕망의 서사」, 『서사문학의 시대와 그 여정-17세기 소설사』, 소명출판, 2013, 165~182쪽.

15 17세기 서얼에 대한 정부의 정책에 대해서는 김정현(『17세기 서얼 직역 변동에 대한 일고찰』, 이화여대 석사학위논문, 1995)의 논의를 참조.

음에도 신분적 제약으로 부침을 겪게 된 작자는 문벌세족의 의관을 입은 강홍립이 도리어 "오랑캐의 주구가 되어 하늘에까지 사무친 죄악과 만고에 없는 흉악"을 저지른 것이라며 "자신의 주인을 저버리지 않"는 중과 비교하여 비판한다.(158쪽) 권칙은 "유능한 인재를 등용하지 않고 문벌 위주로 사람을 등용하여 나라가 오랑캐에 의해 유린당하는 지경에 처할 수밖에 없었다"[16]는 점을 강조하여 강홍립에게 모든 책임을 돌림으로써, 신분적 제약-서얼에 대한 차별이라는 문제의식을 표출하는 동시에 자신의 실절 혐의를 벗고자 한 것으로 보인다.

3. 17세기 전계소설의 서사 전략: 감정의 유발과 선택적 재현

전장에서 17세기 전계소설 작품의 창작 동인을 작자와 사회적 요인들을 고려하여 누가 왜 그것을 기억하고자 하는가에 대해 논의해보았다. 이제 각 작품들이 어떠한 서사 전략으로 주제를 나타내고자 하는지, 즉 어떻게 기록하였는가를 살펴볼 차례이다. 그 출발은 창작 동인에 따른 장르 선택의 문제부터 시작한다. 전계소설은 '전의 형식을 갖춘 소설'로 입전인물의 선택과 인물의 행적을 통해 주제를 효과적으로 전달할 수 있는 양식이다.[17] 그런데 17세기 전계소설로 꼽는 「유연전」과

16 신해진, 앞의 책, 2008, 55쪽.

17 17세기 전계소설을 지은 작자들이 '소설'이라는 장르 인식을 가지고 작품을 집필했다고 보기는 어렵다. 오히려 전통적 양식인 '전'을 짓는다는 의도로 창작했을 것으로 보는 것이 더 타당하다. 그러나 전계소설로 분류하는 몇몇 작품들은 사실에 입각하였으나 작품화 과정에서 소설적 허구성을 지니게 된 것으로 고전 산문 양식인 전과는 다르다.

「강로전」은 분명 '전'과는 다르다. 작자는 본인이 속한 정치적·신분적 입장의 당위성 옹호와 설득을 위해 전 양식의 경험적 진실성을 빌려온다. 전의 양식적 특징인 '역사적으로 존재하는 사실 또는 인물의 나열적·요약적 제시'를 벗어나 자신의 창작의도에 따라 인과성을 부여하고, 주요 사건이나 상황의 장면화를 통해 인물의 긍정적 혹은 부정적 요인 중 필요에 따라 한 면만을 부각하는 서술 전략으로 주제를 효과적으로 전달하고자 시도하기도 한다. 이항복은 유연의 옥사와 관련한 내용을 실록과 유연의 부인 이씨의 가승을 보고 「유연전」을 창작했다. 권칙은 심하전투에 직접 참가해서 일부의 사건은 직접 경험한 기억이겠지만 강홍립의 후금 시절의 일은 실제로 경험했다고 보기 어렵고 누군가로부터 전해들은 내용으로 「강로전」을 지었을 것이다. 사실 전달을 본령으로 삼는 전의 형식을 끌어옴으로써 독자는 작품의 내용을 사실로 받아들이고 신뢰하게 된다. 두 작품에서 그리고 있는 주요 사건과 인물이 실제로 존재하였다는 것도 그 작품의 내용을 사실로 받아들일 가능성을 높여준다. 그런데 사실적 인물과 사건을 작자의 의도를 드러내고자 재현하는 과정에서 허구성이 끼어들게 된다.[18] 이 장에서는 각 작품들이 창작 동기에 따라 입전 인물을 어떻게 전략적으로 형상화 하고 있는지 보다 구체적으로 살펴보도록 하겠다.

---

18 박희병은 『조선후기 전의 소설적 성향 연구』(서울대 박사학위논문, 1991, 30쪽)에서 '사실에 입각한 소설이 있다면, 그런 소설도 허구성이 있는가?'라는 문제에 대해 사실에 입각한 소설이라 하더라도 허구성을 갖는다고 했다. 이 경우 허구성은 이른바 윤색이나 부연, 즉 세부의 상상적 확대나 창조된 대화, 끼워 넣어진 매개적 인물 등에서 확인될 수도 있지만, 실존인물인 주인공과 그 주변세계가 얽히는 양상에 대한 소설적 '축조방식'에서 확인될 수도 있다.

1) 동정의 대상으로의 형상화와 사건의 재배열

전계소설에서 입전 인물의 선택은 전략적으로 매우 중요하다. 이항복은 작품의 주인공으로 권력과 재물에 눈이 멀어 도덕성을 상실한 훈구파의 인물로 인해 죽음까지 맞게 되는 유연을 선택하였다. 이항복은 정치적 입장에서 '훈구파에 대한 고발과 비판'이라는 창작 동기를 가지고 '유연의 억울한 죽음에 대한 동정과 유연을 살인범으로 오판한 부정한 판관에 대한 경계'라는 주제를 형상화하였다. 이항복의 「유연전」은 실록을 기본으로 가승을 참고하여 지은 것으로 작품 내 사건과 작품 외 사실이 일치한다고 볼 수 있는데, 주제를 효과적으로 나타내기 위해 이항복이 선택한 서사 전략은 유연을 '동정의 대상'으로 그림으로써 그를 위기에 빠트리는 적대적 인물을 고발하고 비판하는 것이었다. 동정은 연민과 달리 특정한 행위로 표현될 것이 요구되는 윤리적 감성으로, 사전적으로는 연민은 '불쌍하고 가련하게 여김'을 뜻하는 측은지심(惻隱之心)에 가까운 감정이고, 동정은 '남의 어려운 처지를 자기 일처럼 딱하고 가엽게 여길 뿐 아니라 남의 어려운 사정을 이해하고 정신적·물질적으로 도움을 베푼다' 라는 정서·인지·행위의 모든 차원을 포괄하는 개념이다.[19] 고통 받는 타인의 입장에 스스로를 놓아볼 뿐 아니라 주어진 비참한 상황을 능동적으로 바꾸려는 의지가 개입한다는 점에서 동정은 윤리적인 개념이고, 「유연전」에서 작자가 의도한 유연에 대한 감정은 동정에 가깝다. 유연의 억울함에 '불쌍함'을 느끼고 그치는 것이 아니라, 이 억울함이 해소되기를 바란다. 그러나 독자가 느끼는 것은 유연의

19 손유경, 『고통과 동정』, 역사비평사, 2008, 14쪽.

고통 자체가 아니라 유연의 고통에 대한 자기 나름의 '상상적 재현'이다.[20] 작자는 유연이 위기에서 벗어나고자 최선을 다하는 모습[21]에도 불구하고 상대방의 계략에 결국 사형을 당하게 되는 파국을 맞이하게 되는 전개를 극적으로 보여주고 그를 위기에 빠트린 상대 인물들을 악인 형상으로 그리며 중층적 갈등을 구체적으로 제시한다.[22] 유연을 동정의 대상으로 유도하는 작자의 서사 전략으로 인해 독자는 유연의 사연에 더욱 몰입하게 되는데, 전반부 옥사 사건에서는 유연의 누명이 벗겨져서 유연이 풀려나기를 바라게 되고, 후반부 신원 과정에서는 유연의 억울함이 빨리 풀리기를 바라며 이지와 백씨, 심통원 등이 죗값을 치르게 되기를 바라게 된다. 작자가 원하는 방향으로 독자의 감정을 견인하여 유연을 억울하게 죽게 만든 자들에 대한 강렬한 반감을 자연스럽게 갖게 만드는 것이다.

작자는 유연이 어떠한 과정을 통해 얼마나 억울하게 누명을 쓰게 되었는지를 시간적 순서에 따라 배열하지 않고 극적으로 재구성하고 있다. 등장인물의 대화를 통해 다양한 각도에서 사건을 제시하고 후반부로 갈수록 감추었던 정보를 하나씩 풀어놓음으로써, 독자는 서사 진행 과정에 따라 퍼즐을 맞추듯이 사건의 전말을 완성하게 된다. 다초점화된 사건 구성과 제한적 정보 제공은 서사전개에 대한 독자의 궁금증을

---

20 손유경, 위의 책, 17쪽.

21 위기에서 벗어나고자 최선을 다하는 유연의 모습은 가짜 유유를 형으로 볼 수 없는 이유를 구체적으로 제시하기도 하고(58쪽), 죽은 목숨은 다시 살 수 없으니 나라인들 이를 고칠 수 없으니 유예기간을 달라는 요청(60~61쪽), 부인 이씨에게 억울한 죽음을 반드시 신원해줄 것을 부탁하는 유서를 쓴 것(61쪽) 등에서 확인할 수 있다.

22 이에 대해서는 신해진, 「유연전의 악인 형상과 그 행방」, 『어문연구』 54, 어문연구학회, 2007, 243~274쪽 참고.

유발하며, 독자로 하여금 보다 적극적으로 작품을 대하도록 유도한다. 「유연전」에서 독자가 가장 먼저 풀어야하는 문제는 '나타난 인물이 진짜 유유인가'하는 점이다. 이지는 유연에게 세 번이나 '유유가 나타났다'는 편지를 보내는데, 유연은 매번 종을 먼저 보냈다가 '유유가 아니라'는 종의 보고를 받게 된다. 이지의 세 번째 편지를 받은 유연은 직접 확인을 하러 나선다. 유연이 직접 확인도 해보고, 널리 사람들의 의견을 묻기도 하지만 진짜 유유인지 확신할 수 없어 결국 대구 관아에서 진위를 판별코자 한다. 독자는 이지와 심륭의 "진정 유임에 의심의 여지가 없다"는 의견을 들으면 진짜 유유인가 싶었다가(54쪽), 유유의 부인 백씨의 여종 눌삐의 꾸짖음(55쪽)에 이르면 다시 유유가 가짜인가 의심스러워진다. 관아에서 형구를 갖추어 의심스러운 유유를 결박하고 문책하고서야 "대답할 계책이 막히게 되자, 때로는 유유라 하고 때로는 응규라 하면서 횡설수설 두서없게 말하여 일부러 정신을 헷갈리게" 하는 대목(56쪽)과 관노 박석의 집에서 지내던 중 밤을 틈타 달아나는 즈음에 이르러서는 유유의 존재에 대한 의심이 한층 깊어진다. 분명 밤을 틈타 달아난 유유가 재물을 탐한 유연에게 죽임을 당했다는 형수 백씨의 고발을 보면 형수 백씨도 수상한 인물임이 의심되지만, 여기까지 제공한 정보로는 확신할 수는 없다. 그런데 유유가 진짜가 아님을 알고 있던 감사에게 고발이 뜻대로 받아들여지지 않자 백씨는 끈질기게 이웃 고을로 이송하기를 애걸하여 유연은 현풍에 옮겨 수감된다. 재심리하여 평의를 내리기도 전에 강상의 죄를 물어 그 일을 제대로 처결하지 않은 부사 응천을 파면하고 연은 재판을 받게 된다.

재판장에서 연의 진술을 통해 사건에 대한 더 자세한 정보를 제시하고 있는데, 처음부터 행방불명되었던 유유가 나타났다는 지의 편지에

“채응규”라는 이름이 나오고, 종을 보내 확인하니 채응규 본인이 스스로 “저는 채응규라는 사람이오. 당신들이 삼이의 잘못된 전갈을 듣고 멀리서 오느라 고생이 많았습니다.”(58쪽)라고 말하여, 독자는 나타난 인물이 가짜 유유임을 알 수 있다. 갑작스럽게 나타난 유유가 가짜임을 의심할 수 있는 다양한 표지가 초반에는 드러나지 않다가 중반부에 이르러 유연의 위기 직전에 제시되면서 이후 유연이 사형을 당하게 되는 사건의 전개와 함께 더욱 긴장감을 불러일으킨다. 「유연전」에서는 유연의 재판 장면을 매우 생생하게 묘사하고 있는데, 시종일관 결백을 주장하던 유연이 곤장 마흔 두 대에 없는 죄를 있다고 자인하거나 재판 도중 나졸에게 머리채를 휘어잡히고 입을 맞는 등 잔혹한 고문을 당하는 장면에서 유연의 위기는 최고조에 이른다. 이러한 긴장감은 후반부에 유연의 억울함이 쉽게 신원되지 않음으로써 지속된다. 이후 간헐적으로 유연의 옥사에 대한 분분한 여론이 있었지만, 윤선각이 경연에서 진짜 유유의 존재에 대해 아뢴 후에야 유연의 억울함이 해소될 계기가 마련된다. 유연이 죽은 지 16년 만이었다. 재심을 통해 드디어 유연이 누명을 쓰게 된 사건의 전말이 드러난다. 특히 춘수의 진술을 통해 이지가 모든 음모의 주모자였고, 유연의 재판 시에도 판관 심통원에게 청탁하여 유연의 억울함이 밝혀지지 못했음이 알려진다. 형을 죽였다는 누명뿐만 아니라 재판 과정에서도 절대 이길 수 없는 불리한 처지였던 유연의 사연은 시종일관 독자로 하여금 동정을 느끼게 한다. 신원이 되었어도 이미 유연은 죽었고, 유연에 대한 독자의 안타까운 마음은 계속 남아 유연과 대립한 인물들에 대한 반감으로 이어진다. 독자의 반감은 그 인물과 인물이 속해있는 집단의 도덕성에 대한 의심까지 이를 수 있을 것이다.

2) 분노의 대상으로의 형상화와 사건의 의도적 감추기

「강로전」은 당시 사대부들이 추구한 숭명배호론을 잘 대변하고 있는 작품으로, 역사적 사실을 다루고 있고 등장인물들이 모두 실존인물임에도 불구하고 그려진 역사적 사실이 실제와 부합하는 것은 아니다. 즉 작품 내 사건에 작품 외 사실을 모두 그리고 있는 것이 아니다. 오히려 역사적 사실이 작자의 의도에 따라 일부 생략되고 일부 변형되어 그려지고 있다. 권칙은 자신이 받고 있는 실절의 혐의로부터 이목을 돌려주는 동시에 서인 세력의 정당성도 높이기 위해 모든 책임을 돌릴 수 있는 인물로 강홍립을 내세웠다. 강홍립의 인물 형상은 그 실체적 진실에 입각해 있다기보다는 일그러뜨림과 고의적 비방에 기초하여 전략적으로 그려지고 있는 것으로 보인다.[23] 실제로 작품 전반부에서는 강홍립이 전투에 적극적으로 임하지 않는 까닭을 '밀지'와 '군량의 부족'이라고 강홍립의 직접 발화를 통해 나타나는데, 밀지의 내용을 밝히지 않고 단지 밀지의 존재만 부각시키는 것으로 그려져있다. 이는 독자로 하여금 밀지의 존재에 대해 확신할 수 없게 해 의심의 여지를 남긴다. 군량의 부족에 대한 언급도 강홍립의 말로만 표현될 뿐이고, 그에 대해 작품 내의 등장인물들의 의심을 직접적으로 보여줌으로써 전투를 회피하려는 강홍립의 억지스러운 핑계처럼 여기게 만든다. 그러나 실제로 "광해군의 외교정책이 기미책과 자강책으로 일관되었다"[24]는 역사적 사실을 고려한다면, 심하전투에서 보여주는 강홍립의 입장이 광해군의 외교정책과 맞닿아 있으며 단지 전쟁을 피하고자 하여 비겁한 변명을 늘어놓

23 박희병, 앞의 논문, 1998, 51쪽.

24 송하준, 앞의 논문, 2004, 44쪽.

는 것만은 아니라고 볼 수 있다. 또한 '군량의 부족'이라는 언급도 당시 조선군이 압록강을 건너면서부터 군량 보급에 어려움을 느끼고 있었음을 토로한 『광해군일기』(11년 3월)와의 관련 속에서 새롭게 이해할 수 있다.[25] 「강로전」은 강홍립의 입장과 역사적 배경과의 사실 관계에 대한 해명이나 언급 없이 겉으로 드러난 행적만을 의도적으로 묘사함으로써 강홍립의 인물 형상을 부정적으로 그리고 있다. 「강로전」이 부정적 인물을 주인공으로 내세운 것은 악인형 인물 형상이 최초로 등장했던 이항복의 「유연전」의 영향으로 보인다. 작자 권칙은 이항복의 사위로서 「유연전」을 접할 기회가 있었을 가능성이 높고, 권칙은 「강로전」 저작에 있어 장르의 선택이나 등장인물의 성격 형성 등에 「유연전」의 영향을 받았을 것으로 추정할 수 있다.

「강로전」을 접한 독자는 의도적으로 부정적 인물로 형상화되어 오랑캐의 편에서 조선을 배신한 강홍립이라는 인물에게 분노한다. 분노는 상황이 달라질 수 있음에도 불구하고 그렇게 되지 않았을 때 일어나는 감정으로, 정의에 위배될 때 독자는 분노를 느낀다.[26] 작자는 정묘호란의 고통을 직접 경험한 독자에게 그 고통의 직접적 책임을 물을 수 있는 강홍립을 내세우고, 연민의 여지를 주지 않고 오로지 분노를 유발시키는 대상으로 만들기 위해 강홍립에 대한 긍정적 요인은 소략하거나 생략하고, 전략적으로 부정적 요인만 부각한다. 작자는 심하전투부터 후금에 투항하는 과정까지를 그린 전반부에서 강홍립의 겉으로 드러난 행위만 관찰자처럼 '보여줌'으로써 그의 부정적 측면을 부각한다. 전투

25 조현우, 앞의 논문, 180쪽.

26 손유경, 앞의 책, 178쪽.

가 소강상태가 되었을 때 관서 지방을 지나면서 "질펀하게 술판을 벌이고는 군무를 돌아보지 않"거나(111쪽), 밀지의 존재만 언급하며 전투에 적극적으로 임하지 않는 도원수 강홍립의 행동(112쪽)은 방탕하고 태만하며 비겁한 그의 성격을 직접적으로 보여주고 있다. 작자는 강홍립의 비겁한 모습을 묘사하는 데 그치지 않고, "우리들은 나라의 두터운 은혜를 받아 몸을 사리지 않고 적과 싸우려는 마당에 주장(主將)이란 자는 오만하게도 무턱대고 밀지만을 핑계하고 있으니, 군사를 일으켜 적을 정벌하라는 밀지는 있을지언정 도대체 싸우지 말라는 밀지가 있을 수 있단 말인가?"라며 분통을 터트리는 장졸의 목소리(113쪽)나 "영공께서 임금과 부모를 저버리고 오랑캐에게 구차히 빌붙어 목숨을 구걸하는 바람에 온 집안의 혈육이 죽임을 당해 유혈이 낭자하건만, 부귀에 안주하고 계집에 빠져서 눈앞의 쾌락만 탐닉하고 있으니, 무슨 면목으로 천하의 의로운 선비들을 보시렵니까?"라는 한윤의 나무람(139쪽)을 통해 강홍립을 비난하기도 한다.

또한 김응하의 영웅적 모습에 대한 과장된 묘사는 이와 대조적인 강홍립의 소인배적 면모를 강조하기 위한 전략적 서술이기도 하다. 김응하는 홍립에게 반드시 싸우겠다는 의지가 없음을 알고 한 부대를 스스로 맡아서 적진을 향하여 앞서 나아가기를 원하기도 하고(113쪽), 명나라의 도독은 김응하를 "영웅"으로, 강홍립을 "교활함만 있는 소인배"라 칭한다(115쪽). 작품에서 강홍립은 시종일관 일신의 안위만 챙기는 겁많은 소인배로 그려진다. 이 모습은 후반부 오랑캐의 진영에 투항하여 약 8년을 지내는 동안에도 지속되는데, 이때부터는 일신의 욕망에만 충실한 강홍립의 모습을 그리면서 그의 내면까지 전지적으로 그리고 있다. 급기야는 한윤의 농간에 빠져 가족의 복수를 위해 조선을 정벌하려던 의도조차 왕위까지 욕심내는 역심을 품은 것으로 그려서 강홍립의 부정적 측면을 극대화시키고 있다. 강홍립은 노년에 고향에 돌아와서 친척과 벗들에게 외면당하고 숙부에게 꾸지람을 듣는 허망한 상황에서도 후금에서 첩이었던 소녀(蘇女)의 소식을 듣고 곧바로 소녀에게 달려가려다가 스스로의 거짓말이 들통나 중죄를 받을까 염려되어 결국 소녀를 만나러 가지 않는 이기적인 모습으로 그려진다. 또한 임종 시까지도 본인의 신세가 비참하게 된 연유를 젊은 시절 '의기가 날카롭고 탁월하여 대각에 출입하면서 조금만 언짢게 하는 자가 있으면 반드시 해쳤던 일' 때문인 정도로 스스로의 죄를 축소하고 있는 모습을 보여주고 있다. 강홍립은 오랑캐의 수구가 되어 나라를 짓밟았으며, 감히 임금의 자리를 탐한 대역죄를 지었으나 죽는 순간까지 자신의 잘못을 제대로 반성하기는커녕 자기기만적으로 본인이 지은 죄에 비해 큰 벌을 받은 것으로 오인할 여지까지 만들고 있다. 때문에 강홍립의 쓸쓸한 마지막 모습에서도 독자는 악인의 비참한 말로에 위안을 삼으면서도 분노를 유지함으로써, 당초 작자가 의도하였던 강홍립 한 사람에게 모든 책임을 돌릴 수 있도록 한 것이다.

17세기 전계소설은 역사적 사건이나 사회적 상황과 맞물려 작자의 이념적·정치적 입장을 변호 또는 대변하고자 창작되었다. 이를 위해 장르 선택부터 입전 대상 및 사건의 선정과 다양한 서사 장치에 이르기까지 구체적인 서술 전략을 살펴보았다. 「유연전」은 사림파의 도덕성을 강조하는 한편, 훈구파의 비도덕성을 비판하고자 한 작품이다. 유연을 위기로 몰고 간 악인 형상의 징치를 보여줌으로써 작품에 반영된 도덕성의 강조는 임진왜란 이후 지배층에 대한 백성들의 불신이 심화되는 가운데 성리학적 명분론의 공고화와 기득권 유지를 위한 사림파의 정치적·당파적 입장을 암시적으로 드러내고 있다. 「유연전」은 억울한 피해자였던 유연의 사건을 중심으로 개인의 욕망을 위해 음모를 꾸며 타인을 해치는 것을 주저하지 않는 악인형 인물과 주인공의 갈등 양상을 보여줌으로써 유연을 동정의 대상으로 형상화하였다. 이를 효과적으로 나타내기 위해 실제 사건을 단순히 시간 순서대로 나열하지 않고 작품 내에서 재배열 하였다. 「강로전」은 강로라는 부정적 주인공을 탄생시키고 나아가 그에게 역사적 책임을 전가하기 위한 텍스트이다. 인조반정의 주체들이 정묘호란 이후 자신들의 명분을 다시금 공고히 하고, 또한 작자 개인의 실절에 대한 변호를 위해서 패전에 대한 역사적 책임을 강홍립에게 전가하고자 모든 분노가 강홍립을 향하도록 했던 것이다. 따라서 의도적으로 강홍립과 관련된 역사적 사건 가운데 긍정적인 측면은 언급하지 않거나 모호한 표현 등을 사용하였다.

4. 결론을 대신하여

이상으로 이항복의 「유연전」과 권칙의 「강로전」을 대상으로 17세기 전계소설의 창작 동인과 서사 전략을 분석하여 형성기의 전계소설을 조망해보았다. 17세기의 전계소설은 실제 역사적 사건을 대상으로 작자의 창작 동인에 따라 기억을 재현한 것으로, 그 과정에서 역사 또는 전과는 구분되는 서사성을 획득하게 되었다. 이러한 일정한 흐름은 18세기 전반기 작품인 「김영철전」에서도 유의미하게 살펴볼 수 있으며, 특히 「김영철전」은 「강로전」과 동일한 역사적 사건을 변주하여 살피고 있다는 점에서 함께 짚어볼 필요가 있다.

「강로전」이 주로 당파적 시각을 통해 한 인물을 폄훼하고 나아가 자신들의 정치적·이념적 입장을 정당화하고자 했다면, 홍세태의 「김영철전」[27]은 표류와 정착을 반복하는 한 개인과 그 실존의 문제를 부각함으로써 전계소설의 또 다른 지평을 개척하고 있다.[28] 「강로전」과 「김영철전」은 작품 내 시대적 배경이 같고, 주인공이 동아시아 전란과 밀접한 관련을 맺고 있는 것도 동일하다. 그러나 「강로전」은 작품의 시대적 배경과 창작시기가 매우 가깝고 작품 내 실제 사건과 작자가 긴밀하게 연관이 있는 반면, 「김영철전」은 시기가 반세기 차이나는 데다가 작품 내 실제 사건과 홍세태와의 직접적 관련이 드러나지는 않는다. 동일한 역사적 사건의 기억을 공유한 두 작품의 서사화는 이 차이 때문에 전혀 다른 국면으로 나타난다. 「강로전」은 전쟁의 장수로 참여하여 패전의 책임에서 자유로울 수 없는 강홍립을 주인공으로 내세우고 있으며, 이 작품은 그와 함께 직접 전쟁에 참여했다가 도망쳐 돌아와 실절의 혐의를 받던 권칙의 작품이었다. 따라서 「강로전」은 당대의 집권층인 서인 세력의 입장과 자신의 입장을 변호하고자 강홍립을 부정적 인물 형상으로 의도적으로 폄훼하고 있다. 작품 내에서는 명·청에 대한 정치이념적 입장, 즉 숭명배호의 사상도 뚜렷하게 그려지고 있다. 그러나 「김영철

---

27 홍세태의 「김영철전」의 창작시기는 처음 이 작품을 소개한 박희병(「17세기 동아시아의 전란과 민중의 삶」, 『한국 근대문학사의 쟁점』, 창작과 비평사, 1990, 13~51쪽)의 논의에 따라 작자의 생몰 년간을 고려하여 17세기 후반에서 18세기 초반으로 보았는데, 이승수(「김영철전의 갈래와 독법」, 『정신문화연구』 30(2), 한국학중앙연구원, 2007, 293~317쪽)에 따라 「독김영철유사」가 실린 『유하집』 13권의 저작년도별 편제를 근거로 1716~1717년 사이에 지어진 것으로 보는 것이 타당하다.

28 이종필, 『조선중기 전란의 소설화 양상과 17세기 소설사』, 고려대 박사학위논문, 2013, 69쪽.

전」이 창작되었던 18세기에는 이미 명나라의 국운은 쇠하였고 청나라가 중심 세력으로 부상하였음을 조선의 지식인들도 인정하기 시작하였다. 이와 같은 동아시아의 국제 정세와 그에 대한 여론이 「김영철전」에 반영되어 있다.

역관사가(譯官四家) 중 한 사람인 홍세태는 중인 문학을 본격적으로 전개한 인물로, 2000여 수에 달하는 방대한 분량의 시와 40여 편의 산문을 남겼는데, 이들 작품에서 자신의 처지와 세계의 모순을 격정적으로 드러내는가 하면 다른 사물에 빗대어 내비추기도 하였고, 역사에 눈을 돌리기도 하고, 유교적 덕목의 실천을 힘주어 노래하기도 하였다. 홍세태는 서사 양식을 통해 '있는 세계'와 '있어야 할 세계'를 중인작가 가운데 본격적으로 문제 삼은 인물이다.[29] 홍세태가 김영철의 일대기를 작품화한 동기를 밝히기 위해서는 김영철이 홍세태와 같은 중인이었다는 사실에 주목할 필요가 있다. 작품에서 김영철은 번한어를 잘 안다는 대목이 있고 개주의 전투에서 통역원으로 발탁되어 종군하게 되는데, 통역의 일이 세습된다는 점을 고려할 때 그의 신분은 중인이라 할 수 있다.[30]

작품에서 김영철은 1618년 심하전투에 군사로 참전하여 후금과 명나라를 떠돌다가 천신만고 끝에 조선으로 돌아와 가족들과 재회를 했지만, 1637년과 1640년, 1641년 재출정을 하게 된다. 이때 후금에 머물던 당시 은원을 지게 된 아라나(阿羅那)라는 인물 때문에 반복적으로 죽을 고비를 맞게 되고, 그때마다 조선의 관리가 대신 속물로 내어준 "말값"

29 정병호, 「홍세태의 전과 소설」, 『동방한문학』 9, 동방한문학회, 1993, 134쪽.
30 정병호, 위의 논문, 135쪽.

과 "남초" 덕에 목숨을 구명할 수 있었다. 그러나 속물 값은 고스란히 빚으로 남고 김영철은 84세까지 가난에 시달리며 자모산성의 수졸로 "끝끝내 곤궁하고 울울한 신세로" 생을 마감하게 된다. 반평생 동안 전쟁에 시달리며 부침을 겪었던 김영철의 삶을 사실적인 필치로 그린 「김영철전」의 또다른 이본들에서는 많은 백성들을 죽음으로 내몬 책임의 소재와 그 상처를 치유하기 위한 방법에 대해서는 깊이 이야기하지 않는다.[31] 다만 홍세태만이 직접적으로 비판의식을 보여주고 있다. 김영철은 나라를 위해 사지를 넘나들며 노고가 지극하도록 군역을 충실히 수행하고, 효를 위해 갖은 고생을 하며 고국으로 돌아왔지만 그러한 공에 대한 보상은커녕 죽을 때까지 군역의 고통에 시달려야 했다. 같은 중인 출신으로 신분적 제한 때문에 출사하지 못하여 평생 궁핍한 삶을 살았던 홍세태는 김영철의 처지에 깊이 공감하고, 이에 비판의식을 가지고 하층민에게 부과되는 군역의 가혹함과 종군의 고통을 문제 삼고자 하였다. 나아가 대의명분 하에 희생된 많은 백성을 안타까이 여기는 한편, 백성을 돌보지 않는 조정과 관리들을 비판하기 위해 「김영철전」을 지었다고 볼 수 있다.

「독김영철유사」의 존재로 홍세태의 「김영철전」은 「김영철유사」라는 작품을 보고 지은 것으로 추정할 수 있지만, 「김영철유사」가 전하지 않고 있는 까닭에 그 내용의 세세한 부분을 비교할 수는 없다. 다만 「김영철유사」를 읽고 김영철의 사연이 매우 슬퍼서 전을 지었다는 세주[32]

31 홍세태의 「김영철전」과 이본에서 보여지는 작가와 사대부의 시각 차이에 대해서는 송하준의 논의(앞의 논문, 2004, 39~42쪽) 참고.

32 金永哲, 平安道永柔縣人. 戊午深河之戰從軍, 陷虜中有妻子. 逃入皇朝, 居登州亦有妻子. 後潛附我使船東還, 則家業一空. 爲慈母山城守卒而死, 年八十餘矣. 余甚悲之, 爲立傳.

를 통해 홍세태가 김영철의 사연에 깊이 공감하고 있었음을 추측할 수 있다. 「유연전」과 「강로전」에서는 분노를 유발한 악인들이 징치되는 결말로 독자는 감정적 정화를 어느 정도 이루게 된다. 그런데 「김영철전」에서 죄 없는 김영철이 끝내 고단하고 고통스러운 삶을 살다 죽게 되는 것은 삶의 유한성과 국가의 무능함에 의한 것으로 그려진다. 국가 혹은 운명은 한 개인을 넘어선 것으로 징치가 불가능해 김영철의 고통에 깊이 감정이입한 독자에게는 결국 애잔함과 안타까움만 남게 된다.

「김영철전」에서 김영철이 심하전투에 참전하기 전 그의 조부는 영철에게 "반드시 살아 돌아올 것"을 거듭 강조한다. 김영철은 이 말을 지키기 위해 건주와 등주에서 얻을 수 있는 안락한 생활과 처자식까지 버리고 끝내 조선으로 돌아온다. 이 여정에서 반드시 살아 돌아오라는 조부의 당부가 김영철에게 끊임없이 고통을 야기하는 아이러니함을 보여준다. 게다가 갖은 고생 끝에 돌아온 조선에서 그를 기다리고 있던 것은 가난과 빚, 끝없는 군역이었다. 파란만장했던 김영철의 일생은 전쟁의 참화 속에서도, 아라나와의 은원으로 인한 죽음의 고비 속에서도 끈질기게 이어진다. 이것은 어쩌면 기적과도 같은 일이지만, 이 끈질긴 인생은 고통과 불행으로 점철되어 나타난다.

홍세태는 김영철의 고통에 독자가 깊이 공감하고 슬퍼하도록 하는 전략을 통해 한 인물의 고통과 불행이 개인의 경험으로 국한되지 않도록 그가 속한 계층 전체의 경험으로 의미화하였다. 당대 역사의 전체적·객관적 전개 속에 민중의 삶을 위치시켜 그 의미와 문제를 본격적으로 포착하고자 한 시도를 통해 「김영철전」은 한 민중의 개인사와 당대 동

(〈讀金英哲遺事〉, 《柳下集》 卷之十三)

아시아사가 한데 혼융되어 빼어난 역사적 총체성을 구현하게 된 것이다.[33] 동일한 역사적 사건을 다루고 있지만 전쟁으로 인한 고통의 책임을 강홍립이라는 한 개인에게 돌리고 있는 「강로전」과는 달리, 「김영철전」에서는 김영철이라는 인물의 고통과 불행의 역사적·사회적 맥락을 생생하게 재현함으로써 무능한 조선의 지배층에 대한 비판의식을 표출하고 있다.

17세기 전계소설은 실재했던 역사적 사건과 인물의 기억을 사실적으로 그린다. '있는 세계'를 그림으로써 '있어야 할 세계'를 제시하고자 하는데, '있는 세계'는 당대의 부조리한 현실이며 '있어야 할 세계'는 이념적·윤리적·도덕적 이상이다. 다시 말해 작품에서 '있는 세계'의 부조리함을 사실적으로 그리고 비판한다는 것은 작가가 염두에 두고 있는 '있어야 할 세계'의 정당성을 반증하는 것이다. 작자는 전계소설에서 '있어야 할 세계'의 모습을 '있는 세계'를 그리는 와중에 전략적으로 틈틈이 배치하기도 하고, 작품 말미에서 논찬의 형식을 통해 직접적으로 제시하기도 한다. 텍스트를 수용하는 독자는 작품을 통해 삶의 총체적 체험과 더불어 입전대상에 대한 강한 감정이입을 통해 주제에 접근한다. 인간의 정서적 영역에 해당하는 감정은 인물의 성격에 생명을 불어넣는 역할을 넘어 서사 내에서 인물의 개연성 및 서사적 정합성을 마련하는 데 기여하며, 때로는 서사와 독자를 밀착시켜 감화·감동이 보다 쉽고 강렬하게 일어나도록 추동하여 작가의 의도가 독자에게 효과적으로 전달될 수 있도록 한다.[34] 독자가 작중인물이 느끼는 정서 상태를

33 박희병, 앞의 논문, 1990, 13~14쪽.

34 정혜경, 『조선후기 장편소설의 감정의 미학』, 고려대 박사학위논문, 2013, 1쪽.

공유하거나, 그 인물에 대해 가지는 정서적 반응 정도가 높아질수록 주제는 효과적으로 전달된다. 감정은 인물에 대한 독자의 시선을 잡아 두기도 하고 분산시키기도 하며, 인물에 대한 편견을 제공하여 작자가 유도하는 대로 독자의 감정이 따라가게 한다.

「유연전」에서는 유연에게 느끼는 동정이 이지와 심통원에 대해서는 반감을, 그리고 유연의 신원과 유연의 사연을 안타깝게 여기는 윤선각, 이원익 등에 대한 동질감-호감을 갖게 한다. 「강로전」에서는 강홍립에게 느끼는 강렬한 분노를 압도적으로 유발하여 패전의 책임을 강홍립에게 전가한다. 「김영철전」에서는 김영철의 불행에 깊이 공감하게 만드는 고통이 결국 하층민이기 때문에 겪게 되는 부당함을 자각하도록 한다. 「유연전」과 「강로전」은 '있는 세계'에서 갈등과 고통을 유발하는 비난의 대상을 설정하지만, 「김영철전」은 '있는 세계'의 부조리한 사회 구조에 주목하도록 한다. 이는 전계소설 작품이 다루고 있는 '문제'가 개인 혹은 집단의 잘못에서 비롯된 것이 아니라 사회 구조 자체의 문제로 변화하는 노정에 접어들었다는 의의가 있다. 이러한 부조리한 사회 구조에 대한 성찰을 시작으로 18세기에 창작된 박지원과 이옥, 김려의 전계소설은 비천한 인물의 입전과 풍자를 통해 적극적으로 모순을 드러내고 비판하며, 서사화하는 '있는 세계'의 스펙트럼을 넓히게 된다. 17세기 전계소설 작품들은 이전의 초기소설사의 주류를 이루던 전기소설이 가진 낭만성과 환상성을 탈피하여, 경험적 사실을 중시하는 전의 전통을 이어받아 허구적 진실-예컨대 있어야 할 세계에 대한 지향-을 추구하는 한편 객관적이고 사실적인 태도가 돋보인다. 이는 경험적 사실을 바탕으로 삼아 일정 정도 허구화를 가미함으로써 문학적 진실을 추구하는 방향으로 나아가고 있는 것으로, 18세기에 들어 비천한 인물들까지 입전대상이 됨으로써 서사화 할 수 있는 현실 문제의 스펙트럼이 더욱 넓어진 것이라 할 수 있다. 이러한 흐름은 고소설사의 사실주의 발전 지형도에서 주시할만한 것으로, 향후 이에 대한 구체적 논의가 필요하다.

『한국고전연구』 34집(한국고전연구학회, 2016.8.)에
게재한 원고를 재수록한 것임.

참고문헌

『선조실록』

洪世泰, 『柳下集』 권13.

김정현, 『17세기 서얼 직역 변동에 대한 일고찰』, 이화여대 석사학위논문, 1995.

김현양, 「16세기 소설사의 지형과 위상」, 『묻혀진 문학사의 복원-16세기 소설사』, 소명출판, 2007.

박재연·양승민, 「원작 계열 김영철전의 발견과 그 자료적 가치」, 『고소설연구』, 18, 한국고소설학회, 2004.

박희병, 「17세기 동아시아의 전란과 민중의 삶」, 『한국 근대문학사의 쟁점』, 창작과 비평사, 1990.

______, 「17세기 초의 숭명배호론과 부정적 소설주인공의 등장」, 『한국 고전소설과 서사문학』(상), 집문당, 1998.

______, 「한국한문소설사의 전개와 전기소설」, 『한국전기소설의 미학』, 돌베개, 1997.

______, 『조선후기 전의 소설적 성향 연구』, 서울대 박사학위논문, 1991.

손유경, 『고통과 동정』, 역사비평사, 2008.

송하준, 「관련 기록을 통해 본 유연전의 입전의도와 그 수용태도」, 『한국문학논총』 제29집, 한국문학회, 2001.
______, 『조선후기 역사소설의 변모양상과 주제의식』, 고려대 박사학위논문, 2004.
신해진, 「유연전의 악인 형상과 그 행방」, 『어문연구』 54, 어문연구학회, 2007.
______, 『권칙과 한문소설』, 보고사, 2008.
______, 『조선조 전계소설』, 월인, 2003.
이승수, 「김영철전의 갈래와 독법」, 『정신문화연구』 30(2), 한국학중앙연구원, 2007.
이종필, 『조선중기 전란의 소설화 양상과 17세기 소설사』, 고려대 박사학위논문, 2013.
이헌홍, 「실사의 소설화-유연전을 중심으로」, 『한국 고소설의 조명』, 아세아문화사, 1992.
정병호, 「홍세태의 전과 소설」, 『동방한문학』 9, 동방한문학회, 1993.
정혜경, 『조선후기 장편소설의 감정의 미학』, 고려대 박사학위논문, 2013.
조동일, 『한국문학통사』 3(제4판), 지식산업사, 2005.
조현우, 「강로전에 나타난 전쟁의 기억과 욕망의 서사」, 『서사문학의 시대와 그 여정-17세기 소설사』, 소명출판, 2013.

판소리 고수의 구술생애담, 민속지적 접근과 지역 문화 읽기

순천지역에서 활동하는 판소리 고수의 구술생애담을 대상으로

한정훈

1. 서론

!쿵족은 아프리카 남서부의 칼라하리 사막에서 사는 수렵·채집 부족이다. 여성 인류학자 마저리 쇼스탁(Marjorie Shostak)은 1969년 칼라하리 사막으로 현지조사를 갔고, 그곳에서 !쿵족의 '니사'라는 여성을 만나게 된다. 쇼스탁은 니사와 오랜 시간 인터뷰를 진행했고, 이를 토대로 니사의 생애 이야기를 재구하여 한 편의 개인 민속지(ethnography)를 완성했다. 『니사-칼라하리 사막의 !쿵족 여성 이야기』[1]라는 제목으로 출간된 한 여성 생애 이야기는 인류학과 여성학을 공부하는 연구자들의 필독서가 되었고, 특히 서구의 여성 운동가들에게 그들의 고민에 대한 나름의 답을 그릴 수 있게 단편을 제공하였다.

니사의 이야기는 특별하지 않다. 그녀는 유년시절의 소녀로서 경험, 결혼과 출산을 한 어머니로서 경험, 많은 남성과 사랑을 나누었던 여자

---

1 '*Nisa: The Life and Words of a !Kung Woman.*'이란 제목으로 1981년 미국에서 출판되었고, 한국에는 2008년(유나영 옮김, 삼인출판사) 번역되었다.

로서 경험을 자신의 목소리로 진솔하게 이야기했을 뿐이다. 그러나 니사의 생애 이야기는 한 여성 주체의 삶을 단편적으로 보여준다는 차원을 넘어서고 있다. 니사의 이야기는 !쿵족의 특별한 문화를 보여주는 창이 되었으며, 나아가 다른 문화권에 살고 있는 여성들의 삶과 보편적으로 접속할 수 있는 계기를 마련해 주었다. 아무도 없는 사막에서 홀로 아이를 낳는 니사의 이야기에서 우리는 !쿵족의 독특한 문화 양식을 읽을 수 있지만, 그 이면에서 여성 보편의 의식과 대면하게 된다. 결혼한 니사가 자유롭게 부족의 남자를 선택하여 연애하는 모습에서 남성 중심의 가부장적 윤리의식에 억눌린 여성들의 항변을 독해할 수 있다. 『니사』가 단순한 인류학적 보고서의 성격을 뛰어넘는 것은 바로 낯선 문화에 대한 기록을 넘어서 인류 보편의 사고와 접속할 수 있다는 것과 다른 문화권에서 제기되는 다양한 문제들에 대한 답을 암묵적으로 제시하고 있다는 데 그 의미를 찾을 수 있다.

낯선 문화, 소멸해 가는 문화를 조사하여 보고하는 것을 인류학과 민속학에서는 민속지[2]라고 한다. 민속지는 질문과 관찰을 통해서 기층

---

2 Ethnography는 민족지, 민속지, 문화기술지 등 다양한 용어로 번역된다. 일반적으로 Ethnography가 한 집단이나 사회의 문화를 총체적으로 기록하고 보여주는 보고서라는 의미에는 대체적으로 동의하고 있다. 그러나 Ethnography를 '민족지'라고 했을 때, 다음과 같은 문제가 제기될 수 있다. 초기 인류학자들이 서구 사회와 동떨어진 제3 세계의 부족이나 종족집단의 문화를 조사·보고할 때, 조사 대상자들을 타자화된 하나의 집단(민족)으로 이해하는 개념이 '민족지' 속에 내포되어 있다. 즉 제국주의적 시선이 강하게 내포된 용어가 '민족지'라고 할 수 있다. 이러한 의미를 탈각하고 사용한 것이 '민속지'라 할 수 있다. 본 논문은 타문화권이나 동일한 문화권 내의 기층민의 생활문화를 총체적으로 조사·보고한다는 개념으로 '민속지'란 용어를 일관적으로 사용하도록 하겠다.(전경수, 「물상화된 문화와 문화비평의 민속지론: 민속지의 실천을 위한 서곡」, 『현상과 인식』 통권 50호, 한국인문사회과학회, 1990, 137쪽 주석1 참고)

민의 생활방식에 대한 광범위한 기술과 설명으로써 그 문화에 관한 모든 견해를 제시하는 자료집을 일컫는다. 민속지는 타 문화에 대하여 잘 모르는 사람들에게 그들의 생활 방식을 올바르게 이해시키려 함은 물론이고, 연구자들에게 실증적인 연구 자료를 제공하는 데 목적이 있다.[3] 민속지는 문화를 기록한다는 데 초점이 맞춰져 있으며, 이러한 기록은 '사실' 보존과 실증의 층위에서 독해되었다. 그러나 『니사』는 민속지를 표방하나 '사실적 서술'이 아닌 '서사적 서술'을 통해서 문화를 보여주었고, 구제모드나 속죄모드[4]에서 쓰인 것이 아닌 '대화와 공감'을 토대로 이야기를 만들어 갔던 것이다. 오히려 『니사』는 건조한 사실만을 기록한 민속지보다 더 많은 문화적 진실을 보여주었고, 공감을 토대로 다양한 문화권의 사람들에게 읽혔던 것이다. 한 여성의 생애 이야기가 '사실'이라는 인류학적 보고에 매몰되지 않고 '서사'를 통해서 다양한 관점의 문화 해석과 공감을 이끌어 냈던 것이 민속지로서 『니사』의 의의라 할 수 있다.

기존의 민속지는 한 사회나 집단의 문화 현상을 객관적 사실에 입각해서 보고하는 차원에 머물렀다. 특히 무형의 문화에 대한 민속지 작성은 최대한 많은 사람들의 기억을 수집해서 교차적으로 점검하여 객관성을 확보하는 것이 원칙이다. 그러나 질적인 연구 차원에서 한 사람의 진정성 있는 생애 이야기가 한 집단의 문화를 읽어낼 수 있는 훌륭한 민속지가 될 수 있음을 우리는 『니사』를 통해서 확인할 수 있었다. 기

3 배영동, 「마을사회의 의식주 민속지 작성법」, 『민속연구』 제12집, 안동대학교 민속학연구소, 2003, 162쪽.

4 조지 E. 마커스, 이기우 옮김, 「제8장 현대 세계 시스템 안의 민족지와 오늘의 문제」, 『문화를 쓴다-민족지의 시학과 정치학』, 한국문화사, 2000, 269쪽 주석1.

존의 민속지는 조사자가 발견한 사실을 일방적으로 보여주는 식이었다면, 『니사』는 조사자와 제보자, 민속지를 읽는 사람의 대화적 관계에서 텍스트의 의미가 새롭게 형성되었다는 데에 그 특이점을 찾을 수 있다.

한국에서도 『니사』와 같이 한 사람의 생애 이야기를 민속지 형식을 빌려 구성한 사례가 있다. 대표적인 예로 1980년대부터 출간된 뿌리깊은나무의 『민중자서전』[5]과 20세기민중생활사연구단에서 발행한 『한국민중구술열전』, 『한국민중의 구술자서전』[6] 등이다. 이 책들은 평범한 농사꾼부터 역사적 사건의 중심에 있었던 사람까지 구술을 통해서 한 사람의 인생을 재구한 것이다. 이 책들은 기존의 역사 서술 밖에 위치한 사람들의 시각에서 미시적 관점의 새로운 역사 서술을 시도해 보자는 데 목적이 있다. 또한 한 개인의 생애 이야기가 과거의 생활사 재구 및 역사 서술에 있어서 의미 있는 자료가 될 수 있다는 가능성을 보여주기도 했다. 그러나 이와 같은 시도들이 추후 확장적 연구로 이어지지 못한 아쉬움을 남기고 있다.[7] 현장조사를 통해서 보고된 민속지는 연구

5 뿌리깊은나무는 사회의 각계 각층의 사람들을 대상으로 구술로 생애 이야기를 수집해서 정리한 책을 『민중자서전』이라는 이름으로 1981년부터 순차적으로 발간하였다. 구술 대상자들은 목수, 농촌의 일반 아녀자, 뱃사공, 한국전쟁 피해자, 판소리 창자와 고수 등 그 범위가 다양하다. 『민중자서전』은 총 20권이 발간되었다.

6 2002년 7월 한국학술진흥재단의 지원을 받아서 출범한 '20세기민중생활사연구'는 『20세기 한국민중의 구술자서전』 6권, 『한국민중구술열전』 15권을 출판하였다.

7 김남희는 『민중자서전 16-여보 우리는 뒷간백에 갔다온 데가 없어』(이광용 구술, 뿌리깊은나무, 1991)를 대상으로 구술생애담의 표현원리를 분석하였다. 김남희의 연구는 출간된 자료집이 확장적 연구의 중심자료로 활용된 좋은 예라 할 수 있다.(김남희, 「구술생애담에 나타난 자기 표현에 관한 연구」, 『산청어문』 제36집, 서울대학교 사범대학 국어교육과, 2008.)

의 수단이지 목적에서 끝나면 안 된다. 개인의 생애 이야기가 광범위하게 수집되었으며, 이를 토대로 연구의 확장이 이루어져야 하는데 사실 기대에 못 미치는 것이 현실이다. 기존의 자료 수집은 한국의 근현대사 현장을 경험했던 사람들이 새로운 역사 서술을 위한 증언자로서 역할을 하지 못할 것을 미연에 방지하는 차원에서 구술 채록이 이루어졌다는 데까지만 의미를 부여하는 듯하다.

한 개인의 생애 이야기는 훌륭한 민속지의 자료가 될 수 있으며, 그 기록은 다양한 방면에서 연구의 확장을 기대할 수 있다. 그럼에도 불구하고 기억으로 재구된 한 개인의 생애 이야기는 아직도 불신을 받고 있다. 기억은 기록된 사료처럼 확정적인 구체물이 아닌 가변적이고 불확정적인 성격을 지니고 있다. 개인의 생애 이야기는 실증적이고 과학적인 연구를 지향하는 역사학이나 사회학, 민속학 등에서 보조적 성격을 지닌 참고 자료로 활용하지만, 과거를 재구하는 중심 자료로서 취급되지 않는다. 이러한 한계를 극복하기 위해서 개인의 생애 이야기를 문학적 차원에서 접근한 '구술생애담 연구'가 있다. 구술생애담 연구는 생애 이야기를 '사(史)적' 차원이 아닌 '담(譚)적' 차원의 접근을 시도한다. 그러나 구술생애담 연구는 한 개인의 경험적 사실의 실증적 재구보다는 이야기가 구성되는 방식과 이야기를 통해서 삶을 의미화 하는 방식, 개인의 정체성이 구성되는 방식 등에 초첨이 맞춰져 있다.[8]

8 구술생애담 관련 대표적인 연구는 '천혜숙, 「여성생애담의 구술사례와 그 의미분석」, 『구비문학연구』 제4집, 한국구비문학회, 1997; 천혜숙, 「농촌 여성 생애담의 문학담론적 특성」, 『한국고전여성문학연구』 제15집, 한국고전여성문학회, 2007; 김남희, 「구술생애담에 나타난 자기 표현에 관한 연구」, 『산청어문』 제36집, 서울대학교 사범대학 국어교육과, 2008; 정현옥, 「여성생애담 연구」, 경상대학교 박사학위논문, 2007; 김정경, 「자기 서사의 구술시학적 연구」, 『한국문학이론과 비평』 제44집, 한국문학이론과 비평학회,

구술생애담은 사실과 허구 사이에서 유희하는 텍스트이다. 사실과 허구가 교차되는 지점에서 한 개인의 의미 있는 서사의 시간이 탄생하는 것이다. 여기서 진실성의 문제가 개입한다. 사실은 한 개인이 과거에 체험한 사건이며, 체험한 사건의 진실성이 담보될 때 서사적 진실성은 타인의 긍정을 토대로 세계에 수용된다. 더불어 개인의 주관적 판단과 해석, 사건의 의미 부여가 논리적인 개연성을 보이면서 서사적 진실성은 확보된다. 서사적 진실성은 개인이 체험한 사건에 사실적 진실성을 담보해 주는 기능을 수행한다. 구술생애담은 '서사적 진실성'과 '사실적 진실성'이 서로 대척하는 지점에 놓여 있는 것이 아니라, 서로 교호하면서 의미 있는 시간을 만들어 간다. 그리고 이 교호하는 지점에서 탄생한 서사는 한 개인의 진실성을 지시하게 되고, 한 개인의 진실성은 사회와 집단의 모습을 반성적으로 성찰하는 계기를 마련해 준다. 기존의 생애사 연구는 사실적 진실성을 전경화 하여 한 개인을 둘러싼 역사적·일상적 사건을 재구하는 데 목적이었다면, 생애담 연구는 서사적 진실성을 전경화 하여 한 개인의 생애를 살펴보았다. 그러나 유사한 결을 지닌 텍스트를 한쪽의 관점에서만 해석하는 것은 텍스트에 대한 올바른 독해 방법이 아니다. 한 사람의 서사적 진실성과 사실적 진실성이 교호하는 지점에서 한 개인의 생애 이야기를 바라본다면, 한 개인의 생애사적 의미와 함께 주변 집단의 문화를 다양한 시각에서 살펴볼 수 있으리라 생각된다.

2009; 신동흔, 「여성 생애담의 성격과 조사연구의 방향」, 『통일인문학』 제47집, 건국대학교 인문학연구원, 2009; 표인주, 「무당 생애담의 서사성과 의미」, 『한국민속학』 제54집, 한국민속학회, 2011' 등이 있다.

기존의 많은 민속지는 사실을 보여주는 차원, 과거를 재구하는 차원에 머물렀다. 그러나 살아있는 민속지가 되기 위해서는 현재를 살아가는 사람에게 끊임없이 문제적 질문을 제기하고, 그 문제에 대한 반성적 답을 그릴 수 있는 여지를 주어야 한다. 그러기 위해서는 민속지에 담겨 있는 문화에 대한 적극적인 해석 작업이 이루어져야 한다. 이러한 측면에서 구술생애담은 훌륭한 민속지로서의 역할을 수행할 수 있다. 구술생애담은 과거의 체험적 사실을 단순히 현재로 불러내서 이야기하는 것이 아니다. 한 개인은 현재의 위치에서 과거를 되돌아보고, 반성적 계기를 통해서 미래를 기획하는 것을 목적으로 생애담을 구술한다. 서사적 진실성을 통해서 구술생애담이 타인에게 독해된다면 과거의 재구·현재의 반성·미래의 기획 등이 집단적으로 공유될 수 있다. 그리고 구술생애담 속의 이야기들은 너의 문제가 나의 문제로, 너와 나의 문제가 우리의 문제로 인식될 수 있는 매개적 텍스트로 활용될 수 있다. 단순히 개인적 차원에서 과거를 재구한다는 층위의 접근이 아니라 집단적 차원에서 현재를 반성하고, 미래를 기획한다는 층위에서 구술생애담은 살아있는 민속지로서 충분한 역할을 수행할 수 있는 것이다.

본 연구는 순천지역에 거주하는 한 판소리 고수의 구술생애담을 대상으로 민속지적 독해를 시도하고자 한다. 생애담 속에 구술된 한 개인의 체험적 사실을 토대로 소멸된 과거 전남 동부지역의 판소리 문화를 재구해 보고, 현재의 층위에서 우리가 반성적으로 궁구해볼 문제들을 제기하는 것이 본 연구의 목적이라 할 수 있다. 민속지의 역할은 억압된 사람들의 문화적 시점, 그들의 '감추어진' 지식이나 반항을 분명히 하는 일이다. 그리고 사람들이 혹종의 자유라는 감각을 가지면서도 덫에 걸린 '의지 결정'을 내려버리고, 그것도 의도하지 않았음에도 불구하고

'구조'를 낳는 데 도움을 주는 그런 장치를 보여주는 일이다.[9] 그래서 민속지는 '소멸해 가는, 주변화 되는' 주체의 목소리를 보여주면서 그 사회의 구조를 비판적으로 이해하는 매개가 된다. 현재 판소리는 국가 무형문화재로 지정되면서 일반인들에게 대중적으로 소비되는 문화가 아닌 고급문화의 지위를 획득하고 있다. 판소리가 우리나라를 대표하는 전통문화이지만 일제강점기와 산업 근대화 시대를 노정하는 과정에서 소멸의 징후를 보였기에 국가의 제도로 보호되어진 것이다. 판소리가 국가 차원의 보호를 받으면서 그 명맥을 유지해 가는 것은 다행스러운 일이지만 제도 밖에 놓여서 보호를 받지 못한 판소리 예인들은 어느 순간 우리의 주변에서 사라져 갔다. 특히 서울로 상징되는 중심의 문화에서 소외된 지역의 예인들은 주변화의 우선 순위가 되었다.

구례, 보성, 순천 등 전남 동부지역은 판소리 문화가 시작됐던 곳이고 부흥을 주도했던 지역이다. 하지만 판소리가 대도시 지역을 중심으로 소비되고, 명창이라 일컬어지는 소수의 예인들만이 국가의 제도적 보호를 받게 되었다. 이 과정에서 지역의 판소리 예인들은 주변화 되면서 어느 순간 그 모습을 감추게 되었다. 그럼에도 불구하고 현재까지 주변화와 소외화를 겪으면서 지역에서 판소리 예인으로 활동한 사람들도 있다. 이들의 구술생애담 속에는 판소리 문화가 변화되는 과정에서 겪었던 경험들이 많은 부분 포함되어 있고, 과거 기록되지 않고 자취를 감춘 지역의 판소리 예인들의 이야기가 있다. 이를 민속지적 관점에서

9 Wills, Paul, *Learning to Labour. How Working Class Kids Get Working Class Jobs.* New York: Columbia University Press, pp.201~203; 조지 E. 마커스, 이기우 옮김, 제8장 현대 세계 시스템 안의 민족지와 오늘의 문제, 『문화를 쓴다-민족지의 시학과 정치학』, 한국문화사, 2000, 292~293쪽 재인용.

접근하고 분석할 경우, 한 개인 주체의 모습을 재구하는 차원을 넘어서 지역 문화를 조망할 수 있는 좋은 계기가 될 것이다.

전경수는 '민속지의 환류과정'을 이야기한다. 민속지의 환류과정은 문화연구의 과정에서 역할을 하는 방법론으로서 또는 결과물로서의 민속지가 그 문화의 담당자들에게 어떤 형태로든 영향을 미치는 상황을 설정해보는 것이다. 그리고 그 상황 하에 재생산되어 나가는 문화에 관해서 가능한 문제제기의 상황이 곧 민속지의 실천이라는 차원을 극대화하는 작업이 될 수 있을 것이라 생각한다.[10] 민속지는 타문화에 대한 이해를 넘어서 현재 자신이 처한 사회의 모습을 반성적으로 바라볼 수 있는 거울이 되어야 한다. 민속지가 이러한 거울이 되기 위해서는 적극적인 문화비평의 도구로 활용되어야 한다. 이러한 고민에서 본 연구는 지역에 거주하는 판소리 고수의 구술생애담을 1차적인 민속지로 인식하고, 그 속에 담겨 있는 내용을 토대로 과거의 지역 문화를 비판적으로 조망하면서 읽어보고자 한다.

2. 주체의 선택, 고수의 입문과 활동 지향의 변화

화자는 1942년 전남 보성군 벌교읍에서 5남매 중 넷째로 태어났다. 화자의 아버지는 평범한 농사꾼이었다. 화자는 마을에서 벌어진 걸궁을 보고 국악에 흥미를 느꼈고, 국민학교 5학년 때 지역의 유명한 상쇠를

10 전경수, 「물상화된 문화와 문화비평의 민속지론: 민속지의 실천을 위한 서곡」, 『현상과 인식』 통권 50호, 한국인문사회과학회, 1990, 138~139쪽.

찾아가 농악을 배웠다. 당시 많은 소리꾼들이 시장을 돌면서 창을 하고 약을 팔았는데, 화자는 그 모습을 보고 판소리에 흥미를 갖기 시작했다. 화자는 집안 사정으로 고등학교 진학을 포기하고, 17살 때부터 벌교의 임준옥 등을 찾아가 판소리를 배운다. 화자는 임준옥의 권유로 지역 창극단에 들어가지만 아버지에게 붙들려 돌아온다. 화자는 철공소와 방앗간을 다니면서 틈틈이 목포의 장월중선을 찾아가 판소리를 배운다. 화자는 어느 날 장월중선이 목포를 떠나서 극단생활을 한다는 소식을 듣고 부산으로 간다. 그는 부산지역의 시장을 돌면서 소리를 하고 잡화를 팔다가 약장사의 눈에 들어서 유랑극단에 참여하게 된다. 아버지는 경상도까지 와서 화자의 극단생활을 만류한다. 화자는 고향으로 돌아와서 군대에 간다. 화자는 제대 후에 결혼하고, 화순광업소에 취직한다. 화자는 이 기간 동안 지역의 소리꾼과 교유하면서 판소리를 배운다. 화자는 고향으로 돌아와 지역에서 판소리를 가르치는 여성 창자와 연인이 되었고, 순천으로 이주하여 동거생활을 시작한다. 화자는 직장생활을 하면서 지역에서 판소리 창자들이 공연을 할 때마다 고수로 활동하였다. 화자는 1991년부터 직장생활을 그만두고 전문적인 판소리 고수로 활동한다. 화자는 전국대회에 출전하여 대통령상을 받으면서 '명고'의 칭호를 얻게 되고, 순천에서 사설 국악원을 열고 제자 양성 등 활발한 활동을 한다.[11]

11 필자는 화자와 여러 차례 전화 인터뷰와 2회 면담조사를 실시하였다. 2회 면담조사 중 2014년 5월 5일에 실시한 조사 자료를 본 논문의 분석 텍스트로 한다.(총 2시간 55분 구술) 화자의 구술생애담은 주제별 서사단위로 분류하여 본 논문의 〈첨부자료〉로 붙였다. 구술생애담은 화자가 자신을 어떤 서사정체성으로 설정하느냐에 따라서 서사 내용이 달라질 수 있다. 특히 화자가 조사자와 친밀한 관계를 형성하게 되면 자신의 내밀한 사적 정보를 포함해서 타인의 사적 정보까지 구술생애담 속에 포함하는 경우가 많다. 화자는

과거 판소리는 기층민이 향유했던 민속예술로 대부분의 연행주체들이 재인(才人)·무인(巫人) 계급의 광대들이었다. 이런 판소리가 조선 후기 향유주체로 양반들과 접촉하면서 그 모습에서 많은 변화를 겪게 된다.[12] 향유주체의 확장은 판소리에 많은 변화를 주면서 고급예술의 지위를 확보하는 계기가 되었다. 이후 일제강점기와 근대 산업화 과정을 노정하면서 판소리는 소멸의 위기에 봉착한다. 그러나 다행히 국가의 제도적 장치에 의해서 보호를 받으며 보존·전승되었다.

과거 판소리는 연행주체와 향유주체의 경계가 분명했다. 판소리 연행주체는 사회적으로 천대받은 재인(才人)과 무인(巫人)들이 중심이었다. 판소리가 조선 후기 대중적 인기를 얻고, 몇몇 창자들이 임금과 권력자 앞에서 소리를 하면서 부와 명예를 획득하기도 했다. 소수의 판소리 창자들이 일명 '어전명창'이 되고, 벼슬까지 얻게 된다.[13] 그럼에도 불구하고 판소리 창자들은 계급 의식에 사로잡힌 사회적 시선에 갇혀 있었다. 소수의 판소리 창자들이 어전명창이 되어서 부와 명예를 얻는 사건이 다른 계급의 사람들을 연행주체로 끌어들이지 못했다. 오히려 재인이나 무인들이 자신의 계급적 한계를 극복할 수 있는 수단으로 판소리를 인식하게 되어서 판소리 연행주체의 계급적 층위를 더욱 공고히

구술생애담 텍스트가 연구 목적으로 추후 공개될 수 있다는 것을 충분히 인지하였다. 화자와 필자 사이에 구술생애담이 공개될 수 있다는 합의가 이루어졌지만, 개인의 내밀한 사적 정보는 어느 정도 보호되어야 한다. 이에 필자는 논문에서 생애담 구술자를 '화자'라 칭하고, 그의 사적 생활과 관련된 인물은 최대한 익명으로 처리하였다.

12 이영금, 「호남 세습무계의 횡단적 관계망과 그 문화적 영토의 종합성」, 『비교민속학』 제50집, 비교민속학회, 2013, 318쪽.

13 "장지해(통정대부)·장종석(통정대부)·장희천(가선대부)·장재백(가선대부)·전도성(참봉)·김창환(의관)·박기총(참봉)·강용환(참봉) 등의 무부는 국가로부터 벼슬을 얻어 어전광대로 활약하기도 했다."(이영금, 앞의 논문, 307쪽.)

하게 된다. 전라도의 판소리 창자들은 세습무계 출신들이 많은 수를 차지하였다. 그들은 목이 좋고 재능이 뛰어난 경우는 판소리 광대가 되고, 목이 안 좋으면 북을 치는 고수나 줄타기 재인이 되고, 그마저 할 수 없으면 굿판의 심부름꾼이 된다.[14] 과거 세습무들은 신청, 장악청, 재인청 등을 조직하여 자신들의 권익을 보호하고 결속을 도모하며, 관청의 각종 공식 행사나 지역의 사적 활동을 두루 관장하였다.[15] 특히 신청 등은 세습무들의 기예를 전승하는 공간이 되었다. 신청에 소속된 세습무들은 판소리를 학습하여 명창이 되기를 바랐다.

이런 상황에서 판소리 연행주체는 계급적 폐쇄성을 명확히 보였다. 세습무들은 과거부터 통혼망을 자신들의 계급 내로 한정하였고, 이런 가족 관계망을 통해서 무업 등을 전승·확장해 갔다. 폐쇄적인 통혼망은 단순히 가족관계와 무업의 재생산에만 머무는 것이 아니라 이후 판소리 등 민속예술의 전승계보와 밀접한 상관성을 보이게 된다.[16] 세습무들은 사회적 환경이 변하면서 판소리 등을 자신들의 생계를 보장해주고 사회적 위상을 높일 수 있는 수단으로 인식한다. 그래서 자신들의 계급 내에서 판소리의 활발한 학습과 전승이 이루어지는 반면, 계급 밖의 사람들에게는 일정한 거리를 유지한다. 이런 현상은 근현대의 일정 시기까지 지속된다. 예를 들어 판소리 고수 김명환[17]은 유복한 집에서 태어나 일제 강점기에 일본 유학까지 다녀왔다. 자신의 부친은 판소리 명창들을

14 이경엽, 「무속의 전승 주체: 호남의 당골제도와 세습무계의 활동」, 『한국민속학』 제36집, 한국민속학회, 2002, 200쪽.

15 이경엽, 「장흥신청 조사연구」, 『한국무속학』 제18집, 한국무속학회, 2009, 232쪽.

16 이경엽, 앞의 논문, 2002, 202쪽.

17 1978년 판소리 고법으로 무형문화재로 지정되었다.

집에 거주시키면서 소리를 향유하였는데, 김명환은 이들의 소리를 들으면서 북을 배우게 된다. 그런데 그가 본격적으로 고법을 배우기 위해서 광대들을 찾아가면 '비가비'라는 이유로 거부당했다. 이에 김명환은 많은 돈을 지불하고 그들에게 고법을 배웠다고 한다.[18]

화자는 유년시절부터 마을에서 연행하는 농악이나 민요 등에 많은 관심을 가졌다. 그리고 화자는 17세에 시장에서 우연히 접한 판소리에 매료되어 고등학교 진학을 포기하고 본격적으로 소리를 배운다. 그러나 이 과정에서 아버지의 반대에 부딪히게 된다. 아버지는 무당이나 상놈들이 하는 것이 판소리라며 화자의 소리 학습을 강하게 반대한다.[19] 이에 화자는 탈주를 시도한다. 화자는 임준옥의 권유로 지역 창극단에 들어가는가 하면, 부산까지 가서 약장사를 따라다니며 소리 공연을 한다. 그러나 이러한 탈주는 아버지의 계속된 개입으로 좌절된다. 화자는 판소리를 단순히 향유하는 차원을 넘어서 연행하는 주체가 되기를 소원한다. 반면 아버지는 판소리를 계급 세습의 전유물로 인식하고, 판소리를 학습하고 연행하는 행위를 집안의 명예와 결부시킨다. 그래서 아버지는 화자의 탈주가 반복됨에도 불구하고 계속적으로 화자의 탈주를 막아섰던 것이다.

화자와 아버지가 판소리를 매개로 충돌한 것은 한 개인의 단순 경험으로 읽혀지지 않는다. 이 사건은 한 개인 주체의 자발적인 선택이 기존 세대의 관념과 충돌하면서 나타난 하나의 문화적 현상으로 독해될 수 있다. 판소리의 향유주체와 연행주체의 분리는 과거의 계급 관념을

18 김명환 구술, 『내 북에 앵길 소리가 없어요』, 뿌리깊은나무, 1992, 71~72쪽.

19 서사단위 3.

토대로 형성된 것이다. 그러나 근현대로 넘어오면서 향유주체와 연행주체의 분리 경계는 희석된다. 분리 경계가 모호해지는 현상은 기존의 문화장이 변화될 수 있는 징후적 현상이다. 화자는 주체의 자발적 선택을 통해서 향유주체에서 연행주체로 자신의 모습을 변화시키려 했다. 그러나 기존의 관념을 강하게 내재한 아버지의 반대에 부딪혀 화자의 의지는 좌절된다. 화자의 경험은 판소리에 내재한 계급 관념과 함께 시대적 변화를 간접적으로 읽을 수 있는 하나의 징후적 문화 현상이었다.

화자는 아버지로 인해서 판소리 창자가 될 수 없었다. 그리고 아버지가 사망한 후에는 결혼과 가족 부양의 책임으로 판소리 창자의 꿈을 이룰 수 없었다. 그럼에도 화자는 꾸준히 지역의 창자들과 교류하면서 소리를 배웠다. 이런 과정에서 화자는 결국 판소리 창자 대신 고수(鼓手)의 길을 선택한다. 고수가 된 화자의 삶에는 판소리에 대한 기존 세대의 관념에 한 개인 주체가 대응하는 방식이 내재되어 있다. 더불어 이후 고수로서 화자의 삶은 주체의 자발적 선택이 변화된 사회 환경에 어떻게 대응하는지를 보여주고 있어 주목된다.

> 그 순간에 항시 놀아도 국악 하는 쪽에서 놀고. 그러다 보니까, 하필 회원도 되고 순천 와서. 그러면서 인제 직장생활 하는 것이 뭐 동신교통 와서 근무를 하다가 결국 인제 버스를 내가 하면서, 90년 30일 날, 12월 30일 날. 마지막 그놈 갔다 와서 사표를 내고, 그 안에 내 생각이 인자는 문예진흥법이 이렇게 생겨가지고 국악인들이 활발히 활동하는 것을 보니까, 내 인생 마무리가 결국 이것으로써 안 된다.[20]

판소리 창자가 예술인으로서 명성을 얻기 위해서는 체계적인 학습과 오랜 자기 수련이 필요하다. 화자는 유년시절부터 지역의 명창들로부터 도막소리 형식의 판소리 학습을 받아왔지만, 그것으로 당시 시대가 요구하는 판소리 창자로서 지위를 얻기 힘들었다. 화자는 직장생활 중에도 순천국악협회에 가입하여 지역의 판소리 창자들의 활동을 도왔고, 예술적 기량을 공인받은 창자가 무형문화재로 지정되는 모습도 지켜봤다. 과거 판소리 창자들이 예술적 기량과 상관없이 사회적 멸시와 천대를 받았던 것과 달리, 현대 판소리 창자들은 무형문화재 제도 등으로 사회적·경제적 지위를 보장받게 된다. 이런 사회 환경의 변화를 직접 목격한 화자는 판소리 창자가 될 수 없는 한계 상황을 인식하고, 이를 대신하는 차선책으로 판소리 고수의 길을 선택한다.

그런데 화자는 단순히 소리가 좋아서 판소리 고수를 선택한 것이 아니다. 그는 전문적인 직업인으로서 판소리 고수를 선택한 것이다. 판소리가 양반의 사랑방 문화와 접촉하면서 변화를 겪게 되었고, 이 과정에서 소수의 양반들이 '한량'이라는 이름으로 연행주체로 등장한다. 한량은 명문 출신 중에서 소리나 북 등의 기능을 익혀서 자신이 직접 연행주체로 나선 사람을 이른다. 판소리 고수 중에는 박홍규나 박창을이 대표적인데, 이에 최동현은 봉건 사회의 전통이었던 신분제도가 와해되고 예술에 대한 인식이 변화되면서 나타난 현상이라 하였다.[21] 한량이 등장했다고 해서 판소리가 지닌 연행주체와 향유주체의 구분이 사라진 것은

20 서사단위 5.

21 최동현, 「전라도 북부 지역 판소리 북가락과 고법」, 『판소리명창과 고수연구』, 신아출판사, 1997, 63쪽.

아니었다. 한량은 향유주체가 즐기는 차원에서 행해진 연행 형태이지, 이를 토대로 예술적 명성과 경제적인 부를 획득하기 위해서 판소리를 연행한 것은 아니었다.

그러나 1962년 문화재보호법이 제정되고, 1964년 중요무형문화재 제5호로 판소리가 지정된 이후부터 상황은 바뀌었다. 판소리는 소멸의 위기에 처해있는 우리의 전통문화로 지목되어 국가 차원의 보호를 받게 되었다. 그리고 판소리는 대학 등 제도권 교육에서 학습이 이루어졌다. 무형문화재로 지정된 판소리 창자는 국가로부터 경제적 지원과 사회적 명성을 얻게 되었다. 더불어 고법은 1978년 중요무형문화재 제59호로 별도 지정되었으나 1991년부터 판소리에 통합되었다.[22] 화자는 판소리에 대한 변화된 사회 분위기를 인식하고 전문적인 판소리 고수가 되고자 했다. 그리고 그의 주체적인 선택은 단순히 예술적 지향에 대한 자기만족의 층위를 벗어나 있다. 화자가 자기만족의 층위에서 예술활동을 선택했다면, 직장생활까지 내팽개치면서 고수 활동에 전념하지 않았을 것이다. 화자는 직업적 층위에서 고수를 바라보고 있는 것이다.

화자는 고법을 배우기 위해서 감남종[23], 정홍수 등을 찾아간다. 그리고 권위 있는 대회에 출전하여 상을 받는다. 1991년 남도국악제의 도지사상, 1994년 전주 전국고수대회의 국무총리상, 같은 대회에서 1999년 대통령상을 수상한다.[24] 현대의 판소리 창자가 '명창'의 칭호를 받는 공

22 김석배, 「판소리의 보존과 전승 방안」, 『문학과 언어』 제31집, 문학과언어학회, 2009, 80쪽.

23 광주광역시 무형문화재 제11호 판소리고법 지정자(1995년 4월 20일 지정).

24 서사단위 24.

식적인 경로가 권위 있는 전국대회에 출전하여 대통령상을 수상하는 것과 마찬가지로 판소리 고수 또한 전국대회에서 대통령상을 수상하게 되면 명목상으로 '명고(名鼓)'의 칭호를 얻게 된다. 화자는 1999년 전주 전국고수대회에서 대통령상을 수상함으로써 명고의 지위를 얻게 된다.

> 긍게 인제 그것이 지금 생각을 하면, 아부지가 미리 세상이, 세상이 좋아질 줄 알았으며, 아마 아부지가 안 말겼을 거예요. 지금 내가 억울한 게 바로 그거여. 그때 지금 소리를 했으면, 이 고수라는 이 더러운 놈의 짓거리 보다는 명창으로 갔으면 지금 송순섭씨, 조상현씨 다 보다 얼굴 맞대고 다 같이 소리를 하제. 지금 내가 그럴 사람이제. 그것이 좀 억울했고. 그러나 인제 지금 지나간 이야기를 다 하면 뭣 할거여. 그런 판국이었고.[25]

중세적 가치는 사회의 위계질서 안에서 정해진 자리에 머무는 것을 개인의 종교적·도덕적 의무라 지시한다. 반면 근대적 가치는 모든 개인이 직업을 선택하고 자신이 가장 잘할 수 있는 것을 실현하는 균등한 기회를 가져야 한다는 것이다.[26] 화자의 아버지는 전근대적 가치에서 판소리를 하나의 계급적 세습 유물로 바라보았다면, 화자는 근대적 가치에서 자기 실현의 매개로 판소리를 바라보았다. 만약 화자의 아버지가 변화된 사회에서 판소리가 지닌 가치를 직접 경험했다면 화자는 자신이 현재 고수보다 대우가 좋은 판소리 창자가 되지 않았을까 하는 아쉬움을 토로한다.

화자는 기존의 직업을 버리고 고수를 선택한 것에 대해 후회는 없다.

---

25 서사단위 13.

26 이언 와트, 이시연 외 옮김, 『근대 개인주의 신화』, 문학동네, 2004, 67쪽.

자신이 각종 언론 매체를 통해서 알려지면서 사회적 지위도 높아졌다. 더불어 고법으로 안정된 경제생활을 할 수 있었다.[27] 그럼에도 불구하고 판소리 창자와 비교해서 고수의 대우에는 불만을 지니고 있다. 그리고 그러한 불만이 과거 아버지의 방해로 판소리 창자가 되지 못한 아쉬움으로 나타난 것이다. 고수가 소리판에서 독립적인 주체로서 대우를 받지만 판소리 창자에 비해 낮게 평가된 것은 과거부터 있었던 현상이다. '1고수 2명창'이라는 말도 있지만, 이는 하대 받는 고수를 명목상 우대해주기 위해서 만들어진 말인지도 모른다.[28] 과거 고수는 전문적인 예능인으로 선택된 위치가 아니었다. 판소리 창자가 학습하는 과정에서 소리를 정확히 익히기 위한 부차적인 수련의 과정에서 고법을 익히는가 하면, 판소리 창자가 득음에 실패하여 차선으로 선택한 길이 고수였다.[29] 고수는 경제적 대우에 있어서도 창자와 비교된다. 판소리 창자와 고수가 비슷한 명성을 얻고 있을 경우, 소리꾼의 삼분의 일에 해당하는 보수를 받는가 하면,[30] 심지어 판소리 창자의 결정에 따라서 고수의 보수가 책정되기도 한다.[31] 현대에 와서 고수가 판소리에서 독립적인 지위를

27 "한 예를 들자면, 서울에 있는 친구들이 지금 별자리 하나 있고, 서장 하던 친구가 하나 있고, 공무원, 또 고급 공무원 하던 친구가 있어. 그놈들이 나를, 나한테 예술한다고 씹던 사람들이여. 지금 그 사람들 돈으로 노후대책 해도 큰소리 탕탕 쳤거든. 새끼들한테 돈 달달 뺏겨불고, 공원 나무 장기 둔 데 가서 구경하고 있다가 막걸리 얻어 쳐먹고 있어서. 돈, 자식들한테 다 뺏겨불고, 나는 떳떳하잖아. 나는 떳떳하잖아요, 지금. 그니까 그것이 바로, 나한테는 영광이제."(서사단위 42)

28 최동현, 「명고수가 된 명창–김동준론」, 『판소리명창과 고수연구』, 신아출판사, 1997, 325쪽.

29 이윤선, 「청암 김성권의 생애와 고수의 길」, 『판소리연구』 제31집, 판소리학회, 2011, 115~116쪽.

30 최동현, 앞의 책, 1992, 325쪽.

확보 받았다고 해도 실제 소리판에서 창자와 비교해 상대적으로 관심이 낮은 것은 사실이다. 화자는 이러한 현실적 상황에 아쉬움을 느끼고 있는 것이며, 이를 '아버지 서사'로 연결하여 이야기하고 있다. 화자는 아쉬움을 타개하기 위해서 '문화재'를 선택한다.

> 3년 전에 했제. 어, 3년 전에 해갖고 한 번 떨어지고. 또 다시 두 번째 했어. 했는 데도 뭐라고 답이 왔냐? 문화재 검사할 기회가 없다고 공문이 와버렸어요. 그것도 왜 문화재를 할라고 그러냐? 전승계보가 있어야 하니까 요즘은. 나도 제자들한테도 그렇게 해야 쓰것다 할라고 하겠다는 것이제. 문화재에서 돈을 더 받아서, 돈 욕심나서 한 것은 아니여.[32]

화자가 전국대회에서 대통령상을 수상해서 '명고'의 칭호를 얻었다고 해서 고법 분야에서 최고의 권위를 보장받은 것은 아니다. 과거 전국적으로 4개의 고수대회가 있었고, 이 대회를 통해서 해마다 많은 고수들이 배출됐다. 화자가 상의 권위로 명고의 칭호를 얻었지만 그 가치가 항구적일 수 없다. 화자가 예술적 권위를 인정받기 위해서는 다양한 사회적 관계망이 동원되어야 한다. 즉 언론에 노출되어서 대중적 인지도를 높이거나 학자나 비평가들에게 예술적 가치를 인정받아야 한다.[33]

---

31 김명환 구술, 앞의 책, 1992, 123~124쪽.

32 서사단위 44.

33 조세훈은 전문가 집단의 2차적 공인 과정을 이야기한다. 판소리 창자가 전국대회에서 대통령상을 수상해서 명창의 지위를 획득하였지만, 이후 활동을 위해서 전문가 집단(판소리 실기인, 비평가, 판소리 예술산업 관계자)의 2차 공인 과정을 거쳐야만 한다. 이 과정을 거쳤을 때, 판소리 창자는 예술적·사회적 활동을 폭넓게 보장받을 수 있다.(조세훈, 「판소리 명창의 사회적 공인화 과정에 관한 일 연구」, 『민족문화논총』 제50집, 영남대학교 민족문화연구소, 2012, 387~391쪽) 이러한 전문가 집단의 2차 공인 과정은 판소

아니면 제도권 교육에서 일정한 지위를 갖고 인재들의 재생산 과정에 참여해야 한다. 그런데 이러한 인정 과정을 좀 더 쉽게 해결할 수 있는 것이 중요무형문화재 지정이다.

무형문화재 제도가 소멸의 위기에 직면한 문화를 제도적 차원에서 보호한다는 목적을 지니고 있지만, 현재 무형문화재 지정은 보호 차원을 넘어서 특정 문화에 대한 권위를 국가 차원에서 부여한다는 의미도 내포되어 있다. 그래서 무형문화재 지정은 전국대회의 대통령상과는 다른 층위의 의미를 지니게 된다. 판소리는 전통과 계보를 중시하는 문화이다. 그래서 판소리 분야의 무형문화재 지정은 지정자가 지닌 기예능력을 국가 차원에서 전통성을 공인해 주는 과정이며, 이후 전승의 토대를 마련해 주는 역할까지 한다. 화자 또한 자신이 학습한 고법에 대해 지방자치기관 차원에서 공인받기를 바라고 있다. 이를 계기로 자신의 고법이 예술적 권위를 인정받으면서 제자들에게 안정적으로 전승되기를 바라고 있다. 그러나 고법은 과거 체계적인 학습을 통해서 전승된 예술이 아니다. 그래서 고법의 무형문화재 지정은 사회적 상황과 주변인의 관계망 등이 많은 영향을 미치게 된다.[34] 이런 부분에서 아직 화자는 시·도무형문화재 지정에 어려움을 겪고 있다.

화자의 무형문화재 지정 노력은 한편으로 개인적 욕망을 충족하기

리 창자뿐만 아니라 고수에게도 해당되는 사항이다.

34 김성권이 무형문화재로 지정되는 과정이 이러한 현상을 잘 보여준다. 중요무형문화재로 지정되었던 김명환(1978년 지정), 김득수(1985년 지정), 김동준(1989년 지정)이 차례로 타계하고 국가지정 고수 자리가 공석이 되었을 때, 김소희 명창이 문화재전문위원에게 광주에 김성권이라는 명고가 있다는 사실을 알려준다. 이를 계기로 김성권 고법이 무형문화재로 지정되었던 것이다.(이명진, 「광주국악사의 전개와 명고 김성권의 역할:8.15 해방 이후를 중심으로」, 『판소리연구』 제31집, 판소리학회, 2011, 43~44쪽.)

위한 과정으로 독해된다. 판소리 창자가 되지 못한 화자가 고수의 길을 선택하고, 고수의 길에서 판소리 창자와 차별을 경험하면서 과거 아버지의 제재가 계속적으로 아쉬움을 주고 있다. 화자는 이러한 결핍된 욕망을 무형문화재 지정을 통해서 해소하고자 한 것이다. 그러나 한편으로 현대 사회에서 한 판소리 고수가 예술적 능력을 공인받기 위해서 어떠한 과정을 거쳐야 하는가를 위의 서술에서 알 수 있다. 화자의 생애담에는 판소리 문화 전승이 사회적 환경의 변화에 따라서 어떠한 분기를 맞게 되었으며, 개별 주체의 선택이 어떤 지점에서 판소리 문화 전승에 참여하는가를 일례로 보여주고 있다. 또한 중앙에 편입하지 못하고 지방에서 활동하는 현대의 판소리 고수가 자신의 예술적 가치를 입증하기 위해서 어떤 선택을 해야 하는가를 생애담은 보여주고 있는 것이다.

3. 타자의 흔적, 향창의 활동과 분기

고수는 특별한 존재이다. 고수는 장단과 추임새로 창자의 소리를 이끄는 주체이며, 창자와 청중을 매개하며 전체 소리판의 흐름을 조절하는 지휘자이기도 하다. 고수는 때때로 판소리 창자의 소리를 날카롭게 품평하는 비평가가 되기도 하고, 청중이 소리에 대해 어떠한 반응을 보이는지 창자에게 전달하는 조언자가 되기도 한다. 고수는 전체적인 소리판의 분위기나 판소리 창자들의 모습 등을 객관적으로 바라보고 평가할 수 있는 중요한 증언자가 되기도 한다.

화자는 1970년대부터 순천지역의 판소리 창자들을 따라다니면서 북을 쳐주었다. 이런 화자의 경험은 기록되지 않은 지역의 판소리 문화를 살펴보는데 중요한 자료가 된다. 판소리 창자의 지위를 분별하는데 중요한 기호가 '명창'이다. 명창은 판소리 기량이 탁월하면서, 그 소리가 정통성과 역사성이 있고, 내세울만한 개성적인 더늠이 있으며, 감상층의 폭넓은 지지를 확보하면서 판소리 발전에 기여한 소리꾼을 일컫는다.[35] 이런 정의에도 불구하고 판소리 창자가 명창이 되는 기준은 시대에 따라 유동적이다. 판소리가 역사의 전면에 등장한 18세기 중엽에는 '전주 통인청 대사습'과 같은 대규모 연행에서 사람들의 가장 많은 호응을 얻은 판소리 창자가 명창의 호칭을 얻었고, 이를 바탕으로 궁에서 어전광대가 되면 명창으로서 지위는 공고히 되었다.[36] 현대로 오면서 명창의 기준은 많이 변한다. 판소리 창자는 국가가 정한 공식적인 절차를 거쳐야만 명창이 될 수 있다. 과거는 귀명창으로 불리는 대중의 지지와 권력층의 인정이 명창의 기준이었다면, 현대는 국가의 제도라는 장치를 통해서 명창의 지위가 부여된다.

명창과 대척점에 있는 판소리 창자가 향창이다. 향창이라는 기호에는 활동범위에서 지역 구분의 의미가 강하게 내재되어 있다. 과거 판소리 창자가 명창이 되기 위해서는 1차적으로 자신의 소리가 사람들에게 소비되어야 했다. 그러기 위해서 판소리 창자들은 시골보다는 도시로, 도시 중에서도 대도시인 서울로 가야 했다. 소리가 정치적 권력과 경제적 부가 집중된 서울에서 인정받을 경우, 판소리 창자는 명창으로 호명될 수 있었다. 명창의 지위를 얻지 못한 판소리 창자는 지역에 머물면서

35 김석배, 「판소리 명창 김창환의 예술활동」, 『판소리 명창론』, 박이정, 2010, 11쪽.
36 조세훈, 앞의 논문, 2012, 374쪽.

향창으로 활동할 수밖에 없었다. 그러나 현대의 향창은 지역 구분과 함께 제도의 포섭 문제도 추가된다. 판소리 창자는 제도가 요구하는 능력과 형식을 충족하지 못할 경우 명창으로 호명될 수 없다. 그래서 현대의 향창은 지역 구분과 함께 제도의 포섭에서 소외된 창자, 즉 제도의 배제로써 주변화된 창자의 개념까지 함의하고 있다.

물론 명창과 향창의 구분이 확정적이지 않다. 과거 향창은 소리판의 주변적 존재가 아니었다. 소리가 소비될 수 있는 판이 존재한다면, 향창 또한 자신의 예술 세계를 구축할 수 있었다. 그러나 현대로 넘어오면서 판소리가 대중적으로 소비되는 예술로서 성격을 잃게 되고, 국가의 제도가 판소리 소비의 중심틀이 되면서 주변화된 향창은 소멸의 위기에 처하게 되었다.

> 그때 그 한 말이 그 말이여. 박00씨가. "아이 아가, 그냥 서울로 가자. 나 서울로 가게 됐다." 서울로 가자고 그래. 긍게 서울로 간 바람에 공부를 못 해부렀잖아. 한 6개월 밖에 못했어, 어. 긍게 그 옥중상봉가 앞에 진양 거기를, 저 귀곡성 내는 데까지 공부를 못해 불고 말았다니까. … 서울로 가자고 그래. 가믄 니는, 가믄 그냥 명창이 될 수 있고. 서울 가서 저 극장에 국립극장 같은 데 가서 단원으로 공부하면서 월급 받아갖고 마누라 먹여 살리면 되지 않냐? 가자고 그러는데, 화순광업소 거기 사표를 내고 갈 수가 없지, 못 가지. 그것이 명창이 못된 계기여. 그때 갔어야 해, 화순광업소 땡겨 불고 갔어야 해. 그러면 오늘에 이 꼴을 안 보고, 그래도 중앙 무대에서 명창이란 칭호를 듣고 살았을 것인데.[37]

---

37 서사단위 20.

화자는 1960년대 말 화순광업소에서 일을 하면서 지역의 판소리 창자들과 교류한다. 화자는 이때 유명한 여류 명창에게 소리 학습을 받는다. 여류 명창은 서울에서 활동할 계획을 세우고 화자에게 함께 갈 것을 권유한다. 그러나 화자는 결혼 후 가족 부양의 책임이 있어서 경제적 대우가 좋은 화순광업소를 포기할 수 없었다. 그런데 여기서 주목할 점은 서울이라는 공간의 표상이다. 화자에게 서울로 갈 것을 권유한 여류 명창 또한 당시에 꽤 이름이 난 창자였다. 그녀 또한 자신의 소리가 좀 더 많이 소비될 수 있는 곳으로 서울을 선택했던 것이며, 화자 또한 당시 명창이 될 수 있는 공간으로 서울을 언급한 것이다. 아무리 소리를 잘하는 판소리 창자여도 당시 지방에서 소리가 소비될 수 있는 범위는 한계가 있었다.

현대로 오면서 정치·경제·사회·문화의 모든 분야가 서울 집중 현상이 강화된다. 서울은 한국 사회의 중심 표상이 되었다. 판소리 또한 예외는 아니었다. 판소리 창자들은 자신의 소리가 대중적으로 인정받고, 제도권에 수용되기 위해서는 지방보다 서울에서 활동하는 것이 더 나은 선택이었다. 그런데 당시 판소리 창자가 서울로 간다고 해서 그들의 소리가 모두 인정받는 것은 아니었다. 1962년 국립국극단(1973년 국립창극단으로 개칭)이 창립되면서 창극과 판소리 부흥에 나름 전환점이 마련된다. 국립국극단 창립으로 인멸의 위기에 처한 창극이 보존될 수 있는 길이 마련되었고[38], 판소리 창자들이 국가 기관에 소속되어 안정적으로 활동할 수 있는 토대가 마련되었다. 그러나 그 수는 제한적이었다.[39]

---

38 유영대, 「창극의 전통과 국립창극단의 역사」, 『한국학연구』 제33집, 고려대학교 한국학연구소, 2010, 149쪽.

위의 화자가 언급한 여류 명창 또한 국립국극단에 소속되어 활동하였다. 반면 화자와 같이 미숙련의 판소리 창자들은 국립국극단과 같은 기관에서 활동할 수 있을지 불확실하였다. 이런 상황에서 화자가 무작정 가족을 데리고 서울로 가는 것은 무리가 있었다.

또한 향창들의 소리가 서울에서 바로 인정받을 수 있는 상황도 아니었다. 강도근은 남원에서 오랜 소리 수련을 마치고 진정한 소리꾼으로 인정받기 위해서 1960년대 상경한다. 강도근은 당시 국립창극단 단장이었던 김연수가 주최한 판소리 명창대회에 출전하는데, 그의 소리를 못마땅하게 생각한 김연수가 공연 도중 마이크를 꺼버린 사태가 발생한다. 이 일로 강도근은 다시 남원으로 돌아와 이후 거의 서울 출입을 하지 않았다고 한다.[40] 박봉술은 1970년대 상경한다. 그의 소리는 비슷한 연배의 여타 판소리 창자들에 비해 예술성을 인정받았으나, 대중성을 확보하지 못했다. 김명환, 박녹주 등 20세기 전반에 근대 5명창 세대의 판소리를 경험했던 원로들이 박봉술의 소리를 높이 평가하여 적극 후원하게 되면서 그의 소리가 인정받게 된다.[41] 강도근과 박봉술의 일화는 향창에 머물렀던 판소리 창자가 현대에 와서 어떤 경로로 자신의 소리가 인정받고 소비되는 가를 단편적으로 보여주고 있다. 두 창자는 결국 자신의 소리가 인정받을 수 있는 곳으로 서울을 선택했고, 또한

---

39 국립국극단은 단장 김연수, 부단장 김소희, 간사 박귀희를 임원으로 하고 박초월, 강장원, 김준섭, 임유앵, 김경애, 김경희, 김득수, 장영찬, 강종철, 정권진, 남해성, 박봉선, 박초선, 김정희, 한승교, 한일섭, 안태식 등 당대의 명창이자 창극배우 21명을 단원으로 둔 창극제작 단체로 출발하였다. 그러나 국립국극단은 1966년에 예산상의 이유로 김연수 단장을 포함해서 6명의 단원으로 축소한다.(유영대, 앞의 논문, 148~158쪽.)

40 전인삼, 「강도근 명창의 예술과 교육」, 『판소리 명창론』, 박이정, 2010, 457쪽.

41 성기련, 「고조(古調) 명창 박봉술」, 『판소리 명창론』, 박이정, 2010, 483쪽.

자신의 소리를 인정해 주는 문화집단의 후원이 있어야만 했다. 강도근은 당시 김연수로부터 인정을 받지 못했기 때문에 다시 고향으로 돌아왔고, 박봉술은 김명환과 박녹주의 적극적인 후원으로 자신의 소리가 소비될 수 있는 토대를 마련했던 것이다.

판소리가 도시 중심으로 소비되는 형태는 과거에도 마찬가지였다. 그러나 경제적인 문제 등이 중첩되면서 서울 등 대도시 중심의 판소리 소비 지형은 현대에 더욱 강화되었다. 그렇다고 모든 향창이 서울 등의 대도시로 떠난 것은 아니었다. 또 예술적 수련이 미진하고 문화집단의 후원을 장담할 수 없는 향창들은 서울로 무작정 떠날 수도 없었다. 이들은 그나마 판소리가 소비될 수 있는 지역을 중심으로 활동을 이어갈 수밖에 없었다.

순천을 중심으로 전남 동부지역은 1980년대까지 판소리가 나름 독립적으로 소비될 수 있는 여지가 있었다. 순천은 과거부터 전남 동부지역의 정치·군사·경제의 중심도시였으며, 근대로 넘어오면서도 그 지위를 유지하고 있었다.[42] 순천 주변 지역인 구례, 보성, 남원은 과거부터 명창들의 출생지이며, 소리 수련지로서 판소리사에 중요한 역할을 담당했다. 이곳을 중심으로 출생했거나 소리를 수련했던 많은 창자들이 순천을 중심으로 판소리 활동을 전개하였다. 특히 이 지역은 향유 계층의 겹이 두꺼워서 특유의 패트론 문화가 형성되었고, 근현대까지 판소리가 활발히 소비될 수 있게 되었다. 순천지역의 부자였던 우석 김종익(1886~1937)은 김창환, 송만갑, 오태석 등의 명창들을 경제적으로 지원

42 표인주, 「순천 판소리의 전승실상과 특징」, 『남도문화연구』 제27집, 순천대학교 남도문화연구소, 2014, 187~191쪽 참고.

하여 조선성악연구회의 발족을 도왔고,[43] 이영민(1881~1962)은 판소리 명창들을 순천으로 초대해서 소리를 듣고, 즉석에서 관극시를 지어 사진으로 기록을 남겼다.[44] '성군수'로 불리는 성정수는 유성준과 김연수를 자신의 집에 머물게 하면서 소리 활동을 적극 후원하였다.[45] 이러한 순천지역의 분위기는 1980년대까지 이어지면서 지역 유지들은 사설 국악원 등을 설립하여 향창들의 활동을 도왔고, 판소리 창자들의 재생산에 크게 기여했다.

> 그래 순천 와서도 보니까. 사실은 순천에서 제대로 하고 있는 명창이라는 것이. 옛날 이 지방 명창은 배경있는 성창렬씨. 성창렬씨가 지방 명창이고, 이 지방 이 출신으로서는. … 그 다음에 선동화. 별량의 별량의 성창렬씨, 선동화씨가 선농월씨하고 해룡이여. 해룡 출신들이고. 그러니 인제 그 선씨들 본 고향은 보성인데. 보성 선씨들이드라고. 글고 전부 순천 명창들이 누가 누가 했아도, 전부 객지서 와서 잠깐 들렀다 간 사람들이제. 순천을 거주해서 사실 활동한 사람들은 별로 없어.[46]

화자는 1970년대 초반 순천으로 이주한다. 그런데 화자가 지역 창자들의 활동을 도우면서 알게 된 사실은 순천지역을 기반으로 활동한 창자들 대부분이 타 지역 출신이라는 것이다. 이들은 순천 근방에서 출생하고 소리를 학습한 뒤에 순천을 중심으로 예술 활동을 한다. 구례, 보성, 남원은 명창들의 출생지면서 소리 학습의 공간이었다. 그리고 명창

43 순천시사편찬위원회, 『순천시사-문화·예술편』, 순천시, 1997, 101~107쪽.
44 김용찬, 「벽소 이영민과 〈순천가〉」, 『한민족어문학』 제58집, 한민족어문학회, 2011, 14쪽.
45 최동현, 『명창이야기』, 신아출판사, 2011, 103쪽.
46 서사단위 14.

들은 이 지역을 중심으로 자신의 유파를 형성하고 제자를 양성하였다. 그런데 이곳은 소리가 지속적으로 소비될 수 있는 곳은 아니었다. 반면 순천은 근방의 판소리 창자들의 소리가 소비될 수 있는 공간이었다. 많은 명창들이 패트론의 후원으로 일정기간 순천에 머물면서 예술 활동을 했고, 이후 다른 곳으로 떠나갔다. 그리고 명창들의 빈자리는 향창들이 다시 채우는 과정이 반복되었다. 여기서 주목되는 사람이 박봉술이다. 박봉술은 1948년부터 1958년까지 순천에 거주하였고, 1953년부터 순천국악원 소리 선생으로 활동한다.[47] 박봉술은 현대 순천지역 향창들의 소리 토대를 마련하는데 많은 공헌을 했다. 박봉술에게 소리를 배운 대표적인 창자가 성창렬, 선동옥, 선농월, 박향산, 박미홍 등이 있으며, 이후 이들은 현대 순천지역의 판소리 문화를 주도한다.

박봉술에게 소리를 사사한 일부 향창들은 제도의 인정 속에 명창의 지위를 부여받기도 하나 많은 창자들은 제도의 인정을 받지 못하고 주변화 된다. 그럼에도 불구하고 이들이 판소리 창자로서 정체성을 유지하면서 예술 활동을 이어갈 수 있었던 것은 지역 자체적으로 판소리가 소비될 수 있는 문화적 환경이 유지되었기 때문이다. 화자는 1980년대까지 판소리 창자들과 지역의 소리판에 초대되어 활동하였다. 지역의 소리판 범위는 순천을 중심으로 고흥, 보성, 장흥, 강진까지 꽤 넓었다. 그러나 향창들의 공연 형태는 비공식적이며 사적인 무대였다.

> 긍게 그 시절, 그 시절 이야기야. 지금으로 보면 환갑잔치 때, 명창들 불러가. 그러면 내가 인제 저 저 선농월씨, 염금향씨, 경아 엄마. 모도

47 순천시사편찬위원회, 앞의 책, 145쪽.

몇 사람들. … 그러면 둘을 데리고 간다던지, 섯이를 데리고 오라던지. 많을 때는 다섯까지 데리고 오란 사람도 있어. 회갑잔치, 그런 데서. (주로 어디로 많이 나가셨어요?) 동부 육군 다 했지. 고흥, 보성할 것 없이. 장흥, 강진까지. 그때만 해도 여기 순천 바닥에 있는 사람들이 그런 데를 다 다녔어. 장흥 가면, 뭣이냐, 여자 하나, 명창 하나 있는데 죽었구만. 그 사람도 같이 다니고. 가면 인제, 고수로. 얼마씩 받고. 그래갖고 인제, 쭉 다녔제.[48]

초상난 데 가서 앞소리 하러 가. 가서. 상여소리를 하기 전에. 얼려서 소리 한마디씩 하고 그래. 그러면 인제. 그때 그때 따라서 소리를 가지고 가는 것이 틀리단 말여. 환갑잔치 가서 하는 소리가 다르고. 긍게 저 저 집들이 같은 데 가서는 예를 들어서 흥보가 같은 경우를 본다면, 흥보가 집 짓는 대목 있잖아. … 그런 것을 부르는 것이 집들이 하는 데 가서 하는 것이고. 그 다음에 인제 죽은 데 가서는 상여소리 같은 것을 많이 하자나. 그리고 환갑잔치 같은 데 가서는 권주가니까, 거의. 권주가 소리로서 그런 대목을 즐거운 대목. 예를 들어서, 만수무강 한다든지. 그런 소리를 많이 들려주고 그러제. 그런 소리를 다 잘했어. 어떤 소리를 딱 내놓으면 짱짱하게 소리가 좋아. 기운 있게 잘했지.[49]

위의 구술에서 보듯이 향창들은 양성화되거나 공적인 공연무대에서 예술 활동을 전개한 것이 아니었다. 지역 유지들의 애경사 등에 불려가 소리하는 것이 향창들의 공연활동이었다. 판소리 창자들은 해방 후에 생계를 위해서 창극단 및 유랑극단 등에 참여한다. 그러나 1950년대

---

48 서사단위 25.

49 서사단위 38.

여성국극이 전면에 등장하면서 판소리와 창극은 주변으로 밀려난다. 1960년대에 들어오면서 여성국극도 대중성을 상실하면서 역사의 뒷무대로 퇴장한다. 1970~80년대 순천지역 향창들 또한 창극과 여성국극 활동에 직간접적으로 영향을 받았다. 그러나 창극단과 여성국극의 소멸은 판소리 창자들이 그나마 예술 활동을 하면서 생계를 유지할 수 있는 기반을 상실한 것과 같은 의미였다. 특히 소리 기량이 완숙하지 못한 창자들은 새로운 소리 소비처를 찾거나 다른 직업을 선택해야 했다. 그나마 전남 동부지역은 순천을 중심으로 1980년대 초반까지 판소리가 소비될 수 있는 판이 유지되었기에 향창들이 활동할 수 있었다. 그래서 향창들이 정기적이지 않지만 지역 유지들의 집안 잔치 등에 초청되어 공연활동을 하였고, 적게나마 경제적 이득을 취할 수 있었다. 그러나 판소리 소비 지형이 계속적으로 재생산되는 것은 아니었다. 향창을 초청하여 소리를 향유할 수 있는 세대는 한정적이었다. 당연히 이 세대가 사라지면서 판소리 소비 지대 또한 소멸되어 갔다.

순천의 향창들은 변화를 요구받는다. 즉 공식적인 무대를 통해서 실력을 평가받아 무형문화재로 지정되거나, 판소리 창자의 재생산에 일정한 기여를 할 수 있는 교육자가 되는 것이었다. 사실 앞의 요구가 별개의 것이 아니라 연동되어 작동한다. 무형문화재 등의 권위를 인정받은 판소리 창자는 소리의 전통성과 계보를 인정받기에 자연스럽게 판소리 교육자가 될 수 있었다. 그런데 이를 위해서 1970년대부터 판소리 창자들에게 요구하는 사항이 있었다. 즉 판소리 완창 능력과 전국대회 수상, 명확한 소리의 계보 전승 등이었다. 과거 판소리는 부분창 형식으로 공연 및 전승되었다.[50] 이러한 양상은 1968년 박동진이 〈흥보가〉 완창 발표회를 계기로 변화를 겪게 된다. 당시 박동진의 완창발표회는 사회적으로 큰 호응을 얻었고, 완창이 판소리 원형 전승이라는 인식을 형성하게 되었다. 더불어 판소리 완창 능력은 전국대회 출전 자격이 되었으며, 무형문화재 지정자 조건에도 포함되었다.[51] 판소리 완창은 기존의 판소리 전승과 학습의 틀에 큰 변화를 주었다.

또한 판소리 창자의 재생산 구조의 변화였다. 과거 판소리는 집안소리 전승, 개인적 사제관계를 통한 전승, 권번이나 신청을 통한 전승 등이 주를 이루었다. 그러나 1980년대부터 판소리가 대학의 정식 학과 과목으로 지정되면서, 젊은 판소리 창자들은 대학의 입학 수단으로 판소리를 배우기 시작한다.[52] 이때 젊은 창자들이 스승을 선택하는 기준은 판소리 완창 능력, 전국대회 수상 경력, 명확한 전승 계보를 통한 정통성이 되었다. 판소리는 향창들에게 생계 수단을 위한 도구였다. 그러나 현대의 판소리는 고급예술로서 공연되는 대상물이었고, 대학에 입학하기 위한 수단이 되었다. 현대의 변화된 소리판에서 창자로서 정체성을 유지하기 위해서 향창들은 변화해야만 했다. 그러나 화자와 함께 활동한 향창들은 이런 변화에 적응하기 어려웠다. 향창들은 판소리를 예술로 이해하기보다 생계의 수단으로 활용했고, 판소리를 체계적으로 교육받고 수련하여 정통성 있는 바디를 계승한 사람들도 아니었기에 시대가 요구하는 소리판에 적응하기 힘들었다. 또한 과거 지역에서 소리를 향유했던 세대들이 판소리 소비층에서 퇴장하면서 그나마 유지됐던 향창의 소리판도 사라지기 시작했다.

50 최동현, 「판소리 완창의 탄생과 변화」, 『판소리연구』 제38집, 판소리학회, 2014, 341쪽.
51 최동현, 「문화 변동과 판소리」, 『판소리연구』 제31집, 판소리학회, 2011, 443쪽.
52 전인삼, 앞의 책, 467~468쪽.

화자와 활동했던 많은 향창들은 1980년대부터 소리판을 떠난다. 그러나 소수의 향창들은 시대의 변화에 적극 대처하는 모습을 보인다. 박봉술 조카였던 박향산은 판소리 완판을 익혀서 시도지정 무형문화재가 되었고, 염금향은 1980년대부터 박춘성과 성우향 등에게 보성소리를 체계적으로 익혀서 소리계보를 확보하였다. 박향산은 어린 시절부터 집안소리와 권번 등에서 교육을 받아서 소리의 정통성을 인정받은 경우이고, 염금향은 동편제가 주로 향유되던 순천지역에서 보성소리를 체계적으로 익혀서 시대의 변화에 대처한 경우이다. 이후 이들은 지역의 젊은 창자들의 판소리 교육에 전념하면서 후진 양성에 많은 공헌을 한다. 특히 염금향은 지방무형문화재 지정에서 탈락하지만, 그가 양성한 다수의 제자들은 안정적으로 제도권 교육에 편입해서 현재 전국적으로 활발한 활동을 하고 있다.[53]

화자는 1970~80년대 순천지역에 거주하면서 소리판이 변화되는 과정을 목격했다. 그리고 화자와 함께 활동했던 많은 향창들의 모습을 자신의 생애담에서 구술하였다. 판소리 소비지형이 급격하게 변화되는 과정에서 사회가 판소리 창자에게 요구하는 조건은 변화했다. 향창들은 자신의 정체성을 변화·유지하기 위해서는 현대의 소리판이 요구하는 조건들을 수용해야만 했다. 그리고 이러한 요구를 수용하지 못한 향창들은 소리판에서 사라질 수밖에 없었다.

53 한정훈, 「판소리 창자 염금향의 생애와 순천 지역에서의 역할에 대한 고찰」, 『지방사와 지방문화』 제17권 2호, 역사문화학회, 2014, 357쪽.

4. 집단의 대응, 지역 창극단의 활동과 소멸

판소리는 19세기 후반 외국 극문화의 수입과 공연 환경의 변화에 따라 변화를 모색하게 된다. 그리고 이러한 모색의 결과로 창극이 탄생하였다. 판소리는 음악적인 요소인 창과 연기적인 요소인 발림 등이 어울린 종합예술이다. 그럼에도 불구하고 판소리의 예술적 가치는 음악적인 요소인 창에 무게중심이 있었다. 그러나 창극은 연기적인 요소가 부각되었고, 극적 효과를 높이기 위해서 한 사설을 여러 사람이 나누어 부르는 분창이 행해졌다. 창극이 판소리를 토대로 발생하였지만 미학적 구성에 있어서 전혀 다른 모습을 보이게 된다.

초창기 창극은 전통 연희물과 함께, 한 작품을 몇 부분으로 나눠 며칠에 걸쳐 공연하는 식이었다. 이는 판소리의 긴 사설을 극 양식으로 전환하는 과정에서 나타난 현상임과 동시에 새로운 연행물에 적응하지 못한 향유층에 대한 배려[54]에서 행해진 공연 방식이었다. 그런데 1930년대 조선성악연구회에 오면 다른 연희는 공연하지 않고 창극 한 작품만 하루에 모두 공연하는 식으로 바뀌게 된다.[55] 즉 창극이 단일 공연물로 정착하게 된다.

창극을 연행하는 주체도 시기별로 다양한 변화를 보인다. 1902년 고

54 박동실은 광주 양명사(陽明社)가 주도한 첫 창극 공연이 다양한 전통 연희와 함께 배치된 이유를 다음과 같이 설명하고 있다. "앞 과정 설정의 리유에 대하여 구구한 말들이 많았는데 광대들의 이야기들에 의한다면 최초의 민족 가극 형태로 등장한 창극이 아직 청소한 청중들에게 있어서는 눈에 익지 않은 구경거리라 혹이나 지루감을 줄가 하여 다채로운 종목들로 만족을 주자는 데 있었다는 것이다."(이진원, 「박동실의 "창극이 걸어온 길을 더듬어"」, 『판소리연구』 제18집, 판소리학회, 2004, 315~316쪽.)

55 백현미, 『한국 창극사 연구』, 태학사, 1997, 221~222쪽.

종 등극 40주년을 기념하는 칭경식 축하 공연을 위해서 협률사가 조직된다. 협률사는 전국의 판소리·잡가 등의 명창 170명을 모아 행사를 준비하게 된다. 이후 협률사는 폐지되지만, 판소리 계통의 공연단체를 뜻하는 일반 명사로 사용되었다.[56] 초창기 창극 공연을 주도했던 김창환과 송만갑은 1900년 중반부터 민간협률사를 조직하여 전국 순회공연을 다녔고, 이 과정에서 창극 등이 연행되었다. 창극은 경성을 중심으로 향유된 극예술이었다. 그러나 민간협률사의 활동은 창극의 향유 지역이 전국으로 확대되는 계기를 마련하였다. 이러한 민간협률사 활동은 1960년대까지 이어지게 된다.[57] 또한 창극이 단일 공연물로 자리 잡으면서 민간협률사의 공연 방식과 다른 모습의 창극단이 등장한다.

민간협률사와 창극단은 공연 방식에 있어서 큰 차이를 보인다. 민간협률사는 다양한 전통 연희들과 함께 창극을 공연하는 방식을 취했고, 창극 공연도 완판으로 구성한 것이 아닌 촌극 형태로 일부 대목만을 극으로 연행하였다. 반면 창극단은 한 무대에서 한 가지 작품을 공연하며 대도시의 극장 공연을 선호하였다.[58] 민간협률사가 재래의 공연 방식을 유지하였다면, 창극단은 하나의 창극 작품을 단일의 공연물로 취급하여 연행했다. 이러한 민간협률사와 창극단의 공연 방식은 1960년대까지 변별성을 지니면서 유지된다. 또한 민간협률사와 창극단은 활동 범위에

56 이경엽, 「명창 송만갑의 생애와 예술세계」, 『판소리 명창론』, 박이정, 2010, 44쪽.

57 "1950년대에도 임방울을 주축으로 몇몇 창자들은 민간협률사식 공연을 계속하였다. 1924년생인 한승호가 30대 중반에도 임방울 일행의 공연에 참여했다고 하였으며, 임방울의 공연은 1961년 작고하기 직전까지도 계속되었다고 한다."(성기련, 「1940~1950년대의 판소리 음악문화 연구」, 『판소리연구』 제22집, 판소리학회, 2006, 260쪽.)

58 성기련, 앞의 논문, 247쪽.

따라 전국 단위의 단체와 지역 단체로 구별된다. 지역 단체의 대표적인 예로 1909년 광주에서 출범한 〈양명사〉(陽明社)를 들 수 있다. 김창환의 원각사 공연이 입소문을 타면서 광주지역의 판소리 창자들이 단체를 조직하여 창극을 공연하였다.[59] 이는 20세기 초 중앙과 별도로 지역의 단체가 자체적으로 창극 공연을 펼쳤음을 보여주는 예라 할 수 있다.

지역의 판소리 창자들이 중심이 되어서 단체를 조직하고 공연 활동을 전개한 사실은 창극 발생 초창기부터 있었다. 그러나 지역 단체의 활동은 구체적인 기록이 부재하여 그 실상을 정확히 파악하기 힘들다. 그럼에도 불구하고 지역 단체에 대한 단편적인 기록들이 있어 주목된다. 1945년 광주성악연구회가 박동실, 오태석, 조몽실 등이 주축으로 조직되어서 창극 공연이 이루어졌고,[60] 김옥진·홍두환 부부가 이끄는 선일창극단과 김칠성이 이끄는 고려창극단이 전북지역을 중심으로 활동하기도 했다.[61] 비록 이 단체들의 활동시기가 1940년대에 해당하지만, 지역을 중심으로 활동한 단체들은 과거부터 꾸준히 있었을 것으로 추측된다.

화자는 1950년대 후반 지역 창극단에 소속되어 활동한다. 화자의 경험은 전남 동부지역을 중심으로 활동한 지역 창극단의 존재를 확인함과 동시에 그 모습을 살펴보는 데 중요한 단편을 제공한다. 1940년대 이후 판소리 음악문화가 창극을 중심으로 재편되었다. 판소리 창자들은 단체를 조직해서 창극을 공연하는 방식으로 시대의 변화에 대응하였다. 이러한 대응은 결코 소수의 명창에게만 해당되는 것은 아니다. 향창들도

59 이진원, 앞의 논문, 317쪽 참고.

60 박황, 『창극사연구』, 백록출판사, 1976, 159쪽.

61 성기련, 앞의 논문, 233쪽.

이러한 변화에 비슷한 방식으로 대응하며 자신의 예술세계와 생계를 유지하였다. 이런 측면에서 화자의 지역 창극단 경험은 창극이 대중적 인기를 잃어가는 1950~60년대에 향창들이 어떤 방식으로 시대의 변화에 대응하고 있는가를 알 수 있게 해준다.

> 거기에 임준옥씨가, 임준옥씨한테 공부하러 갔는데. 임준옥씨가 "아이, 저 박후성씨랑 전부 다 저 무대를 만들어갖고 한다고 거길 가자. 너도 따라가자?" "그래요. 선생님이 가자고 하면 가야죠." 그래서 따라가게 된 것이제. 그래가지고 첫 무대가 어디냐 그러면, 막 가니까, 여수 저 선창가에서 무대를 보고 있더라고. 그리 가서 인제 허고. 그때만 해도 나는 쑥대머리 한 마디씩 하고, 단가 한 마디씩 해주고 인자. 소년 명창 그래갖고 소개를 하고. 그 다음에 연극 같은 것 하면, 산마이, 잉. 즉 말하자면 주역 말고, 주역 다음에 또 다음. 산마이나 시키고 그런단 말이여. 그리고 인제. 하고 다니다가 인자 하고 재미있게 하고 다닐 판인데, 아버지한테 붙들려 왔단 말이여.[62]

화자가 소속된 단체가 활동했던 시기는 대략 1959년에서 1960년이다. 과거 순천을 중심으로 전남 동부지역에서 활동한 창극단이 있었는데, 단체명이 순흥창극단이었다. 박황의 기록에 의하면, 순흥창극단은 한국전쟁 전에 시골 등을 돌아다니면서 공연을 하였고, 한국전쟁 시기에 해산되어 주광득, 배금찬, 김녹주, 성옥란, 김준옥[63] 등이 박후성이

62 서사단위 12.

63 박황은 지역 창자 중의 한 사람으로 김준옥을 언급하고 있다. 그런데 필자가 현지 조사를 하는 과정에서 많은 제보자들이 벌교를 중심으로 활동한 창자를 임준옥이라 하였고, 화자 또한 임준옥으로 칭하였다. 박황이 『창극사연구』를 집필하는 과정에서 임준옥을 김준

운영하는 '국악사'에 입단하였다고 한다.[64] 순흥창극단에 대한 기록은 『순천시사』에서도 찾아볼 수 있다. 1948년부터 순천에 거주한 박봉술이 그의 제자들과 함께 20여명 규모의 순흥창극단을 조직하였다는 것이다.[65] 박봉술 중심의 순흥창극단과 박황이 언급한 순흥창극단이 동일한 조직인가는 좀 더 살펴볼 필요가 있다. 과거부터 순천을 중심으로 전남 동부지역을 '순흥'이라 하였기에, 이 지역을 중심으로 활동한 여러 창극단을 '순흥창극단'이라 칭했을 가능성도 있기 때문이다. 또한 1940년대 후반부터 조직된 창극단은 장기간 공연을 계속하는 것이 아니라 특정한 계기에 의해 평소 인맥이 있던 사람들이 일시적으로 모였다가 공연 후 해체하기를 반복한 특징을 보인다.[66] 이런 상황을 고려한다면, 박봉술 중심의 순흥창극단과 박황이 언급한 순흥창극단은 동일한 연행판을 가지고 활동했으나 인적 구성면에서 조금 차이가 있는 창극단일 가능성이 높다. 화자는 자신이 참여한 창극단을 순흥창극단이라 칭했다. 그러나 화자의 창극단은 박황과 박봉술의 순흥창극단이 아닌 향창들이 당시의 필요에 의해서 조직한 창극단이지 않은가 생각된다.

더불어 다음과 같은 가능성도 배제할 수 없다. 임준옥이 화자에게 창극단 참여를 권유하면서 박후성을 언급한 대목이 주의를 끈다. 박후성은 한국전쟁 시기 대동국악사라는 창극단을 조직하였고, 이후 국악사로 개칭하여 전국을 배경으로 공연활동을 전개한 인물이다.[67] 이에 임준

옥으로 오기한 듯하다.

64 박황, 앞의 책, 197쪽.

65 순천시사편찬위원회, 앞의 책, 758쪽.

66 성기련, 앞의 논문, 248쪽.

67 박황, 앞의 책, 193~195쪽.

옥과 화자가 참여한 단체가 전국 단위로 활동한 창극단이었을 가능성도 배제할 수 없다. 그러나 화자는 당시 자신이 참여했던 단체가 전남 동부 지역에 한정해서 활동한 창극단임을 누차 강조했다. 다음 구술을 통해서 화자의 창극단의 주요 활동 지역을 짐작할 수 있다.

> 여수서, 열흘 한 2~3일 있다가. 그 다음에 어디로 갔냐면, 고흥으로 와서. 고흥 장터에서 한 열흘, 한 5일인가, 열흘인가? 한 일주일 한 것 같다. 그리고 저 복남면 갔어. 나라도, 나라도. 복남면에 가서 또 쳐놓고. 한 3일인가 했을 거야 아마. 하고, 또 거문도로 넘어갔어. 거문도 가서 3일인가, 4일인가 하고. 다시 나라도로 와갖고, 다시 포장을 치고 나라도에서 할라고 하는데 비가 왔어. 그래서 인제, 비가 와갖고 못하고 있는데. 근데 비가 개서 다시 시작 할라고, 막 그날 첫날 시작했는데 아버지가 쫓아와갖고.[68]

화자가 창극단에 참여하여 처음으로 공연했던 곳이 여수 선창가였다. 이후 창극단은 전남 동부의 섬 지역을 중심으로 활동하였다. 창극단이 한 지역에 머물면 짧게는 2~3일, 길게는 일주일 동안 공연을 했다. 화자는 자신이 속한 창극단은 여수, 순천, 광양, 고흥, 보성, 구례를 벗어나지 않았다고 한다. 당시 전북지역과 전남 서부지역은 다른 지역 창극단이 활동하고 있어서, 그들의 공연판에 가지 않은 것은 암묵적인 규칙이었다고 한다.

화자의 창극단은 시골을 중심으로 공연활동을 했다. 창극이 1940~50년대까지 일시적으로 인기를 얻지만, 한국전쟁 이후 사양길로

68 서사단위 13.

접어든다. 특히 여성국극이 출현하면서 창극의 인기는 급속히 추락한다. 여성국극은 1948년 박녹주, 김소희가 중심이 되어 결성한 여성국악동호회가 그 시초였으며, 한국전쟁 시기를 거치면서 대중의 인기를 독차지 하게 된다. 여성들로만 이루어진 출연진의 특이성, 화려한 볼거리의 제공, 어려운 창의 사설보다 알아듣기 쉬운 말로 구성된 대사 등이 여성국극이 인기를 얻게 된 이유였다.[69] 여성국극이 판소리를 기반으로 분기한 공연물이지만 인기를 얻게 된 요인이 전통의 창극문화를 훼손하는 원인으로 지적되기도 했다. 그래서 여성국극의 인기는 창극문화의 부흥을 이끄는 대체 공연물이 아닌 기존의 창극단 소멸을 부추기는 대척물이 되었다. 일례로 1952년 가을, 김연수의 우리국악단과 여성국극의 햇님국극단이 부산에서 같은 시간 공연을 하였는데, 많은 관객들이 햇님국극단에 몰려들면서 김연수의 창극은 흥행에 실패하였다.[70] 여성국극단은 한국전쟁 이후 우후죽순으로 생겨서 극문화의 흥행을 주도하게 된다. 반면 남녀 혼합 창극단은 흥행에 참패를 면하지 못하면서 시골 방방곡곡의 순회 공연에 더 치중하게 된다.[71] 여성국극 등 새로운 연희물이 도시 중심으로 소비되면서 창극의 입지는 좁아질 수밖에 없었다. 화자의 창극단도 변화된 환경에서 도시보다 시골을 중심으로 공연활동을 전개한 것이다.

---

69 전성희, 「한국여성국극연구(1948~1960)」, 『드라마연구』 제29호, 한국드라마학회, 2008, 149쪽.

70 박황, 앞의 책, 211쪽.

71 성기련, 앞의 논문, 259쪽.

> 그때만 해도 열댓 명이 넘어. 열댓 명 넘는 것이 뭣이냐 그러면 공연한 사람들만 있는 것이 아니고, 거기는 옷가지 준비해 준 사람도 있고, 포장 치는 사람도 있고. 무대 뒤를 보는 사람도 있고. 이십 명이 넘어, 이십 명이. 인제 공연 순서는 맨 처음에 예를 들어서 **로 문을 연달지, 그래가지고 연극을 하게 되면 시간이 많이 걸리고. 연극은 않고, 판소리를 하고, 가야금 병창을 하고, 무용을 하고 그런 식으로 꾸미면, 보통 한 무대 꾸미면 보통 두 시간, 한두 시간 내지, 최하 적어도 한 시간 반 이상 걸리지. 많이 걸리면 두 시간 이십 분, 흥부전 같은 것 완판 짜면 거의 두 시간 이상 걸리는데. 거의 완판은 안 짜지. 도막무대로 하지. 한 시간 무대 하고, 그 다음에 판소리 하고, 무용하고. 약장사판에서는 보통 그 간단한 이십 분 내지 십 분 그 사이에서 간단하게 꾸미지만. 천막은 쳐놓고 돈 주고, 손님을 받아들이는 것은. 순흥창극단 같은 것은 순전히 그거거든, 약장사가 아니고. 창극, 창극, 그니까 오늘 저녁에 반을 하면, 내일 저녁에 반을 하고. 또 왜 그렇게 하냐? 쪼개서 하냐? 내일 또 보러 오기 위해서. 연속극 보듯이. 그 연결시켜 볼라고. 춘향가 같은 경우는 보통 한 3일 걸려서 한바탕 하고. 보통 심청전 같은 것은, 보통 흥부전 같은 것은 이런 것은 보통 이틀. 이틀 해서 한바탕 끝을 내. 그니까 판소리 보다는 말이 많고, 사설이 많잖아. 굿은 그니까 그것을 늘릴 수도 있고, 줄일 수도 있고. 그렇게 되니까, 지금 생각해 보면 그때 그렇게 했던 연극을 지금 볼 수가 없어. 그렇게 재미있게 잘 돼.[72]

화자의 창극단은 재래의 민간협률사식 공연 구성을 유지하고 있었다. 성기련은 다양한 전통 연희와 함께 창극이 촌극 형태로 공연하는 단체를 민간협률사로 통칭하였고, 창극 작품 하나를 가지고 공연하는 단체를 창극단으로 분류하였다. 그래서 창극단은 극이 중심이었기에 전국을

72 서사단위 35.

배경으로 공연활동을 폈던 반면에 민간협률사는 남도잡가와 판소리가 공연에 포함되었기에 호남지역을 거점으로 활동하였다고 한다.[73] 화자는 자신이 소속된 단체를 창극단이라고 하였다. 그러나 그 공연방식에 있어서는 민간협률사의 모습을 보였다. 민간협률사의 공연방식은 창극이 발생한 초창기부터 유지된 것이다. 1909년 경성의 연흥사에 공연된 형식을 보면 셋 내지 네 명이 소고를 놀리면서 난봉가·사거리·방아타령·담바고타령을 불렀으며, 이 선소리패 연희에 이어 기생의 잡타령과 창극 춘향가가 공연되었다고 한다. 19세기 초 원각사 공연을 회고한 현철은 총 세 과장으로 나누어져 공연을 하였는데, 첫째 과장은 관기춤, 둘째 과장은 걸립, 셋째 과장은 춘향전·심청전을 공연하였는데 삼일씩 분할해서 연행했다는 것이다.[74] 이러한 공연방식은 자체적으로 발흥한 지역 창극단에도 영향을 주어서 전술한 1909년 광주 〈양명사〉의 공연에도 차용되었다.

그런데 민간협률사의 공연방식에도 약간의 차이가 있다. 전반부에 다양한 전통 연희를 배치하고 후반부에는 판소리 사설 중 재미있는 대목을 촌극으로 구성하는 경우도 있고, 아니면 판소리의 전체 사설을 분할해서 공연하는 예도 있다. 화자의 창극단은 재래의 민간협률사 공연방식을 유지했지만, 후반부 창극 공연은 연쇄극 형태의 완판 공연을 지향하였다. 화자의 창극단은 한 지역에서 짧게 2~3일, 길게는 일주일 정도 체류하면서 공연하였는데, 공연 기간에 맞춰서 완판의 판소리 사설을 분할하여 공연하였다. 이러한 연쇄극 형태의 공연방식은 청중의

73 성기련, 앞의 논문, 247쪽.

74 백현미, 「창극형성의 배경과 그 과정」, 『판소리연구』 제1집, 판소리학회, 1989, 137~138쪽.

계속적인 방문을 유도하면서 경제적인 이익을 취하기 위한 전략이었다.

더불어 화자는 창극단의 성격을 명확히 규정하였다. 1960년을 전후로 많은 포장극단, 나일론극단이 등장한다. 포장극단과 나일론극단의 명칭은 극단의 성격을 규정짓는 명칭이 아닌 공연 무대의 형태에 따라서 붙여진 것이다. 창극단이 시골을 순회할 경우, 일정 지역에 포장을 치고 공연한다. 그래서 이러한 극단을 일명 포장극단, 나일론극단이라 하였다. 그런데 1960년대 이후 판소리와 민요, 창극 등이 자체의 예술로 소비되지 못하고 일명 약장사들의 상품을 판매하기 위한 매개로 이용된다. 약장사들은 지역을 돌아다니면서 소비자들을 한 장소에 모이게 할 목적으로 전통 연희자를 동원하였다. 당시 판소리 창자들은 약장사와 일정 계약을 맺고 공연하였고, 약장사들은 공연 막간을 이용해서 청중을 대상으로 상품을 판매하였다. 이런 약장사들의 단체도 포장을 치고 공연을 하였기에 포장극단 및 나일론극단으로 불렸다. 화자의 창극단은 같은 포장극단의 모습을 보이기는 했지만 약장사의 포장극단과 성격이 분명 달랐다. 덧붙여 재래의 민간협률사식 공연구성을 보여주고 있지만, 전통 판소리를 바탕으로 완판 창극을 공연했다는 특징을 보이고 있다. 화자의 창극단은 세태의 변화 속에서 나름 전통적 가치를 보존하면서 공연활동을 전개했던 것이다. 또한 당시 전문적인 창극단은 고전 판소리뿐만 아니라 창작 작품도 무대에 올리면서 세태의 변화에 대응하였다. 그러나 화자의 창극단은 새로운 창극을 창작하여 공연할 수 있는 수준은 아니었다.

그러니까 장월중선 선생한테 목포에 가서 공부를 하고 있는 것이 뭐이냐 하면. 심청가를 배운디. 그때 심청가는 동편제 심청가인데 틀려. 그 인제 주과포를 그 양반한테 배웠는데. 배우다가 인제 어느 날 가니까 없어.

> 또 공부를 하러 가니까. 나중에 알고 보니까 단체에 가셔부렀다 그래. 단체에서 불러서 갔다고. 그러고 있는 판인디. 나도 인제 집에서 농사 짓고 있다가, 또 그래도 생각이 나서 객지를 나와야 내가 돈을 벌어갖고 소리를 배우제, 집에서 소리를 못 배우잖아. 그러게 나온 것이 인제, 저 간 것이 부산으로 내려 가게 됐제. … 19살 때나 되었나? 19살 때나 됐을 것이여, 아마. 그래갖고 18살 먹어서 긍가. 가 가지고. 뭣이냐, 동동구르므 장사 하다가 포항으로 장사를. … 북치고 다니면서 파는 구르므. 크림, 크림, 얼굴 바라는 크림. 동동구르무라고 들어보도 안 했는갑다. 저 저런 북을 밀고 다니면서 화장품, 여기다 밀고 대니면서 치고 다니면서 노래 부르고.[75]

화자는 아버지에 이끌려 고향에 돌아오면서 창극단 생활을 마감하였다. 그러나 화자는 판소리에 대한 미련을 버리지 못하고 목포까지 가서 판소리 학습을 이어간다. 어느 날 화자는 판소리를 배우기 위해서 선생을 찾아갔는데, 단체 공연 때문에 선생이 타지로 나갔다는 소식을 듣게 된다. 화자는 이를 계기로 다시 집을 나와 부산으로 간다.

위의 구술은 1960년대 판소리 창자들의 행보를 간접적으로 보여주고 있다. 창극단은 영화와 라디오가 보급되고, 여성국극 등의 공연물에 밀려서 존립자체가 어렵게 되었다. 그러나 다행스럽게 1962년 국립국극단이 출범하면서 창극이 안정적으로 공연될 수 있는 토대가 마련되었다. 당시 국립극장 개관 기념 창극으로 춘향전이 공연되었고, 전국의 판소리 창자들이 이 공연을 위해서 모이게 된다. 그러나 창극 공연이 끝난 뒤에 예산 문제로 국립국극단의 구성 인원은 20명으로 제한되었고, 급여 또한

75 서사단위 15~16.

공연이 있을 때에 차등 지급하게 된다. 그나마 국립국극단이 창설된 것은 다행이었지만, 모든 판소리 창자들이 혜택을 받을 수 있는 것은 아니었다.[76] 그래서 많은 판소리 창자들은 다시 전국적으로 흩어져서 생계를 위해서 독자적으로 활동해야 했다. 판소리 창자들은 인기 있던 여성국극단에 들어가거나 약장사들과 계약해서 공연활동으로 생계를 유지할 수밖에 없었다. 화자는 당시 부산에서 활동하다가 약장사의 눈에 들어서 공연단체에 들어가게 된다. 그런데 당시 약장사의 단체에는 당대 명창들이 다수 있었다고 한다.[77] 이 시기에 오면 판소리와 창극은 자체적으로 소비될 수 있는 예술상품으로서 가치를 잃게 된다. 화자의 창극단은 판소리와 창극이 예술상품으로서 가치를 유지하면서 소비됐던 마지막 대응에 해당되며, 이후 판소리 창자와 창극은 상품 판매의 매개 수단이나 국가의 보호를 받으면 보존되어야 할 대상이 됐던 것이다. 이러한 모습이 당시의 화자와 판소리 창자들의 모습에서 알 수 있다.

화자의 구술생애담 중 창극단 경험은 나름 의미를 지닌다. 창극에 대한 기존의 연구들이 소수의 명창이나 전국 단위로 활동했던 창극단 중심으로 이루어졌다. 이런 상황에서 지역 판소리 창자들이 시대의 변화에 대응하면서 행했던 창극단 활동이 조명을 받지 못할 수밖에 없었다. 과거 판소리 창자들의 기억과 구술에서 지역 창극단에 대한 활동이 단편적으로 언급되기도 한다. 하지만 이러한 기억과 구술이 지역에 창극단이 있었다는 정도만 확인시켜줄 뿐 그 활동과 의미에 대한 본격적인 연구로 발전하지 못했다. 이에 화자의 구술이 정확성과 신빙성 부분

---

76 박황, 앞의 책, 263~268쪽.

77 서사단위 16.

에 나름의 문제를 내재하고 있지만 대략적으로나마 1950~60년대 전남 동부지역에서 활동한 지역 창극단의 모습을 살펴볼 수 있었다는 데 가치를 부여할 수 있다.

5. 결론

화자는 유년시절부터 전남 동부지역에 거주하면서 판소리 문화를 접해왔다. 그의 구술생애담 속에는 단지 주체의 경험만 있는 것이 아니라 타자의 경험, 그리고 집단의 경험까지 내재해 있었다. 특히 그간 판소리 연구사에 주목받지 못하고 소외된 향창들과 지역 창극단의 모습이 파편적으로 흩어져 있었다. 이러한 파편들이 한 개인에게 단편적인 경험으로 취급될 수 있지만, 종합적으로 검토될 경우 1950년대 이후 지역의 판소리사를 조망할 수 있는 중요한 자료가 될 수 있다. 이에 본 연구는 화자의 구술생애담을 통해서 서사적 차원과 사실적 차원이 교호하는 지점에서 판소리를 주제로 지역문화의 변동에 따른 주체들의 대응 양상을 살펴보았다.

판소리는 1950년대 이후 대중적으로 소비될 수 있는 지반을 잃게 된다. 이 과정에서 무형문화재라는 제도의 보호 속에서 보존과 전승의 토대를 새롭게 구축하였다. 그러나 제도의 밖에 있었던 향창은 소멸의 위기에 봉착하게 되었다. 또한 계급적 틀에서 판소리 향유주체로 머물렀던 사람들이 연행주체로 전환되는 과정에서 기존의 소리판은 다양한 변화를 겪게 된다. 판소리의 문화지형이 변화되는 과정에서 한 개인이 판소리 창자에서 직업적인 고수를 선택하게 된 과정과 그의 주변에 있던 향창들이 시대의 변화에 어떻게 대응하였는지, 그리고 지역의 창극단이 기존의 창극단과 어떤 변별된 특징을 갖고 활동했는가를 본 연구를 통해서 살펴보았다.

기억은 시간이 흐름에 따라 왜곡과 굴절을 동반한다. 그래서 기억을 통해서 과거의 사실을 재구하고 살펴보는 것은 항시적으로 많은 문제를 지니고 있다. 본 연구 또한 한 개인의 생애 이야기를 통해서 민속지적 독해를 시도했지만 과거 모습을 올곧게 조망하기엔 나름 한계를 지닐 수밖에 없었다. 이와 같은 문제는 과거 지역의 판소리 문화를 담당했던 주체들, 즉 다양한 연행주체와 향유주체의 기억이 집합되면서 해결될 수 있으리라 기대해 본다. 전남 동부지역은 한국의 판소리 문화가 시작되고 부흥하는데 중요한 역할을 했던 곳이다. 그러나 이 지역의 판소리 문화가 근현대로 넘어오면서 어떤 모습으로 변화되었는지 살펴보는 연구가 많이 부족했다. 비록 한 개인의 구술생애담을 통해서 근현대 시기의 지역의 판소리 문화를 조망하기는 했지만, 추후 확장적 연구를 통해서 심도 있게 살펴볼 필요가 있다.

『배달말』 57권(배달말학회, 2015.12.)에
게재한 원고를 재수록한 것임.

참고문헌

1. 단행본
김명환 구술, 『내 북에 앵길 소리가 없어요』, 뿌리깊은나무, 1992.

박황, 『창극사연구』, 백록출판사, 1976.
백현미, 『한국 창극사 연구』, 태학사, 1997.
순천시사편찬위원회, 『순천시사-문화·예술편』, 순천시, 1997.
장철수, 『한국 민속학의 체계적 접근』, 민속원, 2000.
최동현, 『판소리명창과 고수연구』, 신아출판사, 1997.
판소리학회 엮음, 『판소리 명창론』, 박이정, 2010.
마저리 쇼스탁, 유나영 옮김, 『Nisa 니사-칼라하리 사망의 !쿵족 여성 이야기』, 삼인, 2008.
이언 와트, 이시연 외 옮김, 『근대 개인주의 신화』, 문학동네, 2004.
제임스 클리포드 외, 이기우 옮김, 『문화를 쓴다-민족지의 시학과 정치학』, 한국문화사, 2000.

2. 논문
김남희, 「구술생애담에 나타난 자기 표현에 관한 연구」, 『산청어문』 제36집, 서울대학교 사범대학 국어교육과, 2008.
김석배, 「판소리의 보존과 전승 방안」, 『문학과 언어』 제31집, 문학과언어학회, 2009.
김용찬, 「벽소 이영민과 〈순천가〉」, 『한민족어문학』 제58집, 한민족어문학회, 2011.
배영동, 「마을사회의 의식주 민속지 작성법」, 『민속연구』 제12집, 안동대학교 민속학연구소, 2003.
백현미, 「창극형성의 배경과 그 과정」, 『판소리연구』 제1집, 판소리학회, 1989.
성기련, 「1940~1950년대의 판소리 음악문화 연구」, 『판소리연구』 제22집, 판소리학회, 2006.
유영대, 「창극의 전통과 국립창극단의 역사」, 『한국학연구』 제33집, 고려대학교 한국학연구소, 2010.
이경엽, 「무속의 전승 주체:호남의 당골제도와 세습무계의 활동」, 『한국민속학』 제35집, 한국민속학회, 2002.
______, 「장흥신청 조사연구」, 『한국무속학』 제18집, 한국무속학회, 2009.
이명진, 「광주국악사의 전개와 명고 김성권의 역할:8.15 해방 이후를 중심으로」, 『판소리연구』 제31집, 판소리학회, 2011.
이영금, 「호남 세습무계의 횡단적 관계망과 그 문화적 영토의 종합성」, 『비교민속학』 제50집, 비교민속학회, 2013.
이윤선, 「청암 김성권의 생애와 고수의 길」, 『판소리연구』 제31집, 판소리학회, 2011.
이진원, 「박동실의 "창극이 걸어온 길을 더듬어"」, 『판소리연구』 제18집, 판소리학회, 2004.
이희영, 「사회학 방법론으로서의 생애사 재구성」, 『한국사회학』 제39집, 한국사회학회, 2005.
_____, 「타자의 (재)구성과 정치사회학」, 『한국사회학』 제40집 6호, 한국사회학회, 2006.
_____, 「텍스트의 '세계' 해석과 비판사회과학적 함의-구술자료의 채록에서 텍스트의 해석으로」, 『경제와사회』 제91호, 비판사회학회, 2011.
임재해, 「『혼불』의 민속지로서 가치와 서사적 형상성」, 『혼불과 전통문화』, 신아출판사, 2003.
전경수, 「물상화된 문화와 문화비평의 민속지론:민속지의 실천을 위한 서곡」, 『현상과인식』 통권 50호, 한국인문사회과학회, 1990.
전성희, 「한국여성국극연구(1948~1960)」, 『드라마연구』 제29호, 한국드라마학회, 2008.
조세훈, 「판소리 명창의 사회적 공인화 과정에 관한 일 연구」, 『민족문화논총』 제50집, 영남대학교 민족문화연구소, 2012.
천혜숙, 「영남지역 지역사와 민속지 연구의 동향과 과제」, 『역사민속학회』 제16호, 한국역사민속학회, 2003.
최동현, 「문화 변동과 판소리」, 『판소리연구』 제31집, 판소리학회, 2011.
_____, 「판소리 완창의 탄생과 변화」, 『판소리연구』 제38집, 판소리학회, 2014.
표인주, 「순천 판소리의 전승실상과 특징」, 『남도문화연구』 제27집, 순천대학교 남도문화연구소, 2014.
한정훈, 「판소리 창자 염금향의 생애와 순천 지역에서의 역할에 대한 고찰」, 『지방사와 지방문화』 제17권 2호, 역사문화학회, 2014.
허정주, 「'가왕' 송흥록 생애사의 민족지적 연구」, 『판소리학회 학술대회』, 판소리학회, 2011.

〈첨부자료: 화자 구술생애담 서사 구성표〉

단위	내용
1	나는 유년시절에 농악패의 걸립을 보고 음악에 관심을 갖게 되었다.
2	나는 전라남도 보성군 벌교읍에서 5남매 중 넷째로 태어났다.
3	나는 집안 형편이 어려워 고등학교에 진학하지 못하였고, 판소리를 배우기 시작했다.
4	나는 결혼 이후에도 일을 하면서 판소리를 배웠다.
5	나는 순천으로 이주한 이후에 판소리 학습을 그만두고 직장생활을 하였다.
6	나는 1990년부터 직장생활을 그만두고 전문적인 판소리 고수로 활동하였다.
7	나는 어린 시절 고향에서 유명한 농악패에 속해서 지역에서 공연하였다.
8	나는 벌교시장에서 약장사의 판소리 공연을 보고 흥미를 느꼈다.
9	나는 유년시절 목소리가 좋아서 동네 소리판에서 선소리꾼이 되기도 했다.
10	나는 개인적으로 남자는 임준옥 명창, 여자는 박초월 명창의 소리가 제일 좋았다.
11	과거 판소리 명창들은 자신의 제자들과 창극단체를 만들어 공연을 다녔다.
12	나는 임준옥에게 판소리를 배웠고, 그의 권유로 지역 창극단에서 활동하게 되었다.
13	나는 전라도 동부지역을 유랑하면서 단체생활을 하다가 아버지에게 붙들려 집으로 돌아오게 되었다.
14	과거 순천에서 활동한 명창들은 뜨내기가 많았다.
15	나는 집으로 돌아서 일을 하면서 틈틈이 목포의 장월중선에게 판소리를 배웠다.
16	나는 가출한 후에 부산으로 가서 창을 하고 잡화를 팔았다.
17	나는 지역의 약장사 제안으로 명창들의 공연패에 합류하게 되었다.
18	나는 포항에서 아버지에게 잡혀서 집으로 돌아오게 되었다.
19	나는 제대한 후에 부모님의 주선으로 결혼하였다.
20	나는 화순광업소에 취직하였고 국악 동호회에서 활동하였다.
21	나는 화순광업소를 그만두고 벌교에 정착하였고 지역의 여성 창자에게 판소리를 배운다.
22	나는 판소리를 가르쳐준 여성 창자와 연인 사이가 되었다.
23	나는 순천에서 여성 창자와 동거생활을 시작하였다.
24	나는 판소리 학습을 그만두고 직장생활만 하였다.
25	나는 순천에서 직장생활을 하면서 취미삼아 판소리 고수로 활동하였다.
26	판소리꾼들은 한이 많아서 공연으로 번 돈을 술 사먹는 데 모두 써버렸다.
27	지역의 판소리꾼들은 각자의 삶이 많이 힘들었다.
28	나는 직장생활을 그만두고 전문적인 판소리 고수의 길을 가기로 결심했다.
29	나는 여성 창자와 동거생활을 정리하였다.
30	나는 전국대회에서 고수로 상을 받은 이후 광양에 학원을 열었다.

31	나는 학원을 순천으로 옮겨와서 많은 제자를 육성하였다.
32	나는 유년시절 창극단을 다니면서 유명한 명창들의 이야기를 들었다.
33	순흥창극단 시절 많은 명창들이 가난한 생활을 하였다.
34	나는 지역 창극단에 있으면서 여성의 유혹을 받았다.
35	순흥창극단은 가야금 병창, 무용, 창극을 중심으로 공연을 하였다.
36	순흥창극단 입장료는 당시 쌀 한 되 값이었고, 관객 수는 편차가 컸다.
37	보성 선씨는 무속인 집안으로 판소리 명창들이 다수 배출되었다.
38	지역 판소리 창자들은 과거 잔치집이나 상갓집에 가서 소리를 하였다.
39	장월중선은 판소리 학습에 있어서 철저히 하였다.
40	순흥창극단은 전남 동부 육군 지역을 중심으로 활동하였다.
41	경상도 약장사 공연은 간단한 창 중심이었고, 노래보다는 연극 중심이었다.
42	나는 판소리 고수로 활동하는 생활에 만족하고 있다.
43	순천 지역 판소리 창자들은 무속인 출신이지만 현대에 와서 무속활동은 전혀 하지 않았다.
44	나는 최근에 문화재 신청을 하였지만 계속 반려되고 있는 상황이다.
45	많은 예술인들이 순천을 배경으로 과거에 활동하였고, 현재에도 활동하고 있다.

제2부

현대문학

박태원의 「천변풍경」 속 '소문'으로 읽는 근대의 풍경

엄숙희

1. 일상 풍경으로서의 '소문'

박태원의 「천변풍경」에는 1930년대 서울 청계천변에 살고 있는 갖가지 인간 군상들의 일상이 다채롭게 그려지고 있다. 돈 많은 중인 남성들은 이제 근대식 이발소에서 머리를 다듬고 카페에서 시간을 보낸다. 시골에서 상경한 가난한 여성들은 남의집살이를 하거나 카페의 여급으로 일하며 돈을 번다. 결혼 풍경도 달라졌다. 동경유학생과 신식여자가 자유연애를 하고 신식결혼을 한다. 그러는 한편에서는 가난한 기층민 여성들은 여전히 전근대적인 부부관계 속에서 남편들의 일상적인 폭력을 감내하며 비극적인 삶을 살아가고 있다. 이에 더해 남성들은 천변을 떠들썩하게 하는 온갖 추잡한 스캔들을 끊임없이 만들어내고 있다. 그렇게 천변의 풍경은 다채롭다.

천변의 생활상이 다채로운 만큼 천변에는 항상 갖가지 소문이 무성하다. 가산을 탕진하고 귀향하는 사람들에 대한 소문, 거리의 신사에 대한 소문, 하층민 여성들의 행실을 문제 삼는 소문, 바람을 피우는 남편들 때문에 고생하는 여인들에 관한 소문, 바람을 피면서도 뻔뻔하게 잘 살고 있는 남성들의 추문 등이 난무하다. 소문의 성격이 다양한 만큼 소설 속에서 유포되는 소문의 대상 또한 다양하다. 소문을 주고받는 그네들의 처지와 별반 다를 게 없는 가까운 이웃들이나 행실이 문제가 되는 여성들이 소문의 대상이 되는가 하면 그들과는 무관해 보이는 중인이나 상인 출신의 부르주아들이 소문의 대상이 되기도 한다. 이렇듯 「천변풍경」에는 근대적 도시의 일상을 살아가고 있는 다양한 계층의 사람들에 관한 온갖 소문들이 나돌고 있다. 그러면서 이러한 소설 속 소문의 양상들은 그 자체가 천변의 일상을 보여주고 있는 하나의 풍경이 된다. 「천변풍경」 속에서 이처럼 사람들 사이에서 유포되는 갖가지 소문들은 당시의 세태를 반영하고 있다. 「천변풍경」 속 소문에는 당시 사람들의 관심사가 무엇이고 그것을 바라보는 사람들의 시각이 어떠한지, 그리고 그것을 누구에게 어떤 식으로 흥미 있게 전달하는지가 생생하게 담겨져 있다. 따라서 여기서 얘기되는 소문은 단순한 흥미위주의 이야기만을 의미하지는 않는다.

소문은 보편적인 인간의 특성으로 사람들이 모여 사는 곳 어디에서나 시작되고 퍼져나간다.[1] 그래서 인간은 누구도 소문에서 자유로울 수 없다. 또한 소문은 결코 개인의 사적인 의견 표출이 아닌, 적어도 두 사람 사이에서 일어나는 행위이며 집단현상이다. 정확히 말해 소문은 궁극적으로 의사소통 행위인 것이다.[2] 이러한 소문은 대개 모호하거나 잠재적 위협이 될 수 있는 상황에서 발생한다.[3] 인간은 어떤 경우든 상황을 이

1 니콜라스 디폰조, 곽윤정 역, 『루머사회』, 흐름출판, 2012, 8쪽.

2 위의 책, 56쪽.

해하고 효과적으로 행동하고자 하는 사회적 동기를 지닌다. 대표적으로는 문화적으로 정의된 규범이 인간 행동의 준거로 작용하지만 실제로 발생하는 여러 사건들은 명쾌하게 맞아떨어지지 못하거나 그 의미가 불분명한 경우가 많다. 이때 개인은 집단 속에서 상황을 이해하고 행동하게 되는데, 이러한 집단사고의 산물이 소문이 된다. 이렇다고 할 때 소문은 어떤 집단의 상태가 모호하고 불확실하며 혼란스러운 상황에서 발생하는 집단적 사고의 결정체라 할 수 있다.[4] 그리고 이렇게 만들어진 소문은 "사람들의 이목을 집중시키고 감정을 부채질하면서 참여를 유발한다. 그럼으로써 인간의 태도와 행동에 영향을 미치기"[5]까지 한다.

이런 식으로 인간의 역사 속에서 생성된 소문들은 인간 자체가 그렇듯이 그냥 단순히 존재하는 것이 아니라 복잡한 구성물로서 인간의 역사를 해석할 수 있는 도구가 된다.[6] 따라서 소문은 시대적 연관관계 속에서 해석된다. 왜냐하면 하나의 특정한 사건과 하나의 주어진 상징적 체계 사이의 관계로서 그리고 사건으로서 소문은 소문이 생겨난 연관관계의 틀 내에서 비로소 그 의미를 얻기 때문이다.[7] 소문의 성격이 이와 같다고 했을 때 「천변풍경」 속에서 그려지고 있는 소문의 의미는 단순하지 않다. 소설 속의 소문은 천변 주변의 인물들 사이에서 생성되고 유포되는 단순한 이야깃거리가 아니라 당시 천변을 생활의 터전으로

---

3 니콜라스 디폰조·프라산트 보르디아, 신영환 역, 『루머심리학』, 한국산업훈련연구소, 2008, 25쪽. 여기서 말하는 모호한 상황이란 사건이 지니는 의미가 뚜렷하지 않고 중요성이 명확하지 않거나 그 사건이 어떤 효과를 미칠지 확실하지 않음을 말한다.(위의 책, 25쪽)

4 위의 책, 25쪽.

5 위의 책, 10쪽.

6 한스 j. 노이바우어, 박동자 역, 『소문의 역사』, 세종서적, 2001, 13쪽.

7 위의 책, 15쪽.

삼고 살아가는 기층민들의 사유체계와 그 사유체계를 만들어내고 있는 당시의 불확실한 시대상을 표현하고 있다고 할 수 있다. 따라서 식민시기 경성에 살고 있는 기층민들에게 포착된 당대의 소문의 대상은 무엇이며, 그 소문들의 양상은 어떠한지, 그리고 그 의미는 무엇인지를 밝혀보는 작업은 유의미한 작업이 될 것이다.

박태원의 「천변풍경」은 발표 당시 당대 민중들의 일상적 삶을 잘 그려낸 세태소설로 평가받았다. 이후 「천변풍경」에 대한 논의는 작품의 독특한 서술기법이 만들어내는 의미를 파악하는 데 집중되거나[8], 제목이 암시하듯 작품 전개상 중요한 배경이 되고 있는 청계천변의 공간성을 중심으로 한 논의[9]가 진행되었다. 그 결과 「천변풍경」이 만들어낸 독특한 미학성은 어느 정도 의미부여가 됐지만 대체적으로는 모더니즘적 측면이나 사실주의적 측면 모두에서 그다지 좋은 평가를 받지 못한게 현실이다. 「천변풍경」이 세태소설로서 당대의 도시적 일상성을 잘 그려내고는 있지만 자본주의적 도시의 일상성을 비판하는 현실인식이 부족하다는 인식이 지배적이었다.[10] 하지만 기존의 이런 평가는 「천변풍경」을 지나치게 모더니즘적 관점이나 사실주의적 관점으로 평가해서 「천변풍경」이 지니고 있는 다양한 의미를 간과한 측면이 크다.

---

8 이러한 경향의 대표적 연구로는 천정환, 「박태원 소설의 서사기법에 관한 연구」, 서울대학교 석사학위논문, 1997.; 이정옥, 「박태원 소설연구: 기법을 중심으로」, 연세대학교 박사학위논문, 2000.; 류수연, 「박태원의 고현학적 창작 기법 연구」, 인하대학교 석사학위논문, 2003. 등이 있다.

9 이에 해당하는 연구로는 김태진, 「박태원~ 중심으로」, 서강대학교 석사학위논문, 2000.; 신재은, 「1930년대~ 중심으로」, 서강대학교 석사학위논문, 2002. 등이 있다.

10 관련 연구들로 최혜실, 「1930년대 한국 모더니즘 소설 연구」, 서울대학교 박사학위논문, 1991.; 권은, 「경성~ 중심으로」, 서강대학교 박사학위논문, 2013. 등 다수가 있다.

이런 시각에서 「천변풍경」이 세태소설이라는 측면에 더 주목할 필요가 있다. 세태소설이라는 것은 단순하게 당대의 일상과 풍속을 세밀하게 잘 포착해서 보여주기만 하는 것은 아니다. 세태소설은 "당대 사회의 윤리, 비윤리, 사상적 측면 등 인간들의 삶의 형태를 비롯한 사회의 반영체"[11]로서의 의미를 지닌다. 이러한 총체적 사회상은 세태소설이 취하고 있는 다양한 서사장치를 통해서 드러난다. 그럴 때 「천변풍경」에서 중요한 서사장치로 기능하고 있는 '소문'의 역할에 주목할 필요가 있다. 이와 같은 맥락으로 기존 연구에서도 「천변풍경」의 소문에 주목한 연구로 손유경의 「'소문'으로 다시 쓰는 박태원의 「천변풍경」론」을 볼 수 있다. 이 글에서 손유경은 「천변풍경」 속 '소문'이 미학적 장치로 기능하며 소문의 '자기지시성'으로 문학의 자기반영성을 끊임없이 환기시키고, 소문의 본성을 매개로 소문이 근대사회의 폐쇄적인 소통구조를 보여주는 역할을 하고 있다고 보고 있다.[12] 이런 시각은 작중 소문의 장치를 소문의 속성에 견주어 주로 기능적인 관점에서 파악하고 있는 측면이 크다고 할 수 있다. 하지만 앞서도 확인했듯이 소문은 인간의 보편적 특성이면서 집단적 의사소통의 도구이며 집단의 심성구조 또한 확인할 수 있게 해주는 소재이다. 작중 소문의 의미는 단순하게 그 기능

11 장영미, 「세태소설과 세계 인식 모색: 박태원의 「천변풍경」과 박완서의 「천변풍경」을 중심으로」, 『구보학보』 제9집, 구보학회, 2013, 272쪽.

12 손유경, 「'소문'으로 다시 쓰는 박태원의 「천변풍경」론」,『박태원 문학 연구의 재인식』, 예옥, 2010, 262쪽. 이 글에서 손유경은 작중에서 익명으로 발화되고 익명으로 소비되는 소문을 통해 봤을 때 「천변풍경」은 작중 인물들 간의 공동체적 친밀감을 보여주고는 있지만 소통자들의 우정을 기반으로 하는 연대를 보여주고 있지는 않다면서 소문이 그런 근대 사회의 모습을 담아내면서 진정한 소통과 관계맺음을 고민하게 하는 작품이라고 평가하고 있다.

적 측면에서만 파악될 수 있는 것이 아니라는 점이다. 작중의 특정한 시기, 특정한 장소에서 유통되는 '소문'의 양상으로 당대인의 내면을 확인할 수 있고 그것이 의미하는 바가 무엇인지 유추해 볼 수 있는 것이다. 이런 시각에서 본 논문에서는 당대의 세태를 잘 반영하고 있는 「천변풍경」(1938, 박문서관) 속 '소문'의 양상에 주목하여 그것이 보여주는 근대의 풍경을 읽어보고자 한다.

2. 소문의 이합집산지, '천변'

도시의 공간구조는 생태학적으로 자연스럽게 형성된 것이 아니다. 근대자본주의의 발전 단계에 따라 도시공간은 인위적으로 구획된다. 이에 더해 1930년대 경성의 경우는 식민정책에 의해 구획된 도시 공간의 성격 또한 지닌다. 1930년대 당시 경성거리는 일제에 의해 도심부 재개발이 이뤄지고 있던 시기였다. 1,2차에 걸친 시가지 계획령에 따라 홍수로 피해를 입은 도심재정비 사업이 진행되었고, 그 결과 비교적 정비가 잘 된 한강 이남지역은 일본인들의 공간으로, 정비 사업이 제대로 이루어지지 않은 채 남겨진 한강 이북의 공간은 슬럼화 되어 조선 사람들의 공간으로 변했다.[13] 강북에 위치한 청계천변이 이를 집약적으로 보여준다.

「천변풍경」의 주요배경인 청계천변의 공간적 성격도 여기에서 기인

13 김정현·김태영, 「소설 「천변풍경」 속에 나타난 1930년대 청계천 주변 서민생활공간」, 『대한건축학회 학술발표대회 논문집-계획계/구조계』 제27권 1호, 2007, 627쪽.

한다. 작중에서 천변은 궁핍에 쫓겨 농촌에서 상경한 이들, 지독한 시집살이를 피해 상경한 여성, 불우한 가정환경으로 카페로 내몰린 여급들, 돈벌이에 내몰린 아이들이 거주하는 공간이다. 이들 하층민들은 천변의 중인이나 상인들의 집에서 허드렛일을 하며 남의집살이를 하거나 미숙련노동으로 생계를 유지한다. 그래서 주인집에서 쫓겨나거나 돈벌이가 없으면 이들은 다시 고향으로 내려가거나 다른 일자리를 찾아 떠돌아야 한다. 이처럼 삶의 근거가 불안정한 이들로 채워진 천변의 풍경은 역시 불안정하고 항상 갖가지 사건들로 조용할 틈이 없다. 그렇게 1930년대 경성의 청계천변은 자본을 쫓아 누군가는 들어오고, 누군가는 자본에 쫓겨 떠나가야 하는 근대 도시의 냉혹한 일상을 보여준다.

이렇듯 근대적 도시의 일상을 보여주는 천변은 그 속에서 만들어지는 온갖 이야기들이 유통되는 소문의 공간이기도 하다. 구체적으로 「천변풍경」에서 소문이 만들어지고 유포되는 주요 공간으로 빨래터가 나온다. 빨래터는 시내나 샘터에서 빨래를 할 수 있게 만들어진 곳으로, 예로부터 여인네들의 공간이었고 혼자가 아닌 여럿이 이용하는 공간으로 여인들의 사랑방역할을 하는 곳이었다. 서울에서도 개울마다 빨래터가 있었지만 그중 큰 빨래터로는 청계천 빨래터가 대표적이었다.[14] 소설 속에서 청계천변 빨래터는 신산한 삶을 살아가고 있는 여인들이 온갖 수다를 풀어놓는 해소의 장이다.

> 정이월에 대독 터진다는 말이 있다. 딴은, 간간이 부는 천변 바람이 제법 쌀쌀하기는 하다. 그래도 이곳, 빨래터에는, 대낮에 볕도 잘 들어,

14 김정동, 『문학 속 우리도시기행』, 옛오늘, 2005, 187~188쪽.

> 물속에 잠근 빨래꾼들의 손도 과히들 시리지는 않은 모양이다. …(중략)… 주근깨투성이 얼굴에, 눈, 코, 입이 그의 몸매나 한가지로 모두 조그맣게 생긴 이쁜이 어머니가, 왜목(광목) 욧잇을 물에 흔들며, 옆에 앉은 빨래꾼들을 둘러보았다. …(중략)… 그보다는 한 십 년이나 젊은 듯, 갓 서른이나 그밖에는 더 안 되어 보이는 한약국 집 귀돌어멈이 빨랫돌 위에 놓인 자회색 바지를 기운차게 방망이로 두드리며 되물었다.…(중략)… 지금 생각해 보아도 어이가 없는 듯이, 빨래 흔들던 손을 멈춘 채, 입을 딱 벌리고 옆에 앉은 이의 얼굴을 쳐다보려니까, 그이 건너편으로 서너 사람째 앉은 얼금뱅이 칠성어멈이, …(중략)… 그리고 바른 손에 들었던 방망이를 왼손에 갈아들고는 한바탕 세게 두드리는 것을, 언제 왔는지 그들의 머리 위 천변 길에서, 우선 그 얼굴이 감때사납게 생긴 점룡이 어머니가 주춤하니 서서…(하략)…[15]

정이월, 청계천변 빨래터의 풍경이다. 빨래터는 항상 남의집살이들을 하고 있는 이쁜이 엄마, 귀돌어멈, 칠성어멈, 점룡이 어머니 등의 수다로 흥성거린다. 빨래꾼들은 빨래터에 "빨래보다는 오히려 서로 자기네들의 그 독특한 지식을 교환하기 위하여 모여드는 것이나 같이, 언제고 그들 사이에는 화제의 결핍을 보는 일이 없"[16]이 이야기가 막힘이 없고 끊이지 않는다. 빨래터 여인들은 방망이를 힘차게 두드리며 남의집살이 하는 그녀들의 애환을 실컷 털어놓고, 주인집 어른들의 흉도 신나게 본다. 그러는 가운데 이야깃거리가 되는 것들은 꼬리에 꼬리를 물고 소문의 형태로 유통된다. 빨래를 하러 갔다가 그곳에서 주워들은 소문은 각 인물들에 의해 각자의 공간 속에서 재생산된다. 부푼 소문

15 박태원, 『천변풍경』, 문학과지성사, 2005, 9~10쪽.

16 위의 책, 99쪽.

은 자가 증식하며 스스로 재생산한다. 그렇게 천변에서 유통되고 있는 소문은 빨래터를 중심으로 모였다가 흩어지면서 급속하게 전파될 거라는 것이 「천변풍경」의 풍경에서 짐작된다.

한편 이 빨래터라는 공간은 성격상 하층민 여성들만의 공간이라고 할 수 있다. 그렇기에 빨래터에서 이뤄지는 그녀들의 이야기는 격이 없다. 서로 비슷한 처지의 인물들 사이에서 이야기 분위기가 자연스럽게 형성된다. 자신들의 속내를 편하게 드러내기도 하고 남의 흉도 허물없이 볼 수 있는 곳이 빨래터다. 그래서 자연스럽게 서로를 이해해주고 이해받을 수 있는 공간인 도심 속의 빨래터는 근대의 삭막한 도시생활에서 경험하기 힘든 스트레스 해소의 공간이자 치유의 공간이 된다. 더불어 이곳에서 유포되는 각종 소문의 양상은 1930년대 기층민중들의 심경을 읽어낼 수 있는 중요한 소재가 된다.

「천변풍경」에서 두 번째로 중요한 소문의 진원지는 이발소다. 고종의 단발령으로 상투를 잘랐던 사람들의 머리를 전문적으로 다듬거나 다시 머리를 기르고자 하는 사람들에게 상투를 틀어주기도 하면서 시작된 근대의 신종직종인 이발업은 1930년대 후반에는 남성중심의 공간으로 자리잡아가게 된다.[17] 따라서 이발소는 도심에서 근대성을 상징하는 대표적인 장소가 된다.

> 민주사는 거울에 비친 자기 얼굴을 물끄러미 바라보다가, 숫제 덥수룩할 때는 그래도 좀 덜하던 것이, 이발사의 가위 소리에 따라 가지런히 쳐지는 머리에, 흰 털이 어째 더 돋뵈는 것만 같아, 그 마음이 좋지 않았

---

17 김정현·김태영, 앞의 논문, 627~628쪽.

> 다. …(중략)… 그는, 연해, 자기 머리 위에 가위를 놀리고 있는, 이제 스물대여섯이나 그밖에는 더 안 된 젊은 이발사의, 너무나 생기 있어 보이는 얼굴을, 일종 질투를 가져 바라보며…(중략)… 소년은 그곳에 앉아 바라볼 수 있는 바깥 풍경에, 결코, 권태를 느끼지 않는다. 손님이 벗어놓은 구두를 가지런히 놓고, 슬리퍼를 권하고, 담배 사러, 돈 바꾸러 잔심부름 다니고 그러는 이외에 그가 이발소에서 하는 일이란, 손님의 머리를 감겨주는 그것뿐으로, 이렇게 틈틈이 밖이라도 내다보지 않고는 이러한 곳에서, 누가 그저 밥만 얻어먹고 있겠느냐고, 그것은 좀 극단의 말이나, 하여튼, 그는 그렇게도 바깥 구경이 좋았다.[18]

「천변풍경」 속 이발소 풍경이다. 작중에서처럼 이발소는 민주사와 포목전 주인 같은 천변 주변의 부유한 중인 남성들의 공간이다. 이발소는 빨래터와는 조금 성격이 다른 소문의 진원지이다. 빨래터에서의 소문이 그곳에 모인 여성들의 대화 속에서 오고가며 유통된 것이라면 이발소에서의 소문은 이발소 소년 재봉이의 일방적인 독백을 통해서 말해지는 것이 대부분이다. 남성들의 공간인 이발소지만 이곳에서 남성들은 흥성거리는 빨래터와는 달리 그들끼리 수다를 떨지 않는다. 서술상으로는 작중 이발소에서 남성들이 "기생 얘기, 여급 얘기, 갈보 얘기" 등을 하면서 공론을 벌인다고는 하지만 실상 그런 모습이 직접적으로 그려지고 있지는 않는다. 다만 손님으로 온 남성들은 거울 앞에 앉아서 사색을 하는가 하면, 가끔 재봉이가 유리창 너머로 천변을 바라보며 떠들어대는 소리에 대구를 하는 모습만 보인다. 즉, 이발소에서는 젊은 이발사 김서방과 재봉이가 주고받는 실없는 소리들만이 이어지는 식으로 의사

18 박태원, 앞의 책, 29~30쪽.

소통으로서의 대화가 이뤄지지 않는다. 단지 짐작으로만 이발소 또한 여성들의 빨래터처럼 나름의 해소의 공간임을 알 수 있을 뿐이다. 「천변풍경」에서는 이런 식으로 같은 소문의 진원지를 보여주면서도 남성들의 장소인 이발소와 여성들의 장소인 빨래터를 대조적인 공간으로 그려내고 있다. 빨래터에서는 여성들의 수다가 작렬하지만 이발소에서는 남성들의 수다가 목격되지 않는다. 단지 이발소 소년 재봉이만 끊이지 않고 수다를 늘어놓는다. 그래서 「천변풍경」에서 이발소라는 공간의 성격은 '소문'의 진원지로서 부적절하게도 보인다. 하지만 이발소 소년 재봉이의 관찰력은 다수의 여인들이 만들어내는 소문의 내용에 버금가는 것들을 알게 해준다.

> "참, 그런데, 인석. 넌, 대체 어디서 그런 소문을 모두 일일이 알아 오니?"…(중략)…
> "저 녀석은, 밤낮, 허라는 일은 안 허구서, 그저 새면으루 귀둥냥만 댕긴답니다. 그래, 그렇게 잘 압죠."[19]

인용문을 보면 이발소 손님인 포목전 주인이 재봉이에게 "어디서 그런 소문을 모두 일일이 알아 오"냐고 물어볼 정도로 재봉이의 정보력은 대단하다. 이는 재봉이가 "밤낮, 허라는 일은 안 허구서, 그저 새면으루 귀둥냥만 댕기"는 데 열을 올리기 때문에 가능한 일이다. 그래서 소년은 천변에 거주하고 있는 중인 남성들과 관련된 소문을 비롯해 천변에서 일어나고 있는 온갖 일들을 훤히 꿰뚫고 있는 것처럼 그려진다. 이런

19 위의 책, 230쪽.

식으로 중인남성들은 이발소에서 자연스럽게 소년 재봉이의 입을 통해 전해지는 천변의 소문을 듣게 된다.

여기서 주목할 것은 「천변풍경」 속 천변이라는 공간이 근대의 다양한 소문의 대상을 목도할 수 있는 공간이라는 점이다. 특히 하층민들의 시선에 포착된 부르주아들의 삶의 행태들은 그들의 관심의 대상이면서도 그들의 삶을 성찰할 수 있는 계기로 작용한다. 또한 같은 계층의 사람들이 보여주는 근대 속의 불안한 도시민의 삶 또한 그들을 돌아보게 한다. 그래서 중요한 것은 이러한 근대인의 내면풍경을 확인할 수 있는 것이 근대의 도시 공간 속에서 그들의 입을 통해 발화되는 '소문'이라는 점이다.

3. 불안의 유포와 집단적 내면 투사

근대사회는 서구적 합리성을 바탕으로 움직이는 사회다. 기존의 봉건적인 가부장적 질서와 공동체적 가치관은 파괴되고 그 자리는 근대적 합리성과 시간관으로 대체된다. 기존 가치관이 해체되면서 정체성의 혼란을 겪고 사람들은 낯선 근대와 조우한다. 이제 근대인들은 기계론적 시간관이 만들어내는 획일화된 시공간 속에서 개체화되고 이전과는 다른 방식을 강요받으며 살아간다. 이러한 근대의 폭력성은 개인들의 불안과 공포를 가중시킨다. 「천변풍경」 속 소문에는 이처럼 근대적 도시공간으로 변모한 1930년대 경성에서 살아가고 있는 불안한 근대인들의 모습이 담겨 있다.

1) 급진적 사회 변화와 부적응의 불안

1930년대 경성은 근대적 자본주의 도시로 변모해가는 곳이었다. 백화점, 극장, 다방이 들어서면서 경성의 외양은 서양식으로 변모해 갔고, 도로에도 근대적 교통수단이 왕래하면서 경성은 속도감 있는 도시로 변해갔다. 근대적으로 급격하게 변화하는 경성은 사람들의 호기심을 자극하기도 했지만 변화를 미처 따라가지 못하는 이들에게는 큰 충격으로 다가오기도 했다. 「천변풍경」에 처음 등장하는 신전집의 몰락에 관한 소문도 이를 단적으로 보여준다. 한때는 남부럽지 않게 살았던 신전집이 시대를 잘못 읽고 사업을 하는 바람에 망해서 낙향을 하게 되었다는 얘기가 빨래터에서 나돈다.

> "괜찮은 게 다 뭐요. 그래 가만히 생각해보구료. 다른 얘긴 그만두구래두, 한 십 년 전에 첩 하나 얻어, 그래두 전세루 집 한 채 얻어줬던 걸, 사오 년 전엔 사글세 집으로 옮아 앉히구 그게 그러껜 셋방이 됐다가, 이젠 아주 자기 집 안으로 끌어들여, 큰마누라허구 한집 살림을 시키구 있으니, 그것 한 가지만 허드래두 벌써 알쪼 아니유? 게다 지금 들어 있는 집이나 점방이나 모두 은행에 들어가 있는 데다, 그 밖에두 이곳저곳에 빚이 여러 천 환 되는 모양이니……"[20]

> "어떡하다 그러긴…… 그것도 다 말허자면 시절 탓이지, 그래 이십 년두 전에 장사를 시작해서 한 십 년 잘해먹던 것이, 그게 벌써 한 십 년 될까? 고무신이 생겨가지구 내남 즉헐 것 없이 모두들 싸구 편헌 통에 그것만 신으니, 그래 징신 마른신이 당최에 팔릴 까닭이 있어? 그걸 그 당시에

20 박태원, 앞의 책, 13쪽.

어떻게 정신을 좀 채려가지구서 무슨 도리든지 간에 생각해냈더라면 그래두 지금 저 지경은 안 됐을걸…(중략)…[21]

그는, 갑자기, 굽힌 허리에 얼굴조차 앞으로 쑥 내밀고, 한껏 낮은 음성으로

"그런데, 누구 얘길 들으니까 말야……"

하고 다음은 좀더 은근한 목소리로,

"그 쥔 영감이, 왜, 지난번에 강원도 춘천엔가 댕겨오지 않었수? 그게 거기다 집을 보러 갔던 거라는군 그래. 인제 왼 집안 식구가 모조리 그리 낙향을 헐 모양이지."

그는 자기 이야기에 거의 모든 빨래꾼들이 일하던 손을 멈추고, 놀라는 기색으로 자기 얼굴을 쳐다보는 것을, 일종 자랑 가득히 둘러보다가, 갑자기 또 눈살을 찌푸리고,

"하여튼 남의 일이나마, 그, 안되지 않었수? 그 양반이 원래가 서울 태생이라는데, 더구나 한참 당년에 남부럽지 않게 지내다가, 일조일석에 그만 그 꼴이 되니…… 자기두 정신을 못 채리긴했지만 그래두 말허자면 시절 탓이지…(하략)…[22]

빨래터에서 신전집 이야기를 전하고 있는 이는 그 집안일을 맡아보고 있는 점룡이 어머니이다. 그녀는 자신의 이야기에 빠져드는 빨래터 사람들의 반응을 보면서 더 극적으로 이야기를 전개해 나간다. 점룡이 어머니는 신전집의 불행은 개인의 문제이기도 하지만 따지고 보면 변화하는 시대에 대처하지 못한 '시절 탓'이라는 인식을 강하게 비친다. 부자

21 박태원, 앞의 책, 14쪽.

22 위의 책, 14~15쪽.

들마저도 시대의 흐름을 읽지 못해 몰락해가는 이야기는 기층민들의 불안을 더욱 자극했을 것으로 짐작할 수 있다.

「천변풍경」은 많은 소문들 중에서도 부잣집이었던 신전집이 몰락했다는 부정적인 이야기로부터 시작된다. 이상과 같은 부정적인 소문은 긍정적인 소문보다 사람들이 더 빨리 민감하게 반응하기 때문에 파급력이 크다. 부정적인 소문에 사람들이 민감하게 반응하는 것은 부정적인 소문이 외부의 위협에 대한 일차적인 방어선으로서 그 위협을 알리는 신호이기 때문이다. 이러한 신호는 개인의 생존을 위협하는 것이기 때문에 사람들은 부정적인 신호에 보다 더 민감하고 보다 적극적으로 대응한다.[23] 부자도 망하게 하는 급변하는 시대는 가진 게 없는 기층민들에게는 더 불안을 가한다. 점룡이 어머니가 빨래터에서 신전집 얘기를 하는 행위도 불안에서 기인한다고 볼 수 있다. 그녀의 말하는 행위는 부잣집의 몰락을 지켜보는 불안을 공유함과 동시에 시대의 변화를 체감하는 과정이기도 하다. 더불어 점룡이 어머니의 이야기를 듣고 있는 이들의 적극적인 반응 또한 소문에 대한 흥미뿐만 아니라 이야기되는 소문을 통해 사회의 변화를 감지하고 있는 행위라 할 수 있다. 이처럼 어떤 특정한 소문이 얘기되는 상황에는 그 소문을 소비하고 있는 이들의 심경 또한 반영되어 있다.

한편 「천변풍경」에서 시골에서 상경한 여인이 공짜로 빨래하다 수모를 당하는 장면이 인상적으로 그려진다. 시골에서 상경한 여인은 돈을

23 김현준, 『행복심리학』, 아름다운사람들, 2010, 21~22쪽. 공포는 위험이 잠복해 있다는 신호이고, 비애는 과거의 무엇인가를 잃은 상실감에서 곧 무엇인가를 잃을 것 같다는 신호이며, 분노는 누군가 나의 영역을 침범하고 있다는 신호이다.

내고 빨래를 한다는 것은 생각지도 못하고 그냥 빨래를 하고 이를 지켜보던 빨래터 주인은 사정도 모르고 돈을 안 낸다며 여인에게 타박을 준다. 이를 지켜보던 빨래터 여인들은 시골에서 상경해 모르고 그랬을 거라며 선처해줄 것을 청한다. 신전집처럼 시대를 읽지 못해 난처해진 여인을 동정하는 모습이다. 「천변풍경」이 초반에 보여주는 신전집 몰락에 관한 소문과 시골에서 상경한 여인의 시절 모르는 행위는 당시 근대로 변모하는 도시에서 살아가고 있는 기층민들이 처해있는 상황을 효과적으로 보여준다.

2) 일상적 폭력의 지속과 가정의 해체

「천변풍경」의 시공간적 배경은 당시 근대화의 최첨단을 달리고 있는 1930년대 경성이다. 하지만 「천변풍경」의 첫인상은 근대적 도시 공간의 모습과는 정반대이다. 청계천변 빨래터에서 온갖 수다를 떨며 빨래를 하는 아낙네들의 모습으로 소설은 시작된다. 빨래터에서 이야기되는 것들은 당연 여인들의 관심사이기 마련이고, 그 대표적인 것이 청계천변에 사는 남성들의 스캔들에 관한 것이다.

> "그럼, 우리 댁 영감마님허군 아주 딴판이로구먼."
> 한마디 한 말을 귀돌어멈이 재빨리 받아가지고,
> "그럼 민주산, 아주 관철동 가서 사슈?"(…중략…)
> "가서 사실 건 없어두 밤마다 가시긴 그리 가시니까 ……낮엔 늘 댁에서 사무 보시구."(…중략…) "오, 그래 민주사가 그렇게 빼배 말렀군그래."[24]

24 박태원, 앞의 책, 16쪽.

"참, 만돌이 아버지는 요새두 관철동인가?"

하나가 옥양목 욧잇을 물에 흔들며, 생각난 듯이 한마디 하려니까, 저편에서 누가,

"아니, 관철동일니?" 하고, 우선 그 말부터 묻는다.

"아 그럼, 애어머닌, 입때 물르구 있는 모양이군 그래? 만돌이 아버지가 관철동에 첩이 하나 생겼다우."[25]

"에그 저런 …… 그래, 그 얘길 이쁜이한테 들으셨에요?"

"여보, 딱헌 소리두 제발 좀 마우. 이쁜일 우선 만나야 얘기래도 듣는 게지. 온, 참, 천하에 인사라군 배워먹지두 못헌 집안에다 우리 이쁜일 줬군그래. 그저 신랑이란 녀석은 오입[오입]하느라 볼일 못 보지. 그년의 시에미라는 건 우리 이쁜일 그저 종년같이 부러먹기만 허느라, 제 사돈 마누라한테 인사 차릴 건 애상토 염두에두 없으니……"[26]

청계천변 빨래터에서 주로 얘기되는 소문은 첩 때문에 고민이 많은 민주사 얘기와 첩이 생긴 만돌 아버지가 만돌 어멈에게 폭력까지 행사한다는 얘기, 그리고 시집 간 이쁜이가 바람난 서방 때문에 고생한다는 씁쓸한 내용의 소문들이다. 첩인 안성집이 학생과 놀아난다는 소문에 민주사가 안절부절 못하고 있다는 복잡한 심경이 빨래터 여인네들의 수다 속에서 그려지고, 바람을 핀 만돌 아버지가 오히려 만돌 어멈에게 폭력까지 행사한다는 안타까운 정황들이 속속 들이 입에서 입으로 전해진다. 또한 시집간 이쁜이가 새서방의 오입에도 아무말 못하고 고된 시집살이를 하고 있다는 소문들이 전해진다. 이외에도 「천변풍경」 속

25 위의 책, 9쪽.

26 위의 책, 105쪽.

빨래터에서는 남성들의 스캔들 외에도 남편의 폭력에 쫓겨 올라온 시골 아낙에 관한 소문, 기생집에 팔려간 딸 덕분에 먹고사는 집에 대한 소문 등도 무성하다.

"아, 왜 필원이네가 밤낮 그러지 않았어? 저이 시골, 바로 한 이웃에, 그저 밤낮 제 서방헌테 얻어만 맞구 지내는 젊은 여펜네가 있다구. 그래 그동안 무던히 참어두 왔지만, 근래엔 딴 기집이 또 생겨 더구나 구박이 심해서 그대루 지낸단 수강 벗어, 어떻게든 자식 데리구 서울루나 올려갈까 허는데, 어디 남의집살 데 없겠냐구, 바로 요 며칠 전에두 편지를 했다던 그 예펜네 말야."[27]

"글세, 인물두 밉진 않은데, 이상허게두 그리 세월이 없다는군. 허지만 말야. 어디, 기생 수입이란, 놀음에 불려 댕기는 그것뿐인가? 지금 말헌 명월이만 어드래두, 아무렴, 한 달에 열 시간두 못불려 댕기, 대체, 맨밥은 먹게 되나? 그렇지만, 그 대신, 반해서 찾어다니는 작자가 있거든. 왜, 저, 은방 주인 말이야. 그 사람이, 아, 겨우내, 양식허구, 나무허구, 대주지? 옷 해주지? 작년 동짓달엔 김장 담가줬지?…… 다아 그런 속이 있거든."[28]

이런 식으로 여인네들의 해소의 공간인 빨래터에서 얘기되는 소문은 정보를 공유하고자 하는 측면도 크지만 정서적 공유의 측면이 더 크다고 할 수 있다. 소문의 속성상 작중에서 인물들이 주고받는 불행한 이야기들은 인물들 스스로에게 자신들의 삶에 내재해 있는 위험들을 인식시키게 한다. 그러면서 동시에 타인의 불행에서 동류의식을 느끼며 위안

27 박태원, 앞의 책, 19~20쪽.

28 위의 책, 22쪽.

을 받을 수 있는 위안의 시간을 경험하게 한다. 「천변풍경」 속에서 말해지는 부정적인 소문들이 불행에 대한 자기 위안의 장치로서도 기능하고 있는 것이다. 하지만 이런 식의 위안은 순간적인 위안일 뿐 이들의 근본적인 불안을 해소해주지는 못한다.

한편, 같은 천변에 위치한 이발소에서 유포되는 소문도 빨래터의 부정적인 소문들과 별반 다를 게 없다. 이발소 소년 재봉이가 전하는 소문 또한 천변에서 불행하게 살아가고 있는 기층민 여성들에 관한 얘기들이다. 가정이 해체되어 거리로 나선 여성들이 카페에서 일을 하거나 시골에서 상경한 여성이 남의 '어멈'으로 일하며 근근이 생계를 유지한다는 이야기다. 이처럼 빨래터나 이발소에서는 문제를 일으키는 남성들과 그로 인해 불행한 여성들의 비극적인 삶과 관련된 소문들이 주로 얘기된다.

「천변풍경」 속 남성들이 일으키는 스캔들은 가부장적 남성들이 빚어낸 폭력적 일상이 1930년대 경성에서도 여전히 지속되고 있음을 보여준다. 그래서 근대식 연애관으로 무장한 신식남녀들이 거리를 활보하고 다니는 한편에서 여전히 또 다른 여성들은 전근대적 남녀 관계가 빚어낸 비극적인 운명을 감내하며 살아가고 있는 경성의 모습은 모순적인 공간으로 비치기까지 한다. 「천변풍경」에서 주고받는 소문에는 이처럼 변화된 사회 속에서도 여전히 남성들의 일상적 폭력이 지속되고 있고, 그로 인한 가정의 해체가 이어지고 있는 불안한 사회상이 담겨 있다.

3) 근대화의 논리와 공간 상실의 불안

일제 강점기에 진행된 경성의 도시화는 조선인들의 상황을 고려하지 않은 채 일제에 의해 진행된 것이었다. 따라서 도시화가 진행됨에 따라

문물제도의 획기적 개편, 사회시설의 정비, 생활편의의 향상 등 긍정적인 면도 있었지만 시민 건강의 퇴폐, 범죄율 격증 및 도시계획령에 의한 구·중소상인의 몰락, 시민부담의 증가, 소시민의 토지상실 등 부정적 측면도 낳았다.[29] 「천변풍경」에서 불길하게 나돌고 있는 청계천 복개에 관한 소문 또한 1930년대 후반 도시화 되어가는 경성의 단면을 보여주는 이야기다.

청계천은 원래 조선 건국 시기부터 사람의 손에 의해 개천(開川)되어 인공적으로 관리돼온 천이었다. 그러다가 식민지시기에 들어서 더 이상 준천이 힘들어짐에 따라 청계천 복개가 거론되었다. 1920년대 들어 서울 인구가 증가하는 가운데 불결한 하천이 위생환경 악화의 주범으로 부상하면서 청계천 복개는 조선인사회의 주요 의제가 되었다. 그러나 막대한 복개 비용 때문에 일제는 청계천 문제를 미봉책으로 일관했고 조선인사회의 불만이 고조되었다. 그러다가 1930년대 후반 경성시가지계획이 발표되면서 청계천 복개가 가시화되었다. 당시 막대한 예산이 드는 청계천 복개는 조선인사회의 지속적인 압력에 의해 쟁취한 것으로 의미가 컸던 일이었다.[30] 이렇듯 청계천 복개가 조선인사회의 강력한 요구에 의해 개시된 것이기는 하지만 막상 청계천을 덮어버린다는 소문은 천변을 삶의 터전으로 삼고 있는 이들에게는 청천벽력 같은 소문이다.

"더구나, 소문을 들으면, 뭐 청계천을 덮어버린단 말이 있지 않어? 위생

29 최혜실, 「1930년대 도시 소설의 소설공간-경성 공간의 도시화와 모더니즘 소설과의 관계」, 『현대소설연구』 제5권, 한국현대소설학회, 1996, 21쪽.

30 염복규, 「청계천 복개와 '1960년대적 공간'의 탄생」, 『역사비평』 제113호, 한국역사연구회, 2015, 120~121쪽.

에 나쁘다던가…… 그러니, 정말 그렇게나 되구 본댐야, 인젠 삼순구식두 참 정말 어려울 지경이니…… 흥! 말두 말어."

하도 기가 나서 하는말에, 칠성아범은 잠시 담배만 뻑뻑 빨고 있다가, 새삼스러이 개천을 둘러보고,

"그게, 다 괜한 소리…… 덮긴, 말이 그렇지, 이 넓은 개천을 그래 무슨 수루 덮는단 말이유? 온, 참……"…(중략)…

"그렇게 됐다간, 참말 굶어 죽을 노릇 아냐? 쉬 무슨 도릴 채리긴 해야 헐 텐데, 그래 다소간에 돈이 있으니 장사를 허나, 기술이 있어 장인 노릇을 허나, …… 참말이지 큰일 났수."[31]

청계천이 복개된다는 소문에 불안해하는 이들의 모습이다. 청계천이 복개되는 상황만으로도 돈도 없고 딱히 기술도 없는 하층민들의 삶은 뿌리채 흔들릴 정도로 그들의 존재기반은 약하다. 청계천변은 이전부터 주로 중인계층이 거주하던 곳으로, 카페, 이발소, 술집 등과 같은 근대적인 상가들이 밀집되어 있는 곳이다. 하지만 동시에 이곳은 농촌이 해체되면서 상경한 농민들이나 도시의 빈민들이 주로 거주하는 슬럼화된 장소이기도 했다. 청계천변으로 이주한 빈궁민들은 대부분 미숙련노동자들로 도시의 하층민을 형성했다. 따라서 이곳 거주민들의 주거는 불안정하고 이동 또한 잦았다. 따라서 청계천변에 살고 있는 불안정한 거주민들은 그들의 삶의 기반이 약한 만큼 내면 또한 불안정할 수밖에 없다. 따라서 '삼순구식'하며 거의 굶다시피 하는 청계천변 하층민들은 청계천 복개 소문이 헛소문이기를 바라는 마음뿐이다.

한편으로 청계천이 복개된다는 것은 청계천과 함께 했던 그들의 시간

31 박태원, 앞의 책, 168쪽.

이 단절된다는 얘기이기도 하다. 청계천에 얽힌 수많은 그들의 이야기들이 같이 파묻힌다는 얘기이다. 그래서 유용성의 의미로만 공간이 구성되어지고 있는 근대에 청계천이 복개된다는 소문은 청계천변을 근거지로 살고 있는 이들의 정서적 기반이 되어온 공간이 파괴되는 일이다. 이처럼 직접적으로 삶의 양태를 변화시킬 일들과 관련된 소문은 그 어떤 것보다도 근대인들의 불안을 야기하기에 충분하다.

4) 근대문화의 유입과 정체성 갈등

1930년대 근대적 도시 공간으로 변모한 천변에는 이발소, 카페 등 근대적 상점이 들어서고 사람들은 그렇게 근대화된 도시 공간에서 근대인으로 살아간다. 그렇지만 작중의 소문들이 만들어내는 부정적인 정서에서도 확인할 수 있듯이 근대인들의 내면은 불안하다. 급변하는 시대에 대처하지 못한 이들이 낙향을 하는가 하면, 근대적인 시공간 속에서도 여전히 전근대적인 가부장적 질서 속에서 살아갈 수밖에 없는 여성들의 수난은 끝나지 않을 것처럼 반복된다. 여성들의 행실은 보수적인 시선으로 검열 당하고 남성들의 스캔들쯤은 낯선 얘기가 아니다. 1930년대 경성 청계천변에 살고 있는 기층민들은 근대화된 도시 공간 속에서 근대의 합리성이 요구하는 사고와 행동 방식을 요구받는 근대인이면서도 그들의 실제 삶은 여전히 전근대적인 질서 속에서 이어지고 있는 것이다. 이는 시대의 변화에 민감한 근대적 지식인들만이 아니라 동시대를 살아가는 기층민들의 불안을 야기하는 불안정하고 불확실한 세계의 모습이다. 무너진 전근대적 가치관을 대신할 새로운 가치관은 모호하고 근대인들은 눈앞에서 펼쳐지는 낯선 광경들과 조우하며 이상과 현실 사이에서 갈등하고 정체성의 혼란을 겪는다. 그래서 그들의 심경은 불안하다. 「천변풍경」 속 신식남녀의 연애에 대한 소문과 인식은 기층민들의 이런 혼란스러운 심경을 좀 더 직접적으로 보여준다.

> 동경서 갓 나온 한약국집 아들이, 역시 그해 봄에 '이화'를 나온 '신식 여자'와 '연애'를 한다는 소문은, 우선 빨래터에서 굉장하였고, 이를테면 완고하다 할 한약국 집 영감이, 이러한 젊은 사람들의 사이에 대하여, 어떠한 의견을 가질지는 의문이었으므로, 동리의 말 좋아하는 사람들은 제법 흥미를 가지고 하회를 기다렸던 것이나, 아들의 말을 들어보고, 한 번 여자의 선을 보고 한 완고 영감이, 두말하지 않고 그들에게 선뜻 결혼을 허락해준 것은, 정말, 뜻밖의 일이었다. 그것으로, '영감'은 '개화'하였다는 칭찬을 동리에서 받았으나, 아들 내외의 행복에 대해서는, 객쩍게, 남들은, 또 말들이 많아 '연애를 해서 혼인했던 사람들이 더 새가 나쁘더군.' 그러한 말을 하는 사람도 더러 있었으나, 그들의 사랑은 참말 진실한 것이 듯싶어, 흔히 '신식 여자'라는 것에 대하여 공연히 빈정거려보고 싶어하는 동리의 완고 마누라쟁이로서도, 이제는 방침을 고쳐, 도리어 그들 젊은 내외를 썩 무던들 하다고, 그렇게 뒷공론이 돌게 된 것은 퍽이나 다행한 일이라 아니할 수 없다.[32]

위 인용문은 작중 소문의 유포자들인 기층민 여성들과는 다른 세계의 남녀에 관한 소문이 얘기되는 상황이다. 신교육을 받은 두 남녀가 자유연애를 하고 신식 결혼까지 한다. 주변 사람들의 우려와는 달리 '완고 영감'인 남자의 아버지도 신식 여자를 만나보고 나서는 선뜻 결혼을 허락한다. 오히려 주변 '완고 마누라쟁이'들이 더 의아해한다. 근대적 시

---

32 박태원, 앞의 책, 38쪽.

공간이지만 아직은 낯선 신식 남녀의 연애와 결혼은 '완고'한 이들에게는 낯선 모습일 뿐만 아니라 가치 판단이 서지 않는 행위이다. 그래서 빨래터 아낙네들은 '완고 영감'의 처분을 궁금해 하며 기다리던 터에 그의 결혼 허락이 떨어지자 의아해한다. 그러면서 그들은 이제 그들을 이해하려고 한다. '신식 여자'에 대한 부정적인 시각을 버리고, 그들의 연애와 결혼을 이해하고 받아들인다.

이상의 정황이 근대의 신식남녀를 이해하게 되는 기층민들의 모습이다. 그들과는 다른 세계의 사람들이 변화시켜가는 근대의 모습을 기층민들은 혼란스러움과 선망의 눈으로 바라본다. 그리고 그들은 낯선 신식남녀의 사랑을 얘기하면서 서로의 생각을 확인하고 자신들의 가치관도 재정립해나간다. 이 소문이 생명력을 지니고 유포될 수 있었던 것은 신식남녀의 자유연애와 신식결혼에 대한 흥미로움도 있었겠지만 더 중요한 점은 '완고 영감'의 행위 때문이다. 그의 행위는 변화된 사회를 해석할 수 있는 새로운 가치체계가 정립되어지지 않은 시기의 혼란과 갈등을 겪고 있는 구성원들에게 판단의 준거를 제공한 사건이었던 것이다. 「천변풍경」은 이처럼 소문을 통해 근대와 전면적으로 마주한 근대적 주체들이 겪게 되는 혼란, 즉 근대적 주체들이 경험한 근대적 일상과 그들의 기존 가치체계와의 갈등이 빚어낸 균열들을 개별적인 사건들을 통해 봉합해가는 과정을 보여주면서 불안한 근대인의 심경을 단적으로 보여준다.

「천변풍경」에서 유포되고 있는 소문이 보여주듯 사회 구성원이 불안하다는 것은 그들이 인식하는 세계가 불확실성으로 가득 차 있다는 것이다. 이는 작중 유포되는 소문의 성격을 통해서도 확인된다. 소문은 모호하거나 잠재적 위협이 될 수 있는 상황에서 발생하고 이때 발생한 소문은 구성원들에게 모호한 상황을 인식하게 하는 기능을 갖는다. 불확실한 상황에 처한 개인은 집단 속에서 상황을 이해하고자 하는데 이때 소문이 '집단사고'로 기능한다.[33] 그렇게 개인은 소문을 이용해서 불확실한 상황을 인식한다. 이는 다시 말하면 소문에는 인간의 불안이 담겨 있다는 의미이기도 하다. 「천변풍경」에서 얘기되는 소문은 그래서 근대인의 불안을 보여준다. 이러한 불안은 '우리'라는 공동체 속에서 해소될 수 있다. 소문을 함께 이야기하는 사람들 사이의 상호작용 속에서 사람들은 고독한 존재가 아니라 '우리'가 된다. 타인과의 관계 속에서 스스로를 성찰하고 세상을 이해한다. 이렇듯 인간은 근본적으로 사회적인 존재이며, 세상을 이해하고자 하는 욕구를 가지고 있다. 그래서 소문은 인생의 목표를 교감하는 인간 본연의 활동이며 세상을 함께 이해하는 탁월한 수단이 된다.[34] 따라서 「천변풍경」 속 빨래터에서, 이발소에서 얘기되는 소문은 근대인들의 불안이 반영된 것이고, 동류의 사람들과 소문을 얘기하는 행위는 불안한 근대인이 상호작용 속에서 각자의 정체성을 성립해나가며 불안을 해소하는 행위가 된다.

4. 나가며

「천변풍경」 속을 들여다보면 다양한 소문들이 유포되고 있다. 남편의 폭력을 피해 시골서 상경한 여인에 대한 소문, 딴살림을 차린 서방 때문

33 니콜라스 디폰조·프라샨트 보르디아, 신영환 역, 앞의 책, 25쪽.

34 니콜라스 디폰조, 곽윤정 역, 앞의 책, 9~10쪽.

에 속 끓이는 여성들과 첩의 비위를 맞추느라 골치 아픈 남성들의 소문, 떵떵거리며 살다가 망해서 조용히 귀향하는 사람들의 소문, 여급 생활을 하고 있는 가난한 여성들에 대한 소문들, 그리고 신식남녀의 화려한 연애와 결혼식에 대한 소문들이 자자하다. 「천변풍경」에서 유포되는 이러한 소문들은 특정한 수신자를 요구하지 않는 소문이다. 천변의 빨래터나 이발소처럼 사람들이 모이는 공공장소에서 그냥 떠돌아다니는 정보이다. 그리고 소문의 대상자들은 자신들과 관련된 소문들에서 철저히 배제된다. 그래서 소문이 소문의 대상자들에게 어떤 불이익을 주거나 감정을 상하게 하지도 않는다.

「천변풍경」은 이렇게 각종 소문들이 천변에서 기층민들의 입을 통해 떠돌아다니는 것만 보여준다. 소문의 직접적인 당사자들과는 무관하게 온갖 소문들이 떠돌아다닌다는 것은 그 소문들이 소문을 유포하는 이들에게 도구적 유용성의 가치가 있다는 것이다. 여기서 '도구적'이라는 것은 소문이 단순한 재미나 사교의 목적, 혹은 별다른 목적 없이 가볍게 입에 오르내리는 것이 아니라 소문에는 중요한 목적과 의도가 들어있다는 것이다.[35] 말하자면 소문은 유포 당사자들에게 매우 중요한 화젯거리인 것이다. 이는 유포되는 소문들이 소문의 유포자들과 어떤 식으로든 관련되어 있으며 영향을 미친다는 것이다. 그리고 그 소문들이 도구적으로 유용하다는 것은 사람들 사이에서 유포되는 소문들이 지금 그들에게 일어나고 있는 사건들과 밀접한 관련이 있다는 것이다.

「천변풍경」 속에서 유포되는 소문들도 유포 당사자들과는 직접적인 관련이 없지만 소문이 잦아들지 않고 계속 유포된다는 것은 그 소문들

35 니콜라스 디폰조·프라샨트 보르디아, 신영환 역, 앞의 책, 29쪽.

이 유포자들과 어떤 식으로든 관련이 있다는 것을 증명한다. 불행한 여인들의 얘기는 빨래터 여인들 자신들의 얘기와 닮아 있고, 바람을 피우는 남자들의 모습도 낯선 모습이 아니다. 가난한 여인들이 유흥업소에서 일을 하는 것도 남의 일이 아니다. 남부러울 것 없었던 부자들마저 시대를 잘못 읽어 돈을 잃고 귀향하는 모습은 가난하기만 했던 그들에게는 더욱 위기감을 준다. 이렇듯 소문의 대상들이 보여주는 모습은 소문을 유포하는 그네들의 모습과 별반 다를 게 없고, 그네들에게 닥쳐올 위협을 예감하게 한다. 그래서 이런 소문들은 더 생명력을 얻어 떠돌아다닌다.

이렇게 사람들 사이에서 생명력을 얻으며 지속적으로 유포되는 소문은 웃음을 주거나 단순하게 사람들 사이에서 사교적인 용도로 이용되기도 하지만 이러한 시간 때우기가 소문의 주된 기능은 아니다. 요컨대 긴급하고 중요하고 중대한 문제가 소문의 주제가 되는 것이다.[36] 그래서 「천변풍경」에서 유통되는 소문들도 단순한 이야깃거리만은 아니게 된다. 그렇게 볼 때 「천변풍경」 속 소문의 풍경을 들여다보면 그 모습은 잔잔하지 않다. 빨래터의 가난한 여인들의 입에서 전해지는 소문들, 돈이 없어 이발소에서 일을 해야만 하는 소년의 입에서 말해지는 소문들은 유쾌한 것일 리가 없다. 그래서 거의 70여 명에 이르는 인물들이 만들어내고 있는 「천변풍경」의 분위기는 다채로우면서도 가라앉아 있다. 「천변풍경」 속 대부분의 소문은 불행한 여인들이나 남성들의 불륜에 관한 것이다. 이런 가운데 근대식 교육을 받은 남녀의 연애와 결혼에 대한 소문은 기층민들의 삶과 대조되면서 그네들의 비극성을 부각시킨

36 위의 책, 30쪽.

다. 이런 식으로 「천변풍경」에서 유포되고 있는 소문에는 근대의 도시 공간에서 불안하게 살아가고 있는 불안한 근대인의 내면이 투영되어 있다.

『비평문학』 51집(한국비평문학회, 2016.3.)에
게재한 원고를 재수록한 것임.

참고문헌

1. 기본자료

박태원, 『천변풍경』, 문학과지성사, 2005.

2. 단행본 및 논문

권 은, 「경성 모더니즘 소설 연구: 박태원 소설을 중심으로」, 서강대학교 일반대학원 박사학위 논문, 2013.

김정동, 『문학 속 우리 도시기행』, 옛오늘, 2005.

김정현·김태영, 「소설 「천변풍경」 속에 나타난 1930년대 청계천 주변 서민생활공간」, 『대한건축학회 학술발표대회 논문집-계획계/구조계』 제27권 1호, 2007.

김태진, 「박태원 소설의 공간 구조 연구: 「소설가 구보씨의 일일」과 「천변풍경」을 중심으로」, 서강대학교 대학원 석사논문, 2000.

김현준, 『행복심리학』, 아름다운사람들, 2010.

니콜라스 디폰조, 곽윤정 역, 『루머사회』, 흐름출판, 2012.

니콜라스 디폰조·프라샨트 보르디아, 신영환 역, 『루머 심리학』, 한국산업훈련연구소, 2008.

류수연, 「박태원의 고현학적 창작 기법 연구」, 인하대학교 석사학위 논문, 2003.
신재은, 「1930년대 소설의 지리시학적 연구: 「인간문제」와 「천변풍경」의 공간 재현 방식을 중심으로」, 서강대학교 대학원 석사논문, 2002.
염복규, 「청계천 복개와 '1960년대적 공간'의 탄생」, 『역사비평』 제113호, 한국역사연구회, 2015.
이정옥, 「박태원 소설연구: 기법을 중심으로」, 연세대학교 박사학위논문, 2000.
장영미, 「세태소설과 세계 인식 모색: 박태원의 「천변풍경」과 박완서의 「천변풍경」을 중심으로」, 『구보학보』 제9집, 구보학회, 2013.
천정환, 「박태원 소설의 서사기법에 관한 연구」, 서울대학교 석사학위 논문, 1997.
최혜실, 「1930년대 한국 모더니즘 소설 연구」, 서울대학교 박사학위 논문, 1991.
______, 「1930년대 도시 소설의 소설공간-경성 공간의 도시화와 모더니즘 소설과의 관계」, 『현대소설연구』 제5권, 한국현대소설학회, 1996.
한스 j. 노이바우어, 박동자 역, 『소문의 역사』, 세종서적, 2001.

모녀 간 친밀성 서사의 젠더 정치

오정희와 백수린의 사례를 중심으로

정미선

1. 서론

본고는 한국여성소설사에서 여성 간 친밀성을 형상화하는 서사적 사례들 중 가장 빈번한 유형으로 자리하는 모녀 관계에 주목하여, 모녀 간 친밀성의 서사화에서 드러나는 관계 역학과 담론화 양상의 결들을 탐색하고자 하는 시도다. 주지하듯이 한국여성소설사의 계보에서 혈연 공동체적 친족(kin)의 경계 내부의 공간은 여성 간 관계를 다루는 문학적 상상력의 주요 축으로 호명되어온 바 있다.[1] 그리고 90년대를 필두로 '여성성장소설'과 '반성장'의 모티프를 아우르는 비평적 우세종의 출현과 '여성문학'의 주제론적 반복[2]은 일종의 모계적 서사를 이루는 두 여

1 한국어문학의 여성주제어 사전에 따르면, 서사적 설정에서 여성 인물들의 관계맺음은 주로 아버지, 어머니, 아내, 남편, 형제자매, 딸, 아들, 친구, 이웃의 유형화된 범주로 분류된다. 최재남 외, 『한국어문학 여성주제어 사전1: 인간 관계』, 보고사, 2013 참조

2 이에 대한 논의는 김은하 외, 「90년대 여성문학 논의에 대한 비판적 고찰」, 『여성과사회』 10호, 한국여성연구소, 1995, 139~161쪽; 김영옥, 「90년대 한국 '여성문학' 담론에 대한 비판적 고찰—여성 작가 소설에 대한 담론을 중심으로」, 『상허학보』 9호, 상허학회, 2002, 93~120쪽; 심진경, 「2000년대 여성문학과 여성성의 미학」, 『여성과 문학의 탄생』, 자음

성, 즉 어머니와 딸의 주체 위치와 관계 양상을 친족의 내부 공간에서 더욱 중심적인 것으로 만든다. '여성 성장', '모성', '여성성', '여성적 글쓰기', '여성적 정체성' 등의 이 모든 "젠더 드라마"[3]적 기표들에서 서사적 설정은 어머니-딸의 친족 관계(kin relationship)를 부른다.

기실 모녀 관계는 문학이나 특정 분과학문을 떠나서도 생물학으로의 환원이나 공/사 이분법의 담론적 실천을 원천적으로 불가능하게 만드는 젠더 정치의 오랜 화두이기도 하다. 초도로우는 페미니스트 정신분석의 시각을 경유하여 젠더심리학을 주체의 원형적-내적 드라마에서 대상관계 이론(object-relation theory)으로 재정립한 기념비적 저작에서 모녀 관계에 대한 고전적이면서도 흥미로운 질문을 던진다. "널리 알려진 다른 전제는 여자아이들이 성장하면서 자신의 어머니를 자연적으로 동일시한다는 것과 이것이 그들을 어머니가 되게 한다는 것이다. 왜, 어떻게 이런 동일시가 일어나는지는 모호하고 분석되지 않은 채로 남아 있다."[4] 초도로우의 이러한 질문은 클라인이 제기한 투사적 동일시 개념과 비온의 확장[5], 동일시와 내면화의 무의식적 과정에서의 젠더화[6], 여

과모음, 2015, 221~231쪽 참조.

3 젠더 드라마는 성별과 구분되는 젠더의 사회화 과정과 젠더화된 삶(gendered lives) 전반에서 작동하는 문화적 기대, 배치, 역할, 행동 양식, 플롯을 포괄하는 술어이며, 어머니노릇(mothering)과 아버지노릇(fathering)을 포함해 모든 인간관계와 친밀감을 둘러싼 외적 드라마와 내적/심리적 드라마에 관여되어 있는 분석 범주로서의 젠더를 강조한다. 이는 페미니스트 사회학과 젠더 심리학의 주요 관심사이기도 하다. 줄리아 우드, 한희정 옮김, 『젠더에 갇힌 삶』, 커뮤니케이션북스, 2006, 217~278쪽 참조.

4 낸시 초도로우, 김민예숙·강문순 옮김, 『모성의 재생산』, 한국심리치료연구소, 2008, 147쪽.

5 윌프레드 비온, 홍준기 옮김, 「연결에 대한 공격」, 『제2의 사고』, 눈출판그룹, 2018; 최영민, 「투사적 동일시—심리적 의미와 치료적 활용」, 『정신분석』 20(2)호, 한국정신분석학회, 2009, 125~136쪽 참조.

성 신체, 공감, 동일화로부터 발생하는 '지배 없는 지배'와 '어머니 죽이기'의 어려움[7], "환상, 내사, 투사, 양가감정, 갈등, 치환, 반전, 왜곡, 분열, 연합, 타협, 부정, 그리고 억압을 통해 매개"[8]되는 심리적 실재들, 친밀성 양식의 역사적 변천과 문화적 각본[9] 등 다양하고 광범위한 질문과 대답을 촉발하는 화두로서, 모녀 관계에 주목하게 한다.

동시에 이러한 모녀 관계가 매우 실제적이고 동시대적인 문제로서도 여전히 작동하고 있다는 점에도 관심을 기울일 필요가 있을 것이다. 최근 온라인을 중심으로 형성된 'K-도터' 담론의 공감 장과 비혼/기혼 여성을 둘러싼 페미니즘 운동의 정치적 전선에서 모녀 관계는 다시금 젠더 정치적 근심거리이자 문제적 테제로 가시화된다.[10] 이러한 점들을 정리하면, 모녀 관계는 여성 간 관계성과 친밀성에 대한 서사담론들

---

6 우드, 앞의 책, 220~223쪽 참조.

7 사이토 다마키, 김재원 옮김, 『엄마는 딸의 인생을 지배한다』, 꿈꾼문고, 2017, 19쪽 및 77~79쪽 참조.

8 초도로우, 앞의 책, 85~86쪽.

9 신경아, 「가족과 개인, 개인화」, 김혜경 외, 『가족과 친밀성의 사회학』, 다산출판사, 2014, 153쪽 참조.

10 K-도터(korean-daughter)란 한국의 가부장적 가족 구도 내에서 어머니에 대해 딸이 갖게 되는 양가적인 정서(아들/딸에 대해 물질적·심리적 자원을 차등적으로 제공하고 성 역할의 공감 연대를 착취하는 어머니에 대한 딸의 분노, 애증, 연민, 책임감, 죄책감, 인정투쟁 등) 및 그러한 양가적 정서를 가진 딸을 의미하는 조어로, K-도터의 어머니에 대한 '짝사랑'이자 '원죄 의식'이라고 표현되는 이러한 감성 구조는 온라인에서 널리 공감장을 이루고 있다. 이는 전통적인 효(孝)에 기초한다기보다 여성이라는 주체 위치에서의 동일시 역학, 가부장적 가족 구도 내에서의 피해자이자 가해자라는 이중적 위치로 어머니를 이해하는 것, 모성에 대한 딸의 문화적 기대 등 여러 담론적 스케일의 중층적 복합체에서 비롯되는 것으로 이해된다. 또한 이러한 K-도터 담론은 2015년도 이후 온라인 페미니즘 공론 장에서 유력한 정치적 전선이자 갈등 지점으로 떠오르는 '비혼/기혼' 의제에서 기혼 여성인 어머니와 비혼 여성인 딸 사이라는 여성 주체의 상이한 형식과 생애주기에서 비롯되는 여성 간 차이 및 갈등으로 인하여 더욱 문제적인 것이 된다.

뿐만 아니라 시간성을 막론한 문화적 담론에서 역시 핵심적인 것이자 동시에 가장 문제적인 항으로 지속됨으로써 일련의 주목을 요하는 논제로 자리매김하고 있는 셈이다.

본고는 서사화된 모녀 관계의 양상을 '친밀성(kinship)'의 관점에서 풀어보고자 한다. 모녀 관계의 서사화 양상에 대해 기존의 비평 담론들은 "여성작가들의 텍스트를 읽으며 여성적 글쓰기의 고유성을 탐색하는 여성비평가들 … 가부장적 인습 내에서의 여성의 복합적인 위치, 심리의 언어화를 강조"[11]하고 "모성, 여성성"[12]을 핵심어로 삼는 비평적 우세종 하에서 여성 간 친밀성 서사의 한 세부 주제론으로서 친족의 모계 서사를 독해해온 까닭에 몇 가지 문제적 논점을 노정하고 있는 것으로 보인다. 이 특수한 비평적 관점에서 모녀 관계의 서사화 양상은 주로 여성성장소설의 장르종을 통하여 포착되었는데, 그 까닭은 이들 담론이 '여성적 글쓰기', '여성성', '여성적 정체성'을 필두로 가부장제와 부권적 질서의 위치성 속에서 여성 주체의 내면과 불화를 드러내는 문체적 자질들에 관심을 기울였다는 점과 맞닿아 있다. 그런데 김은하 외(1995)[13]에서도 논급되는 바와 같이, 여성 서사를 의미화하는 주요 개념으로 할당되었던 여성적 글쓰기, 여성성, 여성적 정체성 담론의 보편화된 시각과 논리를 의문에 부칠 필요가 있다. 성차의 사회학을 본질화하는 담론적 곤경의 미끄러짐과 이성애규범성의 작동이라는 위험성이 그 담론적 토대에서 노정될 뿐만 아니라, 이러한 비평적 시각 하에서는 모녀

11 김영옥, 앞의 글, 104쪽.

12 위의 글, 109쪽.

13 김은하, 앞의 글 참조.

관계의 서사화 양상에 대해 질문할 때 이를 여성 주체의 내면에 대한 정신분석학적 관점과 탈사회적 맥락으로 환원하여 가정된 '원형적 장면'으로 소급하게끔 하는 문제적 지점을 발생시키고 이에 따라 다양한 서사화의 방식을 억압-저항의 초평면에서 균질화하게 될 가능성이 다분한 까닭이다.[14] 이와 같은 구도 하에서는 어머니와 딸 관계성에서의 친밀성의 상이한 벡터들은 어머니와 딸의 주체 위치와 관계 양상이 고정되는 까닭에 집단으로 등질화되어 그 관계 내부의 역학들과 서사화 방식에 있어서의 차이를 의미화하지 못할 위험성이 다분하기에 문제적이다. 부권에 대한 거부나 저항 그리고 이러한 논리가 수반하는 방법론의 억압-저항 도식이 '여성'을 추상적인 저항의 자리에 놓는 것과는 달리, 젠더 정치는 여성들 간 관계맺음의 실제들과 그 심리적 역동들 사이에서도 항시적으로 작동하면서 젠더화된 삶의 현상들을 가로지른다.[15]

라폴레트가 지적하는 것처럼 친밀감(intimacy)은 가까움(closeness)이라는 공간적 거리 감각과 연관되지만, 친밀감은 주어진 것이 아니라 성취하는 것이기에 가까운 관계가 어떤 특정 형식의 친밀감을 보증하는

14 버틀러는 1997년 출판된 『권력의 정신적 삶』의 「우울증적 젠더/거부된 동일화」에서 젠더의 구성과 젠더 수행성에 대한 정신분석학적 논리 및 사변적 시나리오를 전개하면서도 동시에 이러한 해석적 논리 구조가 갖는 환원주의적 면모 및 실체화에 대해 각별히 주의를 기울일 것을 요청한 바 있다. 주디스 버틀러, 강경덕·김세서리아 옮김, 『권력의 정신적 삶』, 그린비, 2019, 200쪽 및 213쪽 참조.

15 제이콥스는 클라인과 이리가라이를 위시한 모녀 관계 모델에 대한 페미니스트 정신분석학의 문서들을 이론적인 것이라기보다 서술적인 것으로서 비판적으로 다룰 필요성을 강조하면서, 모녀 관계 이론의 구축에 있어서의 추상화와 패러다임의 재반복을 경계할 것을 요청한다. Amber Jacobs, "The Potential of Theory: Melanie Klein, Luce Irigaray, and the Mother-Daughter Relationship", *Hypatia: A Journal of Feminist Philosophy*, 22(3), 2007, pp.176~177·p.185·pp.190~191.

것은 아니다. 친족(적) 친밀감(kin intimacy)이 자연적인 본능이나 성향이라는 믿음 또한 친밀감의 성취적 측면과 비자족적 측면을 고려할 때 설득력이 없다.[16] 이러한 방식으로 친밀성(kinship)과 친밀감(intimacy) 사이의 관습적인 연결이 미끄러진다는 것을 염두에 둘 때, 본고는 모녀 관계의 특수성에 대한 접근 또한 가능해진다고 본다. 앞서 논급한 초도로우의 모녀 관계 사이에서 발생하는 '동일시'에 대한 질문은 친족이라는 문화적 규격, 여성 신체, 젠더 주체로서의 위치, 상호작용의 시간성 등 여러 가지의 담론적 척도(scale)들의 중층적 작용에 대한 질문과 함께, '왜' 그리고 '어떻게' '어떤 강도로' 동일시하고 연결감을 통해 친밀감의 관계적 공간을 만드는지에 대한 질문을 가능케 한다.

본고는 이러한 친족(kin)과 친밀감(intimacy) 사이의 미끄러짐 속에서 생성되는 모녀 관계의 서사적 형상들을 모녀 간 친밀성(kinship) 서사의 주제론적 접근을 통해 탐색해볼 것이다. 여성 간 친밀성 서사의 토대적 자리에 모녀 관계가 있으며 이것이 여성 주체를 의미화하는 여성 서사의 중요한 주제론적 축으로서 계속적으로 생산되는 논제라면, 이는 여성 간 관계성과 여성 주체의 존재론적 조건·자리·배치성을 탐색하는 여성 서사 고유의 문제의식과 연루되는 문학적 상상력의 다면과 차이를 읽어낼 수 있는 단서로서 활용될 수 있을 것이다. 특히 이 과정에서 본고는 기존의 모녀 관계 형상화의 원형적 장면으로 평가받아온 오정희의 서사 중 가장 명시적인 방식으로 모녀 관계를 제재, 구성, 인물 형상, 담화와 주제 및 의미망 층위에 이르기까지 초점으로 삼고 있는 「목련초」[17]를

16 Hugh LaFollette, "Kinship and Intimacy", *Etikk I Praksis—Nordic Journal of Applied Ethics*, 11(1), Trondheim, 2017, pp.33~40.

누빔점으로 삼되 이와 매우 상이한 서사적 상상력을 보여주는 백수린의 논쟁적인 모녀 서사 『친애하고, 친애하는』[18]을 병렬적으로 배치하여, 모녀 관계를 그리는 문학적 상상력의 지형 및 여기에서 드러나는 모녀 간 친밀성의 사회적 규약과 정치적 계쟁의 서사화된 지점들을 의미화해 볼 것이다.

2. 친족의 모계 서사와 친밀성의 사회적 규약

오정희의 「목련초」는 여성 간 친밀성과 여성 간 관계성의 의미화 양상에서 모녀 관계를 해석해온 기존의 비평적 논점들을 핵심적으로 보족하는 원형적 상상력을 보여준다는 점에서 주목할 만한 소설이다. 이 소설은 기혼 여성인 '나'가 남편의 불륜으로 파탄이 난 결혼생활로 인해 서사적 현재에서 어머니와의 친밀성의 극단화된 형태인 내적인 '동일시'의 구도로 자기 자신을 설정하고 이해하게 되는 과정을 서술한다. 이러한 과정에서 딸인 '나'와 '나'의 어머니의 관계는 "만다라"(「목련초」, 125쪽)로 함축되는 여성의 주체 위치에 대한 원형적 장면으로 합일된다. 아래의 인용문을 보자.

> 가서 애나 보라구? 남편도 내게 곧잘 그런 말을 하곤 했다. 그 말을 들으면 나는 낯빛이 새파랗게 질리곤 했으나 이젠 분노나 모멸감으로 가

17 오정희, 「목련초」, 『불의 강』, 문학과지성사, 2017. 이하 본문 인용 시 제목과 쪽수만 병기함.

18 백수린, 『친애하고, 친애하는』, 현대문학, 2019.

> 슴이 후들거리는 일도 없이 내게 볼 아이나 있으면 이러고 다니겠어? 라고 받아넘길 만큼 뻔뻔해졌다. 하기사 내게 이젠 그런 따위의 말을 하는 사람도 없긴 했다. 내가 알고 지내는 주위의 사람들은 한결같이 내 앞에서 남편이나 아이의 이야기를 하는 것을 크나큰 실례로 여기고 있었다. …(중략)… 가서 애나 보라구? 나는 한숨을 쉬었다. 한수 씨는 내가 딸아이를 시가에 떼어 둔 채 남편과 별거중인 사실을 알고 있을까를 생각했다.(「목련초」, 128~129쪽)

> 남편과는 이렇다할 해결도, 해결책도 갖지 못한 채 별거를 하고 있었고 그 이후 내게 생긴 것이라곤 끝도 한도 없는 절망적인 잠과, 술을 먹으면 나비야 나비야 청산 가자를 부르고, 딸아이의 이름을 부르며 울곤 한다는 버릇뿐이었다. 나도 그것을 알고 있었다. …(중략)…
>
> 아마 한수 씨도 그 버릇을 알고 있을 것이다. 아니 내 내부에 깊숙이 도사린, 목련이 피는 밤마다 칭칭이 감겨드는 시나위 가락도 알고 있을지 몰랐다. 그러기에 그가 가끔 내게 비웃쩡거리며 목련을 그리시오, 만다라를 그리시오, 라고 말할 수 있는 것이나 아닌지.(「목련초」, 129~130쪽)

위 서술에서 살펴볼 수 있는 것처럼 소설의 서사적 현재에서 '나'는 남편과 별거 상태이며, 아이를 둔 중년의 기혼 여성 인물로 설정되어 있다. 그런데 소설의 문두에서 '나'의 이러한 처지가 선행적으로 제시되는 반면 '나'의 어머니에 대한 서술은 유보되어 있음에 주목할 필요가 있다. 소설의 후행부에서 제시되는 '나'의 어머니에 대한 서술에서, 어머니는 '나'의 아버지와 결혼하였으나 출산 후유증으로 인해 앉은뱅이가 된 뒤 몸에 신이 실려 무당이 되는 삶으로 설정된다. '나'의 어머니는 앉은뱅이임과 동시에 무당 노릇을 하게 되어 아버지에게 버림받고, 아버지는 어머니를 동네에 둔 채 집을 나가 '나'와 함께 다른 여자와 다시

금 살림을 차리게 된다. 그리고 '나'의 회상적 서술을 통하여 제시되는 '나'의 어머니의 최후는 앉은뱅이인 까닭에 화재를 피하지 못하고 홀로 죽음을 맞게 되는 이미지로서 서술된다. 서술적 시간 역전을 통하여 회상으로서 매개되는 이러한 '나'의 유년의 과거 시퀀스는 어머니의 죽음 이후에 아버지와 새어머니와 함께 죽은 어머니를 버리고 동네에서 멀리 도망치게 되는 장면에 대한 서술로 완성된다.

그리고 서사적 현재에 이르기 전까지 '나'는 어머니와 동일하게 결혼을 하고 딸아이를 낳고 살아가는 것으로 설정된다. 그런데 여기에서 주목할 필요가 있는 지점은, 이러한 시점에 이르기 전까지는 '나'와 '나'의 어머니 사이의 관계적 연결이 서사 내적으로 전혀 이루어지지 않는다는 점에 있다. 즉 문제상황이 발생하기 전의 시간적 좌표인 서사적 현재의 전 시점에서 '나'는 모녀 관계의 친밀성에 있어서 어떤 특정 종류 및 강도적 연결로도 '나'와 '어머니' 사이의 관계성을 상정하고 있지 않은 것이다.

> 나도 시앗을 본 다른 여자들이 하듯 그녀의 집에 가서 요강을 들어 거울을 부수고 이불을 갈갈이 찢고 머리채를 휘두르고 싶었다. 그러나 나는 그러는 대신 남편이 돌아오지 않는 밤마다 어두운 길목에서 그를 기다렸다. 비가 오는 날이면 우산으로 팔랑개비를 돌리며 새벽녘까지 서 있곤 했다. 그리고 그러한 새벽 어머니는 씻긴 듯 신선한 모습으로 내게 찾아오는 것이었다.(「목련초」, 132쪽)

> 아버지는 잘 있냐? 내가 가면 어머니는 먹을 것을 꺼내주며 늘 물었다. 나는 먹기에 바빠 대답할 겨를이 없었다. 그러면 어머니는 한숨을 쉬고 성냥통을 끌어당겨 따악 소리를 내어 호기롭게 불을 붙이며 나비야 나비야

청산 가자, 호랑나비 너도 가자, 구시월 새 단풍이 된서리 맞아 낙엽 져 우리네 초로인생 공수래공수거라— 어깨를 추석이며 흥얼대는 것이었다.
남편이 돌아오지 않는 새벽마다 나는 이러한 어머니의 모습을 떠올리고 어머니가 뜨겁고 슬프고 한스러운 감정을 나비야 나비야 청산 가자로 체념해 버리듯 나도 역시 어느새 어머니의 흉내를 내며 질식할 듯 차갑고 깨끗한 새벽의 공기를 피해 어두운 골목을 돌아 집으로 돌아오곤 했던 것이다.(「목련초」, 134쪽)

'나'는 남편의 불륜과 결혼생활의 파탄을 통해 집을 떠나게 되는 서사적 현재에서 비로소 '나'와 '나'의 어머니와의 관계성을 호명하기 시작한다. 위의 첫 번째 인용문에서 살펴볼 수 있는 것처럼, '나'는 남편이 돌아오지 않는 밤마다 남편을 기다리며, 이러한 새벽마다 이미 오래전 죽어 없는 어머니가 '씻긴 듯 신선한 모습으로 내게 찾아오는' 경험을 하는 것이다. 이렇듯 '나'를 어머니와의 관계, 모녀 관계의 친밀성과 동일성의 구도로 소환하는 것은 남편과의 실패한 결혼생활이다.

'나'와 '어머니' 사이의 관계성은 어머니가 아버지에게 버림받았다는 것, 아버지가 다른 여자와 살림을 차렸다는 서사적 설정의 동일성 속에서 촉발된다. 그러나 이 소설에서 이러한 서사적 사건 상의 동일성보다 더 강조되는 것은 이러한 사건을 처리하는 '나'와 '나'의 어머니 사이의 정서적 반응의 결에 있는 것으로 보인다. 위의 두 번째 인용문에서 명시적으로 살펴볼 수 있는 것처럼, '나'의 초점화된 해석은 어머니의 노래를 '뜨겁고 슬프고 한스러운 감정'의 체념적 가락으로, 그리하여 '나'와 동일시될 수 있는 정서적 결로 조율한다. 그리고 '나'는 "여보 사랑하오, 우리는 다시 시작할 수 있겠지요"(「목련초」, 131쪽)라는 남편의 편지와 함께 별거 이후 아프리카 오지로 떠난 남편의 귀국과 재결합에 대한 요청을 앞둔 서사적 현재에서, 이러한 정서적 조율을 바탕으로 언젠가 남편과 함께 보았던 나비부인 의 "영예로운 삶이 아니면 차라리 죽음을 택하리"(「목련초」, 135쪽)라는 대사와 함께 남편이 떠나버린 그리고 그렇기 때문에 불명예스러워졌던 어머니의 죽음을 떠올리게 된다.

> 간신히 마루로 나온 어머니가 툇돌 아래로 구른다고 생각한 순간 어머니는 벌떡 일어났다. 굉장히 큰 키였다. 이제 불은 저고리 소매에 붙어 원색의 휘장처럼 펄럭이고 있었다. 어머니는 불꽃나무였다. 그리고 불을 끄기 위해, 그 뜨거움을 견디지 못해 달려 나오려 하는 듯했으나 선 자리에서 그 긴 두 팔을 휘둘러대며 춤추듯 겅중겅중 뛰기만 할 뿐이었다. 마치 굿판에서처럼 어머니는 거대한 불꽃나무가 되어 타고 있었다. 나는 도대체 달려들 엄두를 못 내고 허둥대기만 하는 사람들 틈에 숨어 서서 그것을 끝까지 지켜보고 있었다. 어머니는 죽어가고 있는 것이 아니다. 귀신이란 귀신은 모조리 불러내어 일생 단 한 번의 성대한 굿을 하고 있는 것이라고 생각하며.
>
> 넋이야, 넋이로구나. 녹양심산 첫 넋이여, 넋을랑 넋반에 담고 신의 신첸 관에 담아 올려다보니 만학천봉, 내려다보니 백사지라.
>
> 어허허, 왔소 내가 왔소. 만신의 입을 빌고 몸을 빌어 내가 왔소, 어허허, 생전에 이루지 못하고 황천객 되어 왔소.
>
> 나는 그때 분명히 굿거리장단에 맞춘 어머니의 구성진 지노귀 가락을 들었다. 그리고 어머니는 쓰러졌다. 쓰러져서도 어머니의 몸은 생솔가지에 불붙듯 오래오래 기름진 불꽃으로 타고 있었고 그 위에 대들보가 흡사 한 마리의 구렁이처럼 무겁게 눌러 내렸다.(「목련초」, 142~143쪽)

> 풀에 뒤덮인, 풀마저 썩어 한갓 먼지로 풀풀 날릴 때까지도 백골이 못 된 어머니의 죄 많은 뼈에서 밤마다 피어나는 흰 목련들. 그러나 밤마다

> 끊임없이 토해 내는 꽃송이들이 훨훨 날아 천공을 뒤덮어도 어머니는 백골이 되지 못했다.(「목련초」, 126쪽)

위의 시퀀스에서 어머니의 죽음은 분명 화재로 인한 사고사임에도 불구하고, '나'에게 있어서 현재화되는 과거의 시간성과 어머니의 죽음이 갖는 이미지 및 그 죽음의 의미는 '나'와 '어머니'의 친밀성 지대를 가로지르는 동일시의 역학에 의해 새롭게 호명된다. 이러한 매개된 기억에서 현재화되는 과거의 시간성과 어머니의 죽음은, 위에서 언급한 것과 같은 단순한 사고사가 아니라 '나'의 아버지와의 관계성에 대한 상상적 배치 속에서 재매개됨으로써 나비부인 의 대사처럼 '차라리 죽음을' 선택했던 그러한 죽음으로 의미화되는 것이다. 어머니는 '나'에게 여성적 한(恨)의 수많은 귀신들이 만신의 입과 몸을 빌리는 굿판이자, 거대한 불꽃나무가 되어 자신의 몸을 태움에도 결코 육탈하지 못하는 승화될 수 없는 뼈의 정신적 이미지로 전이된다. 그리하여 어머니는 '나'에게 있어서 밤마다 "주술적인 초혼"(「목련초」, 126쪽)의 목련으로 피어나는 심상적 발현체로 의미화되기에 이른다.

그리고 이렇듯 목련의 심상을 통하여 '나'에게 있어 계속적으로 반복해서 현재화되는 어머니는 다시 시작하자는 남편의 편지에 대해 그리고 삼 년 전 집을 떠나면서 동일하게 '나'가 던진 "그러나 언제나 시작이란 없는 것이에요"(「목련초」, 131~132쪽)라는 서술적 표현과 결합하면서, 모녀 관계의 관계 역학과 친밀성의 지대에서 '나'와 '어머니' 사이의 동일시로부터 연역되어 끝내 시작도 끝도 없는 온전한 동일성의 구도로 밀착됨으로써 완성된다.

동시에 이 소설에서 특히 흥미롭게 살펴볼 필요가 있는 지점은 어머니와의 약한 강도적 친밀성을 넘어서 내적인 동일성의 구도로 '나'를 소환하게 되는 이러한 삶의 동일성이 단순히 우연적인 것이거나 특정한 사건의 일치로 국한되지 않는다는 점에 있는 것으로 보인다. 오히려 이 소설은 이러한 딸인 '나'의 삶과 '나'의 어머니와의 삶의 동일성에서 더 나아가 이를 어떤 '핏줄'에 의한 계승이자 운명의 영역으로까지 확장하는 것이다. '시작이란 없는' 이러한 반복으로서의 만다라의 이미지는 '나'와 '어머니'를 넘어 여성의 주체 위치에 대한 원형적 장면, 여성적 한의 차이 없는 반복으로서 여성의 운명이자 존재론적 위기의 고유한 플롯을 통해 젠더적 트라우마와 외상 후 스트레스 장애(PTSD)적인 증상을 함축하게 된다.

> 두텁게 덮었던 풀들도 썩고 마르고, 먼지처럼 날아 흐트러져 버렸는데도 군데군데 송진처럼 살점이 엉긴 뼈는 시커멓기만 했다.
> 그러나 밤이 되면 그것은 하얗게 빛을 내고 있었다. 희푸르게 파작파작 타오르는 그것은 흡사 꽃이었다. 밤으론 마디마디 흰 꽃을 피워내고 마침내 하나의 커다란 꽃으로 피어나는 어머니의 뼈는 아침이 되면, 꽃을 다 피워 내어 껍질만 남은 고목의 등걸처럼 더욱 시커멓게 썩어 있었다.(「목련초」, 143쪽)

> 내 속에는 어머니를 버리고 달아나던 날 밤의 자욱한 어둠이 급류가 되어 밀려 들어오고 그 너머 어디선가에 흰 목련들이 소리를 내며 터지고 있었다. 나를 이윽고 더 깊은 어둠 속으로 함몰시키고야 말 꽃들이. 남편이 돌아오지 않는 밤의 어지러운 꿈자리에서, 그리고 새벽, 세숫물에 손을 담그다가 선뜩한 느낌에 진저리를 치며 아아, 나는 여지껏 느낌으로만 살아왔구나, 곤충이 촉각으로 살 듯 나는 그저 느낌으로만 살아왔구나, 라는 것이 날카로운 정으로 골을 쪼개듯 쨍하니 선명한 의식으로 다가들

> 때마다, 무언가 저질러 버리고 싶다는, 풀무처럼 단내를 풍기며 뜨겁게 달아오르는 온갖 타락에 대한 열망, 죄악에 대한 열망에 시달릴 때마다 어머니의 뼈에서 피어나던 목련은 어둡고 민감하게 스멀대며 살아나곤 하였다. …(중략)…
>
> 그러나 아무리 내가 밤마다 끝없이 절망과 비상과 추락을 거듭하여 거대한 잠 속에 빠져든다 해도 내 속에서 피어나고 있는 목련을 죽일 수는 없을 것이다.
>
> 남편이 돌아오지 않는 밤마다, 남편의 지문이 화인처럼 묻어나는 곳곳에서 피어나던 목련. 차라리 수천 수만 송이의 만다라로 흐트러져 피어나던 그것을 그릴 수는 없을 것이다.(「목련초」, 145~147쪽)

이러한 젠더화된 트라우마로부터 조형되는 '모계 서사'의 플롯은 대체적으로 다음의 분석과 해석을 가능케 할 것이다: "'나'는 어머니처럼 살지는 않겠다고 결심하지만 결국 어머니와 다를 바 없는 삶을 살고 있는 자신을 발견하게 되면서 내면에 또아리 틀고 있는 자신의 또다른 얼굴을 인정하게 된다. 어머니의 이러한 한 많은 삶이 일종의 핏줄처럼 '나'에게도 이어지려고 하자, '나'는 집을 떠난다. 집을 떠나 "주술적인 영혼의 꽃" 목련을 그리고자 한다. 목련이란 '나'에게 "어머니의 백골에서 피어나던 영혼"이자 "남편이 돌아오지 않는 밤마다, 남편의 지문이 화인처럼 묻어나는 곳곳에서 피어나던" 한을 의미하기 때문이다. 목련 그림은 일종의 "만다라"로서 한의 승화를 의미하지만, '나'는 좀체 목련을 그리지 못한다. 결국 '나'는 목련을 그리는 대신, 자신 안에 있는 파괴적인 욕망을 인정하게 된다"[19]는 논의가 바로 그것이다.

---

19 이정희, 「오정희 소설에 나타난 탈영토화 전략」, 『여성문학연구』 4호, 한국여성문학학

그러나 오정희의 소설적 계열체들에서 주로 타락의 심상들과 연결되어 있는 매춘, 도둑질, 탐식 등과 연결되어 「목련초」의 서사 말미에서 '나'의 암시된 '죄악에 대한 열망'과 '무언가 저질러버리고 싶다'는 충동은 이 소설에서는 기존의 계열체들과 의미론적으로 묶이지 않는 차이를 드러내기도 한다. 양윤의가 분석한 바와 같이 「저녁의 게임」을 위시하여 오정희의 소설들에서 상정되는 모녀 관계가 타락의 심상들에 대한 '나'의 실현을 통하여 '나'가 '어머니'와 하나로 묶임으로써 추방된 어머니라는 장소의 재생산으로서의 여성 주체의 신체라는 장소를 통해 아버지의 장소 자체를 내부에서 무너뜨린다는 해석적 논리[20] 및 억압-저항의 상징적 구도로 이 소설을 연역할 수 없는 것이다.

오히려 이 소설은 모녀 간 친밀성에 대한 일종의 문화적 마스터플롯[21]이자 여성성장소설의 한 형상으로서 모녀 관계의 원형적 장면을 매개함과 동시에 형상화하는 서사적 상상력을 보여준다고 할 수 있다. 이 소설을 성장소설로 의미화할 수 있는 까닭은 이 소설이 단지 시기적이

고 유년기의 성장에 국한된 것으로서의 성장소설을 넘어서 '나'를 기혼 중년 여성으로 설정하고 있기는 하지만, 이 소설이 매개하는 서사적

회, 2000, 302쪽.

20 양윤의, 「여성과 토폴로지」, 소영현 외, 『문학은 위험하다』, 민음사, 2019, 47~67쪽 참조. 이는 대체적으로 오정희의 소설을 해석하는 전형적 논리이기도 하다.

21 마스터플롯은 다양한 형태로 반복되며 특정한 문화적 토대에 위치한 사람들의 근저에 있는 가치, 희망 그리고 공포에 대해서 말하는 일종의 원형적 스토리를 말한다. 문화적 마스터플롯은 스테레오타입의 인물 유형과 장르를 포괄하며, 사람들은 특정한 마스터플롯을 통해 세계관을 형성하거나 해체한다. 이러한 문화적 마스터플롯은 특정 문화에 존재하는 지배적인 마스터플롯을 훼손하거나 견제하는 역할을 하는 대항서사와 경합 및 교섭한다. H. 포터 애벗, 우찬제·이소연·박상익·공성수 옮김, 『서사학 강의』, 문학과지성사, 2010, 99~105쪽 및 357~359쪽 참조.

사건을 통하여 여성 주체로서의 '나'가 삶을 이해하는 방식이 통어되고 있기 때문이다. "성장의 내적 시간인 발견과 탐색"[22]이라는 측면에서 「목련초」 전체는 '나'가 '나'의 어머니와의 혈연적 구도이자 원형적 장면에서의 '여성'이라는 위치성 속에서 '만다라'라는 대칭적이고 동일성의 끊임없는 반복으로 이미지화되는 표상을 통하여 밀착되게 되는 자기 이해이자 모녀 관계에 대한 이해의 구도를 서사화하고 있다. 이러한 관계성 속에서 모녀 관계의 친밀성은 약속된 것으로, 동시에 이러한 친밀성의 구성은 젠더화된 여성 주체의 위치에서 발생하는 사회적 규약의 동일성으로부터 나오는 것으로 보인다.[23]

3. 모녀 관계의 재구획과 친밀성의 정치적 계쟁

백수린의 『친애하고, 친애하는』은 할머니와 어머니 그리고 '나'라는

---

22 김혜영, 「오정희 소설의 성장 수사학」, 『현대소설연구』 27호, 한국현대소설학회, 2005, 362쪽. 성장소설은 그 장르종의 태생으로서 교양소설과 동일한 것으로 연역되지 않는다. 특히 오정희 소설에서는 전형적인 성장소설의 장르종으로 해석되는 사례들에서도 유년의 여성 인물이 등장함과 동시에 「옛우물」이나 「목련초」 등과 동일한 방식으로 회상적 자아와 회고담의 서술자 초점화 등을 통하여 매개 구도의 다중적 모의가 전경화된다는 점에 주목할 필요가 있다. 즉 오정희의 여성성장소설로서 빈번하게 호명되는 「유년의 뜰」과 「중국인 거리」 및 「완구점 여인」과 같은 명시적인 유년의 여성 인물이 제시되는 서사적 사례들에서도 서술적 매개 구도와 초점화 양상에 있어서는 '회상적 자아'로 의미화되는 성년의 여성 서술자와 초점화자에 대한 단서가 계속해서 발견된다는 점은 오정희의 소설적 계열체들에서 여성/성장의 주제론을 확장할 뿐만 아니라, 동시에 문제적이게 한다.

23 이러한 측면에서 엄지희가 지적한 여성 성장 담론이 가부장제에 대한 피상적인 저항의 논리로 해석되는 것에 대한 비판(엄지희, 「현대 여성작가 자매소설 연구」, 『상허학보』 48호, 상허학회, 2016, 416쪽)처럼, 오정희 소설을 젠더수행성과 가부장제에 대한 저항으로 의미화하는 논지들에 대해 다소 의구심을 갖게 된다.

세 여성 사이의 '모녀 관계'를 겹쳐놓음으로써 여성 삼대(三代)의 관계 양상을 서사화한다. 그런데 흥미로운 지점은 다음과 같다. 첫째로, 이 소설은 오정희의 「목련초」가 모녀 간 친밀성의 지대를 서사화하는 방식과 대별됨과 동시에 병치되는 양상을 보여준다. 둘째로, 이 소설은 여성 삼대의 축과 중첩된 모녀 관계의 서사화를 통하여 친밀성의 역사 속에 개입되는 모녀 관계의 불가능한 동일시에 대한 문제적인 논제를 제출한다. 이는 앞서 첫 번째로 논급한 이러한 문화적 마스터플롯에 대한 진지한 반례로서 서사적 상상력의 차이 지점을 확보하는 것으로 보인다.

이를 살펴보기 위해서는 앞 장에서 논급한 것처럼 오정희의 「목련초」를 필두로 여성성장소설의 계보에서 모녀 관계의 형상화 방식이 정신분석이나 탈사회적 맥락으로 환원될 '원형적 장면'을 통하여 모녀 관계의 친밀성을 고정적으로 제시하는 서사적 상상력을 보여준다면, 백수린의 『친애하고, 친애하는』에서 제시되는 중층적 모녀 관계의 역학은 그와는 매우 상이한 특징을 보인다는 점에 우선적으로 주목해야 한다. 관건은 여러 가지 강도적 연결과 공간적 거리 감각을 통하여 구축되고 실현되는 잠재적 가능성 지대로서의 친밀성이라는 관계적 공간이 어떻게 동일시를 통한 차이 없는 반복의 동일성으로서 이해되는 것이 가능해지는가에 대해 이 소설이 던지는 물음을 해석하는 것에 있다. 『친애하고, 친애하는』에서 모녀 간 친밀성의 논제는 모녀 관계에서 빚어지는 친밀성의 원천과 친밀성의 방식 양자의 등질적 양상에서, 사회적 여성(들)의 결코 동일시될 수 없는 모녀 관계에서의 '차이들'로 분화된다. 아래의 인용문을 보자.

> 할머니의 잔기침은 점점 더 심해지고 있었는데, 그것이 뭔가 잘못된 상태의 신호라는 사실을 그 무렵 나는 어떻게 조금도 상상하지 못했을까? 할머니를 그토록 사랑했는데. 불면증에 시달리던 그 무렵의 나는 알 수 없는 조바심에 항상 마음의 여유가 없었다. 하지만 할머니는 어린 시절 내가 발목을 삐면 노른자와 밀가루를 섞어 만든 반죽을 부은 자리에 붙여주고, 감기에 걸리면 파뿌리와 생강을 달여주던 유일한 사람이었다. 그래도 낫지 않으면 병원에 데려간 후 병원에서 지어준 가루약을 먹기 좋게 물에 개어주던 사람. 오랜 시간이 지난 후 가끔씩 나의 아이가 아플 때, 열이 40도 가까이 오른 아이의 이마를 차가운 물수건으로 닦아주거나 체한 아이의 배를 오랫동안 문지를 때, 거짓말처럼 할머니가 떠오르는 순간이 있었다. 할머니가 그렇게 갑자기 생각나는 밤이면 나는 이제, 내가 그러했듯이 할머니 역시 할머니의 한계 안에서 나를 사랑했을 것이라고, 그리고 그것은 인간이라면 어쩔 수 없는 일이라고, 그러니 내가 그때 할머니의 상태를 조금도 눈치 채지 못한 것이 그렇게 큰 잘못은 아니라고 생각할 수 있을 만큼의 나이를 먹었다. 하지만 어쩌다 출퇴근 시간의 지하철역에서 환승하기 위해 계단을 바삐 올라가는 수없이 많은 사람들의 뒤통수를 보거나 8차선 도로의 횡단보도에서 보행자 신호가 바뀌어 내 쪽을 향해 걸어오는 인파를 보다가 가끔씩, 나는 지구상의 이토록 많은 사람 중 누구도 충분히 사랑할 줄 모르는 인간인 것은 아닌가 하는 공포에 사로잡힐 때가 있다. 우리가 타인을 사랑한다고 말할 때, 그것은 대체 어떤 의미인 걸까?(『친애하고, 친애하는』, 25~26쪽)

이 소설의 서사적 설정에서 가장 문제적인 것은 '나'와 '나'의 어머니와의 관계성에 있다. '나'는 "엄마를 실망시키는 사람"(『친애하고, 친애하는』, 48쪽)이다. 이 소설 전체의 서사적 사건은 이미 할머니의 죽음을 겪고 아이를 출산하여 키우는 기혼 여성인 '나'의 회상적 서술을 통하여 과거의 사건들이 서술되는 방식으로 매개된다. 이러한 서술적 매개 구도를 바탕으로 이 소설은 할머니와 '나'의 관계를 통하여 할머니와 '나의 어머니'의 모녀 관계를 알아가게 되고, 동시에 그럼으로써 문제상황으로 자리했던 '나'와 '나'의 어머니와의 모녀 관계와 불가능한 동일시적 친밀성의 구성이라는 사실에 대한 원망에서 이해로의 과정을 밟아가는 인식적 추이 변화를 따른다. 이 소설의 파라텍스트(paratext)이기도 한 '친애'는 '한계 안에서 사랑했을 것이라는' 이해가능성과 '우리가 타인을 사랑한다고 말할 때, 그것은 대체 어떤 의미인가'를 묻는 이해불가능성 사이에서 진동하면서 '나'의 '어머니'에 대한 친밀성의 구성적 및 의미적 변화의 행로를 포괄하는 해석적 기표로서 작동한다.

> 강이 부모님과 함께 사는 집은 서울의 북쪽에 위치했기 때문에 우리는 그의 집과 할머니 집의 중간 지점인 신촌이나 홍대 입구 언저리에서 주말에 만나 영화를 보거나 외식을 했고, 수제 맥주로 유명한 가게를 찾아다닌 후에는 근처의 모텔에 갔다. 어쩌다 그의 부모님과 여동생이 외출하는 주말이면 그의 집에 가기도 했다. 강의 집은 30평대 초반의 아파트로, 그리 넓지 않은 거실에 놓인 원목 수납장과 티브이장 위에는 퀼트와 뜨개질로 만든 직물이 덮여 있었다. 누군가 정성껏 돌보고 일군 정원처럼 아늑한 분위기. 강의 집은 내가 어린 시절 친구네 집에 놀러 갈 때마다 부러워했던 무언가를 가지고 있었다.
>
> 내가 어렸을 때부터 동경해온 지극히 평범한 가정, 그러니까 회사원 아버지와 가정주부 어머니 사이에 아들딸로 구성된 4인 가족의 장남인 강. 강은 내가 울면 어쩔 줄 모르겠다는 얼굴로 나를 끌어안아주던 사람이고, 지하철에서 노인을 보면 아무리 피곤하더라도 반드시 자리를 양보하는 그런 사람이고, 자기가 맡은 일이 무엇이든 그것이 가장 좋은 일이라고 생각하고 최선을 다하는 사람이었다. 당시 채권관리팀에 있던 강은 내게 그가 직장에서 매일 듣는 신용불량자들의 사연에 대해서 이따금씩 이야기

> 하곤 했는데, 그의 말은 대체로 평범한 일상의 고마움이라든지, 정상적인 삶의 가치에 대한 결론을 도출하는 방식으로 끝이 났다. 내가 강과 두 번이나 연애를 하게 된 것은 강이 가지고 있는 어떤 정상성에 대한 확고한 믿음과 연관이 있을지도 모른다고 나는 꽤 오랜 시간 생각해왔다.(『친애하고, 친애하는』, 44~46쪽)

위 인용문은 '나'의 회상적 자아가 서사적 현재에서 '나'의 남편이 된 '강'에게 끌렸던 이유에 대해 서술하고 있다. 이에 따르면 '강'은 회사원 아버지와 가정주부 어머니 사이에 아들딸로 구성된 전형적인 4인의 핵가족이자 서울의 중산층으로서의 전형적인 형상으로서 묘사된다. '나'가 이러한 '강'을 고른 것은 '정상적인 삶의 가치' 및 '정상성에 대한 확고한 믿음' 때문인 것으로 서술된다. 그리고 이는 물론 '나'와 '나'의 어머니 사이의 문제적 관계 속에서 비롯되는 선택이라는 점에서 중요하다. 왜냐하면 이 소설의 서사적 설정에서 핵심적인 갈등 양상은 '나'가 '나'의 어머니에게 기대하는 어머니됨(motherhood)에 대한 각본과 함께 그 기대감을 충족시켜줄 수 없는 어머니답지 않은 어머니로서의 '나'의 어머니 사이의 간극에서 오기 때문이다.

'나'에 의해 서술되는 '나'의 어머니는 유학길에 오르기 위해 필요했던 결혼을 하고, 미국 비자가 나오길 기다리던 와중에 '나'를 임신한 사실을 알게 되며, 갓 태어난 '나'를 '나'의 외할머니에게 맡겨두고 떠난다. 그리고 "그러니까 역시, 엄마 인생에는 엄마의 공부가 가장 중요했던 거네요"(『친애하고, 친애하는』, 79쪽)라는 '나'의 원망에도 불구하고 "내가 듣고 싶은 말을"(『친애하고, 친애하는』, 77쪽) 해주지 않는다. 그러므로 "나는 엄마가 그곳의 일상을 이야기하며 나에 대한 그리움 때문에 힘들었다든지,

외로웠다는 이야기를 조금이라도 해주길 바랐다"(『친애하고, 친애하는』, 77쪽)는 서술은 '나'의 심적 결핍을 드러냄과 동시에 '나'가 '강'을 남편으로 선택한 이유를 이해하게 한다.

"내가 누려보지 못한 모성"(『친애하고, 친애하는』, 119쪽)이라는 서술에서 명시적으로 살펴볼 수 있는 것처럼 '나'는 '나'의 어머니가 그랬던 것과는 정반대로 가부장적 가족 구도 내에서 전업주부로서 자식들을 양육하고 돌보는 어머니됨에 대한 문화적 기대감을 투사하는 모습을 보이는 것이다. 그리고 이런 방식으로 '나'가 '나'의 어머니와의 관계성을 '정상이 아닌 것'으로, 그리고 '나'의 어머니를 그 '비정상'의 원인으로서 이해하는 와중에, '강'과의 관계에서 혼전임신을 하게 되는 서사적 사건에서 이러한 '나'와 '나'의 어머니 사이의 갈등은 최고조에 이르게 된다.

내가 두 번째 불렀을 때에야 비로소 엄마가 나를 돌아다보았다. 엄마가 화를 삭이고 있을 줄 알았는데, 엄마는 울고 있었다.

"엄마, 미안해요."

내가 엄마의 곁에 가 앉으며 말했다. 엄마가 우는 이유가 정확히 무엇인지는 몰랐지만 엄마의 눈물을 보자 미안하다는 말이 먼저 튀어나왔다. 어쩌면 내가 다시 한 번 엄마를 실망시켰기 때문에, …(중략)…

"엄마, 엄마도요, 내가 생겼을 때, 이런 마음이었어요?"

나는 엄마가 무슨 말이든 해주길 바라는 마음으로 질문을 던졌다. 그러고 보면 엄마가 나를 낳았을 때도 엄마는 학업 중이었고, 무엇보다 엄마는 아이를 낳고도 엄마의 인생을 포기하지 않았다. 그러자, 다른 것은 몰라도, 이것만큼은 엄마가 나를 이해해줄 수 있을 것 같다는 생각이 들었다. 오랜 시간이 지난 지금도 나는 그때 내게 도대체 왜 그런 터무니없는 기대가

> 생겨났는지 설명할 수 없다. 하지만 한번 생겨난 그런 기대는 모두들 불가능하다고 말하지만, 엄마라면, 아기를 낳고도 바로 유학을 갔던 엄마라면 내가 아기를 낳더라도 학교를 계속 다닐 수 있고, 졸업을 하고, 다른 아이들처럼 꿈을 꾸고, 계획했던 목표를 이룰 수 있으리라는 것을 믿어줄지도 모른다는 희망으로 형태를 바꿨다. 그때의 나는 이 뜻밖의 임신이 그때까지 엄마에게 서운했던 것들, 나와 엄마를 모두 외롭게 만들었던 우리 사이의 간극을 치유해주기 위해 우리에게 벌어진 사건일지도 모른다고까지 기꺼이 생각하고 싶었다. 엄마와 나에게 생긴 최초의 연결 고리.(『친애하고, 친애하는』, 108~110쪽, 인용자 밑줄)

> 나는 엄마가 제발, 다른 사람들이 말하는 것처럼 나의 인생은 이것으로 끝장이라고 말하지 않기를 바랐다. 진짜 자신의 자아실현이 중요한 사람이라면 실수로 아기를 갖는 그런 멍청한 일을 저질렀을 리 없다고 생각하지 않기를. …(중략)…
>
> "아니야. 무리해 그럴 거 없어. 결혼해 아이만 키우는 것도 좋은 삶이지."(『친애하고, 친애하는』, 110~111쪽)

'나'는 어머니됨에 대한 문화적 기대감을 투사하여 모녀 간 친밀성에 대해 이해하고 해석함으로써, 그러한 각본을 '나'의 어머니에게 요구하고 그것이 지속적으로 좌절당하는 경험에 지배당하는 심리적 드라마 속에서 교착된 상태로 존재하는 인물이라고 할 수 있다. 모녀 관계를 상상하는 '나'의 친밀성에 대한 요구에서 '나'는 여전히 어머니에게(만) 돌봄을 요구하는 어린아이의 시점에 멈춰있는 것이다. '나'는 서사적 매개 구도 속 서술자인 중년 여성이 된 '나'의 회고적 타임라인에서도 이미 성인 여성이라는 점에서, 여기에서 앞서 인용한 '내가 누려보지 못한 모성'은 교착 상태 속에서 결코 충족되거나 해결될 수 없다.

그리하여 '나'는 위의 인용문으로 제시된 서사적 상황에서 '나'의 임신을 바탕으로 '나'의 어머니와의 새로운 친밀성의 지대에 대한 기대감을 드러내는 방식으로 전회를 꾀한다. '엄마와 나에게 생긴 최초의 연결고리'라는 서술적 표현에서 단적으로 드러나는 이 기대감은 물론 결혼과 임신 및 출산이라는 여성의 전형적인 생애 주기 설계에서 비롯되는 여성 주체의 '상상적' 동일성에 기초하는 것이다. 이렇듯 '나'는 임신이라는 경험이 '나'와 '나'의 어머니 사이의 친밀성의 토대가 될 수 있을 것이라고 상상하지만, 마지막 인용문 단락에서 '무리해 그럴 거 없'다는 '나'의 어머니의 대화 재현에서 드러나듯이 이러한 친밀성의 모의는 실패로, 그리하여 친밀성의 불가능성으로서 '나'에게 이해된다. 따라서 끝내 모녀 간 친밀성의 토대를 구성하고자 하는 '나'의 두 전략과 방식은 완전한 실패로 돌아가게 되는 것으로 보인다.

그러나 이 소설에서 이러한 '나'와 '나'의 어머니 사이의 친밀성은 비단 불가능한 친밀성이라는 선언적 귀결로 향하지 않고, 이러한 두 번의 좌절된 친밀성 구성의 방식과 궤를 달리하여 모녀 간 친밀성과 모녀 관계를 조형하는 문화적 마스터플롯에 대한 상이한 친밀성 구성의 가능성 및 친밀성의 조건으로서의 여성 주체(들) 사이의 관계맺음 방식의 단서를 제공한다는 점은 매우 중요하다. 이는 이미 열다섯 살의 아이를 가진 중년의 기혼 여성이 된 서술자 '나'가 다시금 그 스무살 무렵의 자신과 할머니 그리고 어머니를 둘러싼 시간들을 불러내 서사적 현재로 회고하고 재의미화함과 동시에 새롭게 이해하는 과정에서 발현된다.

> 할아버지는 어린 엄마를 동료 교사들 앞에 세워놓고 글씨를 읽게 시켰다. "영특한 아이네요!" 선생님들이 엄마를 보며 놀라운 듯 말했다. 유학을

> 가고 싶었으나 포기해야 했고, 사랑했던 여교사 대신 지적인 대화를 조금도 주고받을 수 없는 여자와 하는 수 없이 평생을 살게 된 할아버지에게 엄마는 유일한 자랑거리였다. "우리 딸은 사내아이의 머리를 지녔어!" 할아버지는 몇 번이고, 몇 번이고 말했다. 딸아이에게 사내아이의 머리를 가졌다고 하는 것은 할아버지가 해줄 수 있는 가장 큰 칭찬이었으므로.(『친애하고, 친애하는』, 71쪽)

> 하지만 할머니는 톨스토이나 토마스 만을 몰랐고, 클라크 게이블이나 줄리 앤드류스를 몰랐다. 북서쪽 항구도시의 일류 여자고등학교에 다니던 엄마의 친구들 중에는 여고를 나오거나 전문학교를 나왔던 세련된 신여성들을 엄마로 둔 경우도 꽤 있었다. 엄마는 그런 친구들이 아마도 부러웠을 것이다. 엄마와 딸 사이의 공모. 딸에게 한자를 가르쳐주고, 예이츠와 워즈워스의 시를 읊어주는 엄마. 그렇지만 엄마의 엄마는 그러는 대신 혼자 술을 마시며 작부처럼 노래를 불렀다. 그런 할머니의 모습에 화가 난 할아버지가 술상을 엎고, 할머니를 때릴 때, 엄마가 미웠던 것은 할아버지가 아니라 할머니였는데, 그 사실을 생각하면 사춘기 때의 엄마는 화가 났고, 커서는 슬펐다.(『친애하고, 친애하는』, 72~73쪽)

'나'는 '나'와 '나'의 어머니 사이의 모녀 간 친밀성을 구축하기 위하여 '나'가 토대로 삼았고 또한 그렇기에 실패했던 전략 대신, '나의 어머니'와 '나의 할머니' 사이의 모녀 관계를 들여다본다. 그리고 『친애하고, 친애하는』의 서사적 말미에서 '나'는 "그때 내가 네 엄마한테, 죽으려면 차라리 현옥이 네가 죽었어야 한다고 했어."(『친애하고, 친애하는』, 125쪽)라고 아들의 죽음 대신 딸의 죽음을 바라는 말을 했음을 고백하는 할머니의 언술을 통하여, 중층적 모녀 관계에 있어서 '친애'의 의미와 동일시의 불가능성에 대하여 깨닫는다. 이는 '나'의 이해관계 속에서 조망되는

'나'의 할머니와 '나'의 어머니 사이가 아니라, 서사적 말미에 이르러서야 겨우 호명되는 '현옥'이라는 이름을 가진 한 여성이 가지고 있는 모녀 서사를 따라가 봄으로써 가능해지는 것이다.

결론적으로 이 소설에서 결국 동일한 가부장제에 위치하는 이성애자 여성의 주체 위치와 생애주기는, 모녀 간 친밀성의 지대에서 동일시의 구도로 연역되는 것에 끝내 '실패'하는 서사를 보여준다. 그러나 이러한 동일시적 투사와 동일성의 사회적 규약으로부터 오는 모녀 간 친밀성의 구성 대신에 이 소설에서 의미화되는 것이 무엇인가에 대해 질문할 필요가 있을 것이다. 이는 상이한 모녀 관계의 현실태들과 함께, 딸로서의 '나'의 위치에서 '어머니'로서의 한 다른 여성과의 관계를 이해하는 것이 아니라 '나'의 어머니를 자신의 '어머니'와의 관계 속에서 마치 어떠한 친족성의 이해관계도 없는 독립적 존재이자 개체적 존재로서 응시해봄으로써 구성하게 되는 친밀성의 지대다. 그런 의미에서 '친애'라는 매우 번역하기 어려운 이 표현은 가까움과 친밀감, 친족성과 애착, 동일시와 거리두기 등 모녀 관계의 특수성이 지시하는 이 모든 젠더화된 삶을 가로지르는 정서적 동력들로부터 여성 간 관계맺음의 대안적 정서를 제안하는 것으로서도 읽힐 수 있다.

> 물론 그것은 나와 엄마의 이야기가 아니었다. 그 연극이 나의 마음을 당긴 이유는 그것이 엄마와 할머니의 이야기였기 때문이다. 나는 그 후로 여러 연극과 소설, 영화를 통해서 수많은 어머니와 딸의 서사를 만났다. 그때마다 나는 이야기에 빠져들었는데, 그 경험들이 내가 엄마를 이해하는 데 도움이 되었다고 나는 생각하지만 어쩌면 사실이 아닐지도 모르겠다. 대부분의 딸들의 서사는 교육받지 못했고 가난한 어머니를 극복하거

> 나 혹은 대신해 자신의 길을 걸어가 마침내 다른 세계로 진입한 여자들의 이야기다. 그들은 대체로 어머니에 대한 연민과 애증, 부채의식을 가지고 있다. 나는 어디에서도 우리 엄마와 같은 유형의 엄마를 본 적이 없고 그런 의미에서 나는 오랫동안 그것들이 나와 무관한 이야기라고 생각해왔다. 그것은 지금도 마찬가지지만 또 동시에, 어떤 의미에서는, 그 이야기들이 나의 이야기이고 나와 엄마의 이야기 역시 수많은 형태의 모녀 서사들 중 하나라고 생각하기도 한다.(『친애하고, 친애하는』, 116~117쪽, 인용자 밑줄)

즉 이러한 동일시의 불가능성과 친밀성의 불가능 지대 속에서 『친애하고, 친애하는』은 아주 좁은 길이자 동시에 친족의 모계 서사를 원천적으로 구획하는 문화적 기대의 여러 판본들을 넘어서는 '친애'의 가능성을 친밀성의 한 구현태로서 제공한다. 이러한 서사적 귀결을 통하여 이 소설은 한국여성소설사에서 모녀 관계를 형상화하는 숱한 서사적 사례들에서 매우 독특한 차이를 확보하게 된다. 이는 친밀성의 플롯들에 내재해있는 '여성'과 '모성'을 둘러싼 문화적 판본들의 젠더 정치적 면모에 대한 문제제기와 함께 여성 주체의 동일성으로 '환원되지 않는' 친밀성의 역학과 계쟁의 지점을 형상화함으로써 다른 모계 서사와 친족 내 여성 간 관계성의 다층적 가능성을 열어놓는다.

4. 결론을 대신하여

본고 전체는 여성 간 친밀성의 주제론에서 특히 빈번하게 나타나는 모녀 관계의 서사화 양상에 주목하여, 모녀 간 친밀성의 서사적 형상화

방식에 나타난 구성적 차이와 의미를 논급해보고자 한 시도다. 특히 본고는 이를 모녀 관계 및 모녀 간 친밀성에 대한 서사적 계열체들 중에서 오정희의 「목련초」와 백수린의 『친애하고, 친애하는』의 두 병치되는 사례를 통하여 살펴보았다. 이를 통해 본고 전체에서 모녀 간 친밀성 서사의 젠더 정치적 면모는 다음의 두 가지 논항으로 정리될 수 있다. 첫째, 서사화된 모녀 관계는 여성 주체와 여성 간 관계성을 상상하는 데 있어서 나타나는 동일시의 구도와 이에 수반하는 '여성'과 '모성'을 둘러싼 문화적 기대의 담론적 저변을 드러내며, 모녀 간 친밀성을 구획하는 사회적 규약의 문화적 마스터플롯으로서 형상화된다. 오정희와 백수린의 두 사례 모두에서 이러한 양상을 확인할 수 있었다. 둘째, 또한 동시에 이러한 사회적 규약은 모녀 간 친밀성의 판본과 그에 기반한 전략의 불가능성을 모의하는 백수린의 서사적 사례를 통하여 더 나아가, 친족 관계와 등질화된 여성 주체의 위치성에 대한 이격의 지점들과 함께 '이미' 젠더화되어 있는 친밀성 플롯들의 배치를 정치적 계쟁에 부친다. '친애'는 친족과 친밀감 사이의 미끄러짐 속에서 친밀성의 다른 구성 가능성을 보족하는 정서적 대안으로 해석될 수 있으며, 이는 여성 간 관계맺음의 방식에 틈입하는 젠더 정치의 면모를 비판적으로 가시화하는 서사적 양상을 통해 환기된다.

여성 서사에서 여성 간 친밀성은 주로 대안적 친밀성의 요구로 향하는 경우가 많다. 그러나 대안적 친밀성의 요구는 비단 기존의 관계성에 대한 대항 담론이자 기존의 관계 역학에서 발생하는 친밀성의 규약들로부터 벗어난 외부의 초평면에 존재할 수 없다. 우리가 일상생활에서 너무도 익숙하게 '승인'하고 '요구'하고 '재반복'하는 친밀성의 형식들 그리고 무엇보다도 모녀 관계의 복합성이 계속적으로 젠더 정치의 담론

장으로 호명되고 반복적으로 되돌아오는 화두가 되는 이유를 짐작하기 어렵지 않다. 또한 바로 여기의 내부를 문제시하는 상상력과 다양한 친밀성의 역학들에 대한 문학적 상상력과 비평적 개입이 필요한 까닭도 여기에 있을 것이다. 친밀성의 다른 가능성과 친밀성의 요구 및 친밀성의 불가능성으로부터 발생하는 계쟁의 정치들은 제한된 조건 속에서 협상될 수 있으며, 질문 속에서 열릴 것이다.[24]

『어문논총』 35호(전남대학교 한국어문학연구소, 2019.8.)에
게재한 원고를 재수록한 것임.

24 이에 더하여, 「목련초」를 포함하여 「별사」, 「옛우물」 등 오정희의 소설적 계열체들에 나타나는 모녀 관계와 모녀 간 친밀성의 서사들을 젠더 정치의 논점에서 보다 정치하게 논의하기 위해서는 어머니와 딸의 관계에서 비롯되는 젠더화된 세대전이적 트라우마의 양상과 우울증적 젠더의 구성에 대한 페미니스트 정신분석학적인 접근(이리가라이, 클라인, 초도로우, 버틀러의 이론들을 경유하되 라카프라, 허쉬, 제이콥스 등의 탈-원형적 이론화 경향에 대한 시각을 통하여)이 필요해보인다. 또한 본고가 논의한 두 서사적 사례에서 모녀 관계가 이성애-기혼-여성들에게 한정 및 과잉대표화되었다는 원천적인 지점 또한 염두에 두고 모녀 간 친밀성의 서사적 사례들에서 다양한 여성 주체의 위치성으로부터 빚어지는 친밀성의 구성 양상을 보다 확장적으로 논의할 필요가 있을 것이다. 이는 추후의 과제로 남긴다.

참고문헌

1. 기본 자료
백수린, 『친애하고, 친애하는』, 현대문학, 2019.
오정희, 『불의 강』, 문학과지성사, 2017.

2. 논문 및 단행본
김혜경 외, 『가족과 친밀성의 사회학』, 다산출판사, 2014.
소영현 외, 『문학은 위험하다』, 민음사, 2019.
심진경, 『여성과 문학의 탄생』, 자음과모음, 2015.
최재남 외, 『한국어문학 여성주제어 사전1: 인간 관계』, 보고사, 2013.
H. 포터 애벗, 우찬제·이소연·박상익·공성수 옮김, 『서사학 강의』, 문학과지성사, 2010.
주디스 버틀러, 강경덕·김세서리아 옮김, 『권력의 정신적 삶』, 그린비, 2019.
줄리아 우드, 한희정 옮김, 『젠더에 갇힌 삶』, 커뮤니케이션북스, 2006.
낸시 초도로우, 김민예숙·강문순 옮김, 『모성의 재생산』, 한국심리치료연구소, 2008.
사이토 다마키, 김재원 옮김, 『엄마는 딸의 인생을 지배한다』, 꿈꾼문고, 2017.
윌프레드 비온, 홍준기 옮김, 『제2의 사고』, 눈출판그룹, 2018.

김영옥, 「90년대 한국 '여성문학' 담론에 대한 비판적 고찰—여성 작가 소설에 대한 담론을 중심으로」, 『상허학보』 9호, 상허학회, 2002.
김은하 외, 「90년대 여성문학 논의에 대한 비판적 고찰」, 『여성과사회』 10호, 한국여성연구소, 1995.
김지혜, 「오정희 소설에 나타난 '여성' 정체성의 체화와 수행」, 『페미니즘 연구』 17(2)호, 한국여성연구소, 2017.
김혜영, 「오정희 소설의 성장 수사학」, 『현대소설연구』 27호, 한국현대소설학회, 2005.
김혜원·이수경·백인혜·한혜성, 「모녀간의 세대 간 전이여부와 심리적 변인과의 관계」, 『이화학술논집』 7호, 이화여자대학교대학원학생회, 2011.
엄지희, 「현대 여성작가 자매소설 연구」, 『상허학보』 48호, 상허학회, 2016.

이정희, 「오정희 소설에 나타난 탈영토화 전략」, 『여성문학연구』 4호, 한국여성문학학회, 2000.

최영민, 「투사적 동일시—심리적 의미와 치료적 활용」, 『정신분석』 20(2)호, 한국정신분석학회, 2009.

Jacobs, Amber, "The Potential of Theory: Melanie Klein, Luce Irigaray, and the Mother-Daughter Relationship", *Hypatia: A Journal of Feminist Philosophy*, 22(3), 2007.

LaFollette, Hugh, "Kinship and Intimacy", *Etikk I Praksis—Nordic Journal of Applied Ethics*, 11(1), Trondheim, 2017.

조남령의 시학 연구

명의(命意)의 미학과 시름의 삼김

정민구

1. 들어가는 말

조남령(曺南嶺, 1920.12.2. ~ ?)은 백철(白鐵)의 추천을 받아 남녀의 사랑 이야기를 다룬 「익어가는 가을」(1939.3.19. ~ 4.3.)을 『동아일보』에 연재하면서 소설가로서 등장했고, 가람 이병기(李秉岐)를 심사위원으로 하여 「창(窓)—어느 스승님께」, 「금산사(金山寺)」, 「향수(鄕愁)」, 「봄—추억편편(追憶片片)」이 『문장』지에 3회 정식 추천을 받으면서 시조를 짓는 시인으로 재차 등장했으며, 이데올로기적 면모를 보이는 시를 해방기의 문예잡지에 여럿 발표하면서 자유시를 쓰는 시인으로 또다시 등장했다.[1] 그가 남긴 작품이 다수인 것이 아니면서 창작 활동 기간도 짧았으며, 월북 문인이었다는 점 등의 여러 가지 사정으로 인해 여태껏 그의

1 『문장』지에 시조가 추천되는 과정에서 특기할 만한 사항이 하나 있는데, 2차 추천이 완료된 직후인 1940년 1월 5일에 그가 『조선일보』 신춘문예에 「새봄」이라는 시조를 투고하여 등단한다는 사실이다. 『문장』지 심사위원을 통해 3차 추천을 완료하면 기성 문인의 자격을 얻을 수 있음에도 그가 애써 '신춘문예'라는 신인 등단 제도를 통해 스스로 문인의 자격을 얻으려 했던 배경에 대해서는 별도의 논의가 필요할 것이다.

전체 생애를 밝히거나 작품을 모아놓은 자료집의 발간, 종합적인 연구가 수행되지는 못한 실정이었다. 그러다가 시조 38편, 시 8편, 소설 1편, 수필 4편, 평론 4편, 번역문 1편에 해당하는 미발굴 작품들의 전모가 드러나게 된 것은 그가 활동한 시기에서 반세기가 훌쩍 지나 새롭게 발간된 『조남령 문학 전집』(소명출판, 2018. 이하 『전집』)을 통해서이다. 물론 『전집』 이전에 발간된 그의 작품집들이 없었던 것은 아니다. 『조남령 시문학』(영광향토문화연구회, 1993)과 『바람처럼』(태학사, 2006) 같이 조남령의 문학작품 일부를 자료집으로 묶어낸 경우가 있었다. 그들 자료집이 조남령의 문학 세계를 살펴보려는 연구자들에게 중요한 자료가 되었다는 점은 분명하다고 하겠으나 시대적 분위기로 인하여 원전의 검토 및 확정 작업이 충분히 이루어지지 않은 까닭에 그의 문학 작품 전반을 살피기에는 깁고 다듬어야 할 부분이 적지 않았다는 점 또한 분명하다고 하겠다.

저간의 사정이 그러한 가운데 조남령의 생애를 혹은 조남령의 문학을 본격적인 논의의 대상으로 삼아 지금까지 제출된 논문은 총 3편으로 확인된다. 먼저, 조남령의 생애와 작품의 수집, 그리고 작품의 정리 상황에 대해 문제를 제기하는 가운데, 생애 및 작품의 연보를 정리하고 주요 작품을 분석하여 40년대 시조의 혁신[현대성]에 기여하였다는 시사적 의의를 도출함으로써 기왕의 우리 문학사에서 놓쳐버린 그의 바른 자리를 되찾으려고 시도한 문무학의 논문[2]은 조남령의 존재 및 문학 세계 연구의 필요성을 시대적으로 앞서 환기시켰다는 점에서 의의를 갖는다. 다음으로 조남령의 작품세계는 고전주의를 토대로 하면서 낭만

2 문무학, 「조남령 연구」, 『우리말글』 9호, 대구어문학회, 1991.

적 아이러니의 세계로 한 걸음 더 나아갔으며 다시 혁명적 로맨티시즘에 기초한 진보적 리얼리즘의 세계로 진입하게 되었다고 작품 세계의 변모 과정을 밝힌 엄동섭의 논문[3]은 조남령의 미발굴 자료들을 수집하고 확인하는 과정에서 그의 문학 세계 전반을 가늠하고 시대적 상황과 조응하는 작품에 대한 구체적인 분석을 보여주었다는 점에서 본격적인 조남령 문학 연구에 있어 중요한 전기를 마련했다고 볼 수 있다. 마지막으로 일제강점기, 해방기, 한국전쟁기라는 역사적 격변기를 지나온 조남령과 같은 작가의 경우에는 생애와 문학이 밀접한 관련을 맺기 마련이라는 전제 하에 그의 시대적 행적을 따라 역사·전기적 관점으로 접근해 나가는 과정에서 그동안 묻혀 있던 작품 다수를 발굴하고, 생애와 작품과의 상관적 지점을 구체적으로 밝혀낸 이동순의 논문[4]은 문학사가 망각한 시조시인 조남령이라는 이름을 넘어 문학 행위를 통해 역사에 적극적으로 대응하려 했던 민족시인의 문학사적 궤적을 보다 분명하게 조명하였다는 점에서 문학사적 의의를 확보하고 있으며, 동시에 『전집』 발간을 진행하였다는 점에서 차후 조남령 연구가 보다 확장된 관점에서 이루어질 수 있는 토대를 마련하고 있다.

이상의 선행 연구들은 우리 문학사에서 잊혀있던 시인 조남령의 생애를 조망하면서 그의 작품 세계 전반을 이해하는 데에 있어 '시인(삶)-시조(문학)-역사(현실)'이라는 삼각의 관계망에 대한 유의미한 지형도를 그려주었다. 그러한 지형도는 이념성의 표출이 강하게 나타난 후기의 일

3 엄동섭, 「한 고전주의자의 좌파적 전향—조남령론」, 『어문연구』 28권 2호, 한국어문교육연구회, 2000.

4 이동순, 「조남령 시의 역사적 대응 양상 연구」, 『열린정신 인문학연구』 18권 3호, 원광대학교 인문학연구소, 2017.

부 작품들에 대한 이해 과정에서 '규명'이 아닌 '봉합'의 방식을 제안하고 있는 것처럼 보인다. 말하자면 이념성으로의 전회는 어려운 시대적 상황 속에서 시인의 신념에 따른 선택이었다는 것이다.[5] 신념의 선택이 시작(詩作)의 전환을 추동했다는 의견은 설득력이 없지 않다. 그러나 그러한 신념의 결과론은 조남령이 보여준 서정적인 시조에서 이념적인 자유시로의 전환 과정에서의 '급진'과 다시 시조로 돌아오는 '회귀'에 대해 충분히 설명할 수 없다는 한계를 노정하고 있다. 이 글은 조남령의 문학 세계를 살피기 위해서는 예의 삼각의 관계망이 중요한 토대로 작용하고 있다는 점을 전제로 하면서, 그의 작품 세계를 본격적으로 규명하기에 앞서 우선적으로 해명되어야 할 지점이라고 여겨지는 시작(詩作)의 추동 요인과 시작(詩作) 행위의 의미에 대해 논의하고자 한다. 미리 언급하자면 이 글은 전자에 해당하는 요인을 새로운 시조 형식을 지향하는 명의의 미학으로, 후자에 해당하는 의미를 시름을 삼기는 주체-되기로 설정하여 논의를 진행할 것이다. 이상의 논의를 통해 조남령의 시학에 대해 조망하면서, 후기에 나타나는 이념성의 표출이 생경한 방식이 아니라 그의 시학과 맞닿아 있는 현실 대응의 한 방식이었음을 밝혀내고자 한다.

2. 새로운 형식과 명의(命意)의 미학

"노래 삼김사람 시름도 하도할사/ 일러 다못일러 불러나 푸돗던가/

5 이와 관련하여 엄동섭(2000)과 이동순(2017)은 〈학병동맹사건〉을 조남령에게 있어서 신념의 선택이 일어난 전환점으로 본다.

진실로 풀릴것이면 나도불러 보리라"는 상촌(象村) 신흠(申欽)의 대표적인 작품이다. 이에 대해 평하는 자리에서 예술/문학의 본질에 관한 고뇌를 통해, "예술품은 직관 상태에 본질적으로 존재한 형태라는 것이요, 창작 과정이라는 것은 본연적인 형태 그것을 찾아내는 공작에 불과한 것"[6]이라고 말한 이가 바로 조남령이다. 예술품 혹은 문학(시)에 관한 이 짧고 분명한 단언은 조남령의 예술/문학관이 직관 혹은 본질로 일컬어지는 형이상학적인 세계와 맞닿아 있다는 것을 보여주며, 동시에 그에게 있어서 시 혹은 예술 창작이란 공작(工作)의 과정으로 간주된다는 점을 엿볼 수 있다. 시인이 예술이라는 용어로 지칭할 수 있는 가장 근접적인 대상을 시라고 간주할 때, 그에게 시란 직관 상태에서 포착된 본질을 글쓰기를 통해 시어로 옮기면서 빚어낸 예술품이 되는 것이다. 본질적인 형태라는 말에서 보통 '뮤즈'로 대표되는 시적 영감을 그는 플라톤의 이데아와 같은 차원에서 이해하고 있으며, 창작 과정이 공작에 불과하다는 말에서 또한 그는 글쓰기를 기술의 차원에서 이해하고 있다는 점을 알 수 있다. 본질적인 형태를 기술적인 형태에 담아놓은 시적 영혼의 예술(품)을 일컬어 시라고 부를 경우, 문학의 내용과 형식의 구분 및 위상 관계를 넘어 무엇보다 우선적으로 대두하는 것은 조남령이 시를 쓸 수 있도록 또는 조남령에게 시가 쓰여지도록 추동하는 '본질적인 형태'라는 것이 과연 무엇인가라는 문제일 것이다. 이 문제를 풀어볼 단서를 찾기 위해 주목할 수 있는 선지점이 하나 있다. 애초 소설(가)로 등장한 조남령이 다시 시(인으)로 재등장하는 지점이 바로 그것이다. 소설에서 시로 표현의 장르를 바꾸었다는 것은 본질을 담을 그릇에 대

6 「시화삼제(詩話三題)」, 『학풍』, 1949.3.(『전집』, 156쪽).

한 고민이 이루어진 연후에야 가능하기 때문이다.

아직 문단에 알려지지 않았으며 약관의 나이에도 이르지 못한 어느 문학청년이 쓴 남녀 간의 애정문제를 다룬 농촌소설 「익어가는 가을」을 『동아일보』 제1회 신인문학콩쿨 예선에 추천한 심사위원은 백철이었다. 이를 계기로 조남령은 신인 작가로서 문단에 자신의 이름을 알린다. 신인 작가의 등용을 위한 신춘문예 제도를 이미 시행하고 있음에도 불구하고, 당시 『동아일보』가 작품모집 기간이 한 달 남짓한 신인문학콩쿨 공모를 '시급하게' 추진한 까닭은 "신인이 열망하던 문단에의 등용문"[7]이라는 표제에서 드러나는 것처럼, 일차적으로는 문단의 침체를 극복할 '신인 등용'이라는 시대적인 명목이 있었으며, 이차적으로는 지면에 내보낼 '소설 작품 확보'라는 내부적인 사정이 또한 있었던 것으로 보인다.[8] 새로운 작가와 새로운 작품을 필요로 한 것은 1935년 카프(KAPF) 해체 이후로 더욱 가속화된 일제의 문화·예술 탄압이라는 정세 속에서 민족문화운동의 구심점으로써 신문 매체가 행할 수 있는 자구적인 노력의 일환이었던 것이다. 일장기 말소사건으로 무기정간을 당한 이후에 복간된 『동아일보』가 새로운 소설 연재를 시작하면서 "본보가 정간처분을 당하던 때에 본보에는...장편소설이 연재되어 독자의 애독을 받엇엇으나 불행히 중단된 지 이제 9개월여에 그 소설들의 이야기 줄거리가 독자 여러분의 기억에서 아마 거이 멀어젓기가 쉬우므로 아까운대로 모두 다시 계속하지 안키로 하고 그 대신 새로이 조코 재미나는

7 「제1회 신인문학콩쿨」, 『동아일보』, 1938.7.29.

8 손동호, 「1930년대 『동아일보』 신인문단 연구」, 『인문논총』, 73권 4호, 서울대학교 인문학연구원, 2016, 260~261쪽.

소설 세편을 시작하야 이 기회에 지면의 면목을 일신케 하는 동시에 독자 여러분의 흥미를 새로 돋우려합니다."라고 밝힌 것처럼, 『동아일보』의 자구책은 1938년 7월 신인문학콩쿨 공고를 통해 작품을 모집하기 1년 전부터 이미 마련되어 있었던 것이다. 또한 독자들에게 읽힐 수 있는 소설의 확보가 시급했던 만큼이나 새롭게 내보낼 작품에 요청된 것은 '민족문화운동'보다는 외려 '흥미로운' 주제였다.

당시 대부분의 민족문화운동을 기치로 내세운 신문들의 독자층은 도시라는 근대적 공간에서 생활을 영위했기에, 그들의 관점에서 농촌은 민족의 원형적 공간이자 삶의 원시적 공간으로서 "조선적 특수성"[9]을 발견하기에 '충분한=흥미로운' 장소였을 것이다. 근대문학의 발흥 시기에 나타났던 문학 작품에서 원형과 원시의 대상은 일반적으로 근대적 주체에게 있어 계몽의 객체로 구별되어 인식되기 마련이다. 이러한 상황 속에서 작가에게 일어나는 책무와 호기로움은 해당 작가의 작품을 읽는 독자에게도 손쉽게 전이되었을 것이다. 때문에 농촌마을을 배경으로 청춘 남녀 4쌍의 연애 이야기를 '특별한 갈등 구조' 없이 풀어낸 「익어가는 가을」이 '전쟁이나 소작 문제와 같은 당대의 사회적 문제들에 대응하지 않았으면서도' 심사위원의 추천을 받아 입선과 연재의 기회를 얻어 독자들을 만날 수 있었던 연원을 추정하는 것은 그리 어려운 일이 아니다.[10] 이와 관련하여 신인 작가들의 작품에서 '이성 간의 사랑'이

---

9 "1930년대 민족주의적 주체는 이전 시대의 보편지향성을 거쳐 '특수'로 시선을 이동하면서 농촌에서 가치를 새롭게 발견한다. 서구적인 것과는 다른 조선적 원형을 품은 공간으로 인식된 농촌은 조선적 인 것[조선적 특수성]을 발견할 장소로 새롭게 호명되었다." 차성연, 「1930년대 농촌계몽소설에 나타난 농촌의 의미」, 『한국문학논총』 제57집, 한국문학회, 2011, 114쪽. [ ]는 인용자.

주요 소재로 등장하는 경향에 대해, "일제의 파시즘 강화로 정치적 발언이 금지된 상황에서 애정에 관한 문제는 검열로부터 가장 안전한 소재였을 것"[11]이라는 의견도 제출된다. 타당한 점이 없지 않지만, 한국문학사의 측면에서 남녀의 애정 문제는 전통적인 소재이면서 동시에 급진적인 소재가 되기도 했다는 점에서 그러한 의견은 보다 구체적인 맥락을 통해 보완될 필요가 있을 것이다.

저간이 사정이 그러한 가운데 분명한 사실 한 가지는 문학·예술 활동의 제약과 탄압이 극대화된 식민지적 현실 속에서 역사적인 대응 의식을 직접적으로 표출한 작품 대신 객관적이고 일상적인 생활과 의식을 다룬 농촌소설로 조남령의 문학 활동이 시작되었다는 점이다. 그러나 이것을 역사적인 대응 의식의 부재라는 이분법적 구도 안에서 해석하는 일은 논의의 편의를 더하는 일 외에 다른 맥락적 의미를 확보하기가 어렵다. 외려 신인문학콩쿨이라는 제도에 입각하여 첫 작품을 내려는 작가에게 있어서 지면의 요구를 충족시키기에는 국가와 역사라는 소재보다 농촌과 일상이라는 소재가 더 긴요했으리라고 보는 것이 적절할 것이다. 게다가 이외의 논의를 덧붙이기 어려운 이유는 바로 그러한 소재의 취사로부터 시작된 소설가로서의 길이 바로 거기에서 종료되었기 때문이다. 소설 「익어가는 가을」은 1939년 3월 19일부터 4월 3일까지 『동아일보』 지면에 연재되었고, 연재가 종료된 이후 조남령은 더 이상 소설을 쓰지 않았던 것이다. 이후 그는 일본으로 건너가 동경법정대학 고등사범부 영문과(야간부)에 입학하여 고학 생활을 이어가면서 소

10 손동호, 앞의 논문, 266~267쪽.

11 손동호, 앞의 논문, 269쪽.

설이 아닌 시조 창작에 전념했던 것으로 보인다.[12] 그로부터 3개월 뒤인 1939년 7월 가람 이병기는 심사위원으로서 『문장』지 시조 부문에 신인의 작품으로 「창(窓)—어느 스승님께」와 「금산사(金山寺)」를 추천하는데, 이 두 편의 작품을 통해 조남령은 소설가가 아닌 시인으로서 다시 문단에 등장하게 된다.

> 내 살이 아니라고 어이 아니 아프겠소/ 내 몸이 아니라고 어이 아니 치웁겠소/ 덜덜덜 窓 떨 때마다 마음 저려 하외다.// 눈보라 덧치던 눈 얼마나 억찼을가/ 窓 앞에 메웠던 덕대 부러 졌단말가/ 그래도 저 넝쿨에야 새 움 자라 나겠지.// 물무 뒷산에는 진달래 폈답니다./ 구름다리 시냇가엔 살구꽃 피겠지요./ 그꽃잎 나의 발인양 살窓 속에 너리까.[13]

「창(窓)—어느 스승님께」는 "물무", "구름다리" 등과 같은 시어이자 친숙한 지역어[14]를 보아 알 수 있는 것처럼 시인의 고향인 전남 영광(靈光)을 배경으로 하고 있으며, 같은 동리에 살았고 〈영광체육단사건〉으로 옥고를 치르고 있던 스승 조운을 그리며 쓴 시이다. 시대적 상황에 의해 고초를 겪게 된 스승의 아픔을 자신의 아픔으로 끌어와 안으려는 진실한 마음이 배어나고 있다. 이러한 정서의 교유는 "일찌기 목포상고 재학 시절부터 고향 선배이자 문학수업의 스승격인 조운의 영향을 받았던 남령은 조운을 대상으로 이 시조를 썼고 남령도 영광체육단 사건과 문학동공회 사건으로 같은 해 영광경찰서에 조사를 받은 적이 있어 이

12 엄동섭, 앞의 논문, 257쪽.

13 「창(窓)—어느 스승님께」, 『문장』 1권 6호, 1939.7.

14 "물무"와 "구름다리"는 현재 영광 지역에서 실제로 사용되고 있는 지명이다.

들은 일찍부터 항일의식이 투철했다."[15]는 사실과 무관하지 않다. 때문에 「창(窓)—어느 스승님께」는 지극히 서정적인 작품으로 보아도 무방하지만 역사적인 아픔을 내면화하는 작품으로 볼 수 있는 여지가 다분하다.

> (舍利塔 壇위에서 쉬느라니 다람쥐 한 마리가 뛰어나와서 잔디에 쫑종히 앉았습니다.—이 절엔 다람쥐가 퍽 많았습니다.)// 애잇! 알랑달랑 아망스런 저 다람쥐/ 舍利塔 잔디가 네 마당이로구나!/ 호젓한 양지쪽 곬에 탐스런 집 가졌군.// 다람쥐 너는 예서 몇代나 살아왔냐?/ 塔이야 千 三百年 비 바람 겪었단다/ 비껴라! 내려가련다 석축 틈에 숨어라.// (다람쥐의 이야기)/ 골짝물 운답니다, 뻐꾸기 운답니다./ 千때면 三層法堂 石鐘이 운답니다. / 千그루 벚나무 새에 꽃도 폈다 진대요.[16]

「금산사(金山寺)」는 익산에 있는 사찰을 배경으로 쓴 시이다. 사찰에 있는 사리탑을 둘러보는 시인의 눈앞에 "아망스런" 다람쥐 한 마리가 나타난다. 사찰을 제집인양 쏘다니는 다람쥐에게 시인은 사리탑에 아로새겨진 인간 역사의 유구함에 대해 밝히면서 '얼마나 살았는지'를 묻는다. 사찰을 둘러싼 자연물의 시련과 반복에 대한 경험을 언급하면서 '지금 여기에 있는 것은 역사와 자연의 공명(共鳴)일 뿐'이라는 다람쥐의 대답은 시인의 물음을 설파하고 만다. 자연물에 대한 물음을 통해 다시 자연의 이치를 깨닫게 되는 문답의 과정에서 시인은 익산에 살고 있던

15 이경애, 「가람·조운·조남령 삼인시조집 발견의 의의」, 『열린정신 인문학연구』, 19권 1호, 원광대학교 인문학연구소, 2018, 92쪽.

16 「금산사(金山寺)」, 『문장』 1권 6호, 1939.7.

스승 가람을 떠올리기도 했을 것이며, 가람이 주창했던 자연물의 시화(詩化)에 입각한 시상의 전개에 대해 몰두하기도 했을 것이다. 또한 시적 스승과 시적 형식에 대한 탐색의 과정에서 간과할 수 없는 것은 시인이나 다람쥐의 문답에서 전경화되고 있는 금산사의 역사이다. 알려진 사실에 의하면 금산사는 정유재란 때 왜군에 의해 전소되었다. 그러므로 금산사라는 사찰에 얽힌 역사적 시련과 반복을 다시 묻는 일은 내밀한 서정의 영역 바깥에서 가능한 일이다.

두 작품은 전통적인 시조의 형식을 넘어 자유시의 그것에 가까운 자유로운 형식과 내용이 두드러진다. 이점은 가람이 추천사를 통해 지목했던 것이기도 하다. 가람은 추천의 변을 밝히는 지면에서 "曺南嶺君은 形을 퍽 자유롭게, 말을 퍽 새롭게 썼다."[17]고 평했다. 즉 시인 조남령의 작품은 형식과 표현에서 기성의 시조보다 '현대적인(modern)' 측면을 지니고 있었던 것이다. "투를 벗어난 새로움을 추구한 작품"[18]이라거나 "형과 리듬이 자유롭고 자연스러우며 말을 새롭게 썼다."[19]는 이후 논자들의 평가와도 상동하고 있다는 점에서 가람의 평가는 심사위원으로서 친분 관계에 의해 지나치게 우호적인 평을 내렸다기보다는 대체적으로 객관적이고 적확했다고 보아도 무방할 것이다.

> 저거 이름 모를 새 한 마리 울고 가야/ 바다 건너 불어 오는 비 품은 마파람에/ 나뭇잎 소곤거리는 異域—하루 밤이다.// 울타리 쭉나무에 청개고리 비 부를젠/ 새터 열마지기 하늘 먼저 살피시든/ 아버지 이 여름

17 이병기, 「시조(時調)를 뽑고」, 『문장』 1권 6호, 1939.7., 144쪽.
18 문무학, 앞의 논문, 173쪽.
19 엄동섭, 앞의 논문, 265쪽.

> 들어 소식 잠잠하시네.// 방학때 집에 들면 옷수숫대 매두마다/ 어머님 아낀 사랑 쪼록쪼록 굵었더니/ 올해는 한 몫이 줄어 작히 섭섭하시리.// 올봄 영창에는 어떤 집 지었느냐?/ 앞마당 빨랫줄에 동생 옷들 걸렸드냐?/ 제비면 내골서 온 양 거짓없이 뭇습네.// 매미 우는 소리 어린 시절 눈에 어려/ 낮으막 키 줄이고 나뭇가지 쳐다보니/ 뒤꼭지 저편 숲에서 꾀꼬리도 우더라.[20]

2차 추천 작품인 「향수(鄕愁)」는 직장을 그만 두고 일본으로 유학을 간 조남령이 "異域" 땅에서 고학(苦學)에 열중하면서 느꼈던 부모님과 형제들, 고향의 소식에 대한 그리움이 애절하게 표출되어 있다. 「향수(鄕愁)」에 대한 가람의 추천평에는 이전의 추천평에서 언급되었던 형식의 현대성을 넘어서는 다른 특성을 조남령의 작품이 또한 확보하고 있다는 의견이 개진된다. "어떤이는 時調는 形이 어렵다하기도 하지마는 이런 時調를 보라. 무엇이 어려운가. 이런이는 形보다 命意로서 짓는이다."[21] 일반적으로 시조는 형식의 문학이다. 시조의 형식은 어렵다. 좋은 시조는 형식의 어려움을 토대로 지어진 시조이다. 이것은 시조에 대한 전통적인 입장과 부합한다. 그러나 시조의 현대적 혁신과 부흥을 꿈꾼 가람이 보기에는 형식으로 지은 시조 말고도 좋은 시조가 있을 수 있는데 그것은 바로 '명의(命意)'로 지은 시조이다. 가람이 보기에 조남령의 시조는 바로 그러한 명의로 지어진 것이다.

그렇다면 명의란 무엇을 말하는 것인가? 엄동섭은 자존적인 정신주의를 기반으로 하여 시련과 속악에 굴복하지 않는 강인함과 고고함의

---

20 「향수(鄕愁)」, 『문장』 1권 11호, 1939.12.

21 이병기, 「시조(時調)를 뽑고」, 『문장』 1권 11호, 1939.12., 125쪽.

내면 세계가 가람이 말하는 명의의 정신이라고 규정한 바 있다.[22] 이에 따르면 시인의 내면에 자리한 확고한 문학적 신념을 명의라고 부를 수 있을 것이다. 그러나 명의가 무엇인지에 대해 명확하게 설명하고 있는 전거를 찾을 수 없으므로 분명한 뜻을 확정하기란 쉽지 않다. 다만 3차에 걸친 추천사의 내용을 종합해볼 때 명의라는 용어를 빌어 가람이 뜻하려 했던 바가 무엇인지를 추정해 보는 것은 가능하다. 3차 추천사에서 가람은 조남령의 「봄—추억편편(追憶片片)」에 대해 "그 리슴도 퍽 自然, 自由스럽다. 新新한 現代詩의 그것이다. 이런 점이 古調와는 판연 다른 것이다…그의 생각이 퍽 純粹하고 眞實하다…詩는 眞實한 自我를 表現함이다."[23]라고 평했다. 3차에 걸친 추천사에서 반복적으로 나타나고 있는 의견은 조남령의 시조에서 보이는 형식상의 자유로움에 대한 긍정이다. 이에 따르면 명의는 형식을 통어(統御)하는 것이다. 형식에 대한 것을 제외하고 2차와 3차에서 덧붙여진 의견은 조남령의 시조는 명의에 입각해 있으며 순수하고 진실한 자아를 표현한 작품이라는 것이다. 따라서 형식을 통어하는 '명의'는 '순수하고 진실한 시인의 정서 혹은 시적 체험을 표현하는 행위'를 가리키며 '명의로 지은 시'는 '고결한 시적 영혼이 담긴 시'를 가리키는 것으로 이해할 수 있다.

새로운 시조에 있어서 순수/진실의 미학은 형식의 미학을 넘어선다는 것이 명의라는 용어에 담긴 가람의 뜻일 때, 명의의 시는 근대 자유시의 미학과 상당 부분 일치하게 된다. 그런데 고조(古調)를 벗어나기 위해 시도한 새로운 시조가 자유시(라는 장르)와 차별화되지 않는다면 그것은

---

22 엄동섭, 앞의 논문, 263쪽.

23 이병기, 「시조선후(時調選後)」, 『문장』 2권 5호, 1940.5., 77쪽.

시조의 부흥을 위한 방법이 될 수 없으며 오히려 시조의 정체성을 상실케 하여 소멸의 위기를 초래할 수 있다. "근대시조가 추구하는 경지가 자유시 고유의 본령이라면...논리적 모순이 발생"[24]할 것이 당연하기 때문이다. 그런 점에서 "자유시를 창작하는 연장선상에서 현대시조를 창작하거나, 자유시를 대하는 감식안이나 기대지평을 가지고 현대시조를 감상하거나 비평하지 말"[25]아야만 시조의 장르 정체성을 유지할 수 있게 되는 것이다. 기실 조남령의 2차 추천 작품인 「향수(鄕愁)」에 나타난 형식과 리듬은 시조의 그것을 벗어나 있는 것이지만, 가람은 거기에 '자유'와 '새로움'이라는 의미를 부여했다. 엄밀한 의미에서 그것은 시조'다운' 요소가 아니며 오히려 자유시의 요소에 가까운 것이다. 아무리 시조의 현대성을 주창한 가람이라해도 시조 부문의 신인 작품을 추천하는 과정에서 자유시에 가까운 요소만으로 3차에 걸쳐 추천 작업을 진행하기는 곤란했을 것이다. 그러한 곤란함을 해소하기 위해서는 저 시조의 현대성과 균형을 이룰 수 있는 시조의 전통성이 필연적으로 요청될 수밖에 없다. 그리고 이어지는 2차 추천 작품에서 가람은 명백하게 자유시의 요소가 아닌 것으로서 명의라는 요소를 포착해낸다. 그렇다고 해서 고결한 시적 영혼의 표현을 가능하게 하는 명의를 가람이 갑작스럽게 주조해낸 개념으로 볼 수 있는 것은 아니다. 기실 1930년대 시조의 혁신 운동에서 발생할 수 있는 자유시와의 경계 설정 문제를 기민하게 포착하고 그것에 대응할 수 있는 시론 개념으로서 '격조(格調)'[26]와 표현

---

24 유성호, 「가람, 시조, 문장」, 『비평문학』 45호, 한국비평문학회, 2012, 375쪽.

25 김학성, 「시조의 정체성과 현대적 계승」, 『시조학논총』 17호, 한국시조학회, 2001, 78쪽.

26 격조는 '이태준과 정지용이 가람에게서 발견한 바 있는 '난(蘭)으로 표상되는 향기와 품위와 고절의 세계'와 상통한다고 볼 수 있다.(이명희, 「『문장』이 보여준 '전통'의 의미와

방식으로서 '실감실정(實感實情)의 재현'을 창안한 이가 바로 가람이었기 때문이다.[27] '격조'와 '실감실정'이 시인의 내면적 진실성/체험성과 맞닿아 있는 것일 때, 시인의 진솔한 정서와 체험을 중시하는 명의 또한 그 연장선상에 놓여있음을 추정하는 것은 그리 어렵지 않은 일이다. 그러므로 애초부터 시조의 부흥과 혁신을 위해 시조의 정체성을 유지하면서 현대성을 융합하는 작업에 심혈을 기울였던 가람의 시조혁신론의 토대 위에서 조남령의 작품들은 3차에 걸친 검증과 인정(re-cognition)을 받은 후에 새로운 시조로서 문단에 등장했던 것이다. 그렇다면 이제 이어져야 하는 것은 명의가 이끌어낸 시인의 진실하고 확고한 신념이 과연 무엇인가에 대한 논의일 것이다.

3. '삼기다'의 주체와 '시름'의 의미

다시 앞서 언급했던 신흠의 시를 돌이켜보자. 그 작품은 '노래를 삼긴 사람은 시름이 너무 많아서, 말로 다 풀지 못하고 노래를 부르면서 시름을 풀었다하니, 진실로 시름이 풀린다면 나도 노래를 불러보겠다'는 작자의 애롱한 심사를 표출하고 있다. 애롱한 심사의 문학적 형상화와 더불어 드러나는 것은 노래를 삼기거나 노래를 부르게 하는 행위의 기저에 시름이 놓여있다는 문학적 진실이다. 문학적 진실의 원천으로서 "'시름'이라는 말은 苦惱다. 矛盾이다."라고 단언한 조남령은 "神話文學

의의」, 『현대 문학과 여성』, 깊은샘, 1998, 299쪽.)

27 유성호, 앞의 논문, 375~387쪽.

時代는 問題가 아니되지마는, 宗敎文學時代에 있어서의 唯一神과 人間과의 對立에서 빚어지는 여러 喜悲劇 그것이며, 封建文學時代에 있어서 特權과 人間과의 對立에서 빚어진 喜悲劇이 그것이요, 부르조아 文學時代에 있어서 人間과 人間과의 對立 軋轢에서 생기는 가지가지 矛盾狀態 그것인 것이다. 이것을 통털어 '시름'이라는 한 마디로 나타낼 수 있는 조선말은 얼마나 고마운 말이냐?"[28]라고 반문하면서 인간의 시대적/사회적 삶은 시름의 연속이라는 인식 후에, 그것을 압축적으로 표현할 수 있는 우리말이 존재한다는 사실에 대한 찬탄을 마지않고 있다.

시름과 언어는 인간에게 주어진 조건이다. 삶이 있는 한 시름도 있으며 그것은 인간이라는 존재가 갖는 본연의 문제다. 그런데 인간은 언어를 가지고 있다. 언어는 인간의 내면을 표현하는 이상적인 수단이다. 신흠의 노래에 따르면 인간은 노래 부르기라는 언어 사용을 통해 '내면의' 시름을 '밖으로' 표출할 수 있다. 안에 있던 시름은 얽힌 상태지만 밖으로 표출된 시름은 풀린 상태가 된다. 풀린 상태라는 것은 한 인간이 시름으로부터 해방되었다는 것을 뜻한다. 마찬가지로 삶에서 마주치는 고뇌와 모순의 형상은 얽힌 상태에 있으며, 얽힌 것은 언어 사용/노래 삼기기를 통해 풀 수 있다. 삶의 부조리는 인간 존재에게 내면화되었을 때 억압과 굴종의 상태를 야기하지만 언어 행위를 통해 표출되었을 때 극복과 해방의 상태를 모색할 수 있다. 그렇게 보았을 때, "詩人은一藝術家는 讀者앞에 시름을 再現시킴으로써 노래삼긴 사람인 것이다. 그러나 그 시름의 再現에는 먼저 體驗이 先行한다."거나 "'노래 삼긴 사람'은 詩를 짓는 사람이 아니라 '詩가 낳아지도록 하는 사람'인 것이다.

28 「시화삼제(詩話三題)」, 『학풍』, 1949.3.(『전집』, 156쪽).

즉 그것은 만들어 내는 것이 아니라, 저절로 '생긴다'는 말이다."[29]고 썼던 조남령의 언급은 언어 사용의 차원에서나 시문학 일반의 차원에서 보아 적실하다. 언어 사용을 시라는 문학 장르를 통해 구현해내는 시인은 자신의 진솔한 체험을 구체적인 언어로 형상화하여 독자에게 시름/정서를 체화시키는 존재이기 때문이다. 그런 점에서 체험이 있고 난 후에야 시가 있을 수 있다. 말하자면 체험이 언어 사용에 선행하며, 체험이 없으면 언어의 예술적 사용도 없는 것이다. 따라서 체험은 일종의 시적 영감/뮤즈의 작동인이 되어 시작(詩作)을 추동하는 근원적 요소가 되는 것이며, 그럴 때 진솔한 체험에 입각하여 실감실정으로 창작에 임하는 시인을 가리켜 시가 저절로 생기는 '삼기다'의 주체로 부르는 것이 가능할 것이다.

그렇다면 조남령에게 시적 영감을 자극하는 원체험이자 글쓰기를 추동하는 문학적 신념이란 어디에서 기원하는가? 우선 알려져 있는 대로 그의 짧은 생애를 들여다보면 몇몇 지점들을 발견할 수 있다. 문단에 등장하게 되는 일, 일본으로 유학을 간 일, 학병으로 징집을 당한 일, 스승 및 문우들과 교유한 일 등이 그것이다. 흥미로운 점은 각 체험들을 겪은 시기와 비근한 시기에 쓰여진 조남령이 작품들이 존재한다는 사실이다. 가령 문단 등장을 체험한 시기에는 「창(窓)—어느 스승님께」, 「금산사(金山寺)」와 같이 문학적 스승인 조운(朝雲, 1900.7.22. ~ ?)과 가람을 연상시키는 작품을, 일본 유학을 체험한 시기에는 「향수(鄕愁)」, 「봄—추억편편(追憶片片)」과 같이 고향에 대한 그리움을 표출한 작품을, 학병을 체험한 시기에는 「북악산(北岳山) 산ㅅ바람 불어내린 날」 같이 정치

29 「시화삼제(詩話三題)」, 같은 곳.

·사회적 상황에 대한 비통함을 드러낸 작품을, 스승 및 문우들과 문학적 교유를 체험한 시기에는 「떠나든 임」 같이 문우를 배웅하거나 「토함산 고개」, 「불국사의 밤」 같이 원형적인 민족 정서를 담아낸 작품을 찾아볼 수 있다. 이런 점에서 조남령의 작품과 시대가 맺고 있는 상관관계는 매우 밀접한 것이며, "삶의 반영이 문학이라면 한 작가의 삶은 문학으로 구현될 가능성이 높다."[30]라며 문학론의 일반적 명제로 조남령 연구의 서두를 뗀 것은 확실히 적절했다. 삶과 문학이 일치한다거나 일치할 수 있다는 것을 조남령의 생애와 작품은 분명하게 반증해주고 있기 때문이다. 그러므로 시작의 원체험이자 문학적 신념은 그의 생애와 작품의 동일한 기원을 거슬러 올라가는 과정에서 밝혀질 수 있을 것이다.

시인의 본질적 체험은 시름으로 응축되어 시적 언어를 주조하는 토대가 되고 다시 시인은 시적 언어를 통해 독자에게 자신의 시름을 재현해낸다. 여기에서는 조남령의 초기 작품들에 나타난 시름-이미지의 종합을 통해 그것의 실체를 연역해 보고자 한다.

> 물무 뒷산에는 진달래 폈답니다./ 구름다리 시냇가엔 살구꽃 피겠지요./ 그꽃잎 나의 발인양 살窓 속에 너리까.[31]

스승과 함께 예술/시에 대한 생각을 나누고 자연과 현실을 대상으로 시상을 정리하던 고향에는 어김없이 봄이 찾아오고 꽃이 피었고, 또

---

30 이동순, 앞의 논문, 177쪽.

31 「창(窓)—어느 스승님께」, 『문장』 1권 6호, 1939.7.

꽃이 필 것이다. 그러나 국가와 민족을 위한 일을 도모하다 시대적이고 이념적인 불화로 인해 싸늘한 옥중에서 겨울을 지새야하는 스승에게 따뜻한 봄소식은 요원하기만 할 것이다. 시인은 자신의 눈앞에 펼쳐지고 있는 봄의 손짓, 발짓을 저 아름답게 핀 진달래와 아름답게 필 살구꽃의 꽃잎에 실어 창살 너머에 있는 스승에게 전해주고 싶다. 이심전심의 마음을 물리적으로 갈라놓는 창살은 외려 시인의 개인적이고 애통한 정서를 시대적이고 역사적인 시름의 차원으로 교통시키는 매개물이 되고 있다. 즉 육체는 창살에 의해 억압되어 있지만 정신은 저 창살을 통해 넘어가는 것이다.

> 매미 우는 소리 어린 시절 눈에 어려/ 낮으막 키 줄이고 나무가지 쳐다보니/ 뒤꼭지 저편 숲에서 꾀꼬리도 우더라.[32]

> 쑥떡·나물국철 기다리기 겨웁고나/ 들역 띄뿌리는 아직도 얼어슬까/ 보리밧 검은 이랑은 노글노글 녹는다[33]

자연과 함께 한 고향의 유년 체험은 시인에게 삶과 행복의 의미를 일깨워주었다. 매미와 꾀꼬리의 울음은 한 여름의 정겨운 노래처럼 들렸을 것이며, 어머니가 만들어준 쑥떡과 나물국의 향취와 맛내는 봄이 왔다는 것을 몸으로 실감하게 했을 것이다. 그러나 이런 아름다운 고향의 체험이 과거 회상이나 막연한 상상에 불과한 것으로 전락할 때, 그것은 시인에게 상실의 정서를 야기하게 된다. 또한 그것이 식민치하라는

32 「향수(鄕愁)」, 『문장』 1권 11호, 1939.12.

33 「새봄」, 『조선일보』, 1940.1.5.

부조리한 시대적 상황으로 인해 야기된 문제라면 그러한 정서는 더욱 심화될 수밖에 없다. 현실적으로 주어진 물리적인 고향과 체험적으로 주어진 정신적인 고향 둘 다를 상실하게 되기 때문이다. "제비면 내골서 온양 거지없이 묻습네."[34]에 직접적으로 표출된 것처럼, 제비만 보면 고향의 봄소식을 묻고 싶어 하는 시인의 심정이 지극한 애롱함에 맞닿아 있는 소이연은 바로 거기에 있는 것이다. 물론 고향의 봄소식을 묻는 일의 이면에 고향의 스승에게 찾아올 봄소식에 대한 기대의 심사가 놓여있으리라는 점을 짐작하는 것은 어렵지 않다.

> 나무도 하나 없는 얼대밭 山봉오리/ 아침 찬 氣流는 안개만 몰고 와서/ 외로히 헤매는 나를 어지러이 치고 가네[35]

> 내사 날이 날마다/ 헤매는 몸이외다./ 발이 부릍어도/ 아랑곳 없지만도 / 들섶에 쌓인 돌조각/ 마음 아퍼하외다.[36]

조남령은 1940년대 초입 일본 유학길을 떠난다. 제국주의와 근대주의의 모순이 공존하는 일본이라는 이역 공간, 식민치하에서의 퇴색과 문명의 찬란이 교차하는 역사 공간, 슬픔("외롬과 괴롬")과 그리움의 양가 감정이 일어나는 모순 공간 속에서 정주하지 못하고 헤맬 수밖에 없는 이방인의 한 사람이 되어 살아가야만 하는 존재의 '외로움'과 삶의 '근심'을 조남령은 찬 바람이 자신을 "어지러이 치고 가네"라는 비애의 어

34 「향수(鄕愁)」, 『문장』 1권 11호, 1939.12.

35 「구악—상근일기(駒岳—箱根日記)」, 『문장』 2권 8호, 1940.10.

36 「황룡사지(皇龍寺址)에 서서」, 『한글』 13권 4호, 1949.4.

조에 실어 토로하고 있다. 1943년에는 학도병으로 징집되면서 경주를 찾게 되는데, "날마다/ 헤매는 몸"으로 자신을 규정한 그는 조국땅을 밟은 그때의 심정을 또한 자신의 발은 부르터도 상관이 없지만 들가에 쌓여 있는 돌조각만 봐도 "마음 아퍼하외다"라고 고백하고 있다. 시인이 토로하고 고백하는 외로움과 근심의 정서는 고향이 아닌 곳에서 생성된 것이지만, 그렇기 때문에 그것은 역으로 공동체와 풍요가 넘치는 고향의 체험을 더욱 부각시키는 시적 효과를 자아내고 있다.

조남령의 초기 작품들에서 전경화되는 것이 시인의 비애 섞인 자조의 정서가 아니라 비애를 넘어서는 확고한 향수의 정신일 때, 그러한 향수는 시인에게 있어서 주체적 신념과 다르지 않다. 현실과 대면하는 시인들에게 "향수와 귀향은 개별 주체가 자신의 욕망을 추스르고 역사적 신체로 거듭나고자 노력 중임을 자기 증명하기 위한 시적 모티프"[37]가 되기 때문이다. 요컨대 조남령의 작품에 나타나는 고향이라는 시적 모티프는 실감실정을 통한 시름의 표현이 추상적인 상상적 관념이 아니라 구체적인 역사적 현실과 맞닿아 있기를 욕망하는 작가 의식의 소산인 것이다.[38] 앞서 문학적 신념은 시인의 기교에 의해 의도적으로 표현되는 것이 아니라 명의의 공작에 의해 저절로 생겨나는 것이라고 말한 바 있다. 이처럼 명의에 입각한 조남령의 시는 고결한 시적 영혼의 목소리

---

37 박민규, 「고향의 형상화와 시적 주체의 재편」, 『우리문학연구』 53집, 우리문학회, 2017, 259쪽.

38 이와 관련하여 이병기와 함께 조남령에게 영향을 끼친 조운도 자신의 작품에서 실감실정의 방식을 통해 민중의 생활 및 의식을 구체적으로 표현해 냈다는 논의(우은진, 「조운과 1920년대 현대시조의 형성」, 『한국민족문화』 40권, 부산대학교 한국민족문화연구소, 2011, 33쪽.)를 참조할 수 있으며, 이들 세 시인들이 명의에 입각한 문학적 신념을 공유했으리라는 가설의 수립이 가능하다.

를 드러내면서 일관된 시적 기원으로 '고향'을 표상해 내고 있는 것이다. 그렇다면 '시름'은 개인의 정서에서 발생하는 문제가 아니라 고향이라는 시적 기원이 상처 입음으로써 발생하는 고뇌이자 모순의 사태가 된다. 조남령의 시조에서 재현되고 있는 시름의 양상을 종합해 볼 때, 시름은 염려, 그리움, 외로움, 근심, 속악, 처량, 서러움 등의 정서로 표출되고 있다. 그러나 이제 이것을 시인의 내면적 정서에 해당하는 것으로 협소화시키는 대신, 시인이 체험하고 마주한 역사와 현실에 대한 주체적 대응의 차원으로 확장하여 이해할 필요가 있다. 시적 정서의 재현이 현실적이고 구체적인 일상적 체험을 대상으로 하고 있으며, 시적 체취가 섬세하고 다정한 관찰 및 고아한 언어 표현을 통해 진솔하게 나타나고 있다는 점에서 그의 시작 태도가 명의(命意)에 입각해 있으며, 명의를 통해 시인은 역사/시대적 시름을 풀어낼 수 있는 '삼기다'의 주체로 전화하게 되는 것이다. 그러한 주체적 행위를 추동하는 시름의 원형들이 실제로 부조리한 외부적 요인에 의해 발생한 것일 때, 고뇌이자 모순의 산물로서 시름은 명의의 스승이었던 가람의 작품에 나타난 '정서의 복합물'[39]과 다르지 않은 것이다. 그러므로 시름을 풀어 노래를 삼기는 주체야말로 현실 대응이라는 확고한 신념을 드러내는 존재인 것이다.

"조금 幸福하다고 생각할 때는 벌써 다른 問題가 우리 人生을 襲擊한다. 그 새로 닥쳐온 問題를 解決하면 또 다른 일이 일어난다. 이것이 人生 航路다."[40] 즉 삶이 시름의 연속이라면 삶은 시름의 해결 과정이기

39 이병기에게서 시름의 의미를 "국권 상실에서 오는 시대적 절망감과 일제의 야만적 폭력에서 기인된 선비의 무력감이 복합적으로 만들어낸 정서"라고 본 오세영의 논의는 조남령의 시름을 이해하는 한 단서가 된다. 오세영, 「가람 이병기의 시사적 위치와 '시름'의 의미」, 『시조시학』 제64호, 고요아침, 2017, 255쪽.

도 하다. 조남령은 시름의 얽힘과 풀림이라는 상태의 교차 지점에 대한 민감한 인식을 통해 시름을 실감실정으로 표현할 수 있는 '삼기다'의 주체가 탄생할 수 있다고 보았으며, 시를 통해 인간과 자연물의 유사와 상사에 주목함으로써 삶[生]은 행복과 불행이 교차하는 혹은 균형을 맞춰가는 여행이라는 '존재[생명]의 거대한 연쇄'에까지 인식의 확장을 꾀하고 있다. 그가 가람의 시조를 읽으면서 "시인의 영혼은 우주와 융화할 수 있다"[41]는 것을 깨달았던 것은 결코 우연이 아니었던 것이다. 인간 혹은 생명체의 가슴 속에 보편적으로 얽혀있는 시름을 시적 언어를 통해 재현하는 일은 시름의 풀림을 염원하는 것과 같다. 그러므로 확고하고 고결한 신념을 바탕으로 고뇌와 모순의 총체인 시름을 풀어내는 일과 생명의 우주가 만나 융화하면서 독자들에게 영혼의 확장과 휴식을 제공하는 "남실남실한 정서의 저수지"[42]가 곧 문학이기를 꿈꾸었던 바로 그 기원의 지점에서 조남령의 시조는 다시 새롭게 읽힐 필요가 있는 것이다.

4. 나오는 말

이 글은 조남령의 문학 세계를 본격적으로 연구하기 위한 시론(試論)으로써, 그의 시작(詩作)을 가능하게 한 시적 영감의 원천이 명의(命意)

40 「시화삼제(詩話三題)」, 『학풍』, 1949.3.(『전집』, 163쪽).
41 「현대시조론(現代時調論)」, 『문장』 2권 9호, 1940.10.,(『전집』, 109쪽).
42 「현대시조론(現代時調論)」, 『문장』 2권 10호, 1940.11.,(『전집』, 127쪽).

에 있으며 그의 작품에 내재한 시름의 의미를 분석하여 시적 기원의 자리에 고향이 놓여 있다는 점에 대해 논구하였다. 여기에서는 논의의 한계와 과제를 남기는 것으로 결론을 대신하고자 한다. 조남령이 형식으로부터의 자유를 추구하여 시조의 현대적 혁신을 지향했다는 점은 분명하다. 그러나 조남령의 문학 세계를 본격적으로 연구하기 위해 풀어야하는 지점은 명의에만 놓여있는 것은 아니다. 명의에 주목하면서 곁으로 비껴두었던 형식의 문제는 조남령의 문학 세계가 시조 혹은 시조의 형식을 기반으로 하고 있다는 점에서 반드시 시조론에 입각한 엄밀한 분석을 통해 개진되어야 한다. 그 과정에서 시조, 시, 동시, 소설, 산문 등을 남긴 조남령을 어떤 장르의 작가로 볼 것인가의 문제와 마주칠 수 있지만 그것은 본질적인 물음과는 거리가 있어 보인다. 왜냐하면 그는 고시조의 정체성을 유지하는 가운데, 그것을 확장하기 위하여 다양한 문학적 현대성을 수용하고 있기 때문이다. 즉 조남령은 시조나 현대시 혹은 시인이나 소설가라는 경계적 구분을 넘어서는 지점에 위치한다. 굳이 명명하자면 시조를 기반으로 하여 '현대적인' 문학을 지향한 혹은 창작하려고 시도한 시인=작가라고 부르는 편이 적절할 것이다. 그럴 경우에도, 조남령의 문학 세계를 연구하기 위해 우선적으로 제안할 수 있는 한 방향은 그의 시조가 고시조와 형식 혹은 내용의 측면에서 어떤 상사와 차이를 지니며, 당대의 다른 현대성을 지향한 시조와는 어떤 상사와 차이를 지니는가를 꼼꼼한 비교 분석을 통해 풀어내는 것이다. 또한 장르를 넘어 창작된 그의 여러 작품들에 내재한 문학적 신념의 연결고리를 찾아가는 일도 필요할 것이다. 지금까지 조남령의 문학 세계는 '어둠' 속에 놓여있었지만, 새로운 『전집』의 발간과 함께 '빛'을 볼 수 있는 계기가 마련되었다. 이를 토대로 시대와 이념의 모순 속에서 비워져 있던 한국문학사의 빈자리가 후속 연구를 통해 촘촘히 채워져 가기를 기대한다.

『어문논총』 33호(전남대학교 한국어문학연구소, 2018.8.)에
게재한 원고를 재수록한 것임.

참고문헌

1. 기본자료

『조남령 문학 전집』, 소명출판, 2018.

「제1회 신인문학콩쿨」, 『동아일보』, 1938.7.29.

「새봄」, 『조선일보』, 1940.1.5.

「시조를 뽑고」, 『문장』 1권 6호, 1939.7.

「시조를 뽑고」, 『문장』 1권 11호, 1939.12.

「시조선후(時調選後)」, 『문장』 2권 5호, 1940.5.

2. 학술자료

김학성, 「시조의 정체성과 현대적 계승」, 『시조학논총』 17호, 한국시조학회, 2001.

문무학, 「조남령 연구」, 『우리말글』 9호, 대구어문학회, 1991.

박민규, 「고향의 형상화와 시적 주체의 재편」, 『우리문학연구』 53집, 우리문학회, 2017.

손동호, 「1930년대 『동아일보』 신인문단 연구」, 『인문논총』, 73권 4호, 서울대학교 인문학연구원, 2016.

엄동섭, 「한 고전주의자의 좌파적 전향—조남령론」, 『어문연구』 28권 2호, 한국어문교육연구회, 2000.

오세영, 「가람 이병기의 시사적 위치와 '시름'의 의미」, 『시조시학』 제64호, 고요아침, 2017.

우은진, 「조운과 1920년대 현대시조의 형성」, 『한국민족문화』 40권, 부산대학교 한국민족문화연구소, 2011.

유성호, 「가람, 시조, 문장」, 『비평문학』 45호, 한국비평문학회, 2012.

이경애, 「가람·조운·조남령 삼인시조집 발견의 의의」, 『열린정신 인문학연구』 19권 1호, 원광대학교 인문학연구소, 2018.

이동순, 「조남령 시의 역사적 대응 양상 연구」, 『열린정신 인문학연구』 18권 3호, 원광대학교 인문학연구소, 2017.

이명희, 「『문장』이 보여준 '전통'의 의미와 의의」, 『현대 문학과 여성』, 깊은샘, 1998.

차성연, 「1930년대 농촌계몽소설에 나타난 농촌의 의미」, 『한국문학논총』 제57집, 한국문학회, 2011.

트라우마적 정서 치유를 위한 시 텍스트의 공명 기제 활용

최혜경

1. 들어가며 : 치유와 실용적 인문학

심리학 또는 정신의학에서는 충격적인 사건을 경험한 후 극심한 정신적 스트레스와 함께 나타나는 정신적이고 신체적인 증상들을 가리켜 외상, 외상 장애, 정신적 외상, 또는 트라우마라고 한다. 지금까지의 외상 연구에 따르면, 외상 장애에 관여된 사건은 일회적인 것뿐 아니라 반복적이고 복합적인 것을 포함한다.

레노어 테어(Lenore Terr)는 그의 논문에서 외상의 특성과 관련하여 일회적 외상과 반복적 외상을 구별하고 있다.[1] 존 알렌(Jon Allen)에 의하면 반복적 외상이란 일회적으로 일어난 충격적 사건이 지속적인 외상적 반응을 일으키며 외상의 영향을 누적시키는 것을 말한다.[2] 로렌스 콜브(Lawrence Kolb)는 외상이 가져오는 만성적 성격 와해를 지적하

1 Lenore Terr, "Childhood Traumas : An Outline and Overview", *American Journal of Psychiatry 148*, 1991, pp.10~20.

2 Jon G. Allen, 권정혜 외 역, 『트라우마의 치유』, 학지사, 2013, 27~28쪽..

였고 엠마누엘 타네이(Emmanuel Tanay)는 지속적이고 반복적인 외상이 직업, 세계, 인간, 신에 대한 태도의 문제로 나타날 수 있음을 논하고 있다. 그리고 주디스 허먼(Judith Herman)은 트라우마에 대한 반응을 단일 장애의 범주보다 연속적인 상태로 이해하는 것이 정확하다고 주장한다. 허먼은 자연적으로 낫는 단기적 스트레스 반응뿐 아니라 전형적이거나 단일한 외상후 스트레스 장애와 지속적이고 반복적인 외상의 복합적 증후군을 아울러 복합성 외상 후 스트레스 장애라고 개념화하고 있다.[3]

이들 연구에서 주목할 점은, 외상으로 인한 불안정한 정서가 선조적이거나 인과적인 것으로 이해되기 어렵다는 것이다. 외상은 정서뿐만 아니라 의식, 지각, 관계, 의미체계 등의 변화를 가져온다. 삶의 다차원적 요인들이 상호작용하는 가운데 1차적 외상은 사회적으로 고려된 행위 형태 속에 더욱 복잡하고 불안정한 정서의 구조를 재차 양산할 수 있을 것이다. 의식으로부터 숨겨진 외상 형태의 반복적 양산은 초기의 사건을 나선형 구조로 심화하고 정서와 행위의 복잡한 가역반응을 만들어낸다. 이 글에서는 이러한 복잡한 가역반응의 결과와 그것의 해소 과정에 활용할 시 텍스트에 관한 논의를 위해 '트라우마'와 '트라우마적 사건', '트라우마적 정서' 등의 용어를 사용하고 있다.

예를 들어, "자라 보고 놀란 가슴, 솥뚜껑 보고 놀란다"는 속담에서 '자라를 보았음'이 트라우마적 사건이고 '놀란 가슴'이 트라우마라 한다면, 후일에 솥뚜껑을 보고 자신이 왜 놀라는지 알지 못한 채 놀라고

3 Judith Herman, 최현정 역, 『트라우마 : 가정폭력에서 정치적 테러까지』, 열린책들, 2012, 206~207쪽.

있는 심적 상태를 트라우마적 정서라고 말할 수 있다. 트라우마적 사건의 초기 유형은 '자라'의 외형을 지닌 채 '놀라움'의 정서와 결부되어 심연에 입력된다. 그 이후, 특별한 해소 과정 없이 일상생활이 지속되었을 때 '자라'는 '솥뚜껑'으로, 그리고 '가마솥으로', 또 '부엌'으로, 부엌이 자리한 '북쪽' 등으로 변이 또는 확장될 수 있다. 만약, '자라'를 보았던 이가 북쪽 마당만 가까이 가면 가슴이 두근거리고 부엌이 이유 없이 두려워졌다면, 그것은 트라우마적 사건으로부터 발생했다고 보기에는 지나친 논리적 비약을 가지고 있어서 쉽사리 해소 지점을 찾을 수 없는 트라우마적 정서를 경험하고 있다고 할 수 있다.

즉, 이 글에서 말하는 '트라우마적 정서'는 트라우마와 관련된 최초 사건이 변형된 복합적인 발생 동기와 결부되어 일상적 행위의 이면에 잠재되어 있는 정서를 말한다. 이것의 범위는 정서 주체에게 트라우마와 결합된 채 환기되거나 트라우마로 인해 추후 발생되는 불안정한 정서 상태를 아울러 포함한다.[4] 이러한 정서는 일상생활 속에서 짧은 발생 기간을 가지고 수시로 나타나곤 하는 부정적인 정서 상태와 트라우마 사이에서 중간적인 성격을 지니고 있다. 일반적인 정서는 발생 동기가 불특정하고 해소 과정이 비교적 단순한 구조와 짧은 시간을 지니고 있는 것에 비해, 트라우마적 정서는 원인과 결과적 정서의 관계가 복잡하면서 결국 발생 동기가 트라우마적 사건으로 소급되며 해소를 위한 과정이 비교적 복합적이고 오랜 기간을 가진다.

가령, 어떤 이가 자동차 사고를 경험한 후 같은 차종만 보더라도 심한

4 이후 본문 2장부터 외상과 관련한 모든 용어는 원어인 트라우마(trauma)로 통일하여 사용하기로 한다.

불안 증세를 나타내며 도로에 진입하는 것조차 어려워한다면 자동차 사건은 그의 트라우마일 것이다. 한편, 그가 차를 타고 약속 장소에 나가 만나려고 했던 사람, 사고 차종의 색깔, 사고 당시 차량 내에서 듣고 있었던 노래와 가수 등, 최초 사건에서 변형된 자극으로부터 스스로 정서 발생 근거를 설명하기 어려운 불안을 겪게 된다면 이때 그의 부정적 정서는 트라우마적 정서라고 할 수 있다.

이처럼 트라우마적 정서는 트라우마와 구별될 수 있다. 그렇지만 트라우마적 정서가 초기의 트라우마를 환기하거나 '반복적 외상'으로 발전될 가능성을 염두에 둘 때 트라우마적 정서는 트라우마와 관련한 치유 또는 예방을 위한 작업의 범위에 포함될 필요가 있다.

여기서 '치유'라는 용어는 '치료'와 구별하여 이해될 필요가 있다. '치료'가 특정한 병인(病因)으로 인한 증상의 관계를 진단한 후, 그 증상을 완화 또는 소멸시키기 위해 시도하는 임상적이며 목적적인 행위라고 한다면, '치유'는 임상적이고 목적적인 행위라는 점에서는 유사하지만 행위의 동기에 진단이 생략될 수 있다는 점에서 치료와 구별될 수 있다. 즉, 치유는 병인이 진단되지 않는 경우에도 진행할 수 있다. 이것은 진단할 수 있는 특정한 병인보다 치유 주체에게 나타나고 있는 증상을 행위의 동기로 삼아 시도할 수 있다는 의미이다. 치유 행위는 치유 주체가 현재 불편이나 불안을 느끼는 정도에 따라서 시작되거나 중지될 수 있으며, 따라서 자발적 동기는 치유 행위의 핵심적 요인이 된다. 또한 '치유'는 '치유적'이라는 용어와도 구별되는데, '치유적'이라 함은 '치유를 위한', '치유에 가까운', '치유를 이루어 낼 수 있는' 등의 의미로 읽혀져야 한다. 즉, 이들 용어의 공통적 성격을 치유 주체의 부정적 증상에 초점을 둔 행위로 볼 때, 증상의 원인 또는 소멸 관계의 명확성과 효과성에 따라 각 용어는 '치료〉치유〉치유적'의 순서로 나열할 수 있다.

치유의 대상이 되는 외상이 복합성과 지속성을 가질 때, 특정한 외상 구조를 가지고 있는 특정한 사람, 그리고 그 특정한 사람에 대한 특정한 상담 설계라는 투입-산출 형식의 도식은 치유에 있어서 다소 무력하다. 오히려 치유의 과정은 외상의 구조만큼이나 복합적이고 지속적으로 이루어져야 한다. 여기서 치유의 복합성은 주체와 방법의 범주에 있어 포괄성을 의미한다.

가령, 외상의 주체는 특정한 외상 구조를 가진 불특정한 사람까지 포함될 수 있다. 이때 불특정한 사람이란, 외상의 구조를 인식하고 있으나 표면적 정서나 행위로 드러나지 않는 경우, 그리고 외상의 구조를 인식하지 못한 채 불안정한 정서 상황에 고통 받는 경우이다. 또한 외상의 주체는 특정한 상담 설계뿐 아니라 불특정한 치유 행위 역시 경험할 필요가 있다. 이것은 불특정한 탐색 매재(媒材)와의 지속적 또는 상시적인 접촉을 의미한다. 불특정한 치유 행위는 치료적 상담이나 의료적 진단과 처방 외, 외상의 구조를 인지하고 정서적 균형을 주도할 수 있도록 조력하는 다양한 매재 매개 행위를 포함한다. 시문학, 드라마, 미술, 음악, 행위 등을 매개로 하는 다종의 치유 활동이 그 예이다.

비일관적인 외상의 구조는 다종의 치유 활동을 특정한 장애나 증후, 사고 활동의 교정을 목적으로 하는 시도 이상의 것으로 보게끔 한다. 반복적 외상은 우리가 모두 잠재적인 외상의 원인이자 주체, 혹은 생존자일 수 있음을 나타낸다. 또한 외상을 경험했거나 지니고 있는 사람과 그렇지 않는 사람의 경계가 모호하다는 것을 나타내기도 한다. 치유 활동은 보다 대중적이며 일상적으로 접근 가능해야 할 경험이자 정서 주체의 일상적 회복 가능성을 강화하는 교양 사업의 일환으로 제공될 필요가 있다.

따라서 이 연구는 정서 주체의 합리적인 정서 운용을 위한 실용적 인문학의 실현을 추구한다. 특히, 트라우마 그 자체적 특성보다 트라우마가 야기하는 정서 주체의 행위적 발현과 정서 운용의 매재 사이의 역동적 작동 관계 또는 특성을 추적하는 데 착안하고 있다. 따라서 트라우마 치유를 위한 임상적 실험 연구 대신, 치유적 접근 방법을 밝히기 위해 시 텍스트를 활용한 예증과 이론 연구의 성격을 지닌다. 결국, 트라우마적 정서의 회복 과정과 시 텍스트 수용 과정의 유사성 및 관계적 특이성을 분석하여 정서의 자구적(自救的) 운용에 활용될 수 있는 시 텍스트의 공명 기제와 작동 구조를 증명하는 것이 이 글의 목적이다.

여기서 실용적 인문학이란 인문학적 데이터 속에서 정서의 자구적 운용을 위한 방책을 도출하고 정서 주체의 현실에 맞게 수용 방식을 가공하여 제안하는 일련의 연구 성과를 의미한다. 물론 정서의 자구적 운용뿐만 아니라 삶을 움직이는 동인에는 인지, 신체, 관계, 의식, 환경 등 다양한 요인과 방법이 포함될 수 있을 것이다. 하지만 이 논문에서는 삶을 움직이는 가장 직접적이고 역동적인 요인을 정서로 보고 이에 주목하고 있다.

정서는 행위의 각 장(場)을 연결하는 전환적 기제이자 다른 삶의 요인들이 궁극적으로 추구하거나 다다르는 결절(結節) 지점이 된다. 삶의 각 요인은 행위의 장마다 최종적으로 정서와 결합하며 존속의 결과로 이어진다. 가령, 의식의 변화는 태도의 지속 또는 중단에서 나타나는데 정서는 이러한 변화의 필요성을 감지하거나 변화를 결정하는 근거가 된다. 동일한 환경과 여건이 동일한 삶의 구조를 형성하지 않고 상대적인 방향으로 각기 다른 행위의 질과 양을 나타내는 것 역시 정서의 결정적 영향력을 나타낸다고 볼 수 있다.

인문학적 데이터는 그 자체로 삶의 치유적 도전이자 문화구성원의 뜻과 정서가 집결된 치유적 대안이라 할 수 있다. 고전은 고전으로 읽힘으로써 존재 가치와 필요성을 입증하며 그것을 요구하고 수용해 온 이들의 사고와 정서를 대변한다. 역사는 한 시대의 구성원으로부터 선택된 사건의 흐름이며 일련의 사건은 그들의 시대 의식과 정서적 가역 반응을 입증한다. 인문학적 데이터 속에서 삶의 자구적 방책을 발견하고 현실에 적용하려는 시도는 발전적 행로를 위한 통시적 소통이자 인문학의 생명력과 가치를 조명하는 당연과제일 수 있다.

다음 2장에서는 트라우마적 정서의 치유적인 작업 과정과 해소적 진행을 위한 요건을 점검할 것이다. 그리고 시 텍스트를 정서 운용을 위한 매재로 활용할 수 있는 근거를 찾아본다. 3장에서는 트라우마적 정서와 치유 주체의 시 수용 양상 사이에 나타나는 관계적 특성을 정리하기로 한다. 4장은 관계적 특성의 분석이 정서 운용을 위한 매재의 선택적 활용을 위한 분류 근거로 쓰일 수 있는지에 대한 가능성의 추론이다.

2. 트라우마의 치유 작업과 시 텍스트 활용

히스테리아, 트라우마, 정서적 행동과 인격 장애 등에 관한 정신의학적 또는 심리학적 연구에서는 트라우마 치유에 있어 주체의 자존감과 주도성 회복을 핵심적인 전환 고리로 본다. 아이다 알라이어리언(Aida Alayarian)은 "심리적 기능의 실패나 외상 후 스트레스 장애의 증후 없이 심각한 트라우마나 역경을 겪어 내는 능력"으로서 "회복탄력성(resilience)"을 들어 말하고 있다.[5] "회복탄력성"은 자기반영, 자아정체감, 자아인식, 자아존중과 보호, 공감 능력, 유머 감각 등의 특성을 지니며 나타난다.[6] 이들 특성은 자아의 구성이나 자아가 처해 있는 장(場)의 구도에 대한 장악 정도와 연관되어 있다. 즉, "회복탄력성"은 자신의 문제적 상황, 대처 능력, 처리 방향과 방안을 잘 알고 실천적 행위를 스스로 조절할 수 있는 치유 주체의 능력으로 볼 수 있다. 또한 허먼은 자기 회복 체계의 단계를 "안전 확립-기억과 애도-일상과 연결"의 과정으로 보고 다음 〈표-1〉과 같이 정리하고 있다. 이러한 치유 과정에서 역시 치유 주체의 주도성 강화의 중요성을 확인할 수 있다.

---

5 resilience는 흔히 회복탄력성으로 번역되지만 이 글에서는 회귀 또는 극복하는 '성질(性)'보다 그러한 '힘(力)'에 주목하며 이를 '회복탄성력'으로 명명하고 있다.(이하, '회복탄성력') 테라피를 통한 치유적 현상과 결과는 누적된 에너지가 회복탄성력에 대해 회복의 기점을 상환하였을 때 비로소 가시적으로 나타나거나 독자에 의해 자각된다. 이러한 치유 작업의 흐름은 압트가 말한 해석 대상에 접근하는 의식의 순회 과정에 비견할 수 있다. 즉 건전한 의심, 열등한 기능 인식, 반대 가설 수정을 통한 의식성 창조는 회복탄성력 강화를 통한 독자 정서의 자구적 운용의 효과로 나타난다고 할 수 있다.

6 Aida Alayarian, 김현아 외 역, 『난민치료센터 상담 중심의 트라우마 회복탄력성과 상담실제』, 시그마프레스, 2011, 29~34쪽.

〈표-1〉 치유의 단계[7]

증후군	1단계	2단계	3단계
히스테리아	안정화, 증상 중심 치료	외상 기억의 탐색	성격 재통합, 복귀
전투 외상	신뢰, 스트레스 관리 교육	외상의 재 체험	외상의 통합
복합성 외상 후 스트레스 장애	안정화	기억의 통합	자기의 발달, 추동의 통합
다중인격 장애	진단, 안정화, 소통, 협력	외상의 대사(代謝)	완결, 통합, 완결 이후 대처 기술 숙달
외상성 장애	안전	기억과 애도	연결의 복구

위 〈표-1〉에서 나타나는 치유의 각 단계가 연결되거나 평가되기 위해서는 주체의 해석과 판단이 최종적 기준이 된다. 3단계에서 통합 또는 복구로 나타나는 치유적 양상 역시 이후 연결되는 장에서 쓰일 행위 주체의 안정성을 체현하는 맥락으로 보인다. 즉, 위의 단계적 내용은 트라우마 치유와 정서 안정을 위해 자립적이며 자구적인 정서 운용 방책을 탐색하고 체화하는 훈련 과정인 것이다.

트라우마적 정서의 치유 과정에서는 무엇보다 트라우마를 겪고 있는 주체를 주도적인 치유 주체로 강화하고자 하는 주객체의 관점이 필요하다. 치유 주체의 자기 주도적 관점과 태도가 마련된다면 실제로 트라우마를 다루는 작업에서 중요한 과제는 트라우마에 대한 장악력을 갖도록 하는 것이다. 허먼은 성공적인 회복의 경로는 “예측할 수 없는 위험에서 의지할 만한 안전으로, 해리된 외상에서 승인된 기억으로, 낙인찍힌 고립에서 사회적 연결의 회복으로” 진행된다고 말한다.[8] 예측할 수 없는

7 Judith Herman, 최현정 역, 앞의 책, 2012, 261쪽.

위험에서 벗어난다는 것은 자신을 위협하는 실체를 파악하고 위험의 원인이 자리한 공간과 안전한 공간을 분리하여 생각할 수 있다는 것을 의미할 것이다. 그리고 위협의 실체를 파악하는 과정은 자신의 불안정한 정서 상태를 인식하고, 그것의 근원이 어떠한 경험과 맞닿아 있으며 어떠한 불합리한 현상으로 발현되고 있는지를 확인하는 과정으로 이어질 것이다. 알렌은 트라우마의 이러한 치유 과정을 일종의 균형잡기 과정으로 다음 〈표-2〉와 같이 제시하기도 한다.

〈표-2〉 트라우마 치료에서 처리하기와 간직하기의 균형잡기[9]

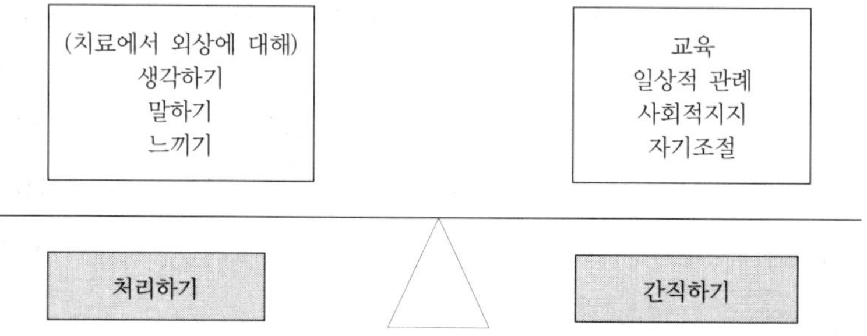

위 〈표-2〉에서 알렌이 말하는 균형잡기는 허먼이 말하는 트라우마 치유 단계의 진행과정과 비슷한 맥락에서 이해할 수 있다. 처리하기의 작업 과정은 정서적 안정을 취하고 정서 반응의 조절 능력을 함양하는 반복적 강화 활동으로 볼 수 있다. 그리고 간직하기의 활동은 처리하기 과정을 거쳐 생산된 정서적 결과물을 간직하기 이후의 삶에 적용하기

8 Judith Herman, 최현정 역, 위의 책, 2012, 261쪽.

9 Jon G. Allen, 권정혜 외 역, 앞의 책, 2013, 376쪽.

위한 체현 과정으로 볼 수 있다. 역시, 트라우마의 치유 과정에서는 트라우마적 정서의 근원적 사건에 대해 인식하고 그러한 정서와 현재 자신의 관계에 대해 조망하는 활동이 공통적으로 나타나고 있다. 즉, 본격적인 트라우마의 치유 작업에서는 '(트라우마의)실체화-직면-다루기'의 과정이 필요한 것으로 보인다.

이러한 과정에는 몇 가지 조건이 충족되어야 한다. 치유 동맹, 경도에서 중증도 사이의 정서, 가시적 매재가 그것이다. 여기서 말하는 치유 동맹은 치료 동맹과 목적과 성격은 비슷하지만 치유 주체를 치료를 요하는 환자에 국한시키지 않으며, 동료적 관계 역시 치료 참여 인원에 한정시키지 않는다는 점에서 차이가 있다. 치료 동맹은 환자의 회복을 증진시키기 위한 유일한 목적으로 모든 지식과 능력, 경험을 쏟아 붓는 환자의 동료이자 계약적 관계를 말한다.[10] 이에 비해 치유 동맹은 치유 주체의 안정을 강화하고 주도적 활동을 반영할 수 있는 모든 소통 대상을 포함한다.

예를 들어, 시 치료의 경우, 슈퍼바이저와 치료 참여자 간에는 치료 동맹이 형성될 수 있다. 이때 비지속적 공유자나 목적을 공유하지 않은 치료 관계자는 제외된다. 그런데 시 텍스트를 매개로 하는 자기치유적 독서의 경우, 이는 일반적 감상의 형태나 과정과는 구별되며 치료 행위와도 구별된다. 이것은 정서적 치유라는 목적을 전제로 시도하는 의도적인 수용 활동이다. 이때의 치유 동맹은 시적 화자와 독자 자아를 기본으로 하며, 수용 과정을 비지속적으로 공유하거나 반영할 수 있는 대상과 단순한 관계자를 포함할 수 있다. 그것은 자기치유적 독서가 치유적

10 Judith Herman, 최현정 역, 앞의 책, 2012, 225~230쪽.

과정의 공개와 소통을 위한 교섭 과정에 자율성이 있기 때문이다. 이것은 치유 동맹의 선택과 배제가 비교적 폭넓고 자유롭게 이루어짐을 의미하기도 한다. 이러한 자율성은 치유 과정의 주도성을 강화하는 데 이바지할 수 있으나 트라우마적 정서를 오히려 고착시키거나 경도된 정서 작업을 유도할 우려가 있다. 그러나 그러한 우려는 치료 동맹에서 역시 나타날 수 극복 과제이며 치유 동맹의 요건으로 주체와 소통할 수 있는 조력과 반영 가능성을 고려할 필요가 있다.

치유 작업의 다른 조건으로 정서의 강도, 즉, 정서와의 작업이 이루어지는 적정 시기를 들 수 있다. 가령, 치유 주체의 주도성 강화를 위한 회귀적인 치유 활동이 누적되면 치유적 양상은 나선형으로 나타날 수 있다. 이때, 치유 활동의 결과가 정적 그래프를 나타내지 않는 것은 트라우마적 정서에 관여하는 관계모델의 변화를 원인으로 볼 수 있다. 예를 들어, 학대받은 어린이는 성장 후에 학대하는 어른으로 자신의 트라우마를 재연할 수 있는데 이것은 안전에 대한 내적 표상이 변화했기 때문이다. 즉, 자기연속성을 단절시키는 다양한 작동모델들이 치유의 정적 진행을 방해한 것인데, 이것은 트라우마의 문제적 순환을 야기할 수 있다. 그러나 긍정적 치유 작용이 누적된다면 문제적 순환이 질적으로 변화하면서 치유 효과는 나선형 향상을 보일 수 있다.

여기서 긍정적 치유 작용의 관건은 치유 주체가 문제에 대한 환멸적 회귀가 아닌 희망적 분위기(mood)를 확인하고 그러한 방향에 주목할 수 있도록 돕는 것에 있다. 그런데 이것의 문제는 치유 주체의 정서적 강도에 따라 이러한 분위기 조성이 원천적으로 불가하거나 매우 어려운 범위가 존재한다는 것이다. 그러므로 성공적 치유 작업을 위해서는 정서적인 작업을 시도할 수 있는 적정 시기를 고려해야 한다. 존 알렌은 시간의 흐름과 누적이 진행될수록 트라우마에 대한 정서적 강도가 상승하며 정서가 경도에서 중증도의 강도에 있을 때 정서를 통제하는 작업의 영향력이 크다고 말한다.[11] 트라우마 치유를 위해서는 중증도 이하의 정서 강도를 유지하되, 트라우마를 자아의 심연으로 침잠시키거나 오랫동안 정서 반응이 누적되어 성격으로 고착되는 것을 경계해야 한다. 치유 작업이 용이한 정서적 시기를 놓치지 않는 것은 트라우마의 치유뿐 아니라 예방 차원의 정서 능력 강화와도 연결되어 있다고 볼 수 있다.

치유 작업의 또 다른 조건으로, 트라우마의 실체화를 위한 가시적 매재가 필요하다. 이것은 흙, 천, 그림, 공예품 등과 같이 비교적 물질성을 지닌 것을 가리키지만 행위, 음원, 언어와 같은 비물질적 매체를 포함할 수 있다. 치유 주체는 자신의 트라우마적 정서의 근원이 되는 사건을 추적하고 끌어내어 직면하는 과정에 있다. 이러한 과정은 마음 속에서 관념적으로 정리될 수도 있지만 그 과정은 대개 무의식적 차단을 겪거나 혼잡하고 지난한 고통을 동반할 수 있다. 이보다 노작을 통한 구체적 창작물이 자신의 정서적 이면을 결부하여 드러낼 가능성이 크다.

3. 시 텍스트의 공명 기제와 치유적 작동 구조

트라우마의 실체를 탐색하는 초기 단계에서는 치유 주체가 자신의

---

11 Jon G. Allen, 권정혜 외 역, 앞의 책, 2013, 130~132쪽.

경험과 연관되는 표식을 찾는 기회가 필요하다. 정서의 과정-경험적 치료 연구에서는 회상에 대한 접근을 위해 "체계적인 기억회상전개 기법"과 "트라우마 재진술하기"를 사용한다.[12] 이 두 기법은 공통적으로 치유 주체의 표식을 발견하고 사건을 재회상하는 도입 방식을 쓰고 있다. 즉, 치유 주체의 표현을 관찰하며 상담자가 반영하는 가운데 사건이 발생한 결절을 찾아내고 상세화하는 과정으로 진입하는 것이다.

치유적 시 수용의 경우, 시 텍스트는 소재, 조어, 의미화와 관련된 양상에 치유 주체의 주의와 선택적 집중을 확인하면서 사건에 대한 표식을 추적할 수 있다. 변학수는 "어렴풋한 전의식, 의식의 경계, 지금-여기에서의 정서를 상징적 형상으로 표현하는 것"을 "상징화 과정"이라고 정의하는데, 상징화는 앞서 말한 표식의 추적을 돕는 것이라 할 수 있다. 즉, "시/문학 텍스트가 어린 시절, 현재의 삶, 미래에 대한 공간을 열어 지각과 관찰, 인식과 의미의 지평을 열어주는 심미적 과정"을 체험함으로써 사건의 실체화 과정에 접근하는 것이다.[13]

시 텍스트는 다수의 사건과 결부된 이미지나 의미를 압축적으로 함축하고 있는 경우가 많기 때문에 치유 주체의 표식과 대응될 가능성이 상대적으로 높다. 이것은 회상의 반영에 대한 오차 범위를 좁히면서 사건의 탐색 과정을 효율적으로 단축시킬 수 있는 가능성을 나타내기도 한다. 무의식적 경계와 차단에 부딪힐 수 있는 사건의 탐색 과정이 정제

---

12 Robert Elliott, Jeanne C. Watson, Rhonda N. Goldman, Leslei S. Greenberg, 신성만 외 역, 『정서중심치료의 이해 : 변화를 위한 과정-경험적 접근』, 학지사, 2013, 286~308쪽.

13 변학수, 『문학치료 - 자발적 책읽기와 창의적 글쓰기를 통한 마음의 치유』, 학지사, 2007, 40~42쪽.

된 텍스트성의 미감에 질적으로 동화되는 한편, 치유적 작업 의식으로 빠르게 회귀할 수 있다는 점도 시 텍스트 활용의 장점이라 할 수 있다.

트라우마의 치유 연구에서는 표식의 발견과 상세화 과정에서 쓰이는 언어적 표현에 대한 이면적 특성에 대해 주목한다. 바로, "말이 트라우마의 기억을 의식적 자각으로 가져오는 필수요소가 될 수 있지만, 증상을 표현하는 것과 위장하는 것으로 분산될 수 있다"는 점이다.[14] 이것은 사건의 실체화 과정에서 언어적 표현만이 아니라 침묵 역시 중요한 표식으로 기능할 수 있음을 나타낸다. 시 텍스트는 말하고 있되, 침묵하는 언어로 이루어져 있다. 시어와 의미체계의 상징화 과정은 독자에게 잠재적이며 다분히 선택적이다. 독자의 수용 활동이 시작되기 전까지, 혹은 시작된 후에라도 텍스트의 성격은 말하는 것과 침묵하는 것 사이에 놓인다. 시 텍스트를 매개로 하는 치유 작업에서 텍스트는 사건 탐색을 위한 정서적 집합체이자 사건과 결부된 정서를 다루는 처리 매체가 될 수 있다. 그 처리 방식이 가질 수 있는 경우의 수는 시 텍스트가 수용과 창작 활동에 걸쳐 있는 영역에 다면적으로 활용될 수 있음을 보여준다.

치유적 시 창작 과정에서 치유 주체는 언제든지 침묵으로부터 음성과 문자, 혹은 그 밖의 혼재된 표현 양식을 선택할 수 있다. 예를 들어, 시의 침묵하는 수용은 낭송이나 의미 분석, 모방 창작, 이미지 나타내기, 느낌이나 경험 이야기, 시적 화자의 상황 또는 태도에 대해 토론하기 등 침묵 이외의 형태로 이어질 수 있다. 또한 시의 창작 과정에서는 시어의 내포적 의미 속에 트라우마적 정서를 감추고 침묵하되, 외연적

14 Aida Alayarian, 김현아 외 역, 앞의 책, 2011, 131쪽.

의미를 통해 변형된 형질의 정서를 처리해낼 수 있다. 예를 들어, 다음 예시의 괄호 안에는 트라우마적 정서를 자신이 감내할 수 있는 것으로 길들여 나타낸 상징적 결과를 채워 넣을 수 있다.

> 언제부턴가 나 ( )는 속으로 조용히 울고 있었다. 그런 어느 ( )이었을 것이다. 나의 온몸이 ( )하고 있는 것을 알았다. ( )도 ( )도 아닌 것. 나 ( )는 나를 흔드는 것이 ( )인 것을 까맣게 몰랐다. –산다는 것은 ( )이란 것을 나는 몰랐다.[15]

이처럼 시 텍스트는 언어적 표현의 이면성을 활용하면서 언어적 조어 방식, 이미지, 소리, 리듬 등 정서 표현 방식의 범주를 넓게 가지고 있다. 시 텍스트 공간 속에서 발견할 수 있는 다양한 표식은 시적 화자의 의도와 통제 아래 구성되어 있다. 치유 주체로서 독자는 텍스트를 매개로 시적 화자와 대면하는 방식을 취하면서 치유 동맹을 결성하게 된다. 그리고 치유 동맹으로서 시적 화자는 치유 주체로서 독자의 트라우마적 정서와 공명할 수 있는 일종의 기제(이하, '공명 기제')로서 텍스트 영향력을 행사한다. 다음과 같이 정리한 도식을 통해 텍스트와 트라우마적 정서의 이러한 작동 관계가 나타나는 지점과 흐름을 확인할 수 있다.

15 이것은 시의 상징화를 역으로 이용하여 자신의 정서적 환부를 반영하는 탈상징화 과정의 예이다. 탈상징화는 자유로운 방식으로 이루어질 수 있는데, 변학수는 신경림의 〈갈대〉를 매개로, 이와 같은 탈상징화 방식의 예를 제시하고 있다. 변학수, 앞의 책 2007, 44~45쪽.

〈도표-1〉 트라우마적 정서에 대한 치유적 매재 활용 작업의 흐름

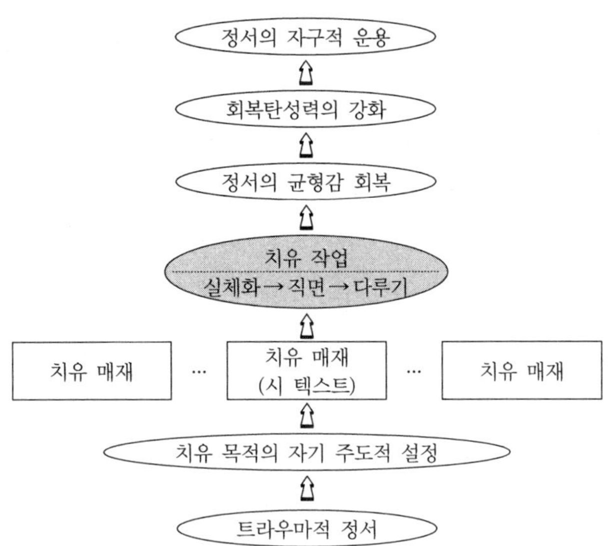

위의 〈도표-1〉을 보면 치유 작업이 정서의 자구적 운용이라는 목표를 향한 일방적 방향성을 띠고 있는 것으로 보이지만 실제적 삶의 양상은 그렇지 않다. 치유 작업은 수없이 트라우마적 정서로 재차 회귀하며, 환멸을 극복하는 자기 주도적 목적 설정이 반복되어야 지난한 치유 작업이 누적될 수 있다.

누적된 작업을 통해 트라우마적 정서로 회귀되는 횟수가 감소하면 치유 작업의 양과 정서적 강도는 부적 경향을 보이게 될 것이다. 즉, 경도의 정서에서 작업할 수 있는 여건이 충족되고 작업의 횟수와 회기별 소비 시간이 감소할 것이다. 이것은 자아의 균형감 회복 단계 이상에서 사용할 수 있는 에너지가 증가됨을 의미한다. 가령, 자기치유 독서의 습관화는 독자의 회복탄성력과 정서 운용 능력을 향상시켜 트라우마적 정서 경험을 예방하고 사회적 적응력을 증대할 가능성이 크다. 이것은 치유 작업을 모종의 트라우마적 정서에 대응하는 일회적 경험이 아니라 정서 운용 능력을 목적으로 한 자율적이며 일상적인 단련 활동으로 인식해야할 필요성을 시사한다. 반면에, 트라우마적 정서로 회귀되는 횟수가 증가함은 기존 정서의 변전을 이루어 내거나 회복탄성력을 강화하는 데 쓰일 에너지가 감소함을 의미한다. 균형감 회복 단계 이상을 진행시킬 수 있는 에너지가 제공되어야 트라우마에 대한 회복탄성력이 향상될 수 있을 것인데, 이를 위해서는 에너지의 축적을 단계적으로 끌어올려야 할 필요가 있다.

그렇지만 치유 작업 이전의 주체가 최초 정서를 동기화하는 과정에는 많은 고통과 의지가 필요하다. 뿐만 아니라, 작업 횟수가 많아질수록 트라우마적 정서로 회귀되는 횟수 역시 증가하게 된다. 즉, 치유 작업에 있어 회귀로 인한 환멸감과 재동기화의 과정이 불가결의 조건이 된다는 것인데, 이 때문에 초기의 치유 주체는 정서 변전을 위한 에너지가 오히려 감소하거나 새로운 트라우마적 정서를 경험할 수 있다. 이를 위한 해결은 치유 작업의 회귀 여부를 점검하고 평가하면서 총체적인 작업 횟수를 늘리는 것인데, 이때 치유 주체는 회귀로 인해 더욱 심화될 수 있는 정서 상태와 나선형 향상 구조에 대해 먼저 알고 있어야 한다.

운동의 제2법칙에 따르면, 물체는 힘의 방향과 크기에 따라 가속도가 생긴다. 정지된 물체를 움직이기 위해서는 물체 질량만큼의 힘이 필요하고, 물체가 움직이기 위해서는 일정한 방향으로 지속적 에너지가 가해져야 한다. 마찬가지로, 정서의 변전을 위해서는 정체된 정서를 움직일 수 있는 동량 이상의 심적 에너지가 필요하다. 초기 정서로 회귀되거나 트라우마적 정서가 재차 양산되는 부정적 양상은 오히려 심적 에너지가 생성되고 치유 체계가 작동하고 있음을 확인하는 현상으로 볼 필요가 있다. 정서의 강도가 중증도에 가까울수록 치유 작업 초기에는 정체된 정서를 움직일 수 있는 일정량까지 도달하기 위해 쓰이는 심적 에너지의 값도 크기 때문이다.

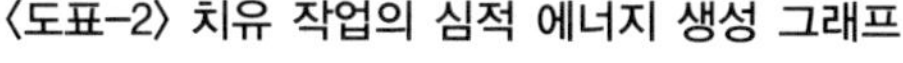
〈도표-2〉 치유 작업의 심적 에너지 생성 그래프

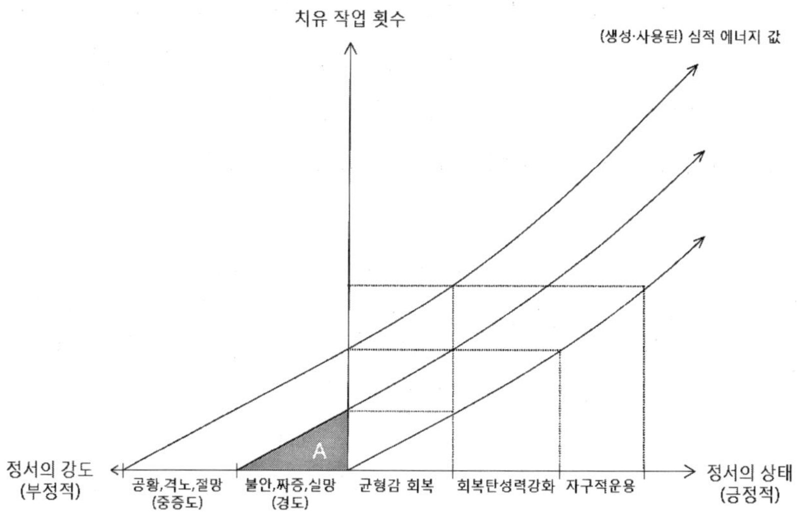

위 〈도표-2〉의 A부분은 경도에서 중증도 사이의 정서 강도에서 시도된 치유 작업량이 정서 변전의 시작점에 도달하기까지 쓴 심적 에너지 값에 해당한다. 치유 작업의 횟수가 동일할 때, 생성된 심적 에너지 값은 작업이 시도된 정서 강도와 상태에 따라 다르게 나타난다. 정서의 강도가 경도에 가까울수록, 그리고 정서 상태가 강화될수록 정서적 운용을 위한 심적 에너지의 생성량도 크게 나타난다. 정서가 동일한 강도

와 상태를 나타낼 때, 심적 에너지 값은 치유 작업의 횟수에 비례한다. 치유 작업은 치유 주체가 의식하고 있지 않더라도 무의식적 작업으로 나타날 수 있으므로 현실적인 치유 작업의 횟수는 0이 될 수 없으나, 위 도표에서는 작업 횟수를 치유적 매재를 활용하는 경우에 한정하고 있다. 가장 바람직한 치유 작업은 경도 이상의 긍정적 정서 상태에서 규칙적으로 횟수를 증가시켜 심적 에너지의 양을 충분히 확보하는 것이다. 정서 회복과 트라우마 예방에 쓰일 범주 이상의 에너지는 삶에 필요한 다른 동인을 찾는데 쓰일 것이다. 다음은 시 텍스트를 매개로 하는 치유 작업의 구체적 양상, 즉 '치유 주체-트라우마적 정서-매재적 텍스트' 사이에 이루어지는 치유적 작동 체계를 도식화한 것이다.

〈표-3〉 시 텍스트의 치유적 작동 체계

실체화	사건의 표식 발견
실현 양상	심적 이미지
	시어의 외연적 의미
	시어의 내포적 의미
	시적 정조 (mood)
	시적 어조 (tone)
	의미 결합 관계

→

직면	구체적 형상화
실현 양상	재연된 사건 확인
	사건과 결부된 정서 심화
	객관적 상관물 발견

→

다루기	사건과 결부된 정서 처리	
실현 양상	감수 단계	공감과 카타르시스 체험
	인지 단계	안전한 공간과 사건의 분리
	조작 단계	시적 화자 반영 또는 모방
		즐거운 정서 수용
		경험의 반추와 조정

위 〈표-3〉의 구조는 치유 주체가 시 텍스트를 수용하는 방식과 지점을 나타낸다. 실체화 단계는 치유 주체로서 독자가 텍스트의 어느 지점에 반응하며 집중하게 되는지 관찰이 필요한 단계이다. 선택과 주의집

중이 확인되는 지점은 자신의 트라우마적 정서와 공명하는 사건의 표식으로 볼 수 있다. 이것은 시의 심적 이미지, 시어의 외연 및 내포적 의미, 시적 정조, 시적 어조, 의미 결합 관계를 포함하는 텍스트 요건을 통해 실현된다.

이들 표식은 독자에게 어느 한 가지 양상으로 발견되거나 이들이 서로 결합하여 만든 모종의 의미 관계로도 발견될 수 있다. 예를 들어, "푸른 산빛을 깨치고 단풍나무 숲을 향하여 난 작은 길"(한용운, 〈님의 침묵〉)과"장광의 골 붉은 감잎 날아오와/ 누이는 놀란 듯이 치어다보며/ 오매 단풍 들것네"(김영랑, 〈오매, 단풍 들것네〉)에서는 모두 가을의 이미지가 나타나지만 시적 어조와 결합하면서 각각 순종적이고 토속적인 분위기를 구성한다. 두 시는 모두 '단풍'이라는 심상 이미지를 포함하고 있지만 어느 한 편의 '단풍'만 사건의 표식이 되는 것이 가능하다. 그것은 텍스트에서 발견할 수 있는 사건의 표식이 단편적인 요소를 포함하여 다양하게 만들어질 수 있는 결합 의미 역시 고려해야 함을 나타낸다.

의미 결합 관계의 다양성과 그에 따른 독자의 접근성을 감안할 때, 초기 작업 단계에서는 텍스트의 총체적 의미 관계를 이해하는 문학적 감상이 유익하게 작용할 것으로 보인다. 그러한 활동은 텍스트 이미지와 정서적 경험을 단편적으로 매개하거나 텍스트의 의미 구조를 분산시켜 활용하는 것보다 사건의 구체적 형상화가 이루어지는 직면 단계의 활동을 활성화할 것이다.

물도 불로 타오를 수 있다는 것은
슬픔을 가져본 자만이
안다.

예를 들어, 위의 시, 세 행이 제시되었을 때 독자는 '물', '불', '타오름', '슬픔', '가져본 자'라는 시어의 외연과 내포적 의미, '알다'와 '모르다' 사이에 나타날 수 있는 의미의 확장, 시적 정조와 어조에 대한 감상적 견해의 차이, 의미의 이해 또는 공감에 관계된 표식을 발견할 수 있다. 이때의 표식이 A라는 경우의 수를 가진다면, 두 행의 텍스트가 문학적 감상을 통해 이해되었을 때 표식의 수는 A+α로 증가할 수 있다.

물도 불로 타오를 수 있다는 것은
슬픔을 가져본 자만이
안다.
여름날
해 저무는 바닷가에서
수평선 너머 타오르는 노을을
보아라.
그는 무엇이 서러워
눈이 붉도록 울고 있는가.
뺨에 흐르는 눈물의 흔적처럼
갯벌에 엉기는 하이얀
소금기,
소금은 슬픔의 숯덩이다.
사랑이 불로 타오르는
빛이라면
슬픔은 물로 타오르는 빛,
눈동자에 잔잔히 타오르는 눈물이
어둠을
밝힌다

-오세영, 〈눈물〉 전문[16]

독자에게 위의 시의 나머지 행이 모두 제시되었을 때, 표식의 가능성은 '여름', '해', '바닷가', '수평선', '노을', '뺨', '소금', '슬픔', '사랑', '어둠', '눈물'등의 시어에 관련된 외연과 내포 의미에서 그치지 않고 의미 영역으로 확장된다.

'타오르는 노을'은 '눈이 붉도록 울고 있'으며, '슬픔의 숯덩이'인 '뺨에 흐르는 눈물의 흔적'이다. 이것은 이어지는 행에서 사랑과 슬픔의 대비를 통해 불과 물의 이미지로 구체화된다. 슬픔은 곧, 물이자 '타오르는 빛'으로서 불이다. 그러므로 '슬픔을 가져본 자'로서의 독자는 물도 타오를 수 있음을 알아차리거나 이에 동의하게 된다. 그러나 '눈물–슬픔–저무는–어둠'으로 이어지는 의미의 전개는 '눈물이/어둠을/밝힌다'는 마지막 부분에 이르러 반전을 거둔다. 바로 '눈물–어둠–밝음–어둠이 아닌 것–슬픔이 아닌 것'의 구조로 눈물이 '어둠'과 애초의 '눈물'의 의미를 전복하는 것이다.

독자는 이러한 의미 구조를 이해하면서 슬픔을 다각적으로 이해하고 서정적 비애미를 수용할 수 있다. 섬광 기억[17]의 부정확성을 고려하면 새로운 수용 내역은 트라우마적 사건의 전경을 변화시킬 추가적 정서나 데이터로 기능할 가능성이 있다. 그러므로 텍스트의 부분적 차용과 이해에 따라 표식의 수나 치유 작업의 영향력에는 유의미한 차이가 나타

16 최소영 엮음, 『112편의 치료 시 모음 시집1 리파트리』, 한국시치료연구소, 2011, 21쪽.

17 심리학자들은 정서가 포함된 확실하고 자세한 기억을, 선명하고 사진 같은 기억이라는 측면에서 섬광 기억(flashbulb memory)라고 한다. 섬광기억은 매우 자세하고 마치 살아 있는 것 같은 느낌이 들어 기억의 정확도에 대해 확신을 가지게 한다. 그런데 섬광 기억은 매우 생생하면서도 때로 부정확하며, 기억의 확신과 정확성에는 큰 관련성이 없다는 것을 시사한다. James Kalat, Machelle Shiota, 민경환 외 역, 『정서심리학』, 시그마프레스, 2009, 319~321쪽.

날 것이다. 이는 텍스트의 부분적 차용뿐 아니라 총체적 의미 감상이 이루어지지 않은 표면적 접근의 경우에도 마찬가지로 적용될 수 있을 것이다. 단, 문학적 감상과 작업 간의 시간차와 이해의 의존도가 크다면 오히려 텍스트 요소와 의미가 고착되어 작업 효과를 저해할 수 있다. 이로 인해 텍스트 앞의 독자가 무감하거나 수동적이 되어 텍스트의 의미 관계가 정서를 환기하는 사건의 표식으로 더 이상 기능하지 않을 수 있기 때문이다.

실체화 이후 직면 단계에서, 치유 주체인 독자는 사건의 구체적 형상화를 경험하게 된다. 형상화는 텍스트에 나타나 있거나, 독자의 심적 공간 속에서 이루어질 수 있다. 사건의 표식으로 인해 처음 맞닥뜨린 정서는 이 단계에서 더욱 심화되며, 독자는 자신의 심화된 정서를 이끌어내는 객관적 상관물과 마주하게 된다.

> 비타민과 미네랄이 골고루 들어있고
> 탈지유 유크림 해바라기유 어유 달맞이유
> 단백질 지방 탄수화물 회분 수분이 들어있는
> 한국 어머니의 젖을 가장 많이 닮았다는
> 로히트 분유를 한잔 마시고 나면
> 예쁜 아기 나비잠 자며 배냇짓하듯
> 밝은 햇살 볼에 받으며 옹알이하듯
> 기저귀에 오줌 싸고 잠이 깨어
> 젖몸살 난 엄마 젖꼭지 찾듯
> 나도 어머니의 예쁜 젖 찾을 수 있을까
> 지금은 다 커서 나도 대학교수가 됐지만
> 어떻게 연구를 해야

어머니의 젖가슴으로 다가갈 수 있을까
이제는 저승의 이슬밭에서
뽀얀 젖 뚝뚝 흐르는 젖가슴 헤치고
탁번아 탁번아
막내를 부르고 계실
아아 나의 어머니

–오탁번, 〈로히트 분유〉 전문[18]

위의 시에서 '로히트 분유'는 어머니에 대한 그리움과 부재 의식을 발견하게 하는 표식으로 나타난다. 앞서 갖가지 성분을 늘어놓는 것은 어떠한 인위적 성분도 어머니의 존재감을 충족시킬 수 없다는 허탈감을 드러낸다. '한국 어머니의 젖을 가장 많이 닮았다는' 분유의 '로히트'라는 외국 이름 역시 '한잔 마시고 나'더라도 '어머니의 예쁜 젖'을 찾을 수 없다는 데 페이소스를 더한다. 독자는 '분유'나 '젖꼭지'와 같은 표식 중 어느 것을 통해 자신의 사건을 끌어들이게 된다. 그리고 '나비잠 자며 배냇짓하'거나, '밝은 햇살 볼에 받으며 옹알이하'거나 '기저귀에 오줌 싸고 잠이 깨'던 자신의 어릴 적 모습을 구체적으로 환기할 것이다. 밝은 햇살과 나비잠의 평온함은 깨지더라도 어머니는 자신을 위해 젖꼭지를 내어주면 '나'는 충족감을 느낀다. 어머니의 퉁퉁 불은 젖은 오로지 '나'를 위한 것으로 준비되어 있다. 어머니는 내게'젖몸살'의 고통을 감내하며 안식을 제공하는 절대적 조력자인 것이다. 그러나 이러한 동질의 안식처는 현존하지 않고 '뽀얀 젖'은 저승에서'뚝 뚝'흐르고 있다. '막내

18 최소영 엮음, 앞의 책, 2011. 26쪽.

를 부르'는 어머니의 외침은 동시에, '뚝 뚝'흐르는 눈물과 함께 어머니를 향해 외치는 '나'의 절규를 나타낸다. 이러한 비애감은 단지 사별한 어머니뿐만 아니라 부재 의식과 고독감을 일으키는 다른 대상들에도 적용될 수 있을 것이다.

이처럼 독자의 비애감과 결합된 사건의 맥락은 위 시의 표식과 그 의미적 구성을 배경으로 독자의 심연으로부터 인출된다. 그리고 이때 '로히트 분유'나 '젖가슴'은 독자와 사건과 정서를 연결하는 객관적 상관물로 기능한다. 텍스트 속에서 객관적 상관물을 발견하는 것은 주머니 속의 송곳을 꺼내놓는 행위에 비유할 수 있다. 자신을 불편하게 만들었던 위험 요소를 찾아내고, 그것을 자신이 확인할 수 있는 곳에 꺼내놓음으로써 이후 행위의 안정과 안전한 공간을 보장받는 것이다. 즉, 객관적 상관물의 발견은 다음 단계에서 치유 주체가 위험 요소로부터의 분리를 확인할 수 있도록 돕는다. 치유 주체는 언제든지 그로부터 위험 요소를 분리할 수 있는 도구를 소유하게 된 것이기 때문이다.

다음, 다루기의 단계에서는 독자가 사건과 결부된 정서를 처리하고자 하는 시도가 나타난다. 각 시도들은 정서 처리의 방법이 나타나는 양상에 따라 감수 단계, 인지 단계, 조작 단계로 구분할 수 있다. 감수 단계는 공감과 카타르시스를 체험하는 것, 인지 단계는 안전한 공간과 사건의 분리를 지각하는 것, 조작 단계는 사건이 더 이상 치유 주체에게 위험하지 않도록 사건과 자아를 재설계하는 것이다.

사랑이란
아주 멀리 되돌아오는 길이다
나 그대에 취해

그대의 캄캄한 감옥에서 울고 있는 것이다

–장석주, 〈마지막 사랑〉 일부[19]

위의 텍스트에서는 맹목적 고통을 감수하는 지난한 여정에 사랑을 비유하고 있다. 이같은 시의 비유적 표현이 독자에게 강한 합치감정을 유발하는 경우, 독자는 지적 쾌감과 함께 공감을 체험하게 된다.

때로는, 나도, 그대여,
조금은, 위험하고 싶어라.

위험한 가지 끝에 열리는 한 줌
붉은 열매일 수 있다면 오늘도
나는 좀 위험하고 싶어지는 것이다.

–우한용, 〈나도 좀 위험하고 싶다〉 일부[20]

위의 텍스트는 시적 화자가 능동적인 대변자로서 독자의 공감을 유발할 수 있는 경우이다. 독자의 숨겨진 욕구나 억압된 정서는 위협적인 내적 갈등을 조성한다. 독자는 시적 화자를 통한 간접적 표현으로 이에 맞설 수 있다. 특히, 시적 화자의 능동적 태도나 강인한 어조, 일관적인 시적 분위기는 독자의 공감에 안정감을 더하며 '무조건적인 자기 수용'[21]

19 최소영 엮음, 위의 책, 2011. 45쪽.

20 최소영 엮음, 위의 책, 2011. 53쪽.

21 엘리스(Albert Ellis)는 인간을 전인격적 존재로 보고, 부정적 낙인과 마찬가지로 총체적

을 지지할 수 있다.

> 바람아
> 너는 알겠니?
>
> 네 하얀 붕대를 풀어
> 피투성이의 나를
> 싸매어 다오
>
> 불같은 뜨거움으로
> 한여름을 태우던
> 나의 꽃심장이
> 너무도 아프단다, 바람아

—이해인, 〈사르비아의 노래〉 전문[22]

위의 시에서 '불같은 뜨거움'과 '한여름을 태우'는 행위에 이어 나타날 수 있는 결과는, 타고 남은 재 또는 충만한 결실일 것이다. 이것은 텍스트의 여백에 묻혀 있다. 즉, 위의 시적 화자는 이 결과에 관한 문제 해결까지 요구를 확장하지 않는다. 독자 역시 이에 관한 인지적 행위나 문제 해결 작업을 반드시 진행할 필요는 없다. 시적 화자는 치열함의 이면에

자부심 역시 문제적인 것으로 생각한다. 특정한 행동을 과잉 일반화하는 것 또는 조건적 자부심과 대조적으로, 무조건적인 자기 수용(Unconditional Self-Acceptance)은 수행을 잘못해도 자신을 충분히 수용할 수 있는 건강한 철학을 의미한다. Albert Ellis, Catherine Maclaren, 서수균 외 역, 『합리적 정서행동치료』, 학지사, 2010, 120~123쪽.

22 최소영 엮음, 앞의 책, 2011. 40쪽.

자리한 아픔을 위로받을 수 있는 기회와 대상을 추구하고 있으며, 독자의 치유 작업은 시적 화자로부터 공감을 얻는 것으로 충분할 수 있다. 이때 독자가 활용한 시적 요소는 자아와 동일시된 시적 화자이다.

이처럼 감수 단계에서는 사건과 결부된 정서를 충분히 소비하여 더 이상 다룰 필요가 없는 상태로 만들기 위해 공감을 불러일으키는 시적 요소를 활용한다.

한편, 위의 시에서 독자와 작용할 수 있는 공명 기제는 '아픔에 대한 위로'이다. 이것을 끌어낼 수 있는 객관적 상관물은 꽃, '사르비아'이다. 독자의 트라우마적 정서는 '꽃심장'으로 응결되어 가시화된 이미지로 나타난다. '사르비아–꽃심장–붉음–피투성이'의 의미 구조에서 독자는 사건이 구체화되며 정서가 심화되는 위협적 공간을 구성하게 된다. 텍스트, 자아, 위협적 공간의 대치 구도 속에서 독자를 위협하는 물리적인 가해는 재현되지 않는다. 독자는 트라우마의 폭력이 일종의 관념으로, 현재(顯在)하지 않으며 단지'사르비아'의 '꽃심장'으로 구현되어 있음을 알아차릴 수 있다. 뿐만 아니라, 텍스트는 위협적 공간과 상대적인 안전한 공간을 함께 제공함으로써 독자가 안전한 공간에 대한 관념 역시 가시화할 수 있도록 한다. 가령, 사르비아'는 열정을 다한 후에 남은 처연함과 고통을 호소하고자 '바람'을 호명한다. 이것은 '하얀 붕대를 풀어/ 피투성이의 나를/싸매어' 줄 수 있는 치유적 대상이자 고통과 대비되는 안전한 관념적 공간의 표상이 된다. 이처럼 인지 단계의 작업 방식은 텍스트를 통해 해결해야 할 위협적 문제를 가시화하고 분리하여 안전한 공간을 획득하는 과정으로 나타난다.

조작 단계는 독자의 정서를 처리하기 위해 가장 활성화된 합리적 논박 과정이다. 여기서 독자는 시적 화자의 세계관과 태도를 모방하거나,

그것을 자신의 현실에 반영하여 합리적인 행로를 구안할 수 있다. REBT의 인지적 기법[23]을 고려할 때, 이것은 독자가 시 텍스트에 나타난 경험과 태도로부터 논박의 근거를 찾거나 시적 화자를 모델링(modeling) 하는 과정으로 이해할 수 있다. 이 단계는 또한, 시 텍스트가 발산하는 긍정적 아우라와 즐거움의 정서를 수용하면서 심적 에너지를 구축하기도 한다. 알렌은 즐거운 정서로 '쾌락, 관심과 흥분, 몰입, 즐거움과 기쁨, 만족감, 자부심, 연민, 사랑'을 들면서 이것이 "사고를 확장시킬 뿐만 아니라 스트레스에 대한 복원력을 증진시키면서 도전에 대처할 수 있는 자원을 구축"한다고 언급한다.[24] 그의 논의를 볼 때, 즐거운 정서는 문제 해결에 도움을 주는 긍정적 정서 자원으로 이해해야 할 것이다.

내 그대를 사랑한다 함은
당신의 가슴 한복판에
찬란히 꽃피는 일이 아니라
눈두덩 찍어내며 그대 주저앉는
가을 산자락 후미진 곳에서
그저 수줍은 듯 잠시
그대 눈망울에 머무는 일

23 엘리스의 합리적 정서 행동 치료(Rational Emotive Behavior Therapy)는 인지적, 정서적, 행동적 패턴을 확인하고, 명료화하고, 면밀하게 따져 보고, 변화시킬 수 있도록 돕는다. 사고, 정서, 행동은 서로 긴밀한 연관을 맺고 있다는 점에서 각 기법은 서로 배타적이라 할 수 없으며, REBT의 인지적 기법에는 논박, 합리적 대처말, 모델링, 참조하기, 인지적 과제, 재구성 등이 있다. Albert Ellis, Catherine Maclaren, 서수균 외 역, 앞의 책, 2010, 85~107쪽.

24 Jon G. Allen, 권정혜 외 역, 앞의 책, 2013, 358~372쪽.

그렇게 나는
그대 슬픔의 산 높이에서 핀다

당신이 슬플 때 나는 사랑한다

–복효근, 〈당신이 슬플 때 나는 사랑한다〉 일부[25]

위의 시적 화자는 사랑의 대가로 기쁨을 거래하거나 영원한 각인을 요구하지 않는다. 그에게 사랑은 슬픈 '그대'가 필요로 할 때'잠시/그대 눈망울에 머'물러 위로가 되는 일이다. 그러므로 '당신이 슬플 때 나는 사랑'하는 것은 시적 화자에게 당위적이다. 이 시에서는 헌신과 희생으로 승화시키는 사랑의 아픔과 함께 몰입된 사랑의 정서가 나타난다.

들꽃처럼
사는 거다

구름 낀 세월에
찡그리지 않고
虛虛로운 하늘을
마주하여

그저 웃는 거다

아름다움을 가꾸며

25 최소영 엮음, 앞의 책, 2011. 92쪽.

사는 거다

—이정기, 〈들꽃처럼〉 일부[26]

위의 시적 화자는 '구름 낀 세월'의 고통과 '허허로운 하늘'의 허망함을 삶의 순리로 받아들이고 있다. '그저 웃는' 것과 '아름다움을 가꾸며 사는' 것은 삶에 대한 순응과 긍정을 보여준다. 이 시에서는 삶에 대한 연민의 정서와 함께, 이를 만족감으로 승화시키는 태도의 유연성을 드러낸다. 이처럼, 즐거운 정서는 시적 화자의 승화 기제와 함께 나타날 수 있다. 이러한 경우, 독자는 시적 화자의 모델링을 통해'합리적 정서 심상 형성'[27]을 경험할 수 있다.

경험의 반추와 조정 역시 트라우마적 정서를 갈무리하기 위해 조작 단계에서 시도되는 치유적 활동이다. 독자는 시 텍스트를 통해 직면한 사건을 반복적으로 환기하며 사건과 정서를 결합시키는 비합리적 신념을 확인할 수 있다. 이때 시 텍스트는 '실제 상황 둔감화'나 '어려운 상황에 머물기'[28]를 경험할 수 있는 기회의 장으로 쓰일 수 있다.

26 최소영 엮음, 위의 책, 2011, 56쪽.

27 '합리적 정서 심상 형성'(Rational Emotive Imagery)은 REBT의 정서적/체험적 기법 중 하나로서, 문제 상황에서 나오는 습관적인 자기말과 대처기제를 체험적으로 탐색하도록 하여 스트레스 상황에서 REI를 활용하도록 하는 것이다. Albert Ellis, Catherine Maclaren, 서수균 외 역, 앞의 책, 2010, 109~110쪽.

28 '실제 상황 둔감화'와 '어려운 상황에 머물기'는 REBT의 행동적 기법 중 하나이다. 이것은 비합리적으로 두려워하는 대상에 실제적이며 심상적으로 반복 노출시킴으로써 그 대상과의 비합리적이고도 강력한 연합을 느슨하게 만들기 위한 것이다. '어려운 상황에 머물기'는 실제 상황 둔감화의 한 종류로서, 그 상황을 통한 합리적 손실 여부를 따지고, 견디는 방법을 배우며, 상황을 감당할 수 있다는 자각의 기회를 제공한다. 최소영 엮음, 앞의 책, 2011, 142~144쪽.

그런데 다루기 단계가 반드시 연속적으로 나타나는 것은 아니다. 각 단계는 치유 주체의 심적 에너지 상태에 따라 필요하거나 필요하지 않을 수 있고, 이 단계에서 역시 트라우마적 정서로 회귀가 일어날 수 있기 때문이다. 또한 각 단계의 활동에서 얻을 수 있는 심적 에너지는 치유 주체에 따라 상대적으로 나타난다. 예를 들어, 트라우마적 정서와 사건의 동일시로 인해 강력한 위로와 에너지를 얻은 사람은 감수 단계의 공감 체험에서 정서 변전을 경험할 수 있을 것이다. 그러나, 공감은 되더라도 공포와 증오의 정서가 지속되는 사람의 경우에는 안전한 공간과 사건의 분리를 위한 작업이 필요할 것이다.

4. 맺음말

자아가 부정적으로 인식하고 있거나 혹은 표면적 안정을 위해 회피한 채로 잠재되어 있는 정서적 문제는 자아가 직면하고 다스려줄 때 비로소 해소될 수 있다. 문제의 해소는 정서적 균형과 새로운 장에 대한 동기 구성으로 나타난다. 치유적 매재를 통한 동기 구성의 기제는 정서의 정체와 새로운 구성 사이에서 전환적 요소로 작용한다. 이 작용의 내용은 정서의 주체에게 반응과 움직임의 여지를 독려하는 것인데, 그것의 목표는 바로 정서의 균형이다. 균형감은 정서의 주체에게 집중이나 환기의 필요를 무화시키고 새로운 장과 표적을 탐색하게 한다.

정서의 균형감을 회복하거나 강화하는 과정을 치유 작업이라 할 때, 트라우마적 정서의 성공적인 치유 작업을 위해서는 반드시 치유 주체의 자기 주도적인 치유 목적이 설정되어야 한다. 자기 주도성의 확립은 트라우마 치유를 위한 효율성뿐만 아니라, 향후 자신의 삶 속에서 복잡다기한 사건과 정서의 결합을 자구적으로 운용할 수 있는 능력과도 연관되어 있다. 자기 주도성은 회복탄성력과 정적 관계에 있으며 치유 작업의 필수적인 전제 조건이다. 자기 주도적 치유 목적을 설정한 치유 주체는 조력과 반영이 가능한 치유 동맹을 구성하여 적절한 정서적 강도의 범위 안에서 자신을 동기화시키는 가시적 매재를 활용하여 본격적인 치유 작업을 진행할 수 있다. 본격적 치유 작업은 트라우마의 실체화를 통해 정서의 근원이 되는 사건과 직면하고 이것을 다루어 장악할 수 있게 되는 자기 단련의 과정으로 이루어진다. 결국 자기 주도성의 확립은 치유 작업의 동기이자 목표인 것으로 볼 수 있다.

시 치유는 시의 텍스트성을 자원으로 활용하는 치유 작업이다. 시 텍스트는 그 작업 과정의 전 영역에서 효율적으로 쓰일 수 있는 치유적 매재이다. 시 텍스트는 불안정한 정서 또는 부동의 트라우마를 포함하는 독자의 부정적 심연에 대하여 역동적으로 작용할 수 있는 공명 기제를 제공한다. 그 방식은, 트라우마적 사건의 표식을 발견하는 실체화 단계, 사건을 구체적으로 형상화하고 위험 요소의 객관적 상관물을 찾는 직면 단계, 사건과 결부된 정서를 처리하는 다루기 단계로 진행된다.

실체화 단계에서 시 텍스트의 심적 이미지, 시어의 내외포적 의미, 어조, 분위기, 의미 결합 관계는 치유 주체에게 사건의 표식으로 기능할 수 있다. 직면 단계에서는 텍스트를 통해 재연되는 사건의 구체적 형상을 확인하고 트라우마적 정서를 환기함으로써 사건의 실체를 치유 주체와 분리하는 시도가 이루어진다. 다루기 단계에서는 위험 요소와의 분리를 확인하며 안전한 공간을 보장받고, 사건을 무력화할 방안을 강구하게 된다. 시적 화자의 모방 또는 반영, 즐거운 정서 수용, 경험의 반추와 조정 등이 그 방안의 예이다.

이상의 내용은 치유 주체, 트라우마적 정서, 치유적 매재가 만들어내는 치유 작업의 관계적 특성을 정리한 것이다. 이러한 작동 구조와 특성에 비추어 치유적 텍스트가 갖추어야 할 요건을 다음과 같이 추론할 수 있다.

1)치유적 시 텍스트는 치유 주체를 동기화할 수 있는 원인으로서 사건의 표식을 지니고 있어야 한다. 그리고 2)사건의 표식을 활성화하기 위해 문학적 감상을 선행하는 경우, 의미의 고착을 방지하기 위해 치유 작업 시기와 이해의 의존도를 고려해야 한다. 그리고, 3)시 텍스트는 공감할 수 있는 텍스트 요인을 지니되, 그 텍스트 요인을 통해 위험 요소를 더 이상 위험하지 않은 것처럼 다루고 있어야 한다. 또한 4)시적 화자는 모방 또는 반영이 가능하도록 현실적일 필요가 있다. 5)시 텍스트의 부정적인 분위기도 치유 주체에게 공명 기제로 작동하여 공감과 카타르시스로 이어질 수 있다. 그러나 회귀의 위험성을 고려할 때, 그러한 텍스트는 다루기 단계보다 실체화 단계에서 사건의 표식을 위해 활용하는 것이 효율적이다. 치유 작업의 각 단계는 언제든 트라우마적 정서로 회귀할 수 있다. 치유 동맹은 이때의 환멸감을 극복하고 목적의 재설정을 위한 희망을 제시할 수 있어야 한다. 그러므로 시 텍스트가 제시하는 경험의 단면은 치유 주체가 경험을 새로운 각도에서 조명하고 재설계할 수 있도록 낙관 편향에서 충분히 정제된 것이어야 한다. 즉, 6)치유 동맹으로서 시 텍스트는 공허한 희망을 배제하고 비극적 현실을 드러내면서 의지적 동인을 함께 제공하는 것이어야 한다.

이처럼 시 텍스트가 제공하는 공명 기제는 시 텍스트의 지혜와 미감을 다양하게 수용할 수 있는 실용적 방안을 안내한다. 자신의 정서를 다룰 수 있는 능력은 정서를 자율적으로 동기화시킬 수 있다면 치유 주체는 불안정한 정서에 대한 자구적 치유책뿐 아니라 물질의 소유 또는 접촉을 통한 정서적 경험에 선행한 추체험 역시 얻을 수 있을 것이다. 이 연구는 비교적 자기치유적 독서의 관점에서 시 텍스트의 공명 기제를 효율적으로 수용하기 위한 구조에 착안하고 있다. 시 텍스트와 치유의 상관관계에 대한 연구의 균형감을 위해, 치유적 매재를 통한 발산적 행위에 주목할 필요가 있다. 시 텍스트 창작의 치유적 작동 구조와 특성 역시 이와 관련하여 보완해야 할 과제로 보인다.

『문학치료연구』 29집(한국문학치료학회, 2013.10.)에 게재한 논고 「트라우마적 정서 치유를 위한 시 텍스트 공명기제의 효율적 활용 방안」을 일부 수정·보완한 것임.

참고문헌

1. 기본 자료

최소영 엮음, 『112편의 치료 시 모음 시집 1 : 리파트리』, 한국시치료연구소, 2011.

2. 논문 및 단행본

김현희 외, 『상호작용을 통한 독서치료』, 학지사, 2010.

변학수, 『문학치료 : 자발적 책읽기와 창의적 글쓰기를 통한 마음의 치유』, 학지사, 2007.

정운채, 『문학치료의 이론적 기초』, 문학과치료, 2007.

Aida Alayarian, 김현아 외 역, 『난민치료센터 상담 중심의 트라우마 회복탄력성과 상담실제』, 시그마프레스, 2011.

Albert Ellis, Catherine Maclaren, 서수균 · 김윤희 공역, 『합리적 정서행동치료』, 학지사, 2010.

Carl G. Jung, 한국융연구원 C.G.융 저작 번역위원회 역, 『원형과 무의식』, 솔, 2006.

James Kalat, Machelle Shiota, 민경환 외 역, 『정서심리학』, 시그마프레스, 2009.

Johnmarshall Reeve, 정봉교 외 역, 『동기와 정서의 이해』, 박학사, 2011.

Jon G. Allen, 권정혜 외 역, 『트라우마의 치유』, 학지사, 2013.

Judith Herman, 최현정 역, 『트라우마 : 가정폭력에서 정치적 테러까지』, 열린책들, 2012.

Lenore Terr, "Childhood Traumas : An Outline and Overview", *American Journal of Psychiatry 148,* 1991.

Nicholas Mazza, 김현희 외 역, 『시치료 : 이론과 실제』, 학지사, 2005.

Robert Elliott, Jeanne Watson, Rhonda Goldman, Leslei Greenberg, 신성만 외 역, 『정서중심치료의 이해 : 변화를 위한 과정 - 경험적 접근』, 학지사, 2013.

Tali Sharot, 김미선 역, 『설계된 망각』, 리더스북, 2013.

필진 소개(원고 수록 순)

강경호

경상대학교 인문대학 국어국문학과 조교수

김 경

고려대학교 한자한문연구소 연구교수

박수진

전남대학교 국어국문학과 BK21플러스사업단 학술연구원

박세인

전남대학교 인문대학 국어국문학과 강사

백지민

전남대학교 인문대학 국어국문학과 강사

한정훈

안동대학교 민속학연구소 연구교수

엄숙희

전북대학교 인문대학 국어국문학과 조교수

정미선

전남대학교 국어국문학과 BK21플러스사업단 학술연구원

정민구

전남대학교 국어국문학과 BK21플러스사업단 학술연구교수

최혜경

전남대학교 호남학연구원 인문한국(HK) 연구교수

지역어와 문화가치 학술총서 ⑪

지역어문학 기반 학술공동체의 성과와 지평 Ⅱ

2020년 2월 14일 초판 1쇄 펴냄

지은이 전남대학교 대학원 국어국문학과 BK21플러스
지역어 기반 문화가치 창출 인재 양성 사업단

펴낸이 김흥국

펴낸곳 도서출판 보고사

책임편집 이소희

표지디자인 손정자

등록 1990년 12월 13일 제6-0429호

주소 경기도 파주시 회동길 337-15 보고사 2층

전화 031-955-9797(대표), 02-922-5120~1(편집), 02-922-2246(영업)

팩스 02-922-6990

메일 kanapub3@naver.com / bogosabooks@naver.com

http://www.bogosabooks.co.kr

ISBN 979-11-5516-974-2 93810

이 책은 2013년 교육부 및 한국연구재단 BK21 플러스 사업
(미래기반창의인재양성형)의 지원을 받아 발간되었음